Hobbit Presse
Klett-Cotta

CHRISTIAN VON ASTER

DER ORKFRESSER

KLETT-COTTA

MIX
Papier aus verantwortungsvollen Quellen
FSC® C083411

Hobbit Presse
www.hobbitpresse.de

Printed in Germany
Umschlaggestaltung und Illustration: Birgit Gitschier, Augsburg
unter Verwendung von Bildern von Shutterstock
Gesetzt von C.H.Beck.Media.Solutions, Nördlingen
Gedruckt und gebunden von CPI – Clausen & Bosse, Leck
ISBN 978-3-608-98121-6

DEN GESCHICHTEN.
UND IHREN ERZÄHLERN

TEIL I

VON ENGELN, ORKS UND AUFLAGENZAHLEN

»Kindern erzählt man
Geschichten zum
Einschlafen – Erwachsenen,
damit sie aufwachen.«

JORGE BUCAY (* 1949)

KAPITEL I

… in dem der Held sich, derweil er einen Triumph nicht zu genießen vermag und die Urteilsfähigkeit eines Befehlshabers anzweifelt, einer orkischen Übermacht gegenübersieht

Die Orks sind schon wieder betrunken.

Sie waren es schon, als sie angekommen sind. Wobei sie, wenn es nach Heuvelmann geht, sogar noch etwas betrunkener sein dürften.

Gernot Heuvelmann ist mein Verleger: zehn Jahre jünger als ich, liest keine Bücher, aber weiß sie zu verkaufen. Er sagt, sobald Orks ordentlich vorgeglüht haben, kann denen, was Stimmung angeht, keiner das Wasser reichen. Und wenn eine Veranstaltung mit Orks gut versichert ist, wiege die Stimmung die Schäden um ein Vielfaches auf.

Ich blicke kurz zu Willi, meiner Lektorin, und bin mir sicher, dass ich nicht der Einzige bin, der ihm da widersprechen würde. Diese Party ist die mieseste, die ich seit Langem erlebt habe, Orks hin oder her, und wie stramm sie auch sein mögen. Heuvelmann engagiert sie vor allem deshalb, weil sie günstig sind. Solche Orks sind meist Rollenspieler, die sich, statt einander auf schlammigen Waldlichtungen ein Wochenende lang mit Plastikkeulen die Schädel einzuschlagen, für einen Abend dankbar an einem Gratisbüfett herumdrücken und für einen Bruchteil dessen, was eine Agentur in Rechnung stellen würde, das Publikum bespaßen. Verlage wie Heuvelmann & Grimm greifen gern auf solche Leute zurück, und solange einer der Orks Rechnungen schreiben kann, ist das eine Win-win-Situation, weil die Jungs sich am Ende auch die Reste des Büfetts in ihre Tupperdosen stopfen dürfen. Falls sich in den letzten fünfzehn Jahren nichts Grundlegendes geändert hat, sind Rollenspieler für gewöhnlich Studenten, Nerds oder ähnliche Spinner, die froh sind, mal was anderes als Döner oder kalte Pizza zwischen die Zähne zu bekommen.

Damals, als ich selbst noch kostümiert durch die Wälder gesprungen bin, hätte man uns eher weggesperrt als für irgendwelche Promo-Aktionen engagiert. Aber seit ich wegen meines Latexschwertes zur Polizei musste, haben *Harry Potter, Herr der Ringe* und *Game of Thrones* die Leute um einiges toleranter werden lassen. Allein, wenn man bedenkt, mit was für Zeug die Cosplayer inzwischen jedes Jahr bei der Buchmesse auflaufen – von ferngelenkten Atomraketenattrappen bis zu falschen Kunststoffschwertern mit 'nem halben Meter Klingenlänge ist da so ziemlich alles dabei. Und heute fotografieren die Leute das. Früher sind die weggelaufen. Obwohl unsere Waffen viel kleiner waren und – weil komplett selbst gemacht – manchmal echt jämmerlich aussahen.

Die Ausrüstung der orkischen Spiegeltrinker vor Ort macht jedenfalls so viel her, dass ich das Gefühl habe, zwanzig Jahre zu früh erwachsen geworden zu sein. Was hätte ich damals für so eine Maske gegeben! Unsere Orks waren in ihrer Hässlichkeit nicht halb so grandios wie diese hier, deren angeschminkte Geschwüre beinahe genauso authentisch wirken wie die grüne Haut und ihre verranzten langen Fingernägel.

Kurz spiele ich mit dem Gedanken an eine Geschichte, bei der sich eine Reihe angetrunkener unzivilisierter hässlicher Unholde auf einer Veranstaltung wie dieser plötzlich als echt entpuppt. Daran, was passiert, sobald ein übermütiger Gast nach einer vermeintlich falschen Nase greift, sich einen Moment später der trunkene Zorn der Orkhorde mit archaischer Wucht entlädt und irgendein Heuvelmann schließlich feststellen muss, dass er für so etwas doch nicht ausreichend versichert ist.

Ich schrecke aus meinen Gedanken, weil ein kleines dickes Mädchen mich um ein Autogramm bittet. Scheu reckt sie mir ihr Buch entgegen. Ich lächle sie an, verspreche, ihr nach der Lesung eines zu geben, und nehme es ihr ein wenig übel, mich daran erinnert zu haben, dass diese miese Party meine eigene ist: die Feier zur Veröffentlichung meines jüngsten Romans.

Unzufrieden wackelt das Mädchen davon, und ich komme, weil er mein gesamtes Gesichtsfeld ausfüllt, nicht umhin, ihr auf den Hintern zu starren. Als ich meinen Blick schließlich abwende, sehe ich, wie einer der Orks mit dem schartigen Kriegsbeil auf seinem Rücken versehentlich ein Bücherregal leerräumt.

Vorwurfsvoll schaue ich zu Heuvelmann hinüber, der lächelnd mit den Schultern zuckt. In seinem legeren Kapuzensweater, seiner getönten Sonnenbrille und der weißen Golferhose könnte man ihn für genau so einen Studenten halten, wie sie in den Orkkostümen stecken. Das gehört zu seinen Tricks. Nicht auffallen. Mittendrin sein. Beobachten. Heuvelmann beobachtet immer. Rund um die Uhr. Das ist einer der Gründe für seinen Erfolg als Verleger, denn so weiß er meist, was die Leute wollen, bevor sie es selbst wissen.

Eilig beseitigt eine Buchhändlerin das orkische Chaos. Während sie die Bücher zurück ins Regal schiebt, stelle ich mich an die Bar und werfe einen Blick auf die Cocktails zur Premiere. Die Drinks zum Buch: Nekromantenfokus, Engelsspalter und Die letzte Zuflucht. Der dritte ist alkoholfrei, bunt, süß und laut. Entertainment auf höchstem Niveau. Weil Literatur heutzutage ein Event und eine Buchhandlung auch eine Cocktailbar sein muss.

Einer der Presseleute kommt auf mich zu, stellt einige Fragen zum Buch, lässt seinen Fotografen ein Bild von mir mitsamt Ork machen und verschwindet gleich darauf wieder, um über eine Lesung zu schreiben, die er nicht gesehen hat. Aber anders kann man vermutlich nicht über sechs Veranstaltungen pro Abend berichten.

Der Barkeeper schaut mich fragend an. Ich schüttle den Kopf, zupfe einen breiten Strohhalm aus einem der Gläser und wende mich ab. Der Ork hinter mir bestellt drei Engelsspalter. Ich gehe zum Fenster, ziehe den kleinen silbernen Flachmann aus der Innentasche meines Jacketts und werde mir mit dem letzten verbliebenen Schluck bewusst, dass ich für die Menge Yamazaki, die ich während der letzten Stunden getrunken habe, ungefähr tausend Bücher verkaufen muss.

Was Whisky angeht, sind die Japaner inzwischen mit den Schotten gleichauf. Und für die Premiere eines Buches, das den Sprung auf die Spiegel-Bestsellerliste wie seine Vorgänger aus dem Stand schaffen wird, ist so ein 25-jähriger japanischer Whisky das Mindeste. Obwohl ich ihn gern geteilt hätte. Auch wenn ich nicht wüsste, mit wem. Frauen haben in meinem Leben keine besonders große Halbwertszeit, und was Freunde angeht, na ja, von denen liest keiner mehr meine Bücher. Was ich ihnen nicht verdenken kann. Inzwischen tut mir sogar Willi leid, wenn sie meine Manuskripte das zweite Mal durchgeht.

Ich spüre ihre Blicke auf mir und drehe mich um. Sie weiß,

was in mir vorgeht. Sie kennt mich lange genug. Sie hat schon meine Kurzgeschichten korrigiert, und das ist beinahe fünfzehn Jahre her. Sie nickt mir zögernd zu, als ich die silberne Metallflasche zurück in meine Innentasche gleiten lasse. Eine aufmunternde Geste in diesem Labyrinth aus Büchern, das sich langsam mit Menschen füllt, die es darauf anlegen, sich darin zu verirren. Sie stehen dort, zwischen bunten Drinks und Büchern, Orks, Presse und Buchbloggern, in einem Laden, der ausreichend Cocktailbar ist, um dieses Jahr noch nicht pleitezugehen.

Das unüberhörbare Eintreffen des städtischen Fanclubs bedeutet, dass ein zweites Mal aufgestuhlt werden muss. Während ich mich zwischen den Büchern herumdrücke und meine größten Fans zu meiden versuche, nehmen die Leute ihre Plätze ein. Am Rand der Regale schaue ich erst auf die Uhr und dann zum Techniker, der mir ein knappes Zeichen gibt.

Also schlendere ich Richtung Lesepult, vorbei an den Bücherstapeln, und lasse meinen Blick beiläufig über Dutzende, oder besser Hunderte, Exemplare des jüngsten Titels meiner Creature-Clash-Reihe gleiten: *Engel gegen Zombies* II. Darin kommt kein einziger Ork vor, aber das ist Heuvelmann egal. Denn Orks sind billig, das Rückgrat der Fantasy und mit ein paar Promille verdammt unterhaltsam. Sagt er. Es bleibt eine miese Party. Selbst wenn es um die Veröffentlichung des vierten Bandes einer der erfolgreichsten deutschen Fantasy-Reihen der Gegenwart geht.

Gegenüber dem Pult mache ich vier Arten Zuhörer aus. Neben den verhuschten Bücherfreunden sitzen die üblichen Rollenspielnerds inklusive der Orks, hinter denen sich die, die nur der Getränke und des Büfetts wegen da sind, mit jenen mischen, die vermutlich zu jeder Lesung hierherkommen, weil es im Vergleich zum Kino die günstigere Variante der Realitätsflucht darstellt. Weil Buchhandlungen Event sein müssen und für Lesungen keinen Eintritt nehmen – zumindest solange sie sicher sind, an so einem Abend genügend Bücher und Getränke zu verkaufen, um einer Handvoll Angestellten nach Feierabend zwei zusätzliche Stunden zu bezahlen, und sie in der örtlichen Zeitung für ihr kulturelles Engagement gebauchpinselt werden. Eine Lesung muss sich also entweder lohnen oder eine sein, auf die der Chef des Ladens Bock hat und die er sich deshalb was kosten lässt.

Bevor die Orks gekommen sind, hab ich mich ein wenig umgesehen. Der Chef ist definitiv nicht da. Und ich könnte wetten, dass erwähnte Angestellte, sobald ich anfange zu lesen, zum Rauchen nach draußen gehen und nicht wieder reinkommen, bevor ich fertig bin. Was ich ihnen nicht übel nehme, weil das Buch tatsächlich noch schlechter als die Party ist. Besser als der erste Teil, natürlich, auch wenn das nichts heißen will und es vermutlich niemand bemerken wird.

Vor dem ersten Teil der Creature-Clash-Reihe *Orks gegen Aliens* hat mich niemand nirgendwohin eingeladen. Aber 30 000 verkaufte Bücher später fingen plötzlich alle an, sich für meine Meinung über phantastische Kreaturen zu interessieren. Seit Creature Clash II *Einhörner gegen Vampire* – was inzwischen auch über fünf Jahre her ist – darf ich einmal pro Woche in irgendeiner Fernsehshow derart über Hobbits, Gorgonen, Vampire und Satanisten oder die Bedeutung Howards und Tolkiens für die phantastische Literatur der Gegenwart sinnieren, dass ich selbst schon nicht mehr weiß, was ich da überhaupt alles erzähle. Meine Bücher haben mich zu einem Viecherversteher ersten Ranges gemacht. Wo immer heute ein Troll hinterm Felsen vorschaut, ein Kobold in den Wald kackt oder eine Elfe in eine Windschutzscheibe kracht, muss ich die Frage beantworten, was das wohl bedeuten könnte.

Ich lächle ihnen zu; den Bloggern, den Nerds, den dicken Mädchen und den Orks, die ich vor meinem geistigen Auge zwischen den Regalen wüten und grunzend meine Zuhörer enthaupten sehe, bevor ich meinen Blick auf die normalen Leute richte. Dazwischen Willi. Die vermutlich einzige Person im Raum, die diese Veranstaltung mit ähnlich gemischten Gefühlen wie ich betrachtet. Weil sie weiß, dass man aus einem Kampf von Engeln gegen Zombies unmöglich zwei sinnvolle Bücher machen kann. Und inmitten der Nerds: Heuvelmann, dessen zufriedenes Lächeln der Tatsache geschuldet ist, dass die Buchhandlung zwei Mal nachbestuhlen musste. Dieses Lächeln würde wahrscheinlich weit weniger entspannt ausfallen, wenn er wüsste, dass ich betrunkener bin als seine Orks. Mir wird etwas schwindlig und ich muss mich kurz abstützen. Ich hab den ganzen Tag nichts gegessen und bin froh, gleich sitzen zu können.

Einer der Angestellten, über dessen Geschlecht ich keine eindeutige Aussage treffen kann, tritt vor, schüttelt seine Prinz-Eisenherz-Frisur und begrüßt im schwarz-weißen Burlington-Pullunder im Namen der Buchhandlung die Anwesenden. Während ich mich ärgere, dass es diesem Menschen nicht gelingt, meinen Namen und den Titel des Buches fehlerfrei abzulesen, entdecke ich die Zigarettenschachtel in seiner Gesäßtasche. Am Hintereingang sehe ich zwei weitere ungeduldig wartende Mitarbeiter, die sich so wenig für diese Veranstaltung zu interessieren scheinen, dass ich, insofern ein Ork sich in diesem Moment angeschickt hätte, sie zu entbeinen, keinen Finger gerührt hätte, um sie zu retten. Ich habe nämlich Besseres zu tun. Kurz betrachte ich mich noch in einem spiegelnden Aufsteller, staune, wie gut mein Jackett das leichte Übergewicht kaschiert, kontrolliere den Sitz von Bart und Frisur, stelle sicher, dass aus der schwarz gefärbten Haarpracht kein graues herausschaut, und nicke mir unwillig zu. Dann hat das sprechende Mitglied der nikotinösen Pausengemeinschaft meinen Wikipedia-Eintrag runtergeholpert, seine Einleitung beendet, und das Wort ist an mir.

»Heute Nacht tobt hier in Berlin eine weitere Schlacht im ewigen Krieg zwischen Engeln und Zombies.« Bedeutungsschwanger blicke ich in die Runde und stelle fest, dass dies ebenso gut ein Laden in Frankfurt oder Köln sein könnte. Buchhandlungen dieser Größe sehen, besonders wenn sie einer Kette angehören, überall gleich aus. Selbst die Bestückung der Regale ist, von regionalen Krimis und Kochbüchern einmal abgesehen, weitgehend identisch. Was im Grunde genommen der Strategie von McDonald's entspricht: Jeder, der reinkommt, weiß sofort, wo sich was, nur eben nicht unbedingt, in welcher Stadt er selbst sich befindet. Vor allem dann nicht, wenn er ständig in einer anderen aufwacht. Als ich über die Köpfe des Publikums hinweg durch die Fenster den Funkturm erkenne, bin ich mir zumindest sicher, jetzt gerade in Berlin zu sein.

»Entgegen der Niederlage, die sie am Ende des letzten Bandes erleiden musste, erhebt sich die geflügelte Schwesternschaft von Angelion ein weiteres Mal; geschwächt, aber willens, Neu-Kanaan, die letzte menschliche Kolonie, vor den todlosen Horden zu bewahren. Selbst ohne den Jenseitsstein, das geheimnisvolle Artefakt, welches die Kadaverkohorte des großen Verwesers in der Schlacht von Megiddo eroberte; ohne ihre wichtigste Waffe müssen die letzten verbliebenen Schwingenkinder, während das Heer der Platinflügel komplett aufgerieben und der oberste Engel im Hochtempel von einem Zombie-Assassinen infiziert wurde, einem Orkan toten Fleisches trotzen, der Menschen wie Engel zu verderben droht. Willkommen, Freunde, in Neu-Kanaan.«

Diese kurze Zusammenfassung des Ausgangspunktes von *Engel gegen Zombies* II führt erwartungsgemäß im Publikum zu einer Stille, die zu gleichen Teilen auf Ehrfurcht wie Verwirrung beruht, was beides eine gute Basis für eine Lesung ist. Dementsprechend beginne ich und entführe meine Hörer, Nerds, angetüdelte Orks und jene, die vermutlich nicht geahnt haben, was sie heute erwartet, in eine Welt unruhigen Flügelschlags und untoter Hoffnung.

Ich lese. Vom Verrat der Entflügelten von Hinnom, den vergessenen Wundern hinter den Mondsteinbergen, dem Schwinden der Menschlichkeit im Herzen Neu-Kanaans und der verbotenen Liebe eines Engels zu einem Untoten. Und ich staune, wie sich Love-Interest, Action und Drama zu dieser eierlegenden Wollmilchsau von Buch ineinanderfügen, das sich vermutlich noch besser als seine Vorgänger verkaufen wird. Weil einfach alles drin ist: eindrucksvolle Szenerien, ausufernde Kämpfe, zarte Bande zwischen männlichen jungen Engeln, untoter Bondage-Sex, Kerzenlicht, Folterkeller, beiläufig gestreute Glückskeksweisheiten und ein gutes Dutzend Identifikationsfiguren jeder Farbe, Größe und Statur. Für jeden etwas. Und, wenn man die kryogengefrorenen Nonnen im Orbit des Engelsplaneten oder die unterirdische Kolonie am Südpol bedenkt, auch mit dem Potenzial für einen dritten Teil.

Laut lesend blättere ich weiter und merke, wie beängstigend gut dieses Buch funktioniert. Die Geschichte ist unterhaltsam, brennt sich ein, macht neugierig und gewinnt, kaum dass man zu lesen beginnt, so schnell an Fahrt, dass man förmlich hineingesogen wird und ich mich wieder erinnere, warum sich diese Mischung aus Engel-SM, Zombieselbstfindung und ätherischer Wunderlanddystopie derart gut verkauft: weil sie in aller Überfülle an Motiven, Symbolen und Gleichnissen so sackdumm und leer ist, dass ein Leser am Ende dieses Buches noch hungriger ist als am Anfang. Das ist es vermutlich, was ein erfolgreiches Buch dieser Tage schaffen muss: die Leute hungrig machen. Auf noch mehr Bücher, die sie ebenso wenig satt machen. Womit wir wieder bei McDonald's wären.

All das denke ich beim Lesen, während mit Engeln und Zombies besetzte Allgemeinplätze sowie verkrüppelte Zitate aus fünfhundert Jahren Weltliteratur an mir vorüberziehen, weil ich sie Kreaturen in den Mund gelegt habe, die eindimensional zu nennen noch ein Kompliment wäre. Schließlich beende ich meine Lesung an einem jener belanglosen Cliffhanger, aus denen das Buch gemacht ist, und lasse mit verheißungsvollem Blick eine Frage offen, die weder für mich noch irgendjemanden hier im Publikum relevant ist. Als ob man unter Trommelwirbel einen Scheinwerfer auf einen Sack Reis richtet.

Sie klatschen. Ich lächle. Bemüht, mir nicht anmerken zu lassen, wie unangenehm mir der Applaus ist. Weil ich weiß, dass er in Wirklichkeit jemand anderem gilt.

Während der Beifall des Publikums abebbt, kommen die Buchhändler wieder rein. Kaum glaubhafte Begeisterung heuchelnd bedankt sich die androgyne Gestalt von vorhin für eine phantastische Lesung, kündigt an, dass der Autor jetzt gern noch signieren wird, und äußert, auf die ausufernden Stapel mit Engeln und Zombies deutend, die Hoffnung, dass ausreichend Bücher da seien, um dem folgenden Ansturm gerecht zu werden.

Im Schatten eines lebensgroßen Pappaufstellers, der zur Hälfte einen triumphierenden Engel und zur Hälfte einen grimmigen Zombie darstellt, signiere ich. Hinter mir stehen Heuvelmann und Willi. Sie sind zufrieden mit dem Abend.

»Er macht das gut«, raunt er ihr zu.

»Ja, ich denke auch, dass wir ihn behalten sollten. Bei artgerechter Haltung könnte er womöglich noch einige Bestseller schreiben«, flüstert Willi zurück.

»Zumindest, solange seine Ansprüche sich ihm nicht in den Weg stellen.«

»Aber Herr Heuvelmann, ich dachte, das hätten wir geklärt.«

»Das dachte ich auch, aber Sie wissen ja selbst, dass es manchmal mit ihm durchgeht, wenn er glaubt, Literatur verfassen und sich zwischen Publikum und Anspruch entscheiden zu müssen.«

»Ich hab ihn im Griff. Vertrauen Sie mir.«

»Das hoffe ich. Schließlich ist noch Leben in Neu-Kanaan.« Heuvelmann klopft mir jovial auf die Schulter.

Ich kenne ihn und seine Ängste. Weiß, wie er bei jeder neuen Idee von mir fürchtet, dass ich versuchen könnte, etwas zu schreiben, das satt macht. Und mit welchem Schrecken er sich an die Manuskripte erinnert, die er abgelehnt hat, bevor Creature Clash durch die Decke ging und ich zum Reissackschubser der deutschen Fantasy wurde.

Ich signiere weiter, lasse meinen Edding über all die halbnackten Engel und Zombies gleiten, die mich während der letzten Jahre begleitet und meine Miete bezahlt haben und die das, wenn es nach Publikum und Verlag geht, auch weiterhin tun werden. Die Hälfte des dritten Teils ist bereits fertig, obwohl das Schreiben mir inzwischen beinahe wehtut. Und das nicht, weil ich mit den Bewohnern Neu-Kanaans leiden würde.

Und dann steht vor mir, den gesamten Creature-Clash-Zoo in seinen ausufernden zweitausend Seiten unter dem Arm – zwei der Bücher sogar in der fellbesetzten Kreaturenbändiger-Edition –, das dicke Mädchen von vorhin.

Anerkennend hebe ich eine Braue. »Wow. Da hast du aber ein paar richtige Schätze mitgebracht.«

Konsterniert schaut sie mich an und legt ein Buch nach dem

anderen, *Orks gegen Aliens, Einhörner gegen Vampire* und *Engel gegen Zombies* Teil 1 und Teil 2 vor mir auf den Tisch. Ich streiche über das räudige Fell, das während der letzten Jahre ein wenig gelitten hat, schnippe ein kleines Bröckchen Katzenstreu vom Cover und öffne, während ich meinen Stift hebe, den ersten Band.

»Saskia!«, herrscht das Mädchen mich an, und ich brauche einen Moment, bis ich begreife, dass es sich um ihren Namen handelt, den ich nun mit kunstvollem Schwung und einem netten Spruch über der üblichen unleserlichen Unterschrift in ihrem Buch verewige. Danach greife ich nach dem zweiten Band, dessen Fell sich seltsam verklebt anfühlt, worauf ich jedoch nicht eingehe und stattdessen umgehend signiere.

»Du stehst aber schon ein bisschen auf die Serie, nicht wahr?«, frage ich, um die seltsame Stille zu durchbrechen, die um den Signiertisch herrscht, seit Saskia ihren Namen wie eine Bombenwarnung herausgebrüllt hat.

»Hätte die anderen auch gern noch mit Fell gehabt«, mault sie und hat dabei weder eine Ahnung von dem Gewese, das die zuständige Firma seinerzeit um den Synthetikscheiß gemacht hat, noch macht sie sich Gedanken darüber, wie wenig Engel und Zombies mit Fell korrespondieren. Ich fahre fort zu lächeln, im Hinterkopf Willis Stimme, die mich eindrücklich ermahnt, dass ich von diesen Leuten lebe und sie darum freundlich und mit Respekt zu behandeln habe. Egal was ihre Felleinbände auch verklebt haben mag.

Drittes Buch. Immer noch Saskia, aber ein anderer Spruch. Als ich noch einmal aufschaue, sehe ich, wie sie übellaunig auf ihrer Unterlippe herumkaut. Etwas bewegt sie, das spätestens bei dem letzten Buch aus ihr herausplatzen wird. Und genau das tut es. Kaum, dass ich den Stift zum vierten Mal angesetzt habe, macht Saskia ihrem Unmut Luft.

»Ich hoffe ja, dass Sanguiel im neuen Band wieder auftaucht. Seine Geschichte haben Sie seit dem zweiten Drittel des letzten Buches total ignoriert. Und das, obwohl er bereit war, ganz allein in das Tal der todlosen Teufel von T'rash hinabzusteigen und überhaupt die interessanteste Figur von allen ist.«

Saskia funkelt mich an. Sicherlich hat sie recht. Irgendwie. Ich aber erinnere mich weder an Sanguiel noch an die todlosen Wasweißich von Woauchimmer, was einerseits dem Alkohol, andererseits der Tatsache geschuldet sein kann, dass besagte Figur mich nicht interessiert.

Ich setze zu einer Antwort an, doch bevor diese unvorteilhaft ausfallen kann, beugt Willi sich zu mir herab und raunt mir leise zu: »Sanguiel ist der Vampirengel, den wir konstruiert haben, weil Heuvelmann auf einer Figur bestand, die aus dem zweiten Band in den dritten hinüberführt. Groß, dunkel, geheimnisvoll, schwere Kindheit, zwei verschiedenfarbige Flügel als Symbol für seine Zerrissenheit. Sucht seit Äonen nach dem Vampir, der ihn erschaffen hat, und verlor im Kampf gegen den großen Verweser einen Arm.« Sie lispelt ein wenig. Ich liebe es, wenn sie das tut.

Als ich Saskia kurz darauf entgegne, dass der Verlag darüber nachdenkt, Sanguiel ein eigenes Buch zu widmen, in dem er seinen Schöpfer finden, Rache am großen Verweser nehmen und das Geheimnis der Nachtengel lösen wird, die im Inneren der knöchernen Kathedrale festgekettet sind, tut mir vom Lächeln beinahe das Gesicht weh.

Das macht Saskia sichtlich zufrieden, sodass sie mir, als sie ihre Bücher zusammengerafft hat, eine Ahnung von etwas schenkt, das man in ihrer Welt ein Lächeln nennen könnte.

Ich lehne mich zurück, zupfe kurz an Willis Kleid und flüstere, dass ich ernsthaft hoffe, für Sanguiel seinerzeit fünf Euro in die Kasse für dämliche Namen gesteckt zu haben, die wir stets bei Veröffentlichung des entsprechenden Buches gemeinsam versaufen. Sie glaubt, sich zu erinnern, dass er mir sogar zehn wert gewesen war. Ich nicke. Zu Recht.

Ich beuge mich etwas zur Seite und versuche einzuschätzen, wie viele Engel und Zombies in unpraktischen Outfits mit sinnentleerten Rüstungsteilen ich heute noch signieren darf. Die Schlange ist lang. Verflucht viele Leute, die freundlich und mit Respekt behandelt werden wollen.

Willi bemerkt meinen Gesichtsausdruck, als ich weiter hinten die Orks entdecke.

»Bleib ruhig, Tristen. Gönn sie Heuvelmann. Du weißt, wie wichtig sie ihm sind.«

Ich lächle. Sie weiß, wie schwer mir das fällt. Weil ich diese Orks so was von gefressen habe …

Aufmunternd klopft Willi mir auf die Schulter, und ohne mir etwas anmerken zu lassen, signiere ich das nächste und längst nicht das letzte Exemplar.

Ich bin durch. Völlig. Komplett. Und verdammt froh, mich nach knapp zwei Stunden Freundlichkeit, Respekt und Unterschriften bis aufs Klo durchgeschlagen zu haben, wo ich mich in einer kleinen engen Kabine einschließe und etwas gegen meine aufkommende Müdigkeit zu tun gedenke.

Ich gehe in die Hocke und fingere ein kleines Papierbriefchen aus meiner Geldbörse, das ich vorsichtig auffalte, bevor ich den Inhalt achtsam auf dem Klodeckel verteile. Ich finde es amüsant, dass eine Substanz wie Kokain erwachsene Männer dazu bringt, sich wie Schuljungen in Toiletten einzuschließen. Trotzdem bin ich irgendwie froh, dass Saskia mich so nicht sehen kann. Schmunzelnd schiebe ich das Pulver mit meiner BahnCard zusammen, zücke den breiten Strohhalm von der Cocktailbar und tu etwas für meine Stimmung.

Am Scheppern ihrer Rüstungsteile erkenne ich, dass einige Orks die Toilette betreten. Meine Nase abwischend, säubere ich den Klodeckel und zerre meine Hose zurecht. Draußen vor der Kabine treten die Grünhäute an die Urinale und unterhalten sich.

»Nee, ich sag's dir, der ist noch strammer als wir. Der war schon dicht, als er mit Lesen angefangen hat.«

»Meinste echt?«

»Klar. Wobei das aber auch egal ist. Seine letzten Bücher waren so was von unterirdisch.«

»Stimmt schon. Hat seinen Zenit wohl echt überschritten.«

»Also, ich konnte mit der Serie von Anfang an nichts anfangen. Ich weiß nicht mal, was wir hier überhaupt sollen. Kommen ja nicht mal Orks vor in dem Buch.«

»Sei bloß still. Sobald die ein paar passable Engelcosplayer finden, die sich mit Büchergutscheinen und Büfett abspeisen lassen, sind wir schneller raus, als dir lieb ist.«

Büchergutscheine also. Jetzt bezahlt Heuvelmann sie schon nicht einmal mehr.

»Aber ehrlich mal, was soll das? Orks, Aliens, Vampire und Einhörner? Damit versuchen die doch nur, so viele Fans wie möglich mitzunehmen. Das is' 'ne ganz billige Masche.«

»Is' aber schon schade. Früher hat er wirklich geilen Scheiß geschrieben. Zeug, das halt nirgends hingepasst, aber richtig geknallt hat.«

»Stimmt, seine Kurzgeschichten! Hatte ich fast schon vergessen. Die sind ja aber auch schon mehr als zehn Jahre her.«

Ich halte still. Belausche sie. Ärgere mich. Darüber, dass sie recht haben. Dass meine Kurzgeschichten wirklich gut waren. Bevor ich mit all diesen Kreaturen versehentlich so erfolgreich wurde, dass ich Angst habe, in den nächsten Jahren auch noch Wolpertinger und Meerjungfrauen oder Klabautermänner und Cyborgs aufeinanderhetzen zu müssen. Ich bin wütend. Vor allem auf mich selbst. Weil ich es so weit habe kommen lassen. Weil ich leere Bücher schreibe. Und ich werde noch wütender, als plötzlich Tränen in meinen Augen brennen.

Ich höre die Orks wieder gehen und schmettere, kaum dass die Tür ins Schloss gefallen ist, meine Faust gegen die Kabinenwand. Dabei prelle ich mir schmerzhaft den Knöchel, bevor ich ein weiteres Mal zuschlage. Und noch einmal. So lange bis erst die Plastikbeschichtung und dann meine Haut aufreißt. Ich tobe, schreie, Blut verteilt sich über das Weiß der Wand. Unterdessen betritt jemand die Toilette, hört mich und zieht es vor, unverrichteter Dinge wieder zu gehen.

Ich hasse Orks! Hasse, hasse, hasse sie! Jeden Einzelnen, den ich damals im Konflikt mit den Aliens habe davonkommen lassen!

Wutschnaubend stürze ich schließlich aus der Toilette und den Orks hinterher. Als ich mit blutigen Knöcheln an der mobilen Bar und den Resten des Büfetts vorbeistampfe, folgen mir verstörte Blicke. Ich schaue mich um, entdecke Willi und stelle fest, dass Heuvelmann wohl schon gegangen ist. Was auch besser ist. Für ihn ebenso wie für mich.

Ich erwische seine dreckigen Orks zwischen den Fantasyregalen, wo sich jeder von ihnen schon einen kleinen Stapel Bücher zusammengesammelt hat. Einige Bände *Game of Thrones, Elric von Melniboné* sowie *Star-Wars*-Romane. Einer hat sogar eines der regionalen Kochbücher dabei. Wahrscheinlich hat Oma bald Geburtstag. Dann eine Reihe Comics und ein bisschen neues Zeug, Werwölfe, Vampire, und amerikanische dunkle Phantastik.

Sechs verschissene Orks, jeder mit einem schäbigen Büchergutschein ausgestattet, und keiner, wirklich keiner von ihnen hat auch nur eines meiner Bücher genommen! *Ehrloses Ge-*

schmeiß! Rollenspielsöldner, die um einer Handvoll Bücher willen für jeden König kämpfen würden! Sie schauen auf und blicken einander verwundert an, mit ihren lächerlichen Latexwaffen, abgewrackten Lederrüstungen und ihrer Standarte, mit dem albernen Trophäengebamsel, Plastikschädel und abgekochten Hühnerknochen und ihren nicht von mir stammenden Büchern! Aber ich werde sie ihnen trotzdem signieren! Und zwar so was von!

Die Ärmel meines Jacketts hochkrempelnd stürze ich mich auf sie.

Einer gegen sechs. Ein ehrbarer Kampf in den entlegenen Gefilden der Phantastik.

Ohne Rücksicht auf Verluste.

DER WEISE ORK VOM TINDERGRIMM

Lange schon war das von Moos überwucherte Grabmal des großen Gelehrten Oblitus von Khorr in Vergessenheit geraten. Ebenso wie die umliegende Stadt, das einstmals prächtige Tindergrimm, in dessen Ruinen sich allenfalls Wanderer vor dem Regen versteckten.

So handhabten es auch Horrk und Grablagk, zwei Orks, die von einem schlimmen Unwetter überrascht in den Überresten Tindergrimms anlangten. Sie fanden Zuflucht in der Gruft des Gelehrten, fachten dort ein Feuer an und machten sich über ihren kargen Proviant her.

Einer finsteren Wand gleich rauschte der Regen vor dem Grabmal nieder. Binnen kurzer Zeit verwandelten sich einstige Straßen in tosende Ströme. Und die Trümmer Tindergrimms ragten derart trostlos in den finsteren Himmel, dass selbst den beiden Orks ganz klamm im Herzen ward. Bald entzündeten sie einige Fackeln und begannen, in der Hoffnung, Gold darin zu finden, die tiefer gelegenen Räume des Grabmals zu erkunden.

Doch das Einzige, was sie schlussendlich in einem steinernen Sarkophag entdeckten, waren die Knochen des Gelehrten und ein in Leder gebundenes Buch.

Der bucklige Horrk hätte derlei niemals angerührt. Weil es unorkisch war und allenfalls zum Feuermachen taugte. Grablagk aber war aus anderem Holz geschnitzt und saß wenig später schon, von seinem Begleiter missmutig beäugt, am Feuer und blätterte, derweil der Regen draußen weiterrauschte, schweigend im Buch des Gelehrten.

Eben das tat er auch an den folgenden Tagen und versäumte, während das Unwetter andauerte, des Buches wegen gar zu essen oder zu schlafen.

Als Sturm und Regen sich schließlich legten, trafen in den Ruinen einige weitere Orks ein, die man ausgesandt hatte, nach Horrk und Grablagk zu suchen.

Bald schon fanden sie jene beiden und teilten freudig Vorräte und Wein mit ihnen, wunderten sich jedoch, weshalb einer der beiden Leder und Papier dem gemeinsamen Schmausen vorzog.

Als der Abend voranschritt, floss mehr Wein, ein Grunzen ergab das andere, und bald bekamen die Neuankömmlinge sich darüber in die Haare, wer von ihnen am besten geeignet war, die Nachfolge ihres Häuptlings anzutreten. Der Tradition gemäß begannen sie das Ganze hernach mit haarigen Fäusten zu klären.

Als der Streit zwei Stunden später aber noch immer nicht beigelegt war, hob Grablagk den Blick vom Buch und erklärte den Streitenden die Torheit ihres Handelns, das kaum über die Nachfolge des Häuptlings entscheiden würde.

Und weil ihnen das einleuchtete, begannen die Streithähne sich über etwas Sinnvolleres zu streiten und wunderten sich, dass einer der ihren ihnen gerade Kraft eines Buches einen Ratschlag erteilt hatte.

Als sie am folgenden Morgen gemeinsam aufbrechen wollten, teilte Grablagk, das Buch in der Hand, den anderen mit, das Grabmal nicht verlassen zu wollen. Verwundert nahmen die übrigen Orks das zur Kenntnis und beschlossen, zu seinem Schutz auch den buckligen Horrk zurückzulassen.

Wenige Tage später, Horrk kehrte gerade von der Jagd heim, vernahm er plötzlich Stimmen aus dem Inneren des Grabmals. Er fürchtete schon das Schlimmste, hastete die Stufen hinauf, und als die Gruft in Sicht kam, sah er Grablagk, das geschlossene Buch unter dem Arm, auf einem Haufen Steine thronen, vor ihm vier am Boden hockende Orks eines anderen Stammes, die ihm schier an den Lippen hingen. Dann bemerkte Horrk neben dem aufgetürmten Thron einige Körbe erlesener Köstlich-

keiten und begriff, dass andere für den buchwärtigen Wahn seines Kameraden sogar zu zahlen bereit waren.

Zwei Monde darauf kümmerte Horrk sich weniger um die Jagd als um die Einlagerung dessen, was Orks aller Clans und Stämme Grablagk darbrachten, um seinen Rat zu bekommen. Von seinem Thron aus erteilte dieser ununterbrochen Ratschläge über Dinge, von denen er früher rein gar nichts verstanden hatte.

Bald sprach es sich herum, dass ein Ork das Erbe des Gelehrten Oblitus von Khorr angetreten hatte und Audienz auf seinem Grabmal hielt. Sogar Menschen kamen, um den Rat Grablagks zu erbitten, der sie, das Buch des Gelehrten in Händen, bereitwillig empfing und Antworten auf all ihre Fragen hatte.

Als das denkwürdige Unwetter, das sie in diese Gruft gespült hatte, beinahe vier Jahre zurücklag, hatte auch der nunmehr feist gewordene Horrk begriffen, dass jenes Buch mehr Segen als Fluch und der Ursprung ihres Wohlstandes war. Und auch wenn er inzwischen sogar bereit gewesen wäre, es zu berühren, hütete sein Kamerad das Buch wie vom ersten Tage an und ließ niemanden sonst in seine Nähe.

Doch mit der Zeit wurde Horrk sein Dasein als besserer Diener seines Kameraden leid. Bald darauf bekamen die beiden Kunde von einigen bedeutenden Gelehrten, die den weisen Ork in Augenschein nehmen wollten. Vom üppigen Tribut, den besagte Gemeinschaft vorausschickte, hielt Horrk in der Gruft ein Festmahl ab, zu dem er die Führer aller Clans und Stämme einlud und bei dem er seinen Freund zu vergiften beschloss.

Es war ein lautes, wildes und orkwürdiges Gelage, in dessen Rahmen Grablagk sich, das Buch unter dem Arm und einen Humpen in der anderen Hand, den Wanst vollschlug, bis er von seinem Thron kippte und röchelnd zu Füßen der seinen verendete.

Verstört betrachteten die mächtigsten Grünhäute jener Tage den leblosen Körper. In der Halle hob orkisches Wehklagen an und haarige Fäuste begannen auf verbeulte Brustpanzer zu schlagen, während man aus der Ferne bereits die Fanfaren der Gesandtschaft der Weisen vernahm.

Horrk, bereit, den Platz seines Freundes auf dem Thron einzunehmen, griff nach dem abgewetzten Einband neben der leblos ausgestreckten Pranke, hob das Buch empor, schlug es auf … und begriff, dass die nahenden Gelehrten nichts und niemanden würdigen und er selbst keinesfalls in die Fußstapfen des toten Grablagk treten würde.

Denn die Seiten jenes Buches, das er in Händen hielt, waren vollkommen leer und die Worte darin längst verblichen, sodass wohl auch Grablagk, der weise Ork von Tindergrimm, nie auch nur ein einziges davon gelesen hatte.

KAPITEL II

… in dem sich die Frage stellt,
ob der Held Lust oder Hunger verspürte,
eine Verbündete sich auf seine Kosten
amüsiert und sich zuletzt ein Wiedersehen
als verzichtbar erweist

Es hätte Sonnenschein sein können.
Ein Kuss womöglich. Vielleicht auch Kaffeeduft.

Doch mich wecken Kopfschmerzen. Von der bösen Art. Gäbe es einen Gott, der einen vor solchen Kopfschmerzen zu bewahren vermöchte, ich betete ihn an. Meine Augen lasse ich geschlossen. Sonnenlicht könnte es noch schlimmer machen.

Einen Moment lang erlaube ich mir, den Schmerz in meinem Schädel als Indikator meines Talentes zu betrachten. Lewis Caroll haben seine halluzinatorischen Migräneschübe angeblich zu *Alice im Wunderland* inspiriert. Meine Migräne ist allerdings keine echte, sondern lediglich die logische Konsequenz der gestrigen Exzesse. An Schreiben ist damit gar nicht zu denken. Mein Zustand zerstört Fokus, Erinnerung und Motivation. Wobei meine fehlende Erinnerung an den vergangenen Premierenabend vielleicht eine Gnade und dieser Schmerz der Preis dafür ist. Womit Fokus und Motivation quasi Kollateralschäden wären.

Andere Autoren würden sich umdrehen und weiterschlafen, bis die Schmerzen weg sind, und dann arbeiten, bis sie sich die Kopfschmerzen für den nächsten Tag verdient haben. Ich aber werde nicht umhinkommen, irgendwann die Augen zu öffnen. Schon um einen Blick auf die Uhr zu werfen.

Willi wartet nicht. Und mit der muss ich heute Mittag rüber zu Heuvelmann, um ihm glaubhaft zu versichern, dass in Neu-Kanaan alles zum Besten steht und Schimmerschwinge sich entschieden hat, das Kind ihres untoten Geliebten auszutragen, der sich in den Katakomben unter der Stadt versteckt. Ich habe noch einige Kapitel vor mir, bis er ein paar Ebenen tiefer den vergessenen Bau der Werwölfe entdecken und von ihrem Anführer zerrissen wird, ohne sein Kind je zu Gesicht bekommen zu haben. So können Engel und Zombies sich in seinem Namen verbünden, um einer größeren Gefahr zu trotzen, die in den nächsten Band der konfliktbetonten Reihe hinüberführt. Weil irgendjemand gesagt hat, dass Werwölfe das nächste große Ding sind, und alle Verlage auf den nächsten Vollmond hinproduzieren. Heuvelmann & Grimm bilden da keine Ausnahme. Die Leser mögen es noch nicht wissen, aber sie werden die Lykantropen gewollt haben. Bald schon. Der nächste Band heißt dann *Werwölfe gegen Wackeldackel* und kann – Saskia wird es mir danken – wieder limitiert in Kunstfell erscheinen.

Es wäre vergnüglicher, über Kopfschmerzen zu schreiben. Was Willi mir aber wohl nicht durchgehen ließe. Ich kenne auch Lektorinnen mit Humor, aber dass Willi keinen hat, ist vermutlich eine Stärke. Ihr zufolge sind Unfreundlichkeit und Humorlosigkeit die zentralen Merkmale eines produktiven Autoren-Lektoren-Verhältnisses. Keine Ahnung, ob das ihre persönlichen oder allgemeine Prinzipien sind; ich habe jedenfalls noch nicht die Trigger gefunden, bei denen sie davon abweicht. Obwohl wir sogar schon Kopfschmerzen miteinander geteilt haben und es an dem Tag, als wir mit den Vampiren und den Einhörnern in die Spiegel-Bestsellerliste eingeritten sind, kurz so aussah, als ob sich zumindest die Sache mit der Unfreundlichkeit aushebeln ließe. Aber vielleicht sind es tatsächlich diese Regeln, die uns so effektiv machen, Regeln, mit denen wir ebenso gut eine christlich-fundamentalistische Sekte gründen könnten. Was ich mitunter lieber täte, als irgendwo zwischen Bernhard Grzimek, Rosamunde Pilcher und Stephen King immer neue Kreaturen aufeinanderzuhetzen.

Ich beschließe aufzustehen. Vielleicht kann ich, bevor Willi auftaucht, noch schnell einen Meteor in Neu-Kanaan einschlagen lassen, der alles dahinrafft, was noch gegeneinander antreten könnte.

Ich öffne die Augen, will mich aus dem Bett wälzen und zucke unwillkürlich zusammen. *Was zum …?*

Mein Bettzeug ist *grün*. Was weniger irritierend wäre, wenn es gestern nicht noch *grau* gewesen wäre. Die dunklen grünen und braunen, teilweise nicht ganz trockenen Schlieren, die es nun verunzieren, lassen nur einen Schluss zu: ein Ork.

Den ich entweder gefickt oder gefressen habe.

Als ich die Decke zurückschlage, die grünen Spuren auf meinen Schenkeln, unter meinem Bauchnabel und auf meiner Brust erkenne, bin ich ein wenig erleichtert. Gefressen hab ich ihn scheinbar nicht. Auch wenn von dem Ork selbst jede Spur fehlt.

Neben meinem Bett liegen zwei leere Gin-Flaschen, die inmitten einer Ansammlung von einigen kleinen Tonic-Flaschen wie deren große Brüder wirken. Ich muss schon betrunken gewesen sein, als ich nach Hause kam, sonst hätte ich den guten Gin nicht geteilt. Nicht mit einem Ork.

Es durchzuckt mich eiskalt. Hastig greife ich unter die Matratze, ziehe die kleine Metallschatulle hervor und schaue hinein. Alles noch da. Unberührt. Nicht auszudenken, wenn ich es irgendjemandem im Suff gezeigt hätte. Das Kästchen wieder verstauend entdecke ich unweit der leeren Flaschen eine meiner alten, noch auf der elektronischen Schreibmaschine getippten Kurzgeschichten. Der Weise Ork von Tindergrimm. Auf den Seiten sind ebenfalls vereinzelte grüne Flecken zu erkennen.

Da klingelt es. Mein schmerzender Kopf zuckt herum, der Wecker zeigt 11 Uhr. Willi. Und ich habe nicht nur verschlafen, sondern auch noch Unzucht mit einem Ork getrieben. Und Kopfschmerzen. Willi wird ihren Spaß haben. Und etwas, womit sie mich die nächsten zwanzig Jahre aufziehen kann. Zum Türsummer hastend, ziehe ich mir eilig die Shorts und das Muskelshirt über, die zwischen dem Manuskript und dem Eingang herumliegen. Kurz überlege ich, ob ich Willi unten warten lassen soll, bis ich mich frisch gemacht und angezogen habe; aber ich kenne sie. Selbst der Grinch hat mehr Spaß als jemand, der sich bei ihr verspätet und sie dann auch noch hinzuhalten wagt. Ohne mit ihr zu reden, betätige ich den Summer. Als ich das leise Klacken der Haustür vernehme, den Schalter loslasse und die Wohnungstür öffne, vernehme ich es. Im Bad. Die Dusche. Der verdammte Ork ist noch immer hier!

»Das ist jetzt nicht dein Ernst, oder?«

Sie steht in der Tür und sieht mich ungläubig an. Wilhelmine ›Willi‹ Stegemann. Ihres Zeichens Vermittlerin zwischen mir, dem Verlag und den Menschen dort draußen. Eine Mischung aus Frida Kahlo, Ronja Räubertochter und einem der Mumins. Mit Kahlos Augenbrauen und Oberlippenbart, Ronjas flammend neugierigem Blick und einer klassisch muminartigen Figur wirkt sie meist, als wartete sie nur auf einen Grund, sich zu streiten. Ein kleiner Racheengel auf Beruhigungsmittel. Sie kleidet sich stilvoller als die meisten Frauen, die ich kenne, und ich habe sie noch nie in Jeans oder Turnschuhen gesehen. Das schwarze Haar in einer Art Bubikopf geschnitten – der mich tatsächlich jedes Mal an die gleichnamige Zimmerpflanze erinnert –, ist sie mit einem Meter zweiundsechzig kaum größer als meine Mutter und abgesehen von dieser vermutlich die einzige Frau, vor der ich mitunter Angst habe.

»Du erinnerst dich schon noch an unseren Termin? Den bei unserem Verlag? In einer halben Stunde?«

Ich nicke zögerlich, wage jedoch nicht, ihr dabei in die Augen zu sehen. Es dauert nicht lange, bis Willi erkennt, dass meine unzulängliche Bekleidungssituation und die Flecken nur ein Teil des Problems sind. Im nächsten Augenblick steht sie in meiner Wohnung und schaut sich um. »Ich … ich wollte ins Bad, sobald es frei ist«, murmele ich.

Sie bückt sich nach den fleckigen Textseiten, hebt sie auf und schüttelt den Kopf. »Ich glaub es nicht. Du benutzt hornalte Geschichten, die ich noch nicht einmal durchsehen durfte, um irgendein bescheuertes Orkgroupie flachzulegen?«

»Man könnte es etwas wohlwollender formulieren, aber im Großen und Ganzen …«

»Ganz ehrlich, Aaron? Das ist jetzt kein moralisches Urteil, aber wenn du nur halb so viel Energie ins Schreiben wie in dein Frauenmanagement stecken würdest, hätten wir diese traurige Creature-Clash-Episode längst hinter uns.«

Ich zucke zusammen. Sie ist so direkt, wie ich es von ihr gewohnt bin, aber dieses Mal tut es weh. Inmitten meines neukanaaitischen Jammertales voller Orks, Aliens, Einhörner und dem restlichen Gezücht, aus dem es scheinbar kein Entkommen gibt, treffen ihre Worte mich härter als sonst.

»Und weißt du, was das Schlimmste ist?«, frage ich, bemüht,

nicht kleinlaut zu klingen. Mich mitleidig anschauend hebt sie eine Braue. »Ich kann mich an rein gar nichts erinnern. Ich weiß nicht mal, ob das da in meiner Dusche ein weiblicher Ork ist.«

Sie verzieht das Gesicht, nur ein wenig. Bei jedem anderen wäre es ein Lachen. Bei ihr nicht. Denn Willi hat keinen Humor. Sie setzt sich auf das Bett, schlägt die Beine übereinander und blickt erwartungsvoll Richtung Bad. »Na, dann lassen wir uns doch einfach mal überraschen.«

Sie ist gestern dabei gewesen und weiß wahrscheinlich sogar, mit wem ich abgezogen bin. Aber sie gönnt sich den Spaß, mich zappeln zu lassen. Die Vorstellung, versehentlich einen männlichen Ork abgeschleppt zu haben, ist mir unangenehm, aber verschiedener alkoholinduzierter Vorfälle in meiner Vergangenheit wegen leider nicht völlig abwegig. Der Gedanke, dass jemand Fotos davon gemacht haben könnte, wie ich meine Buchpremiere Hand in Hand mit einem breitschultrigen behaarten Ork verlasse, ist allerdings noch weit unangenehmer.

Während die Dusche weiterprasselt, überlege ich, ob ich nicht einfach ins Bad rufen und hoffen sollte, dass kein Bass antwortet. Dann aber beschließe ich, dass wir, wenn Willi diese Situation auskosten möchte, zumindest auch richtig zu spät kommen sollten. Mir ist so was inzwischen egal. Wenn man eine Gruppensexorgie mit Einhörnern und Goblins beschrieben hat, verschiebt sich – selbst wenn sie lediglich auf eine ungünstige Sternenkonstellation zurückzuführen war – die Schmerzgrenze merklich. An Willi perlt so was ab. Möchte gar nicht wissen, was die schon für Texte auf dem Tisch hatte. Aber im Gegensatz zu mir muss sie dort draußen seriös wirken und darf nicht so weit über die Stränge schlagen. Heuvelmann eine Stunde Verspätung zu erklären, wird sie ärgern;

mindestens so sehr, wie es mich ärgert, dass sie dort auf meinem Bett sitzt. Direkt über jener kleinen Blechschatulle, die vermutlich das Einzige beherbergt, was unsere Beziehung nachhaltig zerstören könnte. Ich hätte den Inhalt längst verbrennen sollen. Sentimentalität ist etwas Schreckliches.

Willi schaut auf die Uhr und empfiehlt mir, in Anbetracht unserer Verspätung und der Reinlichkeit meines Orks, das Alternativprogramm Deo statt Dusche und sofortiges Anziehen. Ich tue wie geheißen. Kaum habe ich Socken an, wird die Dusche abgedreht. Willi und ich blicken uns kurz an. Ich frage, ob sie etwas gegen Kopfschmerzen dabeihat. Sie öffnet ihre Handtasche und reicht mir eine Tablette.

»Chabrol hat übrigens gesagt, dass die gefährlichsten Kopfschmerzen durch mangelhaft verdaute Ideen verursacht werden«, sagt sie schnippisch.

»So wie die meisten mittelmäßigen Bücher auch«, entgegne ich und schlucke. Mit dem Hinweis auf das Grün in meinem Gesicht reicht sie mir ein Taschentuch. Ich bin noch dabei, es zu benutzen, als die Badtür sich öffnet, die Ursache für meine versaute Bettwäsche in den Raum tritt und deutlich wird, dass mein Problem – falls gestern Abend jemand Fotos gemacht hat – ein ganz anderes wäre als befürchtet. Die gute Nachricht ist: Mein Ork hat Brüste. Die weniger gute Nachricht: Auf den ersten Blick lässt sich nicht sagen, ob sie volljährig sind.

Das Mädchen dazu ist hübsch. Rothaarig, zierlich, allerhöchstens zwanzig Jahre alt. Seit ich selbst Rollenspieler war, scheint sich einiges geändert zu haben, denn damals hatten wir nur seltsame weibliche Spielerinnen. Die kleine Rothaarige trägt eine kurze Jeans, ein schwarzes Tanktop der Umbrella Corporation und über ihrer Schulter eine ausgebeulte riesige Tasche, in der sich vermutlich die Rüstung befindet. Das nasse

Haar fällt ihr über die halbnackten Schultern. Sie lächelt unsicher und hebt irritiert die Hand. Mitunter wirkt Willi so auf Leute, vor allem wenn man nicht mit ihr rechnet. Sie winkt zurück.

Ich für meinen Teil wäre mit Freuden bereit, mich mithilfe dieses zauberhaften Geschöpfes noch ein paar Stunden mehr zu verspäten, aber das ist vermutlich keine Option. Das Mädchen kommt näher, zieht eine Ausgabe von *Engel gegen Zombies II* aus ihrer Tasche und reicht es mir. »Du hattest versprochen, es mir zu signieren.«

Während Willi die Augen verdreht, suche ich einen Stift. Mein Orkmädchen wirft einen Blick auf das Manuskript am Boden und fragt, ob diese Geschichte irgendwo veröffentlicht sei. Ich verneine, finde etwas zum Schreiben, das Mädchen schaut an Willi vorbei auf das Laken und sagt, dass ihr das mit dem Bettzeug leidtue. Ich frage sie, das Buch aufschlagend, wem ich es widmen soll. Sie hat offensichtlich damit gerechnet, dass ich mir ihren Namen gemerkt habe, nennt ihn mir aber trotzdem, und ich schreibe: FÜR NADINE. Auf dem Schmutztitel manifestiert sich ihr Name neben meinem: Aaron Tristen. Und unweigerlich muss ich an Saskia denken.

Keine zwei Minuten später verlassen wir die Wohnung. Unter Willis abschätzigem Blick küsst Nadine der Ork mich scheu auf die Wange, und ich steige zusammen mit meiner Lektorin in ihren mattschwarzen Smart, um eine halbe Stunde zu spät und ungeduscht zu einem Termin zu gelangen, in dessen Rahmen ich werde erklären müssen, warum Neu-Kanaan sich etwas stockend entwickelt und das Zombiebaby immer noch nicht da ist. Aber das dürfte, wenn man bedenkt, dass womöglich das gesamte Wunderland aus Kopfschmerzen entstanden ist, kein ernsthaftes Problem darstellen.

Heuvelmann lässt uns warten. Ich nehme es ihm nicht übel. Vermutlich haben wir ihm seinen gesamten Tagesplan durcheinandergebracht und werden ihn auch die Mittagspause kosten. Da ist es nur fair, uns in eines dieser Vorvorzimmer zu setzen, wo wir uns die Zeit mit Kaffee und Verlagsprospekten vertreiben müssen. Wobei ich persönlich den Kaffee meist für die bessere Wahl halte. Geschmackssache.

Willi interessiert sich weder für das eine noch das andere. Sie schmollt. Weil ich an dieser Situation schuld oder zumindest ursächlich beteiligt bin. Ihr Ich-hätte-heute-Nachmittag-wirklich-etwas-Besseres-vorgehabt-Blick ist mir keineswegs fremd. Ich überlege, womit ich sie aufmuntern könnte, müsste aber vermutlich zumindest einen Arm opfern, weshalb ich, kaum dass die Sekretärin verkündet, dass Herr Heuvelmann noch in einem Meeting sei, aktiv Stoffwechsel zu betreiben beschließe.

Frida Räubertochter sitzt derweil mit verschränkten Armen vor ihrem Kaffee und würdigt mich keines Blickes, als ich den Raum verlasse.

Die Verlagsräumlichkeiten sind weitläufig. Um mich zu verlaufen und Willis respektive Heuvelmanns Zeitplan nachhaltig zu ruinieren, müsste ich mich nicht einmal anstrengen. Ich beschließe jedoch, die Dinge nicht unnötig zu verkomplizieren und die nächstgelegene Toilette aufzusuchen. Was ich vermutlich nicht getan hätte, wenn ich geahnt hätte, wen ich dort zu treffen das Vergnügen haben würde.

Als ich den Raum betrete, steht er am Waschbecken. Ich übersehe ihn zunächst, höre dann aber, noch bevor ich mich in einer Kabine verstecken kann: »Aaron? Bist du das?«

Unsicher, ob ich in diesem Moment wirklich ich sein möchte, drehe ich mich um und sehe mich einem schmächtigen Mann mit Brille gegenüber. Er ist ein wenig jünger als ich, dafür größer und augenscheinlich achtet er mehr auf sein Äußeres. Begeistert reckt er mir seine Hand entgegen. Ich habe keine Ahnung, wer er ist. Ich überlege, ob ich höflich sein und so tun sollte, als ob ich ihn kenne. Dies ist schließlich mein Verlag, ein Ort, an dem ich es mir mit niemandem verscherzen sollte. Er könnte vom Vertrieb sein. Oder vom Marketing. Obwohl er dafür nicht wichtig genug aussieht.

»Erkennst du mich nicht?« Er hat es bemerkt. Ich lächle unsicher. »Ach, ist ja auch schon ’n ganzes Weilchen her. Mirko. Mirko Rindsbein. Der Workshop. Damals in Frankfurt. Du musst dich doch erinnern.«

Während er spricht, reckt er mir seine Hand derart aggressiv entgegen, dass ich sie sicherheitshalber ergreife, bevor er sie in meine Innereien gräbt. Ich erinnere mich dunkel. Zumindest an Frankfurt.

»Haben uns darüber unterhalten, ob du mir nicht mit meinem Skript etwas helfen kannst. Die Thrillergeschichte mit dem minderjährigen Serienmörder. Zu der Zeit sind deine Orks und Aliens gerade durch die Decke gegangen.«

Jetzt erinnere ich mich an ihn, gehe jedoch davon aus, ihn in einer halben Stunde wieder vergessen zu haben. Es gibt einfach solche Typen, die vergisst man lieber, als dass man ihnen begegnet. An seine Geschichte erinnere ich mich auch, obwohl das Ganze schon Jahre her ist. Mittelmäßig spannend, übertrieben gewalttätig und mäßig originell. Sprachlich an einigen Stellen tatsächlich besser als meine Werke, aber das kümmert schlussendlich niemanden, der Engeln und Zombies beim Fummeln oder Prügeln beiwohnen will. Ich hatte mich damals höflich zu dem Manuskript geäußert und versprochen, Mirko ein paar Kontakte vermitteln, bevor ich seine Mailadresse zu verlieren beschloss.

Ich simuliere Interesse. »Und? Hast du es irgendwo untergebracht?«

»Leider nicht. Eigentlich gar nichts seitdem. Vor allem, weil ich es nicht an Kleinverlage vergeuden will.«

Ich nicke verständig. Diese Abneigung gegen Kleinverlage ist ein weit verbreitetes und nicht ganz abwegiges Phänomen. Nicht nur, dass die meisten keinen Vorschuss zahlen, verzichten sie auch oftmals auf Werbung und vertrauen in der Regel darauf, dass ein Autor seine Bücher selbst verkauft. Habe mich früher selbst mit mehr als einem von denen eingelassen. Aber das sind Kröten, die man schlucken muss, wenn man sich nicht zu fein für so etwas ist. Wie zum Beispiel mein Gegenüber, der augenscheinlich und weil er sich zu gut dafür war, seit über zehn Jahren nichts veröffentlicht hat.

»Und womit verdienst du dein Geld?«, frage ich.

»Ach, das verdient hauptsächlich meine Frau. Aber ich lass mir ab und zu Literaturprojekte fördern und zieh ein paar unbedarfte Autoren über 'n Tisch.«

Ich schaue ihn verwundert an. Marcel, oder wie auch immer er heißt, wirkt harmlos, ein Schwiegermuttertyp. Aber als er mir das Ganze dann erklärt, scheint er der beste Beweis dafür zu sein, dass stille Wasser nichts sind, woraus man trinken sollte. Mein Gegenüber spricht leiser. Es wird vertraulich.

»Für Unterbringung und Verpflegung bekommt man Geld von der Stadt. Das sackt man ein und bringt die Möchtegern-Autoren in einer beliebigen Bruchbude unter, die einen nichts kostet. Wenn die jung sind, beschweren die sich nicht einmal, wenn die drei Wochen in einem Dachzimmer ohne eigenes Bad leben müssen. Mit Quittungen und so was kann man auch noch ein bisschen mauscheln. Dann lässt du sie schreiben, setzt dich bei Lesungen dazu und liest ein bisschen altes Zeug von dir selbst. Das wirkt engagiert genug, dass dir irgendwelche Stellen dein nächstes Projekt fördern.«

»Hm, und was bekommen die dafür? Oder müssen sie dafür zahlen?«

»Wie gesagt, ich lass mir das Ganze aus irgendwelchen Kulturtöpfen bezahlen und stell den Schreibern immer ’n bisschen Geld und Spesen in Aussicht. Wobei sich am Ende immer ’n Grund dafür findet, ihnen ein bisschen weniger zu überweisen.«

»Und was, wenn einer deiner Autoren merkt, dass du ihn verarschst?«

»In dem Fall sagst du ihm, er soll seinen Anwalt schicken. Für die paar hundert Euro macht das keiner. Das bisschen, was die mit dem Schreiben vielleicht verdienen, werden die nicht auf gut Glück in einen Anwalt investieren.« Michael, der meine Hand noch immer nicht losgelassen hat, lacht dreckig. Der Schwiegersohn hat plötzlich etwas von Gollum.

Gleich, ob es um Geld, Tantiemen, Rechte oder Ideenklau geht – ich habe mich jahrelang von nichts anderem als Kröten ernährt und weiß aus erster Hand um die Möglichkeiten, junge Autoren auszunehmen. Ob sie nun Lesungen ohne Gage veranstalten oder die Preise dubioser Druckkostenzuschussverlage zahlen – sie sind wehrlose Nacktmulle im Sonnenlicht, die ohne Gegenwehr mit sich Federball spielen lassen, einzig der Hoffnung wegen, irgendwann einmal ein kleines bisschen bemerkt zu werden. Ich überlege kurz, ob ich Gollum in eines der Pissbecken stopfen sollte.

Ich lächle zögerlich. »Und was machst du jetzt hier?«

»Zwei Wochen unbezahltes Praktikum. Um ’n paar Leute kennenzulernen. Und vielleicht bei ’n paar Veranstaltungen reinzukommen. Mit Literatur und so.«

Jetzt, da ich weiß, dass Gollum einen Plan hat, möchte ich ihn noch dringender vergessen. Mein Mobiltelefon klingelt und gibt mir einen Grund, mich der Hand meines Gegenübers zu entwinden. Es ist Willi. Und sie wirkt noch humorloser als sonst. Hastig verabschiede ich mich von der buckligen Kreatur, verlasse unverrichteter Dinge die Toilette und eile zurück zu meiner Lektorin und den Verlagsprospekten.

Bevor ich den Schwiegersohn tatsächlich wieder vergesse, kommt mir der tröstliche Umstand in den Sinn, dass die meisten Leute, die er über den Tisch gezogen hat, wirklich Autoren sind. Leute, die tatsächlich schreiben, während Gollum den Rest seines Lebens in irgendeiner Toilette auf irgendjemanden wartet, der ihm die Tür ins Nimmerland aufstößt.

Schneller bewege ich mich durch die Flure, fürchte, zunächst um die erste, dann um die nächste Ecke biegend, mich doch verlaufen zu haben, aber sehe schließlich Willi dort stehen. Sie könnte ebenso gut sitzen. Das macht bei ihrer Größe kaum einen Unterschied. Bemerkenswert ist jedoch, dass sie scherzt. Oder zumindest so tut als ob, weil neben ihr Gernot Heuvelmann steht. Wie ein Kapitän auf der Brücke seines Schiffes.

Er mustert mich, ohne mir die Hand zu reichen, mit finsterem Blick. Sein graues Sakko erinnert mich ein wenig an eine Uniformjacke. Ich kann mich zwar nur lückenhaft erinnern, glaube aber, dass er gestern bei der Premiere etwas lockerer draufgewesen ist. Ich bemerke das rote Schmucktuch mit dem kleinen weißen *H* in seiner Brusttasche. Erinnere mich an die Geschichte, die ich über ihn schrieb, als wir uns kennenlernten. Bevor der erste Creature-Clash erschien. Die Wahrheit über den ruchlosen Heuvelman.

Dann bittet der Kapitän uns in seine Kajüte und geht voraus. Ihm auf dem Fuße folgt Willi das Pulveräffchen, dann ich. Beinahe höre ich die Wanten knarren und die Möwen kreischen. Und dabei beschleicht mich das unangenehme Gefühl, gleich über die Planke geschickt zu werden.

DIE WAHRHEIT ÜBER DEN RUCHLOSEN HEUVELMAN

Wenn es nach Kapitän Johnson ging, waren Piraten das eiternde Geschwür der Weltmeere. Am Bug seines Schiffes, der Lancet, stehend, hob er sein Fernrohr ans Auge und betrachtete missmutig die ruhig liegende See. Keine zwei Meilen vor ihm trieb De Roote Rakker, Der Rote Halunke. Das Schiff seines Erzfeindes. Eine Brigg aus dunklem Holz, deren Segel und Rumpf dunkelrot waren und über der neben den Farben der Niederlande noch eine andere Flagge wehte, deren Anblick Johnson jedes Mal die Galle hochkommen ließ. Drei weiße Säbel, die auf rotem Grund ein H formten. Das Zeichen des ruchlosen Heuvelman, jenes holländischen Kapitäns, der über Jahre sein Unwesen auf den Weltmeeren getrieben und angeblich sogar einen Pakt mit dem Teufel geschlossen hatte. Unter seinen Landsleuten gab es den Spruch: Wilt u weten wat de Duivel kan, dan vraag toch keer de Heuvelman!

Seines erbarmungslosen Vorgehens wegen hatte der Holländer als einer der übelsten Freibeuter seiner Zeit gegolten, bis britische, spanische und französische Piratenjäger ihn mithilfe dreier Fregatten unweit von Tortuga in die Enge getrieben und schlussendlich lebend gefangen genommen hatten.

Das war nun fünf Jahre her. Die tapferen Männer, die den Piraten zur Strecke gebracht hatten, darunter auch Johnson selbst, waren belohnt, befördert und bewundert – und Heuvelman zum Tode durch den Strang verurteilt worden.

Wie sehr Johnson ihn hängen hatte sehen wollen, spürte er wieder einmal, da ihm beim Anblick der roten Flagge einmal mehr die Galle überlief. Es war freilich nicht das gleiche Zeichen, unter dem der Duzfreund des Teufels, wie man Heuvelman auch nannte, damals zu seinen

Kaperfahrten aufgebrochen war. Bei ihm waren es Knochen statt Säbel gewesen, ein Zeichen, das keine Gnade verhieß und nur gehisst wurde, wenn es ans Entern ging. Heuvelmans Männer, durchweg arge Raubgesellen der schlimmsten Art, waren bekannt dafür gewesen, keine Gefangenen zu machen. Um nur annähernd so oft zu hängen, wie Heuvelman es verdient hätte, hätte der Holländer hundert Hälse haben müssen. Aber nicht mal an einem hatte man ihn schlussendlich aufgeknüpft. Weil er bereut, gebüßt und gebeichtet hatte, zu Fuß bis nach Rom gepilgert war, vom Papst Absolution erhalten und nicht zuletzt jeden Freibeuter verraten hatte, mit dem er im Lauf seines Lebens gehurt und gesoffen hatte.

Ein ruchloser Schurke, der mit kriecherischer Heuchelei und ehrlosem Verrat sein jämmerliches Leben gerettet hatte. Johnson verachtete ihn. Und aller Buße und Beteuerung zum Trotz glaubte er Heuvelman nicht, dass er der Piraterie abgeschworen hatte.

»Sir?«

Die Stimme seines ersten Maats vernehmend, setzte Johnson mit einem leisen Fluch auf den Lippen das Fernrohr ab und wandte sich um.

»Wenn Sie erlauben, Sir, wir folgen Heuvelman nun seit über einem Monat. Nichts in dieser Zeit deutete auch nur entfernt darauf hin, dass er auf Kaperfahrt wäre. Er macht keine Anstalten, andere anzugreifen oder zu bedrohen. Wir sind uns nicht einmal sicher, ob er überhaupt Kanonen an Bord hat.«

»Weil er weiß, dass wir ihm folgen, Haddock. Und womöglich die Einzigen sind, die verhindern können, dass dieses holländische Geschwür wieder aufbricht. Darum geht es. Und um nichts anderes.«

Der Maat salutierte, Johnson hob das Fernrohr ans Auge und bemerkte am Horizont eine spanische Galeone, auf die De Roote Rakker direkt zuzuhalten schien. Sie war offensichtlich gut bewaffnet und der jämmerlichen roten Brigg weit überlegen, sodass der Holländer kaum mit dem Gedanken spielen konnte, sie anzugreifen.

Johnson, noch immer von dem Gedanken beherrscht, Heuvelman auf *frischer Tat zu ertappen, ging zunächst davon aus, dass bald noch weitere Piratenschiffe dazustoßen und die Galeone gemeinsam angreifen würden. Stattdessen geschah jedoch etwas völlig anderes. Durch sein Fernrohr konnte Johnson beobachten, wie die Spanier den Roten Halunken längs gehen ließen, kurz darauf ein halbes Dutzend herausgeputzter spanischer Edler mit Umhängen und Federhüten die Brigg betraten und wie diese schließlich gemeinsam mit Heuvelman unter Deck verschwanden.*

Der Kapitän konnte sich darauf keinen Reim machen. Auch nicht, als die Männer zurückkehrten und einige hölzerne Schatullen mittlerer Größe auf ihr Schiff schafften, für die sie dem Holländer im Gegenzug einen ansehnlichen Beutel Gold überließen.

Wütend schob Johnson sein Fernrohr zusammen und grübelte. Wenn Heuvelman den Spaniern Beute verkaufte, hätte er zuvor Beute machen müssen. Wovon Johnson gewusst hätte, weil er ihm folgte, seit Der Rote Halunke in See gestochen war. Also musste dort an Bord etwas anderes vor sich gehen. Etwas, das zu ergründen harsche Maßnahmen erforderte.

Kapitän Johnson wartete, bis die Galeone beigedreht und sich entfernt hatte. Dann ließ er Segel setzen, um den Holländer einzuholen, und bat, kaum dass die Lancet nahe genug heran war, allein und in friedlicher Absicht an Bord der Brigg kommen zu dürfen. Was Heuvelman ihm gewährte, als ob er nichts zu verbergen hätte.

Entschlossen setzte Johnson, mit je einer Muskete und einem Dolch im Stiefel, den Fuß auf die Planken des Halunken. Der Holländer begrüßte ihn mit Handschlag, trank mit ihm aus einer Flasche und erfreute sich an seinem Misstrauen. Kapitän Johnson vermochte sich nicht gut zu verstellen, und Heuvelman wusste, was den Mann umtrieb, und hatte freilich längst die ihm folgende Lancet bemerkt. Und doch schien die Anwesenheit des Piratenjägers auf seinem Schiff ihn zu amüsieren.

Entsprechend verwirrt war Johnson, als ihm sein Erzfeind wenig später anbot, sich im Laderaum von der Ehrbarkeit seines Wirkens zu überzeugen. Er folgte dem ruchlosen Holländer, und gleich darauf verschlug es ihm die Sprache. Anstelle von Schätzen oder Kanonen fanden sich unter Deck des Roten Halunken eine Reihe mit Federn, Tinte und Pergament bestückte Pulte. Ein halbes Dutzend, an denen wirrbärtige Männer in Kutten eifrig schrieben. Dahinter saßen weitere Männer, die jenes Papier zu Büchern banden, und noch weitere, die die Einbände mit eitlem Tand beklebten. Die meisten Männer trugen Tonsur. Einige hatten Augenklappen, andere Haken statt einer Hand. Bei manchen lugte ein Holzbein unter ihrer Kutte hervor. Und als Johnson schließlich begriff, was diese eigentümlichen Mönche hier unten verfassten, schauderte es ihn. In den Regalen nämlich, die dort anstelle der Kanonen standen, sah er sie: Bibeln. Mit aufwendigen Initialen und schweren Einbänden versehen. Von Männern, die das Entermesser gegen den Federkiel getauscht hatten.

»Mit dem Segen des Heiligen Vaters.« Heuvelman lächelte. »Wobei ich mit dieser segelnden Schreibstube heute mehr verdiene als damals mit der Freibeuterei. Weil so ein handschriftliches Bibelchen manch hohem Herrn noch immer frömmer scheint als ein gedrucktes. Du ahnst nicht, was allein diese spanischen Granden gerade an Gold hiergelassen haben.«

Und in diesem Moment verstand Kapitän Johnson, dass der ruchlose Heuvelman der Ehrbarkeit und dem Büchertum anheimgefallen war und er ihn nicht mehr hängen sehen würde.

Beschämend war allerdings, dass der Holländer ihm zum Abschied eine Bibel überließ. Und tragisch, dass Johnson diese dem Bischof von Gloucester zum Geschenk machte. Weil jener Bischof darin eine derart eigenwillige Interpretation der zehn Gebote vorfand, dass er den großzügigen Gönner dafür in den Kerker werfen ließ und Kapitän Charles Johnson dem Strick gegen Ende seines Lebens näher war als der ruchlose Heuvelman.

KAPITEL III

… in dem der Held die heruntergekommene
Höhle einiger Sonderlinge betritt,
von einem unbeabsichtigten,
aber außerordentlichen Erfolg erfährt
und ein Ork schlussendlich
einen unorkischen Weg beschreitet

Heuvelmann redet. Und das seit nunmehr gut zehn Minuten. Ich höre ihm nicht zu. Das tue ich nie; dafür habe ich Willi dabei. In der Regel erklärt sie mir im Nachhinein, was er meint, was auch einer der Gründe dafür ist, weshalb ich seit den Einhörnern keinen Verlagstermin mehr ohne sie mache. Aber heute ist etwas anders. Heuvelmann möchte nicht, dass ich schneller schreibe oder irgendetwas ändere. Und er hat mir nichts zu trinken angeboten. Er ist wütend. Das merke ich, selbst ohne ihm zuzuhören.

Er ist laut. Gestikuliert wild. Kleine Speichelfetzen fliegen durch die Luft. Ihn fokussierend meine ich, um ihn herum Takelage und Aufbauten seines Schiffes zu sehen, während er mich vor versammelter Mannschaft auspeitscht und seine Wut sich mit jedem Hieb der Neunschwänzigen steigert. Dabei schimpft er, und niemand an Deck versteht auch nur ein einziges Wort, weil Kautabak und Zorn seine Worte zu etwas verkleben, das dem menschlichen Gehör fremd ist. Er tobt sich in Rage. Ängstigt die Mannschaft. Dort an Deck und hier hinter seinem Schreibtisch. Und ich höre ihm nicht zu, bis Willi mich mit dem Fuß anstößt, ich aufblicke und verstehe, worum es Heuvelmann überhaupt geht.

In seinen Händen hält er die Zeitung von heute – Berliner Morgenpost, aufgeschlagen, umgefaltet – und präsentiert mir einen halbseitigen Bericht mit Bild, auf dem ich inmitten einiger abgerissener Orks zu erkennen bin. Die Faust emporgereckt stehe ich, mit aus der Hose hängendem Hemd und wutverzerrtem Gesicht, über einem am Boden liegenden Gegner, schlage meinen Ellenbogen ins Kinn eines weiteren, während ein dritter mich zurückzuhalten versucht. Über den Boden verstreut sind einzelne Bücher sowie ein Gutschein, den ich offenbar in Rage zerrissen habe. An einem halb zusammengesackten Regal lehnt ein vierter Ork, der mit seinem Nasenbluten neben einer Prachtausgabe des *Herrn der Ringe* sowie einem *American-Gods*-Paperback auch noch den Teppichboden einsaut. Ein fünfter Ork versucht sich hinter mir auf allen vieren in Sicherheit zu bringen, während ich in dem sechsten Nadine erkenne, die sich hinter einem Regal versteckt und für einen Ork tatsächlich derartig sexy wirkt, dass ich es mir im Nachhinein nicht verübeln kann, sie mit nach Hause genommen zu haben. Das Bild jenes eingefrorenen Konfliktes zwischen Bücherregalen wirkt beinahe wie ein inszeniertes Renaissance-Gemälde.

Beeindruckt von dem Bild bemerke ich die Überschrift des Artikels erst, als Heuvelmann mir die Zeitung beinahe ins Gesicht drückt.

BUCHPREMIERE ENDET IN GEWALTORGIE –
FANTASYAUTOR DREHT DURCH

Jetzt komme ich wohl nicht mehr umhin, ihm zuzuhören.

»Was zum Teufel soll das bedeuten, Herr Tristen?«

Ich blicke Hilfe suchend zu Willi, die eine Braue hebt, den Kopf schief legt und weder willens noch in der Lage zu sein scheint, mir beizustehen. Das Bild etwas eingehender betrachtend, entgegne ich vorsichtig: »Dass offenbar mal jemand von der Presse bis zum Schluss der Veranstaltung geblieben ist?«

Heuvelmann zieht hörbar scharf die Luft ein und erhebt sich. Auf seiner Stirn sind Schweißtropfen zu erkennen. Willi legt die Hand über die Augen.

Heuvelmann funkelt mich an. Drohend hebt er seinen Zeigefinger, richtet ihn erst auf mich, dann auf die Wand hinter mir und spricht mit bebender Stimme. »Heuvelmann & Grimm, Herr Tristen, steht für Tradition. Zweihundertfünfzig Jahre im Geiste der größten Dichter und Denker. Und das bedeutet nicht zuletzt Verantwortung. Für mich als Verleger ebenso wie für Sie als Autor. Für uns als Menschen, die wir für diesen Namen stehen wie auch einstehen sollten. Und das hat eben auch etwas mit Würde zu tun!«

Während ich wieder Lust bekomme, ihm nicht mehr zuzuhören, und er über mein Verhalten und die Tragbarkeit meiner Person für das Haus referiert, stochert sein Finger weiter in der Luft herum und deutet mal hierhin und mal dahin und immer gezielt hinter mich. Ich muss mich nicht umdrehen, um zu wissen, was er meint. Ich kenne diesen Vortrag, den Heuvelmann, wann immer das Verhalten eines Autors das Bild des Verlages in der Öffentlichkeit gefährdet, mit der gleichen Inbrunst zu halten pflegt. Mit leichten Abwandlungen bekam ich ihn bereits vor meinem ersten Alkoholentzug und im Zuge des Erpressungsversuchs einer Prostituierten zu hören.

Während der Vortrag gehalten wird, verlangt das Protokoll, dass nachdrücklich und mindestens zehn Mal auf vier überformatige Gemälde an der hinteren Wand des mit dunklem Holz getäfelten Büros gedeutet wird. Es handelt sich um Porträts einiger jener großen Denker, deren Schriften Heuvelmann & Grimm in traditionellen Prunkausgaben herauszugeben pflegt; Kierkegaard, Montaigne, Kant und einen Mann, der seinem Bart zufolge ebenso Darwin, Marx oder der Weihnachtsmann sein könnte und den Willi und ich bis auf Weiteres Charles Dumbledore zu nennen beschlossen haben.

Schließlich fährt Heuvelmann Pathos und Engagement langsam runter und beginnt mit dem letzten Teil seines Monologes.

Als Heuvelmann seine Hände endlich sinken lässt, nicke ich kleinlaut und gebe mich reumütig, bevor ich verspreche, mich zu bessern und dem Ruf des Verlages künftig gerechter zu werden. Oder so ähnlich. Dabei spüre ich Willis bohrende Blicke in meiner Schulter. Sie weiß genau, wie schwer es mir fällt, derlei glaubhaft rüberzubringen.

Heuvelmann setzt sich an seinen Schreibtisch und nickt nachdenklich, bevor er zum Grande Finale und dem absurdesten Teil seines Vortrags ausholt: Thelonius Grimm aus dem Off. Wie schwierig es werden würde, seinem schwerkranken Kompagnon begreiflich zu machen, was vorgefallen war. Wie sehr es ihn schmerzen würde, davon zu erfahren, wie einer ihrer Autoren, wenn nicht gar einer ihrer liebsten, das Bild des Verlages in der Öffentlichkeit beschädigte. Wie sehr er, Heuvelmann, sich würde bemühen müssen, um den alten Grimm, der gewiss sogleich alle Verträge mit mir aufkündigen wollen würde, zu besänftigen, um mich für den Verlag zu retten, was ihm ein ganz besonderes Bedürfnis und aller Mühen wert wäre, und so weiter.

Allmählich gelange ich an die Grenzen meiner betroffenheitssimulierenden Fähigkeiten, schaue ihn also so ernst und dankbar an, wie es mir möglich ist, und frage mich dabei heimlich, ob Heuvelmann den alten Grimm nicht womöglich längst umgebracht und verscharrt hat. Thelonius Grimm, in dessen Büro auf der gegenüberliegenden Seite des Ganges mit Sicherheit vier andere überdimensionierte Porträts hängen, der sich angeblich des Klimas wegen nach Fuerteventura zurückgezogen hat und mit dem Heuvelmann angeblich alle wichtigen Entscheidungen abstimmt, wurde hier im Haus seit Jahren nicht mehr gesehen.

Kopfschüttelnd nimmt Heuvelmann noch einmal die Zeitung auf und betrachtet, von seinem eigenen Vortrag ergriffen, seufzend den Artikel.

Kaum merklich hebe ich eine Braue und drehe mich leicht Richtung Willi, deren Blick mir zeigt, dass sie in diesem Moment wahrscheinlich das Gleiche wie ich denkt: Selbst schlechte Presse ist gute Presse. Und Heuvelmann & Grimm können eigentlich froh sein, überhaupt mal wieder in der Zeitung zu stehen.

Nachdem ich mich dem eisenharten Griff des Kapitäns entwunden und von Bord geschlichen habe, sitze ich eine knappe Stunde später in der S7. Ursprünglich sollte Willi mich fahren, aber das ganze Drumherum des Heuvelmann-&-Grimm-Termins forderte seinen Tribut, sodass jeder von uns die Scherben seines ursprünglichen Tagesplans aufkehren muss. Und während Heuvelmann in seiner Kajüte die neunschwänzige Katze abspült, wanke ich Richtung Ahrensfelde, um einem Studentenradio, das ohnehin niemand hört, ein Interview anlässlich des Erscheinens des neuesten Creature-Clash-Bandes zu geben. Zu so etwas kann man – wenn es nicht gerade live ist – auch mal eine Stunde zu spät kommen.

Am Alexanderplatz wird es voll. Ein älterer Herr fragt, ob

neben mir noch frei sei. Ich nicke. Er setzt sich, schlägt seine Zeitung auf, und schon wieder sehe ich mich zwischen den Regalen inmitten der geschundenen Orks. Kurz darauf stellt auch mein Sitznachbar die Verbindung her, wendet sich mir zu und mustert mich, als ob ich den letzten lebenden Exemplaren einer vom Aussterben bedrohten Art das Genick durchgebissen hätte.

Ich drehe mich zum Fenster, in dessen Spiegelung ich auf Höhe Jannowitzbrücke erkenne, wie eine kleine Gruppe Jugendlicher – die in meiner Jugend noch Halbstarke hießen und die heute nicht einmal mehr in der Lage sind, eine Baseballkappe richtig zu tragen – immer wieder auf ein Handydisplay und dann verstohlen auf mich schaut. Die Jungen amüsieren sich prächtig. Anklagend hebe ich eine Braue, und an der Warschauer Straße steigen sie endlich aus.

Für einige Stationen komme ich in den Genuss zweier Straßenmusiker, die ihr Handwerk offenbar ohne Talent und Übung auszuüben beschlossen haben und stattdessen auf ein ebenfalls nicht vorhandenes Charisma setzen. Ein kleiner Dicker mit Schnauzbart, Sonnenbrille und Gitarre und ein weniger kleiner, dicker Mann mit Halbglatze und verbeulter Trompete. Ich bin mir nicht sicher, ob beide das gleiche Lied spielen, geschweige denn, ob es überhaupt ein Lied ist. Das, was sie dort den Fahrgästen darbieten, würde selbst in einer Free-Jazz-Improvisation-Session noch unangenehm auffallen. Während der Schnauzbart seine Gitarre noch quält, versucht die Trompete mithilfe eines Pappbechers und eines gering dosierten Lächelns Geld einzusammeln.

Das kleine, von vier langhaarigen und unrasierten Brillenträgern betriebene Studio im obersten Stock eines Hinterhauses unweit des Ostkreuzes wirkt improvisiert, und auch der

Schriftzug von RADIO KRASS ist so unbeholfen, wie man es bei einem von Metalnerds betriebenen Sender erwartet. Nachdem die Jungs *Einhörner gegen Vampire* zum krassesten Fantasybuch des vergangenen Jahrzehnts gewählt haben, darf ich mich bereits zum dritten Mal am fehlenden Fahrstuhl ergötzen und Teil der krassesten Musik und der krassesten Interviews sein. Der einzige Grund, weshalb Radio Krass überhaupt anderes als Metal sendet, ist der, dass einer seiner Betreiber, Joe, bekennender Fantasyleser ist. Die anderen wirken, als würde selbst das Betrachten der Coverbilder sie überfordern. Ein bisschen wie Metal Minions. Oder die Daltons bei Lucky Luke. Nur eben gleich groß.

Aufgrund der Tatsache, dass die vier ihre T-Shirts in unregelmäßigen Abständen wechseln, erkenne ich Joe für gewöhnlich nur an seiner mit Klebeband geflickten Brille. Und obwohl er normalerweise mein Ansprechpartner ist, begrüßt mich heute ein anderer Dalton. Denke ich. Bis ich begreife, dass Joe eine neue Brille hat.

An ausgeblichenen Postern von Manowar, Iron Maiden und Blind Guardian vorbei führt er mich über die ausgetretene Empore zu der kleinen Kaffeeküche neben dem Aufnahmeraum und verkündet stolz, dass sie für das heutige Interview auch noch jemandem aus dem Verlag bekommen hätten und ein paar Bücher. In diesem Moment betreten wir die Küche, und dort im Zigarettendunst sehe ich zwischen William, Jack und Averell: Malte. Meik. Oder Micha. Oder wie er heißt.

In der Hoffnung, dass man mir meine mangelnde Begeisterung nicht anmerkt, gebe ich allen außer Marvin die Hand. Aus den Augenwinkeln bemerke ich einen Stapel von vielleicht zwanzig Büchern.

»Ach ja, die haben wir zum Verlosen bekommen«, sagt Joe. »Solltest du nachher noch signieren.«

»Bevor wir sie bei E-Bay reintun«, grinst einer der Daltons, woraufhin alle dreckig lachen und Miguel wohl der Einzige im Raum ist, der das Ganze wirklich für einen Scherz hält.

Ich entschuldige mich für die Verspätung und stelle fest, dass niemand diese überhaupt bemerkt hat. Die vermutlich nicht bloß von Dekospinnweben verhangene Uhr auf dem Küchenschrank ist kurz vor zwölf stehengeblieben. Und das sicher nicht erst gestern.

Ich befinde mich an einem Ort, wo Zeit keine Rolle spielt und niemand erwachsen werden muss.

Mit den Daltons im Nimmerland.

Vor zwei Mikrofonen mit verbogenem Ploppschutz postiert, tragen Mario und ich ein Paar abgenutzte Kopfhörer. Meine haben einen Wackelkontakt, was das Death-, Doom- und Destructionmetalgeknüppel nicht angenehmer macht. Aber im Nimmerland wird gehört, was aufs Ohr kommt, und in einer Stunde dürfte ich hier auch schon wieder raus sein.

»Bei uns zu Gast«, vermeldet Joe Dalton, »ist Aaron Tristen, der gefeierte Autor der unglaublichen Creature-Clash-Reihe, deren neuester Teil beim Verlag Heuvelmann & Grimm erschienen ist. Krass willkommen im Studio, Aaron!«

»Freue mich krass, wieder mal bei euch sein zu dürfen«, entgegne ich bedingt ehrlich.

»So gehört das! Würdest du uns als Einstieg noch einmal erzählen, wie du überhaupt zur Phantastik gekommen bist?«

»Du meinst die Batman-Geschichte, oder?«

Natürlich meint er die Batman-Geschichte. Die, die ich bereits das letzte und das vorletzte Mal erzählen musste. Weil alle Batman lieben. Außer vielleicht Willi, die eh immer anders als die anderen Kinder ist.

Also erzähle ich die Batman-Geschichte. Wie ich mit zwölf

Jahren im Altpapier einen Stapel Comictaschenbücher gefunden hatte, meine Eltern mir verboten hatten, sie zu behalten, und wie ich deshalb von daheim abgehauen war. Wie ich bis in die nächste Stadt kam und dann meinen Vater aus einer Telefonzelle anrief, damit er mich abhole. Und wie mein alter Herr schließlich ein Geschäft mit mir machte: Für jedes Batman-Taschenbuch, das ich bekam, musste ich ein Buch lesen, das mein Vater mir gab. So hatte ich schließlich, nur weil ich Batman wollte, den Hobbit, Atreju, Momo, König Artus, Robin Hood und Phileas Fogg kennengelernt. Und Batman darüber fast vergessen. Auch wenn er der Schlüssel zu meinen späteren Vorlieben war.

Markus lässt die Geschichte über sich ergehen.

Der kleine Dalton ist wie immer begeistert. »Batman! Yesss! Geile Geschichte, Aaron. Jedes Mal wieder. So, und bevor jetzt später noch unser zweiter Gast zu Wort kommt, möchte ich erst einmal mit dir über dein neues Buch sprechen.« Joe hebt einen Zettel und liest davon ab. »*Engel gegen Zombies* II ist der vierte Band der Creature-Clash-Reihe und der zweite der Neu-Kanaan-Saga, in dem die geflügelte Schwesternschaft von Angelion den letzten Menschen in einer postapokalyptischen Szenerie gegen die Horden der Untoten beizustehen versucht. Die Geschichte, die ja genau genommen nach dem Ende der Welt spielt, behandelt dabei nicht nur das Mysterium der Mutantenengel, sondern vor allem auch die dystopischen Versuchungen, denen die geflügelten Heerscharen nun ausgesetzt sind, da die himmlische Ordnung zerbrochen und der Todsündenkonverter im Labor hinter der Dämmerung zerstört ist. Eine zentrale Rolle spielen der große Verweser und ein zombifizierter Engel namens Malhadriel. Verrate uns doch bitte mal, wie du nur immer auf so krasse Ideen kommst!«

»Hebbel sagte, dass Einfälle die Läuse der Vernunft sind«,

antworte ich. »Und ich glaube, so ähnlich verhält es sich tatsächlich. Was mich von anderen unterscheidet, ist vielleicht nur, dass ich grundsätzlich gern bereit bin, mir ein paar Läuse einzufangen und sie großzuziehen.«

»Krasses Bild. Und krasses Buch. Ich hab's ja schon lesen dürfen und bin wirklich gespannt, was im nächsten Teil passiert. Die offenen Fragen am Ende sind wirklich heftig. Vor allem die Liebesgeschichte und die Frage, was jetzt mit Neu-Kanaan passiert.«

»Ich kann dir versichern, da wird einiges passieren. Und es wird sogar eine neue Rasse ins Spiel kommen.«

»Dann hoff ich mal, dass das Warten nicht zu lang wird. Verrätst du uns noch, was du über Leute denkst, die Fantasyliteratur oder Rollenspiel Eskapismus vorwerfen?«

»Halte ich für eine unsinnige Diskussion. Der Wunsch, in Phantasiewelten zu fliehen, ist allgegenwärtig. Sonst wären alle Leute im Stadion schlussendlich auch Profifußballer. Die sind auch nichts anderes als Rollenspieler, nur eben mit Bier und Gebrüll statt Pen und Paper. Und genauso der Banker mit Datsche. Am Wochenende schlüpft er in die Rolle eines Schrebergärtners. Freizeit ist generell nichts anderes als Eskapismus. Und wenn nicht, macht man was falsch.«

»Interessanter Ansatz. Da muss ich mal ein wenig drüber nachdenken. Magst du uns, abgesehen von deinem Buch, vielleicht aus deiner Sicht auch noch etwas zum Orkschlächtervorfall sagen?«

»Zu was?«

»Na, seit du auf deiner Premiere einen Haufen Grünhäute in den Boden gestampft hast, findet man im Netz unter dem Hashtag Orkschlächter so einiges.«

»Wie bitte?«

»Neben dem Video, das jemand im Buchladen mit seinem

Handy gemacht und das inzwischen schon zweihunderttausend Klicks hat, gibt es ziemlich krasse Fan-Art, die dich mit einigen Orkschädeln am Gürtel als Bezwinger der Stämme darstellt. Den großen Grünhautgerber, der –«

»Zweihunderttausend Klicks?«

»Klar. Die haben das Ganze mit 'nem Song aus 'nem Film hinterlegt. Ich glaub, der Pod Dance aus dem *Dunklen Kristall*. Und während die Melodie immer schneller und lustiger wird, vermöbelst du das orkische Geschmeiß. Wobei das schon bisschen so aussieht, als ob du irgendwas genommen hast.«

Während der nächsten Minuten versuche ich bedingt erfolgreich, Joe Dalton die ganze Angelegenheit als Promo-Aktion zu verkaufen, erfahre, dass die Welt der Orks in Aufruhr ist und einige Clans mich bereits herausgefordert haben, auf Rollenspielevents gegen sie anzutreten. Einmal mehr werde ich darin bestätigt, dass diese Viecher nichts als Ärger machen, und bekomme die Quittung dafür, dass ich seinerzeit ein paar am Leben gelassen habe.

Nachdem ich mich schließlich aus der Orkschlächternummer herausgewunden und die Gewinnspielfrage gestellt habe, wer im Kampf gegen den großen Verweser seinen Arm verloren hat, begebe ich mich noch einmal in die Küche, um unter den Augen der übrigen Daltons ein paar geräucherte Bücher zu unterschreiben.

Unterdessen gehen mir die zweihunderttausend Klicks, die Tragbarkeit meiner Person und Heuvelmanns Reaktion auf den Hashtag durch den Kopf. Sobald ich hier raus bin, werde ich dringend ein Telefonat führen müssen.

Während im Radio *Destroy the Orcs* von 3 Inches of Blood läuft, verabschiede ich mich knapp. Der Song endet, kurz bevor ich die Tür zur Treppe erreiche, und als ich die Studioräume von Radio Krass verlasse, höre ich Mark mit warmen Worten einen phantastischen Wettbewerb für phantastische Nachwuchsschriftsteller bewerben, in dessen Rahmen es neben Kost und Logis auch eine kleine Aufwandsentschädigung geben wird. Das Bedürfnis, umzukehren und ihm sein Mikro bis zum Anschlag in den Hals zu rammen, kann ich nur unterdrücken, weil ich unlängst bei derlei Verhalten fotografiert wurde.

Ein Stockwerk tiefer habe ich mein Mobiltelefon hervorgeholt und sehe, dass ich einen Anruf verpasst habe. Eine unbekannte Nummer. Es wurde eine Nachricht hinterlassen. Verwundert halte ich auf dem nächsten Treppenabsatz inne, hebe das Handy ans Ohr und lausche.

»Arschloch! Du denkst wohl, dass du dir alles erlauben kannst, hm? Aber nicht mit mir. Mit mir nicht, sag ich dir! Ich weiß, wo dein Wagen steht. Mit den Bremsschläuchen fang ich an. Und dann wollen wir mal weitersehen. Pass künftig besser auf, wem du dumm kommst! Blöder Wichser.«

Irritiert betrachte ich das Telefon, nicht sicher, ob wirklich ich gemeint war. Ich fühle mich irgendwie schlecht. Würde mich jedoch wesentlich schlechter fühlen, wenn ich ein Auto besäße.

Also rufe ich die vermutlich einzige Person an, die mir in meiner gegenwärtigen Situation behilflich sein kann. Es klingelt keine zwei Mal, bis Herr Schröder ans Telefon geht.

»Aaron! Das ist ja beinahe, als ob es dir in den Ohren geklingelt hat! Ich wollte dich nachher auch noch anrufen.«

»Wie? Was meinst du?«

Herr Schröder ist mein Anwalt und Berater in rechtlichen Dingen. Alles, was in diese Richtung geht, lasse ich vom Verlag und meiner Agentur an ihn weiterleiten. Einerseits, weil ich ohnehin nichts davon verstehe, und andererseits, weil das meiste sich in der Regel auch ohne meine Mitwirkung aus der Welt schaffen lässt.

»Na, du rufst doch sicher wegen dieser Orkgeschichte an.«

»Oh verdammt. Du hast auch schon davon gehört? Zweihunderttausend verschissene Klicks, und ich wette, davon hat Heuvelmann, als er mich heute Morgen ausgepeitscht hat, noch nicht mal was gewusst. Aber ja, genau wegen dem Video ruf ich dich an. Gibt es rechtlich irgendeine Möglichkeit –«

»Wie bitte? Von was für einem Video redest du? Es geht um einen der Orks, die du in der Buchhandlung verprügelt hast. Er hat Strafanzeige erstattet. Weil du ihm wohl die Nase gebrochen hast.«

Das auch noch. Ich verdrehe die Augen gen Treppenhausdecke und frage mich, was für ein verweichlichter Haufen aus den Orks geworden ist, seit ich selbst einer gewesen war.

DAS ORAKEL VOM KRUMMEN TURM

In den Tagen des Königs vom schwarzen Berg residierte in einem krummen Turm am Rande der Regenstadt ein Orakel. Allerorten raunte man hinter vorgehaltener Hand, dass es vier Köpfe und Antwort auf jede Frage habe, die man ihm zu stellen wagte.

Bald schon sprach man im ganzen Reich über das Orakel vom krummen Turm. Sein Ruhm wuchs, und die Menschen priesen seine Weisheit, gleich ob sie jemals dort gewesen waren oder nicht. Im Gegensatz zu anderen Orakeln, wie sie sich zu jener Zeit der steuerlichen Erleichterungen wegen überall im Reich ansiedelten, nahm das Orakel vom krummen Turm weder Geld noch anderen Lohn für seine Dienste. Womit es nicht nur den Wettbewerb verzerrte, sondern auch den Unmut zahlreicher anderer Wunderkundiger auf sich zog.

Spät im Sommer brach dann in Gildegast, das vielen als Heimstatt der Weissagung galt, ein junger Hellseher mit Namen Curioun auf, um zu ergründen, wie jenes mildtätige Orakel, dessen vier Häupter doch gewiss auch etwas fressen mussten, sein Leben fristete.

Am krummen Turme angelangt traf Curioun zum Mittag hin auf einen bärtigen Blinden, der sich ihm als Holgk von Munkh, erster Vogelflugdeuter des Fürsten von Vrinh und oberster Augur von Gildegast vorstellte. Und wie der junge war auch der alte Hellseher gekommen, die Wahrheit über das vierhäuptige Orakel zu ergründen. So betraten sie also gemeinsam den Turm. Bereit, Antwort auf all ihre Fragen zu bekommen, ohne etwas dafür zu geben.

Seite an Seite erklommen sie Stufe um Stufe und traten schließlich unter dem Dach in einen fensterlosen und nur von Kerzenlicht erhellten Raum, der, ganz von Rauch verhangen, nach fremden und sonderbaren

Kräutern und Gewürzen roch. Diese ruhten auf glühenden Kohlen in kleinen metallenen Schalen, die im Kreis um einen großen Tisch aus dunklem Holz standen, an dem auf groben Stühlen vier Gestalten in grauen Kutten saßen, die einander, vom wohlriechenden Rauch umwabert, vollkommen glichen.

Im Licht eines flackernden Kerzenungetüms, das mitten auf dem Tisch stand und nicht mehr als ein Dutzend Dochte in einem nach allen Seiten zerfließenden Wachsklumpen war, hätten weder Holgk noch Curioun sagen können, ob es Männer oder Frauen waren, wohl aber, dass sie satt und zufrieden wirkten.

Kaum, dass die beiden Männer vor sie hintraten, hob nun die erste jener vier Gestalten an und fragte, wer da woher gekommen und was zu erfahren sei.

Sie nannten ihre Namen, und dann stellte Curioun den vier Gestalten im Nebel jene Frage, auf die er und der Alte sich hatten einigen können: Was die Zukunft für ihn bereithielt.

Die erste Kutte versicherte ihm, dass er leben würde, bis er sterbe. Die zweite verhieß ihm ein liebendes Weib, so er ein passendes fand. Die dritte fortwährende Gesundheit, wenn nicht Krankheit ihn befiel. Und die vierte zuletzt Reichtum, insofern dieser ihm zuteilwürde.

So wenig befriedigend sie waren, legten diese Antworten zumindest nahe, weshalb dieses Orakel für seine Dienste nichts verlangte.

Die beiden wollten sich bereits wieder zum Gehen wenden, als sich herausstellte, dass das Orakel noch nicht fertig war. Nun nämlich begann die zweite Gestalt im Nebel der Antwort der ersten etwas hinzuzufügen. Die dritte äußerte sich zu der Antwort der zweiten, derweil die vierte sich der Antwort der dritten annahm und die erste etwas zu jener der vierten zu sagen hatte. All das machte ihre Antworten weder verständlicher noch verlieh es ihnen einen tieferen Sinn. Ebenso wenig wie die Kommentare, mit denen das Orakel hernach seine Kommentare kommentierte und denen durchweg keinerlei auch nur im Ansatz hellseherisches Talent innezuwohnen schien. Was auch für die nächsten Bei-

träge galt, die zwar dazu führten, dass jenes vierhäuptige Orakel sich in eine erregte Kontroverse verstrickte, aber niemanden nichts über irgendjemandes Zukunft wissen ließ.

Dabei aber waren die Stimmen aus dem Rauch so wohlklingend, dass Holgk und Curioun sich nicht abzuwenden vermochten. So standen sie bis zum Abend dort und lauschten den Worten aus dem Nebel in einer Mischung aus Unglaube und Staunen, wie dem Gesang eines Vogels, der zugleich betört und die Ohren bluten lässt.

Dann hatte das Orakel fertig geantwortet.

Als sie den Turm verließen und hinaus an die frische Luft traten, schwirrten den beiden die Sinne. Seufzend setzte Curioun sich nieder, verwirrt von all den Worten, die ihm im Kopf herumgingen. Holgk blickte am Turm empor, der sich krumm und schief vor dem abendlichen Himmel erhob. Und während Curioun beschloss, die Gestalten im Nebel bald noch einmal aufzusuchen, um in ihren Worten womöglich doch etwas zu finden und Klarheit zu erlangen, begriff der alte Augur, weshalb jenes vierhäuptige Orakel derart satt und zufrieden war und wovon es schlussendlich lebte: von der Lebenszeit, die es den Menschen raubte.

KAPITEL IV

… in dem der Held sich einem größeren Problem gegenübersieht, mit unliebsamen Forderungen konfrontiert wird, aus diesem Grund einen folgenschweren Entschluss fällt und zuletzt auch Dinosaurier eine Rolle spielen

Als Willi und ich uns um halb elf vor der Böse Buben Bar treffen, sollte der Laden eigentlich seit einer halben Stunde geöffnet haben. Doch augenscheinlich hat man sich entschlossen, den Berlin-Mitte-Trumpf zu spielen, der dank freier Interpretation der Uhrzeit die flexible Handhabung von Öffnungszeiten im alkoholausschenkenden Gewerbe ermöglicht. Ein Trumpf, wie nicht jedes Etablissement ihn so gelassen zu spielen versteht. Ich habe Kneipiers gesehen, deren Entschuldigen für verspätetes Öffnen abseits jeder Würde vonstattenging und nicht selten in Freigetränken endete. Nicht so hier. Hier lässt eine gewiss bereits seit zwanzig Jahren in der Gastronomie tätige Frau von vielleicht fünfundzwanzig Jahren eine Viertelstunde verstreichen, ohne uns von hinter dem Tresen eines Blickes zu würdigen, und öffnet schließlich mit augenscheinlichem Widerwillen.

Willi hat unterdessen eine ihrer rosa Zigaretten geraucht, was sie nur tut, wenn sie das Bedürfnis verspürt, irgendjemandem ihre zierliche Faust ins Gesicht zu rammen. Pink Elephant ist Deeskalationstabak. Möchte nicht wissen, wie Berliner Hipster aussähen, wenn Willi nicht immer eine Schachtel davon in der Handtasche hätte. Sie weiß nicht, dass ich meist noch eine für sie dabeihabe, für den Fall, dass man ihr die Handtasche klaut.

Als Willi eine Braue hebt und ihre Kippe in einem der umstehenden Aschenbecher ausdrückt, ist die übellaunige Tresenkraft schon wieder im Laden verschwunden. Wir folgen. Aus Tradition. Weil wir seit unserem ersten gemeinsamen Buch hier auf unsere Projekte anstoßen. Weil die Bedienung uns dabei weitgehend egal ist. Und die meisten anderen coolen Läden in der Gegend nicht ganz unpeinlich sind.

Auch auf die Gefahr hin, eine weitere halbe Stunde warten zu müssen, ziehen wir uns in die hintere Ecke zwischen die Bücherregale zurück und bestellen ein Frühstück. Nicht sofort oder innerhalb der folgenden fünfzehn Minuten, aber wir bestellen ein Frühstück. Beide das Gleiche. Die Bedienung schlurft davon wie ein Hinterwaldspelunkenbetreiber, den man beim Zerkleinern einer Touristenleiche stört.

Während ich noch der überaus ansprechenden Gesäßpartie der potenziellen Serienmörderin hinterherstarre, zieht Willi mit einem Fingerschnipsen meine Aufmerksamkeit auf sich und erinnert mich daran, weshalb wir hier sind: Manöverkritik, Übersetzung heuvelmannscher Monologe in Autorensprech und Deadline-Koordination.

»Und? Was hat er so gesagt?«, frage ich.

»Das klingt, als ob du wirklich nicht dabei gewesen wärst«, entgegnet Willi.

»Nicht mehr als nötig. Wie immer.«

»Du solltest mich langsam dafür bezahlen, dass ich deine Peitschenhiebe einstecke.«

»Ich dachte, das wäre Teil deiner Arbeit.«

»Dass Heuvelmann sauer ist, hast du wohl mitbekommen. Vor allem der schlechten Presse wegen. Davon ab fliegen deine Engel ihm zu langsam. Er ärgert sich maßlos, dass du hinter dem Zeitplan liegst, und ist nicht bereit, deine Deadline noch mal zu verlängern.«

Willis Unterlippe bebt. Und es ist nicht die gespielte Variante. Oder die Heulnummer. Es scheint, als flöge mir gerade meine gesamte Komfortzone um die Ohren. Dabei hatten wir uns einmal auf ihre Rolle als mein Kommunikationsschutzschild geeinigt. Darauf, dass ich ganz Autor und Künstler sein kann und sie sich mit den Leuten auseinandersetzt, die in Auflagen, Zahlen und Verkaufserlösen sprechen. Diese Einigung ist allerdings schon länger her. Wir trafen sie damals, als die Orks mit den Aliens durch die Decke gingen, ich meinen Agenten in die Wüste schickte und sogar der Verlag akzeptierte, dass ich künftig ohne Willi keine Gespräche mehr zu führen bereit war. Für Heuvelmann und Konsorten war sie seitdem die erste Ansprechpartnerin, wenn es um mich ging. Ich fürchte allerdings, dass es mit mir in der Zwischenzeit nicht einfacher geworden ist. Nicht nur der Orks wegen. So wie ihre Unterlippe zittert, vermute ich sogar, dass Willi das Ganze gern neu verhandeln würde.

»Wenn du willst, kann ich ja mal mit ihm reden«, biete ich versöhnlich an.

»Du?« Sie lacht. Ohne Humor. »Aaron, du hast dich inzwischen so weit von der Sprache dieser Leute entfernt, dass sie dir wahrscheinlich die Haare schneiden, wenn du sie um ein Glas Wasser bittest. Wenn sie überhaupt mit dir reden wollen. Falls es dir entgangen ist: Du bist die Diva. Was Heuvelmann nicht davon abhält, uns damit zu drohen, das Buch notfalls von einem anderen Autor fertigschreiben zu lassen.«

Ich zucke zusammen. Und auch wenn der Gedanke, diese jämmerlichen Kreaturen hinter mir zu lassen und ein neues Leben in Freiheit zu beginnen, mir für einen winzig kurzen Augenblick gefällt, frage ich doch mit glaubhafter Betroffenheit: »Wäre das rechtlich überhaupt möglich?«

»Bin ich dein Anwalt? Aber ich denke, wenn ein Verlag wie Heuvelmann & Grimm das will, wird es möglich gemacht.«

»Scheiße.«

»O nein, Aaron. Glaub mir, das ist nur die Spitze des Scheißberges.«

In diesem Moment kommt das Frühstück. Meines entspricht der Bestellung. Willis nicht. Und die Bedienung ahnt nicht, in welche Gefahr sie sich damit bringt. Unter der glatten Kante ihres Pagenschnitts beginnt eines von Willis Augen zu zucken, als sie tief durchatmet und nach ihren Zigaretten greift.

»Rauchen is' nur draußen«, mault die Kellnerin sie an, und hastig schiebe ich Willi mein Frühstück hin.

Nachdem die Bedienung ungeschoren davongekommen ist und ich mich mit einem Sportlerfrühstück abgefunden habe, das auf den ersten Blick nichts Essbares beinhaltet, frage ich zaghaft noch einmal nach.

»Die Spitze des …?«

»Genau. Heuvelmann hat gestern noch 'ne Mail geschrieben.«

»O Gott. Noch schlimmer als seine Forderung nach einem titelblatttauglichen Autorenleben?«

»Für dich vermutlich schon. Andere würden es nicht so eng sehen. Du ahnst, worum es geht?«

»Verrottete Flügel.«

»Ganz genau. Den dritten Teil der großen Engel-gegen-Zombies-Endzeitsaga.«

»Was kann da noch schlimmer werden? Will er mehr Sex? Mehr Zombie-Engel? Oder die Werwölfe vielleicht früher haben? Alles machbar. Schlechter geht's eh nicht mehr.«

»Orks.«

»Nein.«

»Doch.«

»Niemals.«

»Er sagt, durch den Ärger bei der Premiere, die Zeitungsartikel, den Clip im Netz und die Diskussionen in den Rollenspielforen wäre das Thema gerade extrem heiß. Egal, ob die Leute dich hassen oder lieben, sie fangen wieder an, dich zu googeln. So viel wie seit zwei Jahren nicht mehr. Und das ist Heuvelmann zufolge ein Drache, den man nicht ungeritten vorbeiziehen lassen sollte.«

»Ich bitte dich, Willi: Engel, Zombies und Orks? Ernsthaft? Modernde Schwingen und die Keule des Häuptlings? Das kann nicht mal Heuvelmann wollen!«

»Kann er. Und zwar innerhalb der vorgegebenen Deadline. Aber er sagt, es reicht, wenn sie im letzten Drittel auftauchen. Wichtig ist, dass sie im vierten Teil eine zentrale Rolle spielen.«

»Im was?«

»Im vierten Teil von Engel gegen Zombies. *Blutige Federn.*«

Die Vorstellung, der Welt einen vierten Teil dieser Geschichte zuzumuten, schnürt mir die Kehle zu. Der Gedanke, dem homöopathischen Maß an Handlung, dieser unmotivierten Mischung aus Kampfszenen und romantischem Kasperquatsch, auch nur einen Buchstaben mehr als nötig zu gönnen, bereitet mir geradezu körperliche Schmerzen. Verzweifelt schaue ich Willi an.

»Aber was ist denn aus Kierkegard, Montaigne, Kant und Dumbledore geworden?«

»Bilder an der Wand.«

»Aber was ist mit Tradition und Würde und …«

»Du hast aber schon mitbekommen, dass Heuvelmann & Grimm auf die Dino-Erotica-Rechte geboten hat?«

Mir wird schwindlig, als ich Heuvelmanns Vortrag mit Dinosaurierporno in Verbindung zu bringen versuche. Diesem womöglich peinlichsten aller Subgenres, diesem bizarrsten Beispiel absurder Einhandliteratur, in dem es in Titeln wie *Taken by the T-Rex* oder *Ravaged by the Raptor* schlussendlich um nichts anderes als Frauen geht, die sich im Rahmen einer Begegnung mit Dinosauriern entscheiden müssen, ob sie gefickt oder gefressen werden wollen. Verfasst von verwirrten Gemütern, die jede Evolutionstheorie verhöhnen; angesiedelt irgendwo zwischen Fanfiction und Porndom; gelesen von vornehmlich Frauen und als E-Books einen derartigen Erfolg feiernd, dass sogar die Wissenschaft sich damit auseinandersetzen musste. Professoren wurden dafür bezahlt, sich mit notgeilen Evolutionsleugnern zu befassen!

»Selber schuld«, sagt Willi. »Wenn du dich auf deiner Premiere nicht weggeschossen und auf sie gestürzt hättest, würde niemand sich für diese Orks interessieren. Dass Heuvelmann sie plötzlich wieder für heißen Scheiß hält, liegt ganz allein an dir.«

Ich lächle Willi zerknirscht an. »Ich hab gestern mit Schröder telefoniert. Diese verschissenen Orks haben so viel Oberwasser, dass einer mich angezeigt hat.«

»Der mit der Nase?«

»Ganz genau.« Lustlos stochere ich in meinem Müsli ohne Zucker und Geschmack herum und bemerke, wie dick ich die Faxen und wie wenig Lust ich darauf habe, Engel mit Zombies schlafen zu lassen und Neu-Kanaan vor dem Untergang zu bewahren. Ich will nicht mehr.

Ein Schatten, der uns in die Realität zurückholt, fällt über unser Frühstück. Er gehört zu einem vielleicht dreizehnjährigen Jungen, dessen Vater zwei Tische weiter neugierig von seinem vernünftigen Frühstück zu uns hinüberschaut.

»Ich … ich hab *Einhörner gegen Vampire* gelesen. Das ist doch von Ihnen, ja? Dürfte ich vielleicht ein Autogramm …?« Als er mir zaghaft eine Serviette mit einem Kugelschreiber rüberschiebt, nicke ich und unterschreibe. »Und könnten Sie mir sagen, was ich als Nächstes lesen könnte? Mein Vater sagt, dass das mit den Zombies und den Engeln vielleicht noch etwas zu heftig ist, und da dachte ich mir, ich frag Sie einfach mal.«

»Klar.« Ich lächle ihn an und blicke verstohlen zu seinem Vater hinüber. Er ist einen guten Kopf kleiner als ich und stellt, insofern er keine bizarren Kampfsportarten betreibt, vermutlich keine Gefahr dar. »Mach ich doch gern.« Ich denke an etwas ganz Bestimmtes. »Wart mal, ich schreib dir einfach noch ein paar Titel auf deine Serviette.«

Als mein Zug den Hauptbahnhof pünktlich um 20.27 Uhr verlässt, rechnet Willi noch immer mit einem weiteren Kapitel im Laufe des Abends. Es ist nicht das erste Mal, dass ich sie enttäusche, und vermutlich auch nichts, über das eine Pink Elephant ihr nicht hinweghelfen wird. Fürs Erste jedenfalls. Bis sie merkt, dass sie das Kapitel morgen ebenso wenig wie übermorgen bekommt. Geschweige denn nächste Woche. Dass ich weg bin. Und vor Ablauf meiner Deadline weder zurückkomme noch irgendetwas schreibe. Nicht für Heuvelmann noch für sonst jemanden. Weil ich es satthabe, eine Buchstabenhure zwischen dänischen Denkern und pimpernden Dinos zu sein. Weil die Orks dieser Welt sich zu Recht über mich lustig machen. Weil der Creature-Clash nicht das war, was ich wollte, als ich vor über zwanzig Jahren mit dem Schreiben angefangen habe. Es fühlt sich merkwürdig an, vor Erfolg und Verantwortung zugleich wegzulaufen, aber mein Entschluss, vor Heuvelmann, Marius, Radio Krass und Saskia zu fliehen, steht fest. Spätestens seit der Sache mit den Orkengeln. Leute sind ernsthaft dafür gestorben, dass ein Großteil der Menschheit heute lesen und schreiben kann, Gottverdammtnocheins, und Gutenberg hätte sich bei dem Gedanken an so etwas wie Dinosaurierporno vermutlich eher aufgehängt, statt den Buchdruck zu revolutionieren.

In meinen Rucksack sind Wechselklamotten für zwei Tage, Laptop, Notizbuch, einiges an Bargeld und die Blechschatulle. Das Handy habe ich daheim gelassen; damit würden sie mich als Erstes finden. Genau wie mit der EC-Karte. Mit der wollte ich am Bahnhof aus Gewohnheit Geld abheben, bevor mir einfiel, dass sie mich verraten würde, ich vor Aufregung die PIN falsch eingab und sie hastig wieder auswerfen ließ.

Sobald ich ankomme, werde ich sie nicht mehr benutzen. Ich will nicht halbherzig abhauen und zwei Wochen später mit gesenktem Kopf wie aus einem schiefgegangenen Urlaub zurückkehren. Das Zugticket habe ich bar bezahlt, und ich verschwinde an diesem Abend weder nach Hamburg noch nach Köln. Schließlich weiß Willi von meinen Apartments. Stattdessen geht es nach Leipzig, wo ich mir ein Zimmer in einer kleinen Pension nehmen, eine Glatze scheren und versuchen werde, ein Leben ohne Orks, Dinosaurier und Philosophen zu führen. Mein Zwölftausend-Euro-Notgroschen dürfte mich dort so lange über Wasser halten, bis der erste Ärger mitsamt einiger Schachteln Pink Elephant verraucht ist und alle sich ein wenig beruhigt haben. Vielleicht bekomme ich zwischendurch auch wieder Lust auf die Geschichte. Man weiß ja nie.

Soll schon vorgekommen sein, dass Autoren mitten in der Nacht hochgeschreckt sind und das Bedürfnis hatten, zweideutige Geschichten über Zombies, Orks und Engel zu schreiben.

Ich bewege mich durch die Wagen, mustere die Leute. Die meisten Sitzplätze sind besetzt. Irgendwo müssen Ferien sein. Ein junges Goth-Mädchen fällt mir auf. Sie ist allenfalls zwanzig, mit Undercut, zerrissenen Netzstrümpfen und Ankh um den Hals. Sie sitzt neben ihrem Rucksack und starrt wie gebannt auf ihren E-Reader. Verwundert bleibe ich kurz stehen und betrachte den vor ihr auf dem Tisch stehenden rostigen Vogelkäfig, in dem ein kleiner Plastikfisch hängt. Bizarr. Dieser Käfig erinnert mich an eine meiner alten Geschichten; etwas mit Vogelkämpfen und umherziehenden Trainern, lange vor Pokémon geschrieben. Als ich an ihr vorbeigehe, werfe ich heimlich einen kurzen Blick auf das Display des Readers und befürchte bereits, dort Creature-Clash oder Paläontologen-Pornos zu sehen, stelle jedoch fest, dass sie offenbar Poe liest.

Während der Zug aus dem Bahnhof rauscht und ich mich durch die vollbesetzten Waggons des ICE schleppe, sehe ich unruhige Lichter draußen in der Dunkelheit vorüberziehen. Unweigerlich denke ich an den fackelbewährten Lynchmob, der in James Whales Verfilmung aus dem Jahr 1931 Jagd auf Frankensteins Monster macht. Und an der Spitze des Mobs sehe ich Heuvelmann, dicht gefolgt von einigen Orks, allesamt mit wutverzerrter Miene und willens, jenes Ungeheuer aufzubringen und den Flammen zu überantworten.

Aber das Ungeheuer hat eine Fahrkarte. Und der Mob ist noch nicht einmal mobilisiert. Ich habe also gute Chancen zu entkommen.

Zumindest, solange Willi Zigaretten hat.

VON DEN FEDERMÄNNERN

Die Gemeinschaft der Federmänner, über die man abseits der großen Städte selbst heute noch schillernde Geschichten zu erzählen weiß, war ein Haufen Vagabunden, die sich der Abrichtung wilder Vögel verschrieben hatten. Und zwar zum Zwecke des Kampfes, in dem sie allerlei Tiere von Falke bis Auerhahn mit martialischen Namen wie Blutgreif, Federspalter oder Höllenschnabel gegeneinander antreten ließen, um sich mithilfe des dazugehörigen Wettgeschäftes ihren Unterhalt zu verdienen.

Unter diesen Männern gab es welche, in deren Käfigen sich Vögel fanden, die als unbesiegbar galten.

Die Männer waren einfach zu erkennen, trug doch ein jeder auf seinem Rücken ein hölzernes Gestell, an dem zumindest drei eiserne Käfige mit den Vögeln darin hingen. Meist war an diese auch noch ein Wimpel gebunden, von denen jeder einen anderen hatte, sodass man sie voneinander unterscheiden konnte. Wann immer man im Dorfe solch einen Wimpel nahen sah, konnte man sicher sein, dass sobald ein zweiter sich dazugesellte, Münzen klingen, Wetten geschlossen und Krallen geschärft würden. Mitunter kamen auch noch ein dritter und ein vierter dazu, und die Kämpfe dauerten bis in die späte Nacht hinein an. Manch Taler ward in solchen Nächten gewonnen und verloren, manch ein Vogel kam zu Schaden, und nicht immer ging es dabei ehrlich zu. Man fütterte den Vögeln Beeren, die sie wild, oder Körner, die sie müde machten, und einige Federmänner sprachen sich vor den Kämpfen ab, welches Tier wann gewinnen würde.

Doch ob man betrog oder nicht, was blieb, war ein treffliches Spektakel: Federn flogen, Vögel kreischten, Leute jubelten. Und das Bier floss in

Strömen, weshalb landauf, landab das Kommen der Federmänner die Menschen frohlocken ließ.

Einer von ihnen war Frawd, der mit Bussard, Krähe und Milan reiste, welche die Namen Grimmgroll, Nachtschnabel und Unverzagt trugen. Mit den Jahren hatte er sich einen Ruf erstritten, der besagte, seine Vögel hätten das Verlieren verlernt.

Als jener Frawd zum Ende des Sommers in einem größeren Dorfe unweit des Meeres anlangte, gastierten dort bereits einige andere Federmänner, weshalb man beschloss, ein Turnier auszurufen und den Ort drei Tage lang den Vögeln zu überlassen. Tage, während derer mehr als sonst getrunken, gewettet und gekämpft wurde.

Wie erwartet triumphierten die Vögel Frawds nach und nach über alle anderen, sodass bereits am Ende des zweiten Tages abzusehen war, wer aus all dem als Sieger hervorgehen würde.

Dass es schlussendlich anders kam, lag einzig daran, dass Frawd, bevor er sich in jener Nacht zur Ruhe begab, ein Federmann auffiel, der sich den ganzen Abend über im Hintergrund gehalten und keine Anstalten gemacht hatte, seinen Vogel – er hatte lediglich einen – gegen andere antreten zu lassen. Das erschien auf den ersten Blick nicht als verwunderlich, war jener Vogel doch seltsam unscheinbar. Winzig, grau und mit einem Schnäbelchen – so klein, dass womöglich selbst ein gut genährtes Huhn ihn hätte niederringen können.

Im Vergleich zu anderen Vögeln – die man mit fremden Federn schmückte, deren Flügel man heimlich mit Klingen versah und denen man die Krallen schärfte – wirkte er überaus kümmerlich. Ebenfalls verwunderlich war der Umstand, dass jener Vogel nicht im Käfig, sondern auf der Schulter seines Herrn neben dessen grauem Wimpel saß.

Frawd, der bereits einiges getrunken hatte, fragte, ob jemand den Fremden kenne. Tatsächlich hatte manch ein Federmann den grauen Wimpel und seinen grauen Spatz schon getroffen, hier und da, in allen Teilen des Reiches, ohne ihn jedoch kämpfen gesehen zu haben. Man stand ihm recht abergläubisch gegenüber, und keiner der anderen Feder-

männer hätte gewagt, ihn herauszufordern. Frawd aber, von Bier und Sieg berauscht, wagte es, auch wenn die anderen ihn zurückzuhalten suchten.

Zunächst weigerte der graue Wimpel sich, und es brauchte etwas Überredungskunst, damit er sein graues Vöglein gegen den Milan in den Ring schickte. Dabei schien das Geld ihn nicht zu scheren, vielmehr tat er es bloß, weil sein Gegenüber derart darauf bestand. Umso erstaunlicher war, dass Frawds Unverzagt alsbald tot im Ring daniederlag, ohne dass der Graue sich auch nur merklich bewegt hätte.

Da grämte sich der sonst so Siegreiche, zürnte gar dem Fremden und bestand auf einer Revanche. Das Vöglein sollte sich seiner Krähe stellen. Dann würden sie ja sehen, aus was für Federn es wirklich gemacht war!

Wieder riet man ihm ab, und wieder weigerte sich der Fremde; das eine wie das andere vergebens. Denn Frawd war stur. Weshalb kurz darauf auch Nachtschnabel dem Spatzen zum Opfer fiel.

Das aber brachte den ruhmreichen Federmann erst richtig in Rage, wüst beschimpfte er den Fremden und seinen Vogel, verfluchte ihn arg und versprach schließlich, ihn eigenhändig zu erwürgen, wenn er nicht seinem Bussard die Chance gab, das graue Vöglein zu zerreißen. Schweren Herzens ließ sein Gegenüber ihn gewähren.

Auch dieser letzte Kampf währte nur kurz und endete, wie wohl die meisten es erwartet hatten.

Danach leerte sich der Platz um das Geschehen recht schnell. Hier gab es nichts mehr zu sehen oder zu erleben. Zurück blieben einzig der Fremde mit dem grauen Wimpel und der gebrochene Frawd, der, während der jämmerliche Spatz zurück auf die Schulter seines Herrn sprang, fassungslos die toten Vögel betrachtete und verwirrt fragte: »Aber … aber wie …?«

Der Fremde blickte ihn traurig an und sagte: »Sein Name ist Wahrheit.«

KAPITEL V

… darin der Held
eine nicht unverruchte Herberge bezieht,
sich auf seine finnischen Wurzeln besinnt,
darüber hinaus eine unerwartete Begegnung
macht und zuletzt für einen Bankräuber
gehalten wird

Als ich in der Pension in der Bautzmannstraße ankomme, ist es spät. Einer friedensstiftenden Sternenkonstellation oder einem Messerstecherschichtwechsel habe ich offenbar zu verdanken, auf dem Weg durch die Leipziger Eisenbahnstraße nicht überfallen worden zu sein. Da Sie von der Bildzeitung unlängst zur gefährlichsten Straße Deutschlands gekürt und als Zentrum der Leipziger Rockerkriege bezeichnet wurde, hätte ich zumindest mit einer Fleischwunde gerechnet. Wobei ich das letzte Mal, was ungefähr zwei Jahre her ist, in jener Straße auch fast ebenso ungeschoren davongekommen war.

Es hatte mich damals der Recherche für ein Krimianthologieprojekt wegen nach Leipzig verschlagen, und dank der Springerpresse hatte die Eisenbahnstraße in meiner Vorstellung gleichauf mit den No-go-Areas Bogotás gelegen, wo ein Menschenleben nichts wert und niemand kein Drogenhändler ist. Ich hatte mir eigens eine kugelsichere Weste besorgt, die sich jedoch als ebenso überflüssig wie das Springmesser erwiesen hatte, das ich in der gleichen Nacht im Suff verlor. Seinerzeit war ich von der journalistischen Unschärfe der entsprechenden Berichte derart enttäuscht gewesen, dass ich beschloss, für mein Scherflein ruchloser Gewalt irgendjemanden zu provozieren. Nachdem ich, ohne auch nur im Ansatz eine aufs Maul bekommen zu haben, mindestens drei finstere Typen angerempelt hatte, war ich jedoch zu müde gewesen, es auch noch mit Beleidigungen zu versuchen. Stattdessen hatte ich beschlossen, mich auf die Suche nach einer Pension zu machen, in deren verräuchertem Hinterzimmer ich zumindest ein paar geklaute DVD-Player zu entdecken gedachte. Auch das ohne Erfolg. Aber dabei entdeckte ich jene zauberhaft heruntergekommene Unterkunft in der Bautzmannstraße, die an eine verruchte Fantasyherberge erinnerte und deren Besitzer für dreißig Euro pro Nacht auch mal akzeptierte, dass ein Gast seinen Personalausweis nicht dabeihatte.

Heute bin ich hier, weil ich hoffe, dass sich daran nichts geändert hat.

Der untersetzte unrasierte Mann vor mir – der so viel untersetzter und unrasierter als das letzte Mal wirkt, dass es vielleicht sogar ein anderer ist – betrachtet meinen Eintrag in seinem Gästebuch irritiert, und ich ahne, dass sich an der Ausweisnichtpflicht etwas geändert hat. Ich grüble, wo ich es gegebenenfalls als Nächstes versuchen könnte, auf unbestimmte Zeit nicht ich zu sein; erinnere mich an längst vergangene Nächte, fast vergessene Frauen, die sich jedoch – aus verschiedenen Gründen – gewiss an mich erinnern. Doch ich bin nicht hier, um an mich zu erinnern. Ich beiße mir auf die Unterlippe und betrachte den ungepflegten Koloss hinter dem kleinen Tresen, wie er mit seinen wurstigen Fingern über sein stoppeliges Doppelkinn fährt und den Kopf schieflegt. Wenn man von sieben Arten ausgeht, wie Männer ihr Haupthaar würdevoll verlieren können, hat dieser Mann die achte gewählt. Sein buntes Hemd ist mindestens zwei Nummern zu klein, und die eng sitzenden Hosenträger erinnern an ein verunglücktes Bondage-Experiment. Am schlimmsten aber sind seine Finger. Diese kleinen dicken Finger, vom Rauchen gelb, wirken wie zehn große Zehen, unter deren rissigen Nägeln die Finsternis selbst zu wuchern scheint.

Als ich meinen Rucksack wieder schultere, hebt er seinen Blick. Die ausdruckslosen blauen Augen wirken gelangweilt, und sein Lächeln erweckt den Anschein, als ob er es vor langer Zeit mithilfe eines Ratgebers er- und inzwischen wieder verlernt hätte. Als Figur in einem realistischen Roman wäre er kaum glaubwürdig.

Mit jenem verunglückten Rest eines Lächelns tippt er auf die Zeile, in die ich einen Namen eingetragen habe. Für den Bruchteil eines Augenblicks überlege ich, ob ich doch besser *Gantenbein* hätte schreiben sollen, schließlich besteht dieser Tage durchaus die Gefahr, dass …

»Hm. Unterberg. Interessant. Ist das ein jüdischer Name?«

Als ich verwundert eine Braue hochziehe, hebt er eilig seine große Zehen, um mich zu beschwichtigen.

»Nein, nein, nicht dass das ein Problem wäre! Ich frag nur aus Interesse. Weil, ist ja kein Name, den man öfter hier hört.«

»Kommt aus dem Finnischen«, antworte ich, wobei mein Lächeln vermutlich nicht besser gelingt als seines.

»Oh! Sie sind also Finne?«

Verdammt. Ich habe mir ein Gespräch eingebrockt.

»Nur halbtags«, murre ich unwillig, bereit, zu gehen und mir der Uhrzeit zum Trotz eine neue zwielichtige Herberge zu suchen – da lacht das Ungetüm derart auf, dass ihm fast die falschen Zähne aus dem Gesicht fallen. Dann schlägt es das Empfangsbuch so begeistert zu, dass sich der offene Aschenbecher daneben in den Raum entleert, reicht mir einen Zimmerschlüssel mit einem dieser metallenen Totschläger und grinst dabei von einem Ohr zum anderen. Dreckig, aber ehrlich, mit dem verruchten Beigeschmack gestohlener DVD-Player. Oder Autoradios. Mobiltelefone. Keine Ahnung, was man heutzutage so klaut.

»Können die vier haben. Wär aber schön, wenn Sie den Perso noch nachreichen könnten. Nacht macht vierzig Euro. Täglich oder pro Woche zu zahlen. Und um zehn is' Ruhe, Wände sind dünn. Ach, und keine Nutten.«

Mit einem Schritt bin ich bei ihm, greife nach dem Schlüssel. Dabei kann ich meine Begeisterung schwerlich verbergen und schenke dem Unhold ein Lächeln, wie es nur ein Teilzeitfinne glaubhaft zu lächeln vermag.

Der Blick in den fleckigen Spiegel irritiert mich. Zwar kann ich mir sicher sein, keinem der in den letzten zehn Jahre veröffentlichten Fotos von mir noch ähnlich zu sehen, aber der Preis ist hoch. Ich habe meine Kontaktlinsen weggeworfen und trage wieder meine alte kleine runde Brille. Im Waschbecken, das an einigen Stellen gesprungen ist, haben sich wirre Ansammlungen schwarzer Haare gebildet. Dazwischen einige graue. Bart und Frisur. Die Reste meiner selbst. Als ob man einen Serienmörder für den elektrischen Stuhl vorbereitet oder einige Waschbären sich zum Nudismus bekannt hätten. Meine letzte Glatze hatte ich mit zwanzig, als ich in einem Film mitwirkte, den Gott sei Dank niemand gesehen hat: *Schurkenschädel*. Zwei Stunden Horror, die sich ohne Weiteres auch auf sieben Minuten hätten zusammenkürzen lassen, gedreht von einem ehemaligen Freund und dann vermutlich – hoffentlich! – in irgendeinem Giftschrank verschwunden. Dafür gab's seinerzeit zwei Flaschen Wodka und reichlich blaue Flecken. Und später die Angst, dass mich mal jemand darauf anspricht.

Meine neue Kahlheit ist anders geartet. Sie befreit mich. Ich muss an Samson denken, dessen ganze Macht in seinem wuchernden Haupthaar lag – bis eine Frau ihn verriet, sodass die Philister ihn scheren und blenden konnten. Eine alttestamentarische Haarpflege-Ikone, die mit Sicherheit auch heute noch eine spannende Geschichte abgäbe.

Nachdenklich wende ich den Rasierapparat in den Händen, drehe den Wasserhahn auf und spüle die Reste meiner alten Identität in den Ausguss des Waschbeckens. Dabei glaube ich in einem der Risse getrocknetes Blut zu erkennen.

Anders als bei Samson ist mir der Verlust meiner Haare ein Befreiungsschlag. Aus ihm erst erwächst meine neue Kraft. Mein neues Wesen. Ohne Haare und Bart könnte ich in der Bahnhofsbuchhandlung neben den aktuellen *Engel-gegen-Zombies*-Plakaten stehen, ohne dass mich jemand erkennt. Abgesehen davon sehe ich nun gut zehn Jahre jünger aus. Und ein bisschen debil.

Ich habe mich selbst hinter mir gelassen, bin aus Neu-Kanaan geflohen. Soll jemand anders sich dort um das Ende der Welt kümmern. Dies ist mein Urlaub von der Dystopie, den ich mit so vielen alttestamentarischen Freunden verbringen werde, wie es mir gefällt. Wobei wahrscheinlich noch niemand bemerkt hat, dass ich heimlich von Bord gegangen bin.

Der Raum ist kleiner als meine Berliner Küche. Kleiner sogar als mein Bad. Dabei ist der Raum hier sowohl das eine als auch das andere, wobei die »Küche« aus einer tragbaren Kochplatte und einem Wasserkocher und das »Bad« aus einem gefliesten Quadratmeter Wand mit Spiegel und Waschbecken sowie einer angelaufenen Kloschüssel besteht. Vermutlich könnte ich vom Bett aus ins Klo pinkeln. Der Linoleumfußboden würde ein Versagen verzeihlich machen.

Selbst wenn im Hinterzimmer tatsächlich ein paar gestohlene Unterhaltungsgeräte stehen, haben sie für diesen Raum nicht gereicht. Weder ein Fernseher noch irgendetwas anderes verstellt mir die Sicht auf die beige-braun gemusterte Tapete. Ich glaube, sie aus tschechischen und ostdeutschen TV-Produktionen der Siebziger zu kennen; aus Serien wie *Luzie, der Schrecken der Straße, Das unsichtbare Visier* und *Die Märchenbraut*. Ein geometrisches Muster, in dem der Sozialismus triumphiert und das ich, klänge es nicht so heuvelmannsch, unzeitgemäß nennen würde. Während ich die Wand betrachte, höre ich meine Nachbarn, die mindestens zu viert sind und sich entweder prügeln oder einen schlechten Actionfilm schauen. Vielleicht auch beides. Die Wände sind wirklich dünn.

Während ich mir einige Minuten später über die Anzahl der Leute im rechts angrenzenden Nebenzimmer noch immer nicht im Klaren bin, beginnt aus dem linken Musik von Haftbefehl zu tönen. Lange nach zehn Uhr abends mischt sich so vor einer Klassenkampftapete untergründiger Deutschrap mit dem Lärm eines Gladiatorenkampfes, und ich flüchte durch den unsäglichen Perlenvorhang hinaus auf den Balkon.

Er muss ein Irrtum sein. Er wirkt größer als das Zimmer selbst, erstreckt sich über die ganze Breite des baufälligen Hauses und hat Türen zu den anderen Zimmern. Deren Glas scheint dicker als die Wände zu sein, denn hier draußen ist kaum etwas zu hören. Womöglich relativiert aber auch der Lärm der nahen Straße das Ganze. Die traurigen Reste farbig laminierter Pressspanplatten und einige riesige, aus der Wand ragende Schrauben zeugen davon, dass der Balkon irgendwann einmal in einzelne Segmente unterteilt gewesen war. Die Zwischenwände wurden vermutlich rausgebrochen, um die Fluchtbedingungen im Falle einer Razzia zu verbessern. Jetzt bräuchte es nur ein paar Schritte, um meiner Nachbarn ansichtig zu werden und sie durchzuzählen. Ich verzichte darauf, fahre mir über den kahlen Schädel, lege meine Hände um die oberste Geländerstange und atme durch. In der Nähe rumpelt die Straßenbahnlinie 7 vorbei. Keine besonders populäre Linie. Was an der Gegend liegen mag, durch die sie fährt.

In der Hoffnung, dass die einen nicht das ganze Album hören und die anderen nicht alle Kämpfe an einem Abend austragen, gebe ich meinen Nachbarn noch ein paar Minuten Zeit, bevor ich wieder hineingehe und mich vor dem Bett auf den Boden setze, während der Perlenvorhang sich wieder geraderasselt. Den Inhalt meines Rucksacks auf der zerschlissenen Tagesdecke drapierend, ziehe ich kurz in Erwägung, einen Fehler begangen zu haben. Dann aber sage ich mir, dass ein Leben mit leichtem Gepäck meinem inneren Frieden neue Perspektiven eröffnet.

Vor mir liegt, neben dem Laptop und dem Notizbuch, neben der metallenen Schatulle und dem Zimmerschlüssel mit seinem Nahkampfanhänger, fein säuberlich geordnet in zwölf Stapeln zu je eintausend Euro mein persönliches Erspartes. Überwiegend Fünfzigeuroscheine, zwei Stapel von Zehnern und Zwanzigern durchsetzt. Derart arrangiert wirkt der weltliche Besitz Vilho Unterbergs, als wäre der Mann ein akribischer Psychopath. Auf der Flucht. Durch einen Ostblockschurkenstaat, in dem Konflikte durch Zweikämpfe gelöst werden.

»Bist du ein Bankräuber?«

Ich zucke zusammen, greife im Reflex nach dem Schlüssel, schleudere ihn wie einen Morgenstern über dem Kopf herum … und stehe plötzlich vor einem vielleicht achtjährigen Mädchen, das auf die Geldbündel deutet und mich aus großen Augen anschaut.

»Wie bist du denn hier reingekommen?«, frage ich ungläubig.

»Na, vom Balkon. Du hast die Tür offen gelassen.«

Perplex schaue ich zum Vorhang, dessen Perlen reglos auf ihren Schnüren hängen. Ich hätte sie zumindest hören müssen.

»Also, bist du ein Bankräuber? Gab's hier schon mal. Sogar schon zwei Mal. Den einen hat die Polizei geholt, und der andere war irgendwann plötzlich weg. Aber die hatten beide Haare.«

Mit Mühe reiße ich den Blick vom Vorhang und schaue das Kind an. Es trägt ein knielanges, langärmliges weißes Kleidchen, lächelt verschmitzt, funkelt mich durch wildes schwarzes Haar aus strahlend blauen Augen an und würde, wenn man Willi vor neun Jahren überfahren hätte, ohne Weiteres als ihre Reinkarnation durchgehen.

Eilig sammle ich das Geld und die anderen Sachen zusammen und werfe alles zurück in den Rucksack.

»Ich war ungefähr in deinem Alter, als ich mich gegen die Bankräuberkarriere entschieden habe.«

»Dann verkaufst du Drogen? Wie langweilig.«

»Hör mal zu, Kleine, nicht jeder, der mit ein paar Fünfzigerbündeln in einer Kaschemme wie dieser unterkommt, ist zwangsweise kriminell.« Noch während ich diese Worte ausspreche, erscheint mir ihr Wahrheitsgehalt zweifelhaft. Sie sieht das vermutlich genauso. Das Mädchen hebt eine ihrer schmalen schwarzen Brauen und senkt den Kopf ein wenig, sodass ich das Bedürfnis empfinde, meine Ausführungen fortzuführen. »Die meisten vermutlich schon. Aber eben nicht alle. Ich zum Beispiel. Bei mir ist es etwas komplizierter. Ich bin nämlich …«

Sie verschränkt die Arme vor der Brust. Ihr Blick ist streng, und ich begreife, dass ich im Begriff stehe, mich vor Mini-Willi zu rechtfertigen. Mit einem Zug ist der Rucksack geschlossen und auf die andere Seite des Bettes geworfen. »Aber das geht dich gar nichts an. Und wer bist du überhaupt? Ich glaube nicht, dass du hier was zu suchen hast.«

Sie lächelt kokett und wackelt ein wenig mit den Hüften. »Lina. Ich wohn nebenan. Mit meiner Mutter. Die sperrt mich, wenn sie telefoniert, immer auf den Balkon. Und da is' normal ziemlich wenig los. Wenn nicht gerade mal jemand seine Tür auflässt.«

Ich frage mich, ob dieses Mädchens zu den Rappern oder den Gladiatoren gehört, lege ihr verständnisvoll meine Hände auf die Schultern und bugsiere sie in Richtung Zimmertür. »Das ist ja wirklich interessant. Vielleicht sollte ich mal mit deiner Mutter reden. Weil jemand wie du nämlich um diese Zeit ins Bett und nicht auf den Balkon gehört.«

»Wenn Sie wollen, lassen Sie die Balkontür ruhig offen. Ich komm ab und zu vorbei und schau nach, ob alles in Ordnung ist. Nicht dass von dem Geld noch was wegkommt.«

»Du solltest deine karge Freizeit nicht mit so etwas verbringen, Lina.« Ich öffne die Tür und schiebe das Mädchen in den Flur, womit sie jedoch alles andere als einverstanden zu sein scheint.

»Ich würde Ihnen einen fairen Preis machen. In einer Gegend wie dieser ist es gut, wenn man Verbündete hat. Denken Sie noch mal drüber nach. Bis dahin ist Ihr kleines Geheimnis bei mir sicher. Versprochen.« Sie zwinkert mir kess zu.

Ich tätschle ihren Kopf, ziehe die Tür zu und schließe ab. Zwei Mal. Dann schließe ich auch noch die Balkontür.

Mich überkommt eine eigentümliche Zufriedenheit. Nicht nur, dass mir in dieser Stadt keine begegnet sind – ich habe noch kein einziges Mal an irgendwelche Orks denken müssen. Ich habe keinem von ihnen die Nase gebrochen und mit keinem von ihnen geschlafen. Was nach den Entwicklungen der jüngsten Vergangenheit ein wahrer Fortschritt ist.

Lächelnd schließe ich die Vorhänge, streife meine Klamotten ab und lasse mich auf das Bett fallen.

DREI SCHURKEN IM HAUS DER SIEBEN ZIMMER

Weit vor den Toren der Stadt erhob sich, eine halbe Meile von der nächsten größeren Straße entfernt, inmitten des Waldes eine Herberge. In jene unwirtliche Gegend unweit des Moores verirrten sich nicht viele Menschen, sodass selten mehr als ein Zimmer des aus dunklen Steinen grob gefugten Hauses belegt war.

Der Mann, der allen als Besitzer galt, schien auf den ersten Blick nicht fähig, ein solches Haus zu führen. Untersetzt, mit tumbem Blick, des Lesens und Schreibens nicht mächtig und der Körperpflege nur an hohen Feiertagen frönend, hätte man ihn an vielen anderen Orten eher als hier vermutet. Das Haus der sieben Zimmer betrieb er gemeinsam mit seinem Weib, das ihn wohl nur geehelicht hatte, weil sie von noch einfacherer Art war. Derweil sechs der Zimmer Gästen offenstanden, bewohnten diese zwei das letzte, das als einziges im Erdgeschoss lag. Jeder, der dieser Herberge und dieses Paares ansichtig wurde, ahnte, dass sie von jemandem dafür bezahlt wurden, die anfallende Arbeit zu verrichten und sich, insofern es welche gab, um die Gäste zu kümmern.

In der weiteren Umgebung betrachtete man das Haus der sieben Zimmer mit Argwohn, weil man nicht verstand, weshalb irgendjemand eine Herberge mitten im Wald errichtete und von solchen Menschen bestellen ließ.

Von Zeit zu Zeit jedoch, und zumindest einmal im Monat, waren alle Zimmer im Haus belegt, sodass der Wirt und seine Frau redlich zu tun hatten. Zumal es in solchen Nächten einiges zu bedenken galt.

In einer solchen Nacht – der Wirt hatte alle ihm aufgetragenen Aufgaben erfüllt und draußen wütete ein schlimmes Unwetter – schlug es spät nachts noch einmal an die Herbergstür. Davor fanden sich drei ab-

gerissene Gestalten, die beinahe jeder auf den ersten Blick als Schurken erkannt hätte. Doch jammerten sie derart über die Kälte und den Regen, dass der Wirt sich erweichen ließ und die Tür noch einmal aufsperrte. Er war, was immer er sonst sein mochte, kein schlechter Mensch, und so bekam jeder der späten Gäste ein Becherchen Schnaps und eine Decke, bevor der Wirt ihnen eröffnete, dass alle Zimmer im oberen Stock belegt wären, er sie aber des Unwetters wegen, ohne dass sie dafür etwas zahlen mussten, hier unten im Schankraum übernachten lassen würde. Die drei Neuankömmlinge zeigten sich freilich dankbar, führten jedoch etwas ganz anderes im Schilde, als hier eine ruhige Nacht zu verbringen.

Als der Wirt und seine Frau schließlich das Licht gelöscht, die Haustür abgeschlossen und sich in ihrem Zimmer im Erdgeschoss zu Bett begeben hatten, schlugen die Männer ihre Decken zurück und erhoben sich. Wortlos verständigten sie sich mit knappen Handzeichen, wofür sie, da das Licht des vollen Mondes den Schankraum beinahe taghell erleuchtete, nicht einmal Kerzen brauchten.

Kaum hatten die drei, die jene Herberge mit Bedacht gewählt hatten, geklärt, wer von ihnen sich welches Zimmer vornehmen würde, zog jeder einen Dietrich aus seinem Stiefelschaft, und hernach schlichen sie gemeinsam und beinahe lautlos die Treppe empor. Eine Leistung, die jeden, der die hölzernen Stufen kannte, beeindruckt hätte, weil sie gewöhnlich schon bei ihrer bloßen Betrachtung zu knarren pflegten. Was nun davon zeugt, dass jene drei Schurken derlei nicht zum ersten Male taten.

Oben angekommen machten sie sich ans Werk und staunten dabei ob der Wuchtigkeit der Schlösser und der Türen. Wenn sich jemand hinter solchen Türen einschloss, dann, weil er etwas von Wert mit sich führte! Dessen waren die drei sich sicher und schlüpften wenige Momente später, da die ersten drei Schlösser aufschnappten, jeder in ein Zimmer. Ohne sich um die Schlafenden zu scheren, durchsuchten sie eilig die Räume und fanden sich gleich darauf im Flur wieder zusammen, ohne etwas von Wert gefunden zu haben.

Sie warfen einander verwunderte Blicke zu und machten sich an den *nächsten Türen zu schaffen. Die Zimmer dahinter durchsuchten sie mit dem gleichen Ergebnis – ohne mehr darin zu finden als ein Bett, einen Stuhl und die Kleidung der Gäste. Den dreien, die ihr Handwerk durchaus verstanden, fiel dabei ein merkwürdiger Umstand ins Auge: Innen an den Türen steckten keine Schlüssel.*

Redlich enttäuscht ließen sie die Türen offen stehen und begaben sie sich wieder hinab in den Schankraum, wo sie zumindest noch das Geschirr zu stehlen gedachten, um nicht mit leeren Händen abzuziehen. Dieser Diebstahl ging nun aber nicht mehr ganz so lautlos wie erhofft vonstatten, sodass der Wirt aus dem Schlaf gerissen ward und, ohne dieses aufzusperren, lauthals aus dem Inneren seines Zimmers fragte, ob es sich bei seinen Gästen wohl um Diebe handle.

Da lachten die drei im Schankraum leise auf und versprachen, dass ihm und seiner Frau nichts passieren würde, wenn sie sich ruhig verhielten.

Statt sich aber nun um sich oder seine Frau zu sorgen, lugte der Wirt durchs Schlüsselloch und wollte wissen, ob die drei wohl die Gästezimmer geöffnet hätten, was die drei verwundert bestätigten, worauf er seufzend meinte, wohl am nächsten Tag wieder saubermachen zu müssen. Das verwirrte die Schurken nun vollends, weshalb sie an seine Tür traten und fragten, wie das wohl gemeint sei.

Da erzählte ihnen der Wirt, dass die Herberge sechs Herrschaften gehöre, die ihn und seine Frau bezahlten und die durchaus wohlhabend, aber zugleich mit einer Krankheit gestraft seien, die unter den Menschen nicht wohlgelitten war. Derentwegen hatten sie dieses Refugium errichtet. Um sich einmal im Monat, wenn es schlimmer wurde, hierhin zurückzuziehen.

Da waren die drei Diebe freilich froh, keinen der Gäste berührt zu haben, wussten sie doch, wie leicht so eine Krankheit von einem zum anderen gelangen konnte. Doch drängte es sie zu erfahren, was für ein Übel das wohl sein mochte, das einmal im Monat nur zum Ausbruch kam.

Das, meinte der Wirt, wisse er nicht genau. Nur, dass er jedes Mal, wenn jemand sich an den Türen zu schaffen machte, die er vor Einbruch der Dunkelheit zu verschließen gehalten war, am nächsten Morgen einiges sauber zu machen hatte.

Da wurde es den Gaunern mulmig, sodass sie ihre Dietriche zückten und sich der Haustür zuwandten.

Das sah durch sein Schlüsselloch auch der Wirt, und er fragte, wie lange sie wohl brauchten, um jenes Schloss zu öffnen.

Bevor aber einer von ihnen zu antworten vermochte, vernahmen sie aus den Zimmern im oberen Stock ein Knurren, das alles andere als menschlich war. Und als sie einander in ihre entsetzten, vom Vollmond beschienenen Gesichter blickten, ahnten sie, dass sie nicht schnell genug sein würden.

KAPITEL VI

… in dem der Held das Vergnügen hat,
einem verwirrten Weisen zu begegnen,
sich eingehend mit sich selbst zu vergleichen und
unerwartet einen alten Freund wiederzutreffen,
bevor das Ganze anders endet als erwartet

Zwei Tage Leipzig. Die Sonne scheint. Die Frisur sitzt. Ich schlendere durch die Stadt, trainiere ein wenig Müßiggang und verdränge weitgehend erfolgreich jeden Gedanken an Willi, die meine Mailbox vermutlich längst mit Flüchen geflutet hat; zunächst von der Art, wie sie einen schamhaft erröten lassen, nachfolgend von der Sorte, die gute Chancen für eine Beleidigungsklage verheißen, und zuletzt solche, die nicht für Menschen mit einem schwachen Herzen geeignet sind.

Ich werde sie irgendwann anrufen müssen. Und sei es, um sie wissen zu lassen, dass ich noch am Leben bin. Nach dem Unmutbombardement meiner Mailbox wird sie vermutlich den Tabakladen bei sich um die Ecke leergeraucht und geplant haben, mich bis zum Ende dieses Buches in ihrem Keller einzusperren. Was sie tatsächlich schon einmal getan hat. Auch wenn ich es zunächst für einen Scherz hielt, weil ich seinerzeit noch nicht um das karge Maß ihres Humors wusste. Wobei im Verlauf dieser beiden Stunden *Ein Vorfall am Waldesrand* entstand, was gewiss nicht meine schlechteste Kurzgeschichte ist. Generell ist die sichere Verwahrung von Autoren zur Steigerung ihrer Produktivität also durchaus zu befürworten.

Wie sehr mein persönlicher Freiheitsdrang diesem Konzept zuwiderläuft, lässt Leipzig mich gerade deutlich spüren. Achtundvierzig Stunden, während derer ich weder Autogramme gegeben noch eine Zeile geschrieben habe.

Im Starbuck's am Augustusplatz genehmige ich mir ein Kaffeemischgetränk, dessen Namen ich mir nicht merken kann. Dass es meines ist, erkenne ich nur an dem finnischen Namen auf dem Becher, dessen Größe man vor dem Fall der Mauer mit *groß* bezeichnet hätte. Jetzt heißt das *venti*. Und wenn man in so einem Laden schlicht *Kaffee* bestellt, tun sich noch ganz andere Abgründe auf. Haben die nämlich nicht. Nur Mutationen: gerührt, geschüttelt, um Mitternacht gepflückt, beim Rösten mit kongolesischen Volksweisen beschallt sowie fair-, halbfair- und viertelfairtrade. Ich denke wieder an die Sklaverei, lächle den Kaffeeschankwart verlegen an und ergreife meinen Macchiato Prosciutto Karabenemsi Tutto bene in der Gewissheit, niemals für das Coffee-to-go-Gewerbe zu schreiben.

Vom Augustusplatz schlendere ich an der Oper vorbei runter zum Bahnhof, den Goethesteig hinab. Hier kommen die Fernbusse an, und in dem danebenliegenden kleinen Park mit dem Schwanenteich steht, wie ich noch von meinem Recherchetrip weiß, hinter jedem zweiten Busch ein Dealer. Um mich herum Dutzende Menschen, bestrebt, Leipzig in einem der schunkelnden Ungetüme zu verlassen. Menschen, die durch die Straßen fließen und die Stadt mit neuen Gedanken, Ideen und Impulsen versorgen. Womöglich sind sogar ein paar flüchtige Sklaven darunter.

Ich nippe lächelnd an diesem Kaffee Irgendwas und errege

dabei die Aufmerksamkeit eines Mannes, der plötzlich zwischen Bordstein und Park aus der Ansammlung von Koffern, Rucksäcken und Ikeatragetaschen hervor- und auf mich zukommt. Schlagartig wird mir klar, dass außer mir niemand hier lächelt. Weder Ankommende noch Abfahrende. Mein Lächeln ähnelt in diesem Moment dem Quäntchen Blut, das die Haie anlockt.

Mein Hai ist etwa sechzig Jahre alt und etwas verwahrlost. Sein langes graues Haar ist unter der speckig ausgebleichten Schiebermütze im Nacken zu einem Zopf gebunden. Er ist unrasiert, sein Gesicht übersät von kleinen grauen Stoppelinseln, dazwischen Haut, die jedes Wetter gewohnt zu sein scheint. Seine Jacke ist mindestens eine Nummer zu klein, die zahlreichen Flecken auf Hemd und Hose wirken, als wären sie Teil eines Konzeptes. Ebenso wie sein Geruch, den er mit einer ganzen Flasche billigen Rasierwassers erfolglos zu übertünchen versucht hat. Als ich genauer hinsehe, bemerke ich, dass das linke Auge des Mannes ein wenig zugeschwollen ist. Darunter prangen die bläulichen Reste eines Hämatoms. Mein erster Leipziger Schnorrer. Da steht er vor mir, legt den Kopf schräg, bemüht, sich durch ein gewinnendes Lächeln mit mir gemein zu machen, und breitet die Arme aus. Zumindest theoretisch. Denn er hat offenbar nur einen. Den linken. Dann spricht er mich an.

»Dürfte ich den geschätzten Herrn an diesem außerordentlich famos bewetterten Tag, der schwerlich seinesgleichen in dieser tristen Woche finden wird, womöglich ersuchen, mir, den das schnöde Schicksal weniger als ihn beschenkt zu haben scheint, für einen guten Zweck, als den ich mich der Ehrlichkeit halber und um unsere potenzielle Almosentransaktion nicht unter falschen Vorzeichen stattfinden zu lassen, an dieser Stelle selbst bezeichnen müsste, ein kleineres Hartgeldkontingent zu überlassen, wie es womöglich vom Erwerb seines ominösen Heißgetränkes verblieben sein mag?«

Perplex starre ich ihn an. Seine Augen funkeln schelmisch, wach, lebendig. Sie wirken seltsam deplatziert in diesem geschundenen Gesicht. Mich beeindruckt diese Wortkaskade, wie sie auch ein Bettler in Rostands Cyrano hätte singen können. Sprache. Meine Schwachstelle. In meiner Brust regt sich etwas. Was vermutlich nicht zu übersehen ist, da mein Gegenüber sogleich nachsetzt.

»Generell wäre ich freilich auch traditionellem Papiergeld gegenüber nicht abgeneigt, wie schon die Chinesen der Song-Dynastie es benutzten, damit das Gewicht ihrer Börsen sie bei der Überquerung der Berge nicht unnötig in die Tiefe zog. So wäre ich Ihnen nicht gram, wenn Sie mir, im Bestreben, dieser Tage den ein oder anderen Gebirgszug zu überqueren, ein paar Münzen überließen, um es sich ein wenig einfacher zu machen. Sollten Sie jedoch, sei es aus hygienischen oder anderweitigen Gründen, eine Abneigung gegen Scheine hegen, wäre ich nicht gram, einige davon mit Ihrer Erlaubnis an mich zu nehmen und dem Markt nach meinem Gutdünken zuzuführen.«

Ich bin entzückt. Und erwäge die Möglichkeit, dass dieser Mann eine psychische Störung hat. Der Versuch poetisch anspruchsvoller Bettelei legt diesen Gedanken nahe, besonders in Zeiten schwindender Bildung und eines langsam verödenden Wortschatzes.

»Ich wäre freilich auch in der Lage, im Rahmen dessen, was Sie zu geben bereit sind, mit einem gewissen Maß an Diversität umzugehen, sprich, gleichsam Münzen wie Scheine zu akzeptieren, derweil es mir aufgrund widriger Umstände gegenwärtig bedauerlicherweise nicht gegeben ist, Kreditkarten anzunehmen oder per Lastschriftverfahren zu arbeiten. Aber seien

Sie versichert, dass ich daran arbeite.« Als er mir nun die geöffnete Linke hinstreckt, wird sein Lächeln noch ein wenig breiter.

Leise lachend ziehe ich mein Portemonnaie hervor und reiche meinem Gegenüber den Rest meines Kaffeemischgetränks. Er ist irritiert. Griesgrämige Reisewillige mustern uns argwöhnisch. Ich gebe dem Fremden einen Fünfeuroschein. Das ist es mir wert, an den Zauber der Sprache erinnert zu werden. Er zwinkert mir zu, deutet eine leichte Verbeugung an und verschwindet mitsamt Kaffeebecher wieder zwischen Koffern. Was bleibt, sind wartende Reisende, mein Lächeln und die Dealer hinter ihren Büschen.

Am Bahnhof angekommen, begebe ich mich ohne Umwege in die große Buchhandlung gegenüber den Gleisen. Meine Feuerprobe. Die zeigen wird, wie sicher ich mich ohne Sonnenbrille und hochgeschlagenen Kragen wirklich wähnen kann. Es ist einer dieser großen Buchläden, mit Café, Konzept und allem drum und dran. Hier fehlt allerdings die Bar. Die habe ich bereits vermisst, als ich hier vor vollem Haus aus dem ersten Teil meines Endzeitauswurfs mit Zombies und Engeln lesen durfte und das Publikum mir zwei Zugaben abnötigte. Ich weiß sogar noch, wo die Orks gesessen haben. Doch jetzt bin ich nicht hier, um zu lesen, sondern um mich in der Nähe meines Steckbriefes herumzutreiben und den Menschen dabei in die Augen zu sehen; um den Wert meiner Tarnung zu überprüfen und herauszufinden, ob es doch noch eines Toupets oder eines falschen Schnurrbarts bedarf.

Hinter dem zweiten Regal finde ich den Aufsteller, von dem mich jene Kreatur anstarrt, die halb Zombie und halb Engel sein soll, allerdings ebenso gut ein Ork sein könnte. Oder ein grimmiger Zauberer. Davor meine Bücher, auf einem eigenen

Tisch. Auf einer Säule neben dem Aufsteller hat man ein laminiertes A3-Schild angebracht:

SEINE EINHÖRNER PFÄHLTEN VAMPIRE, DIE TRIEBWERKE SEINER ALIENS ÜBERTÖNTEN DIE KAMPFTROMMELN DER ORKS, UND BIS JETZT VERMOCHTEN SEINE ENGEL DIE LETZTEN MENSCHEN VOR DEN UNTOTEN HORDEN ZU BESCHÜTZEN.
DOCH DIE DUNKLE ZEIT IST NOCH NICHT VORBEI.
DER SCHATTEN DES GROSSEN VERWESERS ERHEBT SICH ERNEUT:
ENGEL GEGEN ZOMBIES II – MODERNDE SCHWINGEN
VERBOTENE LIEBE, UNTOTE LUST UND DUNKLER HORROR

Darunter prangt eines meiner Promoporträts: die Haare zurückgegelt, die grauen überfärbt, der Bart sauber gestutzt und eine Braue gehoben. Herausfordernd. Impertinent. So sieht ein Scharlatan aus, der das Ende der Welt über drei Bände zu strecken vermag. Der Mann, dem ich zu entkommen trachte.

Ich nehme ein Buch vom Stapel, lehne mich an die Säule und beginne teilnahmslos darin zu blättern.

Wann immer also jemand in den Schatten des großen Verwesers tritt, hebe ich den Blick und stelle sicher, dass das Buch mein Gesicht nicht verdeckt. Weil aber das Cover interessanter zu sein scheint als meine Person, muss ich mich räuspern, um Aufmerksamkeit zu erregen. Die ersten paar Male ernte ich irritierte Blicke, in denen keinerlei Wiedererkennen liegt, obwohl der sinistre Promolude direkt neben meinem Gesicht prangt. Während der nächsten dreißig Minuten räuspere ich mich ein gutes Dutzend Mal, bis ein Kunde sich bedroht fühlt, einen Verkäufer auf mich aufmerksam macht und ich ein Exemplar von *Engel gegen Zombies* II – *Modernde Schwingen* kaufen muss. Hernach werde ich freundlich aufgefordert, die Buchhandlung zu verlassen, und werte dies als Erfolg – geleitet mich doch kein Geringerer aus dem Laden als der Geschäftsführer, der bei meinem letzten Besuch noch den Eindruck zu erwecken versuchte, so eng vertraut mit mir und meinem Werk zu sein, dass ich schon ein sexuelles Interesse seinerseits befürchtete. Dass er mich jetzt für einen verschrobenen glatzköpfigen Perversen hält, zeigt, dass Vilho Unterberg erfolgreich in Leipzig angekommen ist.

Vor dem Eingang angekommen, blicke ich durch die offene Tür noch einmal ins Innere der Buchhandlung und betrachte das riesige unübersichtliche Büchermeer, aus dem sich, trotzigen Klippen gleich, Regale und Tische erheben, an denen Ertrinkende sich festklammern können. Ich erinnere mich gar nicht mehr daran, wie es war, meine Bücher auf diese Tische zu sehnen. Es ist zu lange her, seit der Erfolg mich heimtückisch niedergerungen und Heuvelmann & Grimm mich zum Premiumsklaven gemacht hat.

In diesem Moment sehe ich ihn. Obwohl ich ihn nicht sofort erkenne. Was auch daran liegt, dass ich ihn seit über zehn Jahren nicht gesehen habe. Janus Horn. Respektive Jan Hollinger. Der schon damals – als er und ich unzertrennlich waren und eine gemeinsam Lesebühne in Hamburg betrieben – besser war als ich. Besser, und weniger kompromissbereit. Ich habe seinen Namen von Zeit zu Zeit gegoogelt, nur um festzustellen, dass er seine obskuren Kurzgeschichtensammlungen nach wie vor selbst oder in dubiosen Kleinverlagen rausbringt. Im Internet benutzt er ein Bild, das mindestens fünf Jahre alt ist und auf dem er noch üppiges Haupthaar trägt. Offenbar hat Jan sich nicht den Schädel rasieren müssen, um gut die Hälfte seiner Haare zu verlieren. Auf den ersten Blick wirkt er wie der schrullige Sonderling, für den man mich vermutlich gerade hält, auch wenn er wesentlich hagerer ist als ich.

Er steht mitten im Laden, schaut sich verstohlen um und beginnt zwischen den Regalen nervös auf und ab zu gehen. Als er weiter hinten im Laden das Regal mit den Esoteriktiteln ansteuert, begreife ich, was er vorhat. Ich erkenne den Titel, von dem er einige Exemplare zwischen anderen Büchern hervorzieht. Wahrscheinlich hat er sie selbst bestellt und nicht abgeholt. Und dann wanderten sie ins Regal, weil kein Angestellter Lust hatte, sie zurückzuschicken. Unter normalen Umständen steht in solchen Buchhandlungen nie mehr als ein Exemplar von so was. Es ist sein jüngstes Buch: *Das Eichhornarium – Nagetieraden aus dem Dunkel des Unterholzes.* Der gleiche verquaste Wortspielscheiß wie früher. Erschienen im Verlag Prosper Tiro, dessen Besitzer ich auch noch von früher kenne. Moritz Keuschner, der schon damals so kurzsichtig war, dass er nicht mal mehr die Exposés lesen konnte, weshalb seine Entscheidung, ein Buch zu drucken, in der Regel von der Zahl der Flaschen Rotwein abhing, die man ihm auszugeben bereit war. Schon für seine ersten beiden Bücher, *Der alte Mann und das Mehr* und *Monokelmongolenbowle* hatte Jan sich von mir das Geld für den Rotwein leihen müssen. Und nach allem, was ich weiß, liegt der größte Teil der beiden Auflagen noch immer in Keuschners Scheune. Nicht zuletzt deshalb, weil Jans Geschichten in der Regel ein abgeschlossenes Literaturstudium voraussetzen. Sein neuestes Buch schiebt er nun jedenfalls in zehnfacher Ausfertigung unter seinen Mantel und bewegt sich, bereit, bemerkt zu werden und dafür sogar bedingt lautere Mittel anzuwenden, zu einer der Bücherinseln. Blitzschnell verschwinden vom Rand derselben die letzten Exemplare von *Die Hackfleischdiät – fit mit Mett und Schweinefett,* und im nächsten

Augenblick liegt dort für jeden Ertrinkenden zum Greifen nah: *Das Eichhornarium.*

Ich sehe zu, wie Jan, bevor er sie in irgendein Regal schmeißen kann, mit zehn Exemplaren eines abartigen Diätratgebers erwischt und aufgrund dieses vermeintlich versuchten Ladendiebstahls ebenfalls des Geschäfts verwiesen wird, und es bereitet mir eine gewisse Freude. Jan mag einen anderen Weg gewählt haben, was aber nichts daran ändert, dass er in der Leipziger Bahnhofsbuchhandlung jetzt ebenso Hausverbot hat wie ich.

So etwas verbindet.

»Na, wenn das nicht der alte Schreiber Hollinger ist.«

Verwundert schaut Jan mich an und fällt aus allen Wolken, als er mich erkennt, was offenbar vor allem an der Brille liegt.

»Tristen? Ernsthaft? Du, hier?«

»Na ja, ich dachte, wird mal wieder Zeit vorbeizuschauen.«

»In der Leipziger Bahnhofsbuchhandlung?«

»Natürlich. Wo denn sonst, Alter?«

Er runzelt die Stirn, zuckt mit den Schultern, und wir fallen uns in dem Maß in die Arme, wie es zehn Jahre und ein seinerzeitiges Auseinandergehen im Streit eben zulassen.

Als er sich kurz darauf von mir löst, mustert Jan mich genauer und deutet dann verwundert auf den eitlen vollbehaarten Pappaufsteller.

Kopfschüttelnd winke ich ab. »Ist ’ne lange Geschichte.«

»Solange sie nicht ganz so lang wie deine miesen Viecherprügelwälzer ist …«

»Du hast sie doch nicht etwa gelesen?«

»Reingeblättert, würde ich sagen. Was aber völlig ausreicht, um zu verstehen, dass sich das Ganze ohne Fantasygezücht im Titel vermutlich nicht verkaufen würde.« Ich zucke mit den Schultern und er fährt lächelnd fort. »Aber ich denke, das ist mehr, als du von meinen Büchern gelesen hast. Du erinnerst dich? Ich hab dir welche nach Berlin geschickt.«

Ich will etwas entgegnen, ahne allerdings, dass mangelnde Aufrichtigkeit im Moment fatale Folgen haben könnte, und lasse es darum bleiben.

»Ist ja auch egal jetzt«, sagt Jan. »Dass der weniger Talentierte von uns beiden inzwischen eine ignorante Mainstreamprostituierte ist, sollte einem geselligen Kaltgetränk schließlich nicht entgegenstehen, hm?«

»Oh, was den geselligen Aspekt angeht, hast du definitiv recht. Bezüglich des Mainstreams vielleicht auch. Aber über das Talent sollten wir noch mal reden.«

Er klopft mir begeistert auf die Schulter. Wir beschließen, ein gemeinsames Kaltgetränk einzunehmen und über alles zu reden, was uns während der letzten Jahre passiert ist.

Kurz bevor wir das Bahnhofsgebäude verlassen, habe ich Jan bereits erzählt, dass ich vor meinen eigenen Engeln und Zombies geflohen und gerade quasi inkognito in der Stadt bin. Das gefällt ihm. Vermutlich hofft er, mich zurück in das Lager der Ungelesenen locken zu können.

Am Ausgang sitzen einige Punker mit ihren Hunden. Sie sind ausgelassen, Getränkedosen kreisen, es wird gelacht. Bis einer von ihnen sein Bier verschüttet und damit den Unmut einer kleinwüchsigen, adrett gekleideten Frau weckt, die versehentlich einige Spritzer abbekommt. Sofort explodiert sie, verwandelt sich in ein blutrünstiges Rumpelstilzchen und brüllt die Punkerrotte zusammen. Ihre Beleidigungen sind ausschweifend und beeindruckend. Ich denke an Willi. Noch während wir die Straße überqueren, bitte ich Jan, mir kurz sein Handy zu leihen. Er zögert. Ich erwähne Willi und bekomme das Mobiltelefon. Die beiden hatten mal was miteinander, werden jedoch ungern darauf angesprochen. Die Nummer kann ich auswendig. Es ist die einzige Nummer, die ich auswendig kenne. Im Gehen huscht mein Finger über das Display.

Freizeichen. Sie meldet sich. Die Ampel wird rot. Dennoch eile ich los und bereite mich insgeheim auf eine der schlimmeren Stegemannschen Schimpftiraden vor. Stattdessen ereilt mich ein halbriesiger Schatten von links. Es gelingt mir gerade noch, meinen Kopf zur Seite zu drehen und ungläubig die Front einer Art Bus zu betrachten, dann werden ich und das Mobiltelefon durch die Luft gewirbelt und um mich herum wird alles schwarz.

EIN VORFALL AM WALDESRAND

Ein paar wenige Eingeweihte, denen das kleine Volk mit all seinen sonderbaren Gepflogenheiten nicht ganz fremd ist, wissen um einen Vorfall, der sich vor langer Zeit im fernen England zugetragen hat. Und obwohl derlei seither in ähnlicher Weise gewiss noch das ein oder andere Mal geschehen ist, lässt doch dieser eine bestimmte Vorfall dem Verständigen manches in einem anderem Licht erscheinen …

Das Ganze ist bereits einige hundert Jahre her und allein durch jenen Mann überliefert, dem es widerfahren ist. Obgleich auch dieser – wohl weil er fürchtete, verlacht zu werden – nur selten davon sprach, erscheinen seine Schilderungen heute und im Nachhinein durchaus glaubwürdig, zumal er aus gutem Hause stammte, von seinen Eltern zur Aufrichtigkeit erzogen worden und nach allem, was man weiß, kein übler Bursche gewesen war.

Jedenfalls befand sich besagter damaliger Jüngling eines Abends auf dem Heimweg durch ein Waldstück unweit seines Elternhauses, lustwandelte vergnügt zwischen verwachsenen Bäumen umher, an moosbewachsenen Felsen vorüber und passierte, umschwirrt von allerlei Getier, manch verwunschenen Busch und Strauch. Dass er, während die Sonne sank, so derart frohen Mutes war, lag nicht zuletzt daran, dass er in jenem Wald kurz zuvor heimlich sein Liebchen getroffen hatte. Dies hatte ihm Herz und Sinne derart wach geküsst, dass er in dieser Nacht kaum ruhig würde schlafen können und gewiss das schlimmste Unwetter noch vergnügt durchschritten hätte.

Wie immer er sich aber fühlte – nichts hätte ihn, wie er später beteuerte, damals auch nur ahnen lassen, dass er diesen Wald nicht als der verlassen würde, als der er ihn betreten hatte.

Übermütig und mit allerlei Flausen im Gemüt eilte er also im letzten Licht des Tages Richtung Stadt, als er mit einem Male innehielt. Hustend griff er sich an den Hals und glaubte, eine Fliege oder Ähnliches verschluckt zu haben. So etwas ist den Menschen damals wie heute passiert; es braucht nicht mehr als einen kurzen unachtsamen Moment, einen nicht ganz geschlossenen Mund, und schon ist es geschehen. Obwohl es sich damals in Wahrheit schon ein wenig anders verhielt, als jener Jüngling annahm.

Denn noch während er das vermeintliche Insekt wieder hervorzuhusten suchte, fand er sich plötzlich von drei Feenwesen umschwirrt, die unschwer als solche zu erkennen und überdies recht aufgebracht waren. Die Anwesenheit solcher Geschöpfe in einem Wald wie diesem schien dem jungen Mann nicht weiter verwunderlich, da er derlei Dingen durchaus zugetan und Wundern gegenüber generell recht aufgeschlossen war.

Dort stand er also, hustend und verwundert jenen flatterhaften Kreaturen lauschend, deren leise Stimmchen zunächst wirr durcheinanderklangen, sodass er nicht verstand, worüber sie sich echauffierten. Zumal er gerade schlecht Luft bekam und auch selbst nicht unverzweifelt war. Wie er nun aber an einem Baume lehnend inmitten jener Elfen noch einmal Luft zu holen suchte, glaubte er ihre Worte langsam unterscheiden zu können.

Sie schienen sich wahrhaft darüber zu unterhalten, wie eine der ihren, die gerade noch in ihrer Mitte geflogen war, plötzlich und von einem Moment auf den anderen verschwunden war. Dann blickten sie ihn an, stellten entsetzt fest, dass er ihre Begleiterin einfach verschluckt hatte, und fragten sich dabei mit aller rechtschaffenen Empörung, ob es nicht womöglich gar mit Absicht geschehen sei!

Er hatte also weniger eine Fliege als vielmehr eine Elfe im Hals und musste sich nun wohl oder übel gefallen lassen, von drei weiteren als gierschlundiges Ungetüm und bösewichtiger Elfenfresser beschimpft zu werden.

Unterdessen wurde ihm langsam etwas sonderbar zumute. Erwies es sich doch, dass das verschluckte Elfenwesen noch in einem Stücke war und nun in seinem Innerem gar heftig mit den Flügeln zu schlagen begann. Das nahmen ihre Artgenossen wohlwollend zur Kenntnis und beschlossen, statt den Jüngling weiter zu beschimpfen, darüber zu sinnieren, wie sich die Verlorene zurück in ihre Mitte führen ließe. Das Wohlergehen des Burschen selbst – dem der Flügelschlag in seinem Inneren sichtlich zu schaffen machte – beachteten sie dabei kaum.

Die erste Elfe schlug vor, ihn einfach der Länge nach aufzuschneiden. Die zweite entgegnete, dass so etwas nicht ihrem eigentlichen Wesen entspräche und sie stattdessen einfach warten könnten, bis die Gefährtin den natürlichen Weg zurück in die Welt fände. Hierauf verzog nun die letzte jener drei ihr sommersprossiges Gesichtchen und merkte an, dass sie lieber nicht zugegen wäre, wenn die Verlorene jenen natürlichen Weg in die Freiheit beschritte.

Dem Burschen war nunmehr redlich blümerant zumute. Mit weichen Knien lehnte er dort an seinem Baum. Gerade wollte er das Flatterding in seinem Halse mit einem verzweifelten Schlag zum Schweigen bringen und hatte die Faust bereits erhoben, als die Feen ihn zurückhielten. Verzweifelt umklammerten zwei von ihnen die geballte Hand, während die dritte hastig im Wald verschwand.

Verwirrt blickte der junge Mann auf das schwirrende Elfenflügelknäuel und wusste nicht, wie ihm geschah, als einen Moment später die gerade im Unterholz Verschwundene aus dem Wald auf ihn zugeschossen kam. So schnell, dass er keine Gelegenheit hatte, ihr auszuweichen.

Mit aller Wucht rammte sie ihm irgendetwas ins Gesicht, sodass er stolpernd hintenüberfiel und dabei ein Kribbeln in der Nase verspürte, dem nicht nachzugeben ihm vollkommen unmöglich war. Über sich sah er zufrieden jene Elfe ein Sträußlein Nieswurz in den Händchen wiegen, dann brach es mit lautem Prusten aus ihm heraus.

In hohem Bogen nieste er die zuvor verschluckte Kreatur in den Him-

mel, sah sie davonschießen, kleiner werden, als sie eh schon war, und schließlich zwischen den Bäumen verschwinden.

Die anderen Elfen jubelten und der Bursche rieb sich seine Nase. Es brauchte einen kurzen Moment, bis irgendwo zwischen den Büschen, ein wenig zerrupft anmutend und mit einem blauen Auge, leise schimpfend die verlorene Elfe hervorgeschwirrt kam.

Ohne ihn weiter zu beachten, sammelte sich das Elfengrüppchen, begutachtete die Flügel und den allgemeinen Zustand der Verunglückten und machte sich ohne ein Wort des Abschieds, aber augenscheinlich froh, den Schrecken weitgehend schadlos überstanden zu haben, schwirrend auf den Weg zurück ins Unterholz.

Verwundert blickte der junge Mann den Kreaturen nach. Selbst als sie längst fort waren, haftete sein Blick noch auf jener Stelle zwischen den Blättern, wo sie im Wald verschwunden waren. Dabei spürte er deutlich, dass etwas sich verändert hatte. Etwas war mit ihm geschehen. Etwas, was er selbst kaum verstand und das er vermutlich niemandem würde begreiflich machen können.

So groß sein Staunen in jenem Moment auch war, so ahnte er doch damals schon, dass er dereinst einen Weg finden würde, es mit den Menschen zu teilen …

Das ist die Geschichte, wie jener junge Mann sie einst erzählte und wie einige wenige sie bis auf den heutigen Tag kennen.

Zunächst klingt sie vielleicht ein wenig sonderbar, und im ersten Moment ist man sogar geneigt, das Ganze einer überspannten Phantasie zuzuschreiben. Allerdings nur, solange man dreierlei Umstände außer Acht lässt, die für das umfassende Verständnis dieser Geschehnisse vonnöten sind.

Zum einen wäre da die Wirkung, die Feen- oder Elfenstaub nachgewiesenermaßen auf den Menschen hat.

Zum anderen sind die Zeit und die Gegend, in der das Ganze sich zugetragen haben soll, durchaus von Bedeutung.

Zuletzt aber – und dies ist womöglich der wichtigste, für die Glaubwürdigkeit dieser Geschichte sprechende Aspekt – muss man bedenken, wer es war, der da gegen Ende des 16. Jahrhunderts im Alter von fünfzehn Jahren am Rand des Waldes von Stratford-upon-Avon in der Grafschaft Warwickshire eine Elfe verschluckte: niemand Geringeres nämlich als William Shakespeare, der bald schon eines Quäntchens Elfenstaub wegen die Menschen Staunen machen sollte wie kaum ein anderer vor oder nach ihm.

KAPITEL VII

… in dem der Held
sich von den Tücken der Straße erholt,
einem grimmen Häkelhünen begegnet,
im Nachhinein jemanden bezahlen muss und
abschließend eine schlimme Depesche erhält

Angefahren ist vielleicht das richtigere Wort in Anbetracht dessen, dass es sich bei dem Wagen, der mich rammte, um einen Daihatsu Hijet handelt, eine Art Bonsai-Bus, mit dem niemand sich überfahren lässt, ohne dass der Wagen größeren Schaden als der Überfahrene nimmt. Zumindest hierzulande.

Weil ich also kein Japaner bin und das Auto kein richtiges ist, ist der Schaden an beidem überschaubar. Nun liege ich auf dem blassbraunen Sofa der Hijet-Eignerin, die sich, wie der Zufall es will, als Krankenschwester entpuppt und mich kurzerhand mit zu sich nach Hause genommen hat. Die Devise, auf die wir uns geeinigt haben, ist einfach: kein Krankenhaus, keine Polizei.

Mein provisorisch geschientes Bein ruht auf einer gepolsterten Armlehne, und ich schaue mich um. Neben mir auf einem gekachelten Couchtisch, wie ich ihn noch aus dem Wohnzimmer meiner Eltern kenne, steht eine Tasse Kräutertee. Ursprünglich hatte ich mir Schnaps erbeten. So etwas hat Krankenschwester Ruth jedoch leider nicht da – »Nie«, wie sie beteuert –, und wer braucht schon Schnaps, wenn er fünfzehn Sorten Kräutertee im Haus hat?

Ruth sitzt mir gegenüber in einem fleckigen Sessel, ihre Katze auf dem Schoß und eine grob getöpferte Tasse mit einem jener Tees in der Hand. Sie trägt einen braunen Häkelponcho, wie er farblich kaum besser in diese erdtondominierte Umgebung zwischen Sepia und Moder passen könnte. Ich fühle mich, als würde ich im Inneren einer patinierten Teekanne liegen. Aus der Tapete – mit einem Farbton, der sich am ehesten mit ›trockener Toskanaschlamm‹ beschreiben lässt – ragen einige Bücherregale. Daran baumeln Halbedelsteine an Lederbändern, Talismane, ein Windspiel und allerlei Hippiegebamsel. Und darauf stehen Bücher. Notizbücher. Durchweg. Ruth liest nicht. Ruth schreibt. Und das augenscheinlich mit solcher Hingabe, dass sie ihr kleines getöpfertes Wohnzimmer gewiss auch mit ihren Werken hätte tapezieren können.

Auffällig inmitten des Tands und der Bücher ist vor allem die Statue eines kleinen glatzköpfigen Chinesen mit einer Schriftrolle, der aus einem der Regale auf mich herabblickt.

Über den Rand ihrer Tasse schaut Ruth mich an, krault ihre Katze, nippt an ihrem Tee. Die Katze, die wirkt, als wüchse sie aus der Hüfte meiner Gastgeberin heraus, hebt den Kopf, blinzelt mir gelangweilt entgegen und faltet sich wieder hüftnah zusammen.

»Und? Was denken Sie, ist es besser? Werden Sie laufen können?«

»Ich denke schon. Gott sei Dank haben Sie mich ja auch nicht voll erwischt.«

»Da purzelt mir jetzt aber ein Stein vom Herzen. Sonst müssten wir womöglich doch noch ins Krankenhaus.«

Erst jetzt fällt mir auf, dass sie lispelt. Und dass es ihr unangenehm ist. Vielleicht schreibt sie deswegen so eifrig; um nicht so viel sprechen zu müssen.

»Ich denke, das wird nicht nötig sein.«

»Ihr Freund hatte ja auch angedeutet, dass es besser wäre, wenn wir die Sache ohne viel Aufsehen in den Griff bekämen.« Die kleine dicke Frau mit den rosigen Wangen zwinkert mir zu. Sie ist um die fünfzig, vielleicht aber auch sechzig Jahre alt. Ich kann so was manchmal schlecht beurteilen.

»Ja, ich befinde mich gegenwärtig in einer vergleichsweise schwierigen Lage, die es mir schwermacht …«

»Oh, wie wundervoll!« Blitzschnell stellt sie die Teetasse ab, richtet sich ein wenig auf und klatscht mehrmals in die Hände. Die Katze schreckt auf, springt von ihrem Schoß, über den Tisch und mein kaputtes Bein, und kauert sich auf der Rückenlehne des Sofas zusammen. Ich beiße die Zähne zusammen und schaue Ruth verwundert an.

»Prekär! Sie haben prekär gesagt! Worte sind etwas so Wundervolles. Und prekär ist fast so schön wie prätentiös. Wobei prätentiös meines Erachtens das prätentiöseste Wort ist, das es gibt. Ich liebe Adjektive, müssen Sie wissen! Und besonders die besonderen. So was hört man ja heute immer seltener.«

»Formidabel«, entgegne ich, und sie lächelt von einer rosigen Wange zur anderen. Vorsichtig taste ich mein Bein ab.

»Exquisit!« Sie kichert. »Es ist vermutlich weit vergnüglicher, einen eloquenten als einen wortkargen Menschen anzufahren.«

Jetzt bekommt ihr Lächeln etwas derart Manisches, dass ich plötzlich an Kings *Misery* denken muss und im Bedürfnis, das Thema zu wechseln, auf die chinesische Statue im Regal deute.

»Buddha?«

»Nein. Das ist Li Tai Po.«

»Wer?«

»Ein chinesischer Dichter des achten Jahrhunderts, der zeitlebens einiges schrieb und zu viel trank und schlussendlich ertrank, als er in betrunkenem Zustand aus einem Boot fiel, weil er den Mond umarmen wollte.«

»Oh. Und warum steht er hier bei ihnen?«

Zufrieden greift sie wieder zu ihrer Tasse, nimmt einen Schluck und blickt mich vielsagend an. »Na ja, er steht für unsere Hobbys. Meine und die meines Mannes. Er trinkt und ich schreibe, müssen Sie wissen.«

»Ach? Wirklich.«

»Ja. Geschichten. Sachen, die mir so in den Kopf kommen.«

»Das klingt ja spannend.« Ich bemühe mich, interessiert zu klingen, bewege dabei aber unauffällig mein Bein, um den Zeitpunkt einzuschätzen, wann ich aufspringen und weglaufen kann.

»Vor allem so Frauenzeug. Romantischen Unsinn. Geheimnisvolle Fremde, uralte Steinkreise, Vampire, Liebe und so was. Das Übliche halt. Nur eben ein bisschen ernsthafter.« Ihre Augen leuchten, und ich erinnere mich, dass man Kräutertee auch mit Haschisch versetzt trinken kann. Doch als Ruths Blick über die Regale voller zahlloser abgegriffener Notizbücher schweift, spüre ich, wie stolz sie darauf ist, und fühle Scham. Wer bin ich eigentlich, abfällig über diese Frau und ihre Adjektive zu denken? Ich, der ich selbst nicht davor zurückschrecke, Liebesgeschichten mit Engeln und Zombies zu verfassen – um sie zu verkaufen, während Ruth ihre Träume und Sehnsüchte im Inneren ihrer Teekanne bewahrt. Vielleicht hat sie sich von Buch zu Buch verbessert. Womöglich ist sie sogar gut. Besser als ich. Sie, die Geschichten schreibt, die niemand außer ihr je lesen wird, und die dabei weder einen Heuvelmann noch Amazon-Rezensionen oder all die Saskias dieser Welt im Nacken hat. Hier befinde ich mich an der Grenze einer Welt, die anderen Gesetzen unterworfen ist als meine. Fremde Gefilde. Kurz bin ich versucht, sie zu bitten, mir mehr zu erzählen, mir etwas vorzulesen. Doch ich zügle mich, weil die Chance groß ist, dass es mir die Laune verdirbt.

Ruth entgeht nicht, dass mich etwas bewegt. »Wenn Sie so etwas interessiert« – bei diesen Worten zucke ich kaum merklich zusammen – »könnte ich Ihnen jemanden empfehlen.«

Ich bringe mich in eine sitzende Position, setze vorsichtig das Bein auf und hebe eine Braue. Wen mag sie mir empfehlen wollen? Einen Autor? Einen Therapeuten für Adjektivfetischisten? Oder gar einen Kleinverlag?

Sie beugt sich vor, greift nach einer kleinen Schatulle auf dem Tisch. Haschisch, denke ich, als sie an dem Bügelschloss herumfrickelt. Dann aber hält sie etwas vollkommen anderes in der Hand: eine Visitenkarte aus schwerem Karton, deren Weiß inmitten dieser Fifty Shades of Brown seltsam deplatziert wirkt. Während sie mir die Karte reicht, erkenne ich darauf ein verschlungenes arabeskes Muster.

»Nehmen Sie nur. Falls Sie Geschichten mögen, könnte das interessant für Sie sein.« Sie nickt mir zu, und ich greife nach der Karte.

Da erklingt vom Flur her das Rasseln eines Schlüsselbundes und das Öffnen der schweren Wohnungstür. Eilig stecke ich die Karte ein.

Ruth fährt herum, fasst sich ans Herz. »Mein Mann? So früh?«

Sie kichert. »Da können wir aber froh sein, dass Sie nicht nackt auf meinem Sofa liegen. Er ist nämlich ein wenig eifersüchtig.«

Ich versuche, mein Bein zu belasten, glaube, flüchten zu können. Droht mir doch jetzt, statt in Ruths Adjektivarium festgehalten zu werden, von ihrem Mann erschlagen zu werden – was diesem, wie ich im nächsten Moment feststelle, vermutlich nicht einmal Mühe bereiten würde. Denn dort steht er. In der Tür. Zwei Meter groß, mit der Statur eines Weinfasses, in einem kastanienbraunen selbst gehäkelten Pullover. Hagrid ist heimgekommen zu seiner Annie Wilkes.

»Wer ist denn das?«, donnert mir der Bass des Mannes entgegen.

»Nur ein Finne, den ich versehentlich angefahren habe, Schatz.«

»Mit dem Hijet? Dann kann es ja so schlimm nicht sein«, grunzt er unmutig, und ich stehe auf, um ihm die Hand zu geben. Dabei wirkt mein Lächeln hoffentlich selbstsicherer, als es sich anfühlt.

»Ganz richtig. Japanische Zwergbusse, da lässt sich ja kein ordentlicher Unfall mit bauen. Hallo. Ich bin Vilho. Vilho Unterberg.«

Er grunzt leise. Gibt mir die Hand. Mustert mich. »Scheint ja alles so weit in Ordnung mit Ihnen.« Er wendet sich an Ruth. »Was ist mit dem Bus?«

»Nicht mal 'n Kratzer, Schatz. Alles gut.«

Er nickt mir zu. Mürrisch. Ohne zu lächeln. »Dann dürfte ja alles so weit geklärt sein, und Herr Unterberg kann wieder gehen.«

»Natürlich«, sage ich und gebe Ruth die Hand, die hilflos mit den Schultern zuckt, als wollte sie mir sagen: So ist er halt, der Hagrid. Ich hab damit weniger ein Problem als vielmehr endlich einen Grund zu gehen. Also bedanke ich mich für den Tee, humple Richtung Ausgang und ahne, was dieser übellaunige Hüne in der Welt anrichten könnte, wenn Ruth ihn nicht regelmäßig durch den einfühlsamen Vortrag wohlklingender Adjektive und fünfzehn Sorten Kräutertee beruhigen würde.

Die Linie 6 bringt mich zur Haltestelle Edlichstraße unterhalb meiner Pension. Inzwischen ist es Abend, das Bein schmerzt, aber um das Krankenhaus bin ich herumgekommen; ebenso wie um den üblichen Ärger, den Autounfälle gewöhnlich hervorrufen: Polizei, Papierkram, Versicherungsdinge und ähnlich Angenehmes. Davon abgesehen sollte der Schaden überschaubar bleiben und die Rolle alter Freunde wertgeschätzt werden, auch wenn die sich vor allem um ihr Mobiltelefon sorgen.

Bei dem war Jan jedenfalls schneller als bei mir. Ich sollte so bald wie möglich in einem Handyladen vorbeihumpeln und mir eines dieser Wegwerfhandys besorgen. Nicht nur um Willi anzurufen, sondern um künftig für den Fall, dass mir mal wieder etwas zustößt, die Möglichkeit zu haben, mit dem Rest der Welt in Kontakt zu treten. Zunächst jedoch reicht mir eine Kontaktaufnahme per Mail. Kaum heimgekehrt, frage ich darum den Hosenträgertroll am Empfang nach dem WLAN-Passwort. Er nickt und fragt mich nach meinem Personalausweis. Ich nicke nicht, und er meint, dass er es später raussuchen würde. Was so klingt, als ob er es unter einer losen Bodendiele versteckt hätte. Also zücke ich meinen Totschlägerschlüssel und ziehe mich auf mein Zimmer zurück.

Dort schaue ich als Erstes nach dem Geld, das ich, statt es im Rucksack zu lassen, in einigen Plastikbeuteln unter einer der verzogenen Schubladen des Schrankes befestigt habe. Mit dem ersten Beutel ist alles in Ordnung, den zweiten finde ich an der Seite offen. Aber das Geld ist noch drin. Ich runzle die Stirn und zähle nach. Fünfzig Euro fehlen. Dafür entdecke ich ein Stück Papier an einem mit rotem Gummiband zusammengehaltenen Bündel und falte es auseinander. Eine Notiz, in der krakeligen Handschrift eines Kindes verfasst.

HAB FÜR FÜNFZIG EURO AUF DEIN GELD AUFGEPASST. GERNE WIEDER.

Lina. Diese kleine garstige Kröte! Sonst scheint nichts zu fehlen. Um nachzusehen, ob die Blechschatulle noch immer oben auf dem Schrank an der Wand liegt, steige ich auf das Bett. Schmerz durchzuckt mein Bein. Die Zähne zusammenbeißend bemerke ich das Kästchen und bin beruhigt. Die kleine Kröte hat sich mit dem Geld zufriedengegeben. Als ich die Balkontür überprüfe, ist sie lediglich angelehnt. Muss vergessen haben, sie zu schließen. Eilig verriegele ich sie und begebe mich dann raus auf den Flur.

Da ich nicht weiß, wo genau Lina mit ihrer Mutter residiert, klopfe ich als Erstes bei Zimmer Nummer drei: die Arena mit den Gladiatorenkämpfen. Gerade ist es ruhig dort.

Mir öffnet ein ganzkörpertätowierter Bodybuilder, der kaum größer ist als Lina. Er trägt einen Trainingsanzug, und wenn ich seine glasig glänzenden Augen richtig deute, hat er einen anderen Ernährungsschwerpunkt als ich. Hinter ihm im Zimmer erkenne ich einen Punchingball, einen 50-Zoll-Screen sowie, zwischen einigen Dosen Sportlernahrung, eine PlayStation. Auf einer Ausziehcouch lümmeln sich vor einer verdreckten Bong zwei weitere steroidgestählte Kollegen von Nicht-die-Mama. Erstaunt über die Kombination von Cannabis und Steroiden, best of both worlds, frage ich mich, wie derlei wohl wirkt. Statt dies in Erfahrung zu bringen, entschuldige ich mich für die Störung, stelle fest, mich in der Tür geirrt zu haben, und erfahre, bevor er mir die Tür vor der Nase zuschlägt, dass ich nächstes Mal auch gern ein paar aufs Maul haben könne. Ich müsse nur Bescheid sagen.

Also die fünf. Ich klopfe. Nichts tut sich. Von drinnen tönt Musik. Ich klopfe lauter. Von drinnen tönt eine Männerstimme:

»Moment!« Das Rascheln von Klamotten, das metallische Klacken einer Gürtelschnalle. Einen Augenblick später öffnet sich die Tür, soweit es die vorgelegte Kette zulässt. In dem Spalt erkenne ich einen vielleicht zwanzigjährigen Burschen mit Basecap und einigen unbeholfenen Tattoos auf dem nackten Oberkörper. Unter der Decke auf dem Bett versteckt sich ein etwa gleichaltriges Mädchen, von dem nur der Kopf zu sehen ist. Sie täte gut daran, auch dieses Gesicht zu bedecken.

»Was willst du?«, blafft der Bursche mich an, offenbar zornig ob der Unterbrechung seines Beischlafs.

»Ihr … ihr habt nicht zufällig ein Kind, das ihr auf den Balkon sperrt, wenn ihr telefoniert, oder?«

Eine Sekunde lang denkt er wohl auch darüber nach, mir eine auf's Maul zu hauen, doch begnügt sich mit einem beherzten »Fick dich!« und schlägt mir, wie zuvor schon sein Kollege aus der drei, die Tür vor der Nase zu.

Verwundert humple ich nach unten an die Rezeption, wo der Unhold an seinem Rechner sitzt und im Internet surft. Die spiegelnden Glastüren des Schrankes in seinem Rücken erlauben mir, beiläufig meine pornografische Bildung aufzupolieren.

»Entschuldigung?«, frage ich vorsichtig.

Er schreckt hoch, wirft dabei fast eine Tasse Kaffee um und stranguliert sich beinahe mit seinen Hosenträgern, die sich an der Stuhllehne verhaken, als er aufspringt und eilig seinen Laptop zuklappt. Dann steht er dort und lächelt mich an, als würde ich ihn gerade von etwas wirklich Wichtigem abhalten.

»Was kann ich für Sie tun, Herr Unterberg? Ich wollte gerade etwas googeln, und …«

»Ich will Sic nicht lange aufhalten. Es geht um eine alleinstehende Mutter, die, wenn ich richtig informiert bin, mit ihrer Tochter hier wohnt.« Während er seine Hosenträger zurechtzupft, schaut er mich verwirrt an, und ich füge hinzu: »Ich würde gern wissen, in welchem Zimmer die beiden wohnen. Denn ich fürchte, ich habe mit der Mutter etwas Wichtiges zu bereden.«

Langsam schüttelt er den Kopf, der sich offensichtlich noch nicht ganz von den Internetinhalten gelöst hat. »Nein.«

»Wie, nein?«

»Gibt es hier nicht. Alleinstehende Frauen mit Kind. Hab ich nicht da. Und ich würde Ihnen so was auch nicht besorgen, egal, was sie zahlen. Ich weiß ja nicht, wie das rechtlich bei Ihnen in Finnland ist, aber hier …«

»Schon gut. Ich fürchte, Sie missverstehen mich. Es geht um jemand Bestimmtes, den ich suche.«

»Na, da bin ich ja froh, dass wir das geklärt haben.«

Ich winke ab.

Er atmet auf.

Mit einem schmerzhaften Ziehen im Bein wende ich mich zum Gehen, da meldet sich der Hosenträgerunhold noch einmal zu Wort: »Aber zumindest Internet hab ich für Sie!«

Er wedelt mit einem kleinen Zettel, auf dem er offenbar den WLAN-Schlüssel notiert hat. Ich bedanke mich, humple zurück, greife nach dem Zettel und erfahre, während der Mann seinen Laptop wieder aufklappt, dass Internet pro Tag fünf Euro extra kostet und ich bitte keine illegalen Seiten besuchen soll. Ich nicke, hinke zur Treppe und wage aus Angst vor den Glastüren des Schrankes nicht, mich noch einmal umzusehen.

Als ich mich mit meinem Rechner aufs Bett lege und den WLAN-Schlüssel vom Zettel abtippe, fällt mir etwas auf. Stirnrunzelnd ziehe ich Linas Nachricht hervor und falte ihn auseinander. Tatsächlich, das Papier ist identisch. Linas Zettel stammt ohne Zweifel vom gleichen Block, auf den der Unhold den teuren Internetzugang notierte. Wer immer und wo immer dieses Kind ist: Sie ist von hier.

Meine Mails zu checken und zu sortieren dauert ein wenig. Innerhalb dreier Tage sammelt sich da einiges an, wobei ich nicht einmal die zwanzig Hassmails von Willi miteinrechne, obwohl das jetzt die wichtigsten sind. Ich überfliege die ersten Nachrichten, aus denen zu gleichen Teilen Zorn und Besorgnis herausklingen. Da wollte sie noch wissen, was los ist, warum ich mich nicht melde, ob etwas passiert sei. Ungefähr ab der fünften Mail ändert sich der Ton, und ich bekomme, nachdem ich den Abgründen meiner Mailbox entgangen bin, Gelegenheit, die schillernden Schimpfwortkaskaden Wilhelmine Stegemanns schriftlich über mir zusammenschlagen zu lassen. Wenn eine intelligente Frau sich gehenlässt, ist das immer ein Geschenk. Das darf man, wenn sie ihre Manieren vergisst und einen »Kackbratze«, »Dunsthupe« oder »Geistesblitzableiter« nennt, niemals vergessen. Ich überfliege die Mails und lasse mich beleidigen, bis ich zur letzten komme. Und die ist anders.

Sie stammt vom frühen Nachmittag, kurz nachdem ich sie angerufen und mich dann unter den Hijet gelegt habe.

Tristen,
ich habe dich immer für einen Hallodri, einen Filou gehalten. Geistreich und im Grundes seines Herzen loyal. Ich habe mich geirrt. Du bist, womit ich womöglich allen anständigen Arschlöchern dieser Welt unrecht tue, ein obergäriges Arschloch. Du weißt, in was für einer Phase wir mit dem Buch sind. Du weißt, dass mir Heuvelmann, der nach der Nummer bei der Premiere nur auf einen weiteren Fehler wartet, im Nacken sitzt. Und während der seine Messer wetzt, um alle Privilegien und Vergünstigungen, die wir uns im Verlauf der letzten Jahre hart erarbeitet haben, zu beschneiden, fängst du mit dieser Rockstarscheiße an. Verschwin-

dest. Klinkst dich aus. Um den lieben Gott einen guten Mann sein zu lassen und dir irgendwo die Eier zu schaukeln, während du mich hier mit einem schwachsinnigen Verleger und einem bumsdummen Projekt allein lässt. Ich dachte, wir wären Freunde, Tristen. Freunde, die sich aufeinander verlassen und offen miteinander reden können. Und dann kommt diese jämmerliche Midlife-Crisis-Nummer.
Dein Anruf heute Morgen hat das Fass zum Überlaufen gebracht. Oh, wie wird mir alles zu viel, der Erfolg, das Geld und der Druck. Mimimimi. Weil du Probleme mit deinen Ansprüchen hast, deinem komischen Germanistengewichse und diesem Gefühl, dass keiner dich richtig versteht. Glaub mir, dich verstehen vielleicht mehr Leute, als du denkst. Aber sie haben keine Lust mehr darauf. Weil sie dich kennen. Weil sie wissen, dass du ein treuloses unaufrichtiges Stück bist und nur an dich selbst denkst. Du weißt vermutlich nicht einmal, wie viele Leute an so einem verschissenen erfolgreichen Buch dranhängen und ihr Geld damit verdienen und ihre Familien damit ernähren. Weil du dir über so etwas keine Gedanken machst. Weil du einfach zu beschäftigt damit bist, rumzujammern, dass du nicht die Bücher schreiben darfst, die du eigentlich schreiben willst. Und das seit Jahren. Wie oft habe ich mir das anhören dürfen: all die ungeschriebenen Bücher, deine hehren Pläne, deine großen Vorbilder. Saki, Bierce, Hoffmann, du Boaz oder Bradbury. Aber glaub mir, auch die würden dich für ein Arschloch halten. Weil dir so vieles so viel wichtiger ist als das Schreiben. Seien es deine kleinen Bumsbrumseln, dein verschissenes Selbstmitleid oder das Schimpfen auf all die Leute, die dich nicht verstehen. Ich bin mir ziemlich sicher, dass du keines der Bücher fertigstellen wirst, die du immer schreiben zu wollen vorgibst. Weil du dein Scheißfeuer verloren hast. Das, was dich mal ausgemacht hat. Und weil du inzwischen tatsächlich bloß noch die kleine populistische Worthure bist, die du niemals werden wolltest. Mehr

als Engel und Zombies sind bei dir nicht drin. Und selbst die bekommst du nicht mehr fertig.

Was Heuvelmann übrigens genauso sieht. Der Verlag hat kurz überlegt, ob sie womöglich Grimm einfliegen oder die Reißleine ziehen sollten, um das Buch zu stoppen. Aber das müssen sie nicht. Denn sie haben jemanden, der das Buch auch in der Hälfte der Zeit schreibt. Jemanden, der mit dir und deinem Werk so gut vertraut ist, dass er nahtlos an den zweiten Band anknüpfen und vermutlich alle Ansprüche mühelos erfüllen kann. Dein alter Kumpel Mirko Rindsbein. Der keine Probleme mit Werwölfen oder Orks hat, egal was Heuvelmann will, das sie tun. Egal, ob er auch noch einen fünften oder sechsten Band will. Weil die Leute es wollen. Die Leute, die dir seit Jahren dein gutes Leben finanzieren und denen du mit deinem Verhalten ins Gesicht spuckst.

Ich habe mit Heuvelmann gesprochen. Keine Lust mehr, dich zu decken. Er war fair. Bis gestern hättest du dich noch melden können, aber seit heute Morgen sitzt Mirko am Skript. Und es wird mir ein Vergnügen sein, ihm seine stilistischen Schwächen auszutreiben, während du dich, wenn es nach mir geht, gepflegt ins Knie ficken und dich darüber ärgern kannst, dass du all die bedeutsamen Bücher in deinem Kopf auch jetzt, wo du frei bist, nicht schreiben kannst. Viel Spaß dabei. Sollte sich bei mir jemand melden, der auf der Suche nach einem verkorksten zynischen Arschloch ist, gebe ich gern deine Nummer weiter.

Fick dich,
leg dich gehackt,
und such dir einen neuen Dummen.
W.

Ich starre auf den Bildschirm und habe einen bitteren Geschmack im Mund. In meinen Augen brennen Tränen, irgendwo zwischen Trauer und Wut. Im Wissen, dass sie mit einigem recht hat. Und dass sie mich treffen will. Getroffen hat.

Mirkos Namen jedenfalls werde ich mir jetzt wohl merken können.

Ich klappe den Laptop zu. Nebenan beginnen die Gladiatorenkämpfe. Ich zittere. Atme schwer. Spüre mein Bein. Ärgere mich, den Troll nicht nach Schmerztabletten gefragt zu haben. Und glaube, mich übergeben zu müssen.

Während mir bewusst wird, dass mir länger schon keine meiner Geschichten, wie sie meinen Weg ins Unbekannte bisher wie Brotkrumen gesäumt haben, in den Sinn gekommen ist, steigt in mir die Lust auf, mich mit jemandem zu schlagen.

Wenn es sein muss mit Orks.

Dieses Mal gern auch mit einem Dutzend.

Und danach würde ich mich volllaufen lassen, mir ein Boot suchen und den Mond umarmen.

ENGEL GEGEN ZOMBIES II – MODERNDE SCHWINGEN

5/5 Sternen
Rezession von Lady Schimmerschwinge am 12.4.
Format: Taschenbuch

DAS BESTE PHANTASTISCHE BUCH SEID JAHREN!

Auf 800 großartigen Seiten verbündet Aaron Tristen, der vielleicht beste Fantasyschreiber der deutschen Gegenwart die faszinierende Welt des Übersinnlichen mit einer schrecklichen Entzeitrealität. Wie schon im ersten Band der Reihe treffen majesthätische Engel auf seelenlose Zombies und Heftiger und grausamer als zuvor entbrennt der Kampf um das Leben der letzten Menschen und ihre Seelen.

Ich hätte nicht gedacht,

Mich hat die Geschichte total in ihren Bann gezogen.

In geschriebener Form entführt der Autor den Leser in ein Abenteuer voller Action, Niweau und geheimem magischem Wissen.

Der Autor erhellt die Spannung bis zum Ende aufrecht und lässt den Leser sprachlos und in der Hoffnung zurück, das die letzten drägnenden Fragen bald geklärt werden: ob die Liebe von Schimmerschwinge und Fauler bestehen kann, was wirklich in der Kollonie am Südpol lauert und vor allem, wann endlich Sanguiel, der geheimisvolle Vampirengel mit der sanften Stimme und dem verfluchten Flügel wieder auftaucht.

Aber ich habe gehört, das er vielleicht sogar ein eigenes Buch bekommen soll! In dem er einen der Nachtengel in das Labyrinth der verbotenen Begierden entführt. Ich fände das toll. Auch wenn ich nicht weiß, wie er das Siegel der Sehnsucht brechen soll, weil er doch ein Sohn des schwarzen Zaren ist und geschworen hat, nie wieder zu lieben.

Zwischen all den Mainstreambüchern für hirnlose Leser, wo nur vorgekautes Lesen und nicht eigenständig denken wollen, ist mir das Buch positiv aufgefallen. Selbst nach Wochen beschätigt es mich noch. Das Hintergrundtwissen über Engel und Okkultismus, dass der Autor in diesen Roman verarbeitet hat sucht in der literarischen Welt ihresgleichen. Besonders für jemanden, wie mich der sich seid Jahren mit so etwas beschäftig und etwas besser auskennt, ist es ein echter Lichtblick.

Das letzte Buch das mich derart berührt hat, war *Drachendirne* von P. T. Scrotch, meinen anderen Lieblingsautor.

Nach dieser vielschichtigen literarischen Erfahrung werde ich jedenfalls erst noch einmal alles von Aron Tristen lesen und auf den dritte Band der Triologie warten.

Toll geschrieben, sympatische Figuren, unbedingte Kaufempfehlung!!!

KAPITEL VIII

… darin der Held darüber nachdenkt,
dem Heldentum generell zu entsagen,
sich dann jedoch eines Besseren besinnt
und hernach mit zwei Vorfällen verschieden
schlimmer Art konfrontiert wird

Einmal mehr wache ich mit Kopfschmerzen auf. Aber sie sind anders als sonst, denn auf meinen Synapsen trocknen weder Alkoholrückstände noch muss mein Körper etwas abbauen, das ich ihm wider besseres Wissen zugeführt habe. Der Schmerz ist ungewohnt. Traurig, schwer. Wie ein giftiges Gespinst aus nicht zu Ende gedachten Gedanken, ungekannten Ängsten und der Gewissheit, dass etwas Wichtiges zerstört ist. Auch die Schmerzen im Bein sind schlimmer geworden. Ich weiß nicht, wie lange ich Willis Mail gestern angestarrt, ihre Worte wieder und wieder gelesen habe. Ätzende Sätze, die mir durch die Augen ins Hirn und den Brustkorb gesickert sind, vorbei an der Zunge, auf der sie diesen bitteren Geschmack hinterließen, der noch immer nicht weg ist. Ich fühle mich verraten. Verlassen. Empfinde das Gleiche, was Willi empfunden haben muss, als sie ihre galligen Worte in meine Richtung spie.

Hier liege ich, mit geschwollenen Augen, in einer Stadt, in der ich mich ein wenig vor meinem Leben und meinen Verpflichtungen verstecken wollte. Mir ist, als hätte ich mich nachts davongeschlichen, um Party zu machen, und morgens passt mein Hausschlüssel nicht mehr. Und meine Frau ist mit Mirko Rindsbein verheiratet. Weil wohl alles, was man tut, Konsequenzen hat.

Da liege ich also. Reglos. An die Decke starrend, mit Schmerzen im Kopf und im Bein. Vielleicht sollte ich einfach aufgeben, meine Sachen packen und ganz schnell zurück nach Berlin reisen, vor Heuvelmann zu Kreuze kriechen, die Midlife-Crisis-Karte spielen, Fehler eingestehen und ihn derart mit Werengelzombieorks zuscheißen, dass er nicht anders kann, als mich wieder in seine Arme zu schließen. Weil ich ihm gebe, was er will, und ein artiges Hündchen bin. Und das nur, um Willi zurückzubekommen. Und den Schlüssel zu meinem Haus. Und um Mirko auf die Straße zu setzen, in der Hoffnung, dass er dort von einem ernstzunehmenden Auto überfahren wird.

Alles in meinem Kopf überschlägt sich. Ich bin wütend, traurig, neidisch und frustriert zugleich. Trotz ringt mit Zweifel, irgendwo in mir jammern Ängste, mir ist schlecht, und ich habe keine Ahnung, was ich denken oder tun soll. Das bisschen Freiheit, das ich mir hier in dieser Trollherberge erkämpft habe, wirkt plötzlich schal, und beinahe wünsche ich mir meine Tintensklavenketten zurück.

Seufzend richte ich mich auf – und traue meinen Augen nicht. Vor meinem Bett, an meinem offenen Laptop sitzt Lina! Im Schneidersitz, das Kinn auf die Hand gestützt, schaut sie lustlos auf den Bildschirm, dessen Widerschein sich in ihren Augen spiegelt und ihr bleiches Gesichtchen erhellt. Etwas an diesem Anblick irritiert mich, und es ist nicht bloß die Tatsache, dass sie überhaupt dort sitzt. Etwas anderes. Etwas mit ihrer Haltung. Ich kann es nicht benennen.

Sie bemerkt, dass ich wach bin, hebt den Blick und lächelt

mich seltsam teilnahmslos an. Sie schaut kurz noch einmal auf den Monitor, dann zu mir und fragt stirnrunzelnd: »Wer ist Willi?«

Meine Mails. Ich habe vergessen, den Rechner runterzufahren. Was die kleine Assel gleich ausgenutzt hat. Ich schaue zur Balkontür. Sie ist zu. Lina grinst.

»Dieses Mal war es die Zimmertür. Hast vergessen, sie zuzuschließen.«

Sie hat, wie sie so dasitzt und mich anlächelt, etwas geradezu Unheimliches an sich. Schnell verdränge ich den Gedanken, dass mir dieses merkwürdige Kind im Schlaf ohne Weiteres die Kehle hätte durchschneiden können, und beschließe, mich nicht unnötig aufzuregen. Schließlich kennen wir uns schon ein wenig.

Lina goutiert meine entspannte Haltung, indem sie nachbohrt. »Also: Wer ist Willi? So wie er dich zusammenfaltet, könnte man denken –«

»Niemand, der dich interessieren sollte«, unterbreche ich sie, schlage die Decke zurück, rutsche nach vorn und strecke mich nach dem Laptop, um ihn zuzuklappen.

»Hör ich öfter«, sagt sie. »Aber so wie er dich ankackt, scheint er ziemlich sauer zu sein.«

»Hab ich dir nicht gerade gesagt, dass dich das nichts angeht?«

»Na ja, ich find das schon wichtig, mit wem man unter einem Dach wohnt. Ob du jetzt ein Bankräuber oder ein Arschloch bist.«

Solche Worte irritieren, wenn sie aus dem Mund einer Achtjährigen kommen. Aber ich bin keinesfalls bereit, ihr das Feld zu überlassen. »Ach? Und was bist du? Mit Sicherheit nicht Lina, die mit ihrer Mutter nebenan wohnt. Es sei denn, deine Mutter ist Bodybuilder oder Hip-Hopper.«

»Du hast das doch wohl nicht echt geglaubt?«

»Wie bitte?«

»Hallo? Ich bin ein Kind! Und du könntest ein Perverser sein. Da werd ich dir doch nicht, wenn wir uns das erste Mal sehen, gleich die Wahrheit erzählen.«

Ihre Logik ist perfide – und nicht unbedingt die einer Achtjährigen. Sie ist nicht bloß eine kleine renitente Kröte, sondern auch noch intelligent.

»Gut. Aber da wir uns inzwischen ja nicht nur ein wenig besser kennen, sondern, da du augenscheinlich auf mein Geld aufzupassen beschlossen hast, auch eine Art Angestelltenverhältnis haben, könntest du jetzt deinen Lebenslauf nachreichen.«

Es scheint ihr zu gefallen, dass ich mit ihr wie mit einem Erwachsenen rede. Einem gebildeten Erwachsenen mit Humor. Ihre Augen leuchten freudig auf, als sie nickt, den Kopf senkt und etwas leiser als zuvor sagt: »In Ordnung. Das erscheint mir fair. Ich wohn oben im zweiten Stock. Zimmer neun. Keine alleinerziehende Mutter. Eltern. Zwei. Ganz normal. Mann und Frau. Und ein kleiner Bruder, der noch schlimmer ist als ich. Wir sind wohl einen ganzen Monat hier, weil mein Vater in Leipzig für irgendeinen Job Probe arbeitet und die Entscheidung, ob sie ihn nehmen, erst in einer Woche fällt. Dann würden wir uns …« – sie blickt sich etwas abschätzig in meinem deutschdemokratischen Zeitreisezimmer um – »… etwas Richtiges suchen.«

»Na, siehst du. Geht doch, Lina.« Ich nicke ihr aufmunternd zu, und sie lächelt von einem Ohr zum anderen.

»Hanna. Lina war auch gelogen. Aber wie gesagt, da haben wir uns ja noch nicht gekannt.«

Ich lache leise auf und reiche ihr meine rechte Hand. Kopfschüttelnd streckt sie mir ihre Linke entgegen, die ich daraufhin mit meiner Linken ergreife und sachte schüttele. »Freut mich, dich kennenzulernen, Hanna. Aber du bist schon ein bisschen anders als die anderen Kinder, hm?«

»Da würd ich jetzt nicht widersprechen«, entgegnet sie schelmisch, bevor ich zu dem Teil des Gespräches komme, um den es mir eigentlich geht.

»Ach, und wo wir uns gerade so gut verstehen, könnten wir es womöglich einrichten, dass du künftig nicht einfach ungefragt in mein Zimmer kommst?«

Sie wirkt etwas zerknirscht, entwindet sich meinem Griff und zuckt mit den Schultern. »Wenn du darauf bestehst, bekommen wir das sicher hin. Auch wenn mich das ein wenig Spaß kosten wird.«

»Sehr freundlich von dir. Und die andere Sache: Wie sieht es mit meinem Geld aus? Willst du da weiter … drauf aufpassen?«

»Na sicher. Wär doch schlimm, wenn was wegkommt, oder?«

»Ja, genau das ist mein Problem. Ich habe das Gefühl –«

»Okay. Ich mach dir einen besseren Preis. Die Woche für fünfzig. Deal?«

Ich schaue sie an, schüttele innerlich den Kopf und habe das Gefühl, dieses Angebot nicht ausschlagen zu können. Vielleicht liegt es an ihrem Vater, dem Probearbeiter. Dem Gedanken, dass die kleine Familie dort oben ja irgendwie durchkommen muss. Weiß der Geier. Aber in Ordnung. Fünfzig pro Woche klingen in Ordnung. Vor allem, wenn man bedenkt, dass die Familie in spätestens zwei Wochen weg ist.

»In Ordnung«, sage ich.

Hanna springt auf, zwinkert mir zu und wendet sich zum Gehen. »Alles klar. Das gilt dann ab morgen.« Sie öffnet die Tür und ist beinahe schon draußen, als sie sich noch einmal zu mir umdreht und mit einem Fünfzigeuroschein wedelt. »Für jetzt hab ich mir das Geld einfach schon mal genommen.«

Ich fluche, springe aus dem Bett und auf sie zu. Doch da ist Hanna bereits im Flur verschwunden. Ich haste ihr nach, spüre dabei schmerzhaft mein kaputtes Bein und stehe einen Moment später in Unterwäsche im Flur. Dort kann ich gerade noch das weiße Kleidchen um die Ecke flattern und Kinderfüße hastig über die Stufen nach oben hasten hören. Als ich meine nackten Füße in den fleckigen Flurläufer stemme, um loszusprinten, höre ich hinter mir die Tür ins Schloss fallen.

Ich stoppe. Stehe wie festgefroren, schließe die Augen und atme, bemüht, die Fassung zu bewahren, tief durch. Es ist absurd. Mein Leben, das gestern noch phantastische Belletristik war, scheint plötzlich eine obskure Mischung aus Drama und Slapstick geworden zu sein. Von meinen Verbündeten verlassen und von einem verschlagenen Kind schikaniert, unlängst von einem Unbus angefahren, stehe ich halbnackt und schlüsselfrei im Flur einer Trollpension.

Eine Tür öffnet sich, und einer meiner steroidgestählten Nachbarn verlässt im Jogginganzug das Gladiatorentrainingscamp. Im Gegensatz zu meinem leichten Übergewicht scheint mein Mangel an Oberbekleidung ihn nicht weiter zu irritieren.

»Morgen«, murmelt er. Und, während er sich an mir vorbeidrückt, ein wenig leiser: »Vielleicht mal ’n bisschen trainieren, hm?«

Wohldefiniert und muskelbepackt verschwindet er auf der Treppe nach unten, und ich wünsche mir innig, nicht hier zu sein. Aus dem Erdgeschoss dringen leise Stimmen herauf: die des Hosenträgertrolls und eine zweite, die mir seltsam bekannt vorkommt. Der Wortwechsel ist kurz. Gezielt. Fragen. Antworten. Es geht um mich. Und dann erneut Schritte auf der Treppe.

Bestrebt, mein Auftreten im Rahmen meiner Möglichkeiten zu optimieren, lehne ich mich lässig an den Türrahmen, verschränke die Arme vor der Brust und wende den Kopf, um betont beiläufig einige Bilder an der gegenüberliegenden Seite des Flures zu betrachten. Verwundert bemerke ich erst jetzt zwei ausnehmend hässliche Stillleben, die in goldenen Plastikrahmen zwischen den weichgezeichneten Schamhaarfrisuren einiger Playmates aus den Neunzigerjahren an der Wand hängen.

Und da höre ich auch schon Jan: »Ernsthaft? Unterberg?«

Ich schaue ihn an, versuche, bekleidet zu wirken, und zucke mit den Schultern.

»Ich frag mich, was du wohl gemacht hättest, wenn Kapitän Hosenträger den *Herrn der Ringe* gekannt hätte. War ja sogar im Film.«

»Der schaut eher andere Filme.«

»Aber auch noch Vilho? Wirklich? Finnische« – er deutet auf mein spärlich bekleidetes Selbst – »Nudistenhobbits?«

»Lange Geschichte.« Ich winke ab. »Lass uns den Zweitschlüssel holen, ich zieh mir was an, und wir gehen bisschen raus. Ist nicht der beste Ort hier, um sich entspannt zu unterhalten.«

Und als wollte er es unterstreichen, dreht einer der im Nebenzimmer verbliebenen Muskelschlümpfe die Musik auf. Manowars *The Crown and the Ring*, das ich noch immer mitsingen könnte. Selbst nach mehr als zwanzig Jahren.

Und in der Gewissheit, dass Manowar auf der Bühne mitunter nicht wesentlich bekleideter sind als ich gerade, humple ich mit Jan ein wenig entspannter in meinen Boxershorts nach unten, um den Hosenträgertroll zu bitten, mein Zimmer aufzusperren.

Ein Dönerladen oder ein Café in der Eisenbahnstraße, das ist das Ziel. Jan sagt, er halte mein Zimmer für inspirierend; zumindest für jemanden, der gerade an irgendwas über die

DDR schreibt oder das Gefühl vermisst, dass gleich die Stasi rumkommt, um ihn abzuholen. Noch während wir vorbei an einigen Haufen Sperrmüll, nicht abgeholten gelben Säcken und unmotivierten Grüppchen seltsamer Gestalten durch die Straßen schlurfen, bietet er mir an, mich notfalls in seinem Atelier unterzubringen. Zumindest für ein paar Tage. Dort würde auch niemand Fragen stellen. Wobei es leider kein warmes Wasser gäbe. Und keine Dusche. Aber sonst …

Ich fluche über die Schmerzen in meinem Bein, verspreche Jan, über sein Angebot nachzudenken, will aber viel dringender wissen, wie er mich gefunden hat. Das sei ihm nicht schwergefallen, meint er, dafür hätten meine Andeutungen in unserem kurzen Gespräch am Bahnhof vollkommen ausgereicht, zumal er sowohl meine frühere Recherche als auch die Geschichte kenne, in der ich die heruntergekommene Pension beschrieb. Im Nachhinein scheint es mir beängstigend einfach gewesen zu sein.

»Aber weshalb bist du überhaupt vorbeigekommen?«

»Willi.« Ist seine Antwort. »Hatte vergessen, meine Rufnummer zu unterdrücken. Keine zwei Minuten, nachdem du mit der Krankenschwester in diesem Witz auf Rädern verschwunden bist, hat sie zurückgerufen.«

Er schaut mich an, und in seinen Augen kann ich sehen, was ihm widerfahren ist. Wie Willis Wutwogen über ihm zusammengeschlagen sind, kochend, brutal. Wie sie ihn beschimpft und all ihre Munition auf ihn abgefeuert hat, die sie in Tagen aus Frust, Zorn und Bosheit für mich gebastelt hatte. Sie hat Jan zerrissen, zerfetzt und verbrannt, bevor sie auf seiner Asche herumtrampelte. Und ich bin aufrichtig dankbar, dass er die Kugeln für mich abgefangen hat. Auch wenn seine Wunden vielleicht nie wieder heilen werden.

»Tut mir leid«, sage ich kleinlaut und beschleunige meinen hinkenden Schritt ein wenig.

»Schon okay. Obwohl ich mir im Nachhinein schon gewünscht hätte, dass es das Handy bei deinem Unfall geschrottet hätte.« Er lacht. Es klingt ein wenig verzweifelt. Ich stimme dennoch mit ein, verziehe dabei allerdings vor Schmerzen das Gesicht.

»Wie schlimm ist es mit deinem Bein?«

»Würde sagen, oberste Grenze dessen, was so ein Bonsaibus anrichten kann.«

»Heftig?«

»Heftig genug.«

»Okay, wart mal eben, vielleicht hab ich da was für dich.«

Inmitten einer etwas abgelegenen Passage zwischen überwiegend leer stehenden Häusern bleibt Jan stehen, greift in die Innentasche seiner Jacke, und einen Augenblick später gelingt es mir tatsächlich doch noch, unweit der Eisenbahnstraße überfallen zu werden.

Sie treten aus einem Hauseingang und verstellen uns den Weg. Der Wortführer – das Klischee will, dass er Südländer ist und ein schwarzes Hip-Hop-Hoodie mit albern martialischem Aufdruck trägt und nicht der Hellste zu sein scheint – hält eine Pistole auf mich gerichtet und blafft uns an.

»Eure Kohle. Portemonnaies. Handys. Aber zackig. Digga?« Er nickt seinem Kollegen zu, etwas größer, leicht adipös und mit Basecap. Das Klischee ist gnadenlos in dieser Gegend. Digga trägt eine Sonnenbrille. Seine Wangen sind vor Erregung gerötet, und sein Gesicht ist von einem Rest Babyspeck geprägt, der über ein dezentes Doppelkinn in den Körper abzufließen scheint. In Kombination mit der blonden, unter der Mütze herauslugenden Stoppelfrisur lässt seine Sonnenbrille mich an Heino denken. Einer von zwei Aspekten, die die akute Bedrohung schlagartig relativieren. Der andere ist weit ausschlaggebender. Die Pistole. Die Waffe, die Diggas Kumpel uns mit grimmigem Blick zum Zwecke der Einschüchterung beherzt entgegenreckt.

Jan und ich wechseln einen kurzen Blick. Auch er hat den Fehler gefunden. Ich wage zu behaupten, dass Autoren, die ihren Job ernst nehmen, generell undankbare Opfer sind – was vor allem an der Recherche liegt. Ich habe bei Freunden in der Schweiz das Vergnügen gehabt, sowohl mit einer Kalaschnikow als auch einer Pumpgun und einer Desert Eagle schießen zu dürfen, um herauszufinden, wie es sich anfühlt. Letztere, eine halbautomatische Single-Action-Pistole Kaliber 50, wie sie auch die Söldnerengel aus Camp Collateral im ersten Teil meines dystopischen Epos benutzen, hat mich am meisten beeindruckt. Nicht nur, weil der Rückstoß einem fast das Handgelenk bricht, wenn man sie einhändig benutzt. Die Desert Eagle ist groß. Böse. Und effektiv. Aber vor allem ist sie eine richtige Pistole – im Gegensatz zu dem Ding, mit dem uns der zornige Halbwüchsige da bedroht.

Das, was er da hat, ist nicht bloß kleiner als das Original, sondern mit Sicherheit auch nicht schussfähig. Vermutlich ist es eine etwas hochpreisigere Spielzeugwaffe, deren Mündung, damit niemand spielende Kinder versehentlich als Bedrohung erachtet, mit einem signalroten Plastikstück versehen ist. Soft-Air-Waffen sind von echten beinahe nicht zu unterscheiden, aber so viel scheint ihre Ausrüstung den beiden Hobbygangstern nicht wert gewesen zu sein. Obwohl Digga das Rot übermalt hat – sicher mit dem gleichen Edding, mit dem er unleserliche Tags auf Stromkästen kritzelt –, schimmert durch einen Kratzer auf der schwarzen Oberseite deutlich die Signalfarbe. Jan, dem dies aufgrund seiner Rollenspielerfahrung nicht entgangen ist, wendet sich dem Doppelkinn zu.

»Nee, lass mal, Digga. Heute nicht.«

Ich finde das trotz allem etwas verwegen, weil die beiden uns auch einfach zusammenschlagen könnten. Schließlich sind wir beide schon über vierzig. Und Schriftsteller. Und Jan nicht mal erfolgreich. Dennoch stimme ich mit ein, hoffend, diesem schlecht organisierten Hinterhalt unbeschadet zu entgehen.

»Ich glaube, auch. Heute besser nicht. Vielleicht können wir das ja als Generalprobe werten, und ihr versucht es einfach noch einmal, wenn ihr euch irgendwann 'ne richtige Waffe besorgt habt, hm?« Ich schaue dem Burschen mit der Knarre ins Gesicht.

Er ist sichtlich konsterniert. Greift die Waffe fester. Richtet sie energischer auf uns. »Alter, komm mir nicht dumm! Und jetzt her mit der Kohle. Oder ich mach euch weg!«

Mahnend hebt Jan seinen Zeigefinger. »Hör mal, ich finde es ehrlich gesagt arg unhöflich, anständige Leute mit Spielzeugwaffen zu überfallen.« Er wendet sich zu mir um. »Oder was meinst du?«

Ich stimme ihm umgehend zu. »Zum einen zeigt man damit, dass man seinen Job nicht ernst nimmt und dass man sich nicht einmal ordentliches Arbeitsmaterial leisten kann, und zum anderen, dass man sein Opfer für blöde hält. Höflich ist das wirklich nicht.« Während ich das sage, betrachte ich den Aufdruck auf seinem Hoodie und frage mich, was genau er darstellt. Es könnte ein Teller Spaghetti sein, aus dem ein U-Boot-Periskop ragt. Dann wäre das Tier darüber vermutlich eine übellaunige Gangstermöwe. Aber dieser Streetartstyle ist so wirr, dass es auch etwas vollkommen anderes sein könnte.

Aus dem Augenwinkel sehe ich, wie der andere Gangster

plötzlich einen Schritt auf Jan zumacht, wobei es zwischen den geröteten Wangen wütend hervorzischt: »Na warte, du neunmalkluges Arschloch …« Er zieht ein Springmesser aus der Hosentasche und reißt es mit großer Geste empor.

Ich zucke zusammen. Vor meinem inneren Auge sehe ich uns bereits im Hauseingang verbluten, da wird deutlich, dass der Typ in Sachen Springmesser nicht sonderlich geübt ist. Er lässt es aufschnappen und mit einem Aufschrei sofort fallen. Erschrocken schauen die beiden Gangster einander an, machen im nächsten Moment synchron kehrt und verschwinden mit verletzter Hand und verletztem Stolz zwischen den Häusern.

Jan und ich schauen ihnen nach. Ich höre ihn leise aufatmen, weiß aber, dass das Telefonat mit Willi schlimmer war. Schließlich sind wir gerade nicht wirklich überfallen worden. Allenfalls ein bisschen.

Wobei: Im Lauf zweier Tage ein bisschen überfahren, ein klein wenig überfallen und von renitenten Achtjährigen etwas verarscht worden zu sein, ist ein bislang nicht gekanntes Gefühl.

Eine knappe Viertelstunde später sitzen wir in einem der zahllosen kleinen türkischen Läden auf der Eisenbahnstraße. Irgendwas mit *Aladin*. Über den Rest des Namens kann ich dank einer teilweise gesplitterten und fehlenden Leuchtreklame keine Aussage machen, tendiere aber zur Annahme, dass wir uns in seiner Wunderlampe befinden. Um uns herum kleine, mit Mosaiksteinchen verzierte Tische und niedrige Bänke, darauf ausgeblichene farbige Sitzkissen, daran verfilzte Quasten. Letztere legen den Verdacht nahe, dass es unweit von Leipzig eine Art Orient-Ikea gibt, dessen kassennahe Grabbeltische die pseudoarabischen Relikte feilbieten, die an den Wänden der

Wunderlampe ihren Kampf gegen den Staub längst verloren haben. Der Laden selbst scheint eine Mischung aus Café, Dönerladen und Shishabar zu sein, schneidet aber in keiner dieser Kategorien auch nur mit *befriedigend* ab. Nicht nur, weil der Döner hinten in der Küche zubereitet wird, sondern auch, weil die schweren Vorhänge vor den Fenstern das Gefühl vermitteln, dass es sich hier um ein Hinterzimmer handelt, in dem man die vom Laster gefallenen technischen Geräte kaufen kann, die man in der Trollherberge vergeblich gesucht hat.

An den anderen Tischen verlorene Gestalten. Ein paar sind augenscheinlich von letzter Nacht übrig geblieben, andere begehen den fortgeschrittenen Morgen verborgen hinter ihrer Zeitung. Hürriyet und Bild. Perlen der Pressefreiheit. Und dann sind da natürlich noch die älteren Herren in grauen Anzügen mit ihren Gebetskränzen, die wissenden Sufis gleich im hinteren Teil des Gastraumes schweigend an ihrem Tee nippen.

Das Einzige, was stört, ist der Fernseher, der in seiner Deckenhalterung in einer Ecke des Raumes seinem Ende entgegenflimmert. Eines dieser alten Röhrengeräte, wie sie sich ab einem gewissen Alter nach der Schwarz-Weiß-Ära zurückzusehnen scheinen und darum allenfalls noch eine Farbe korrekt darstellen. Was das Programm angeht, stemmt die Wunderlampe sich dem Klischee entgegen, denn es läuft tatsächlich nicht jener Sender mit arabischer Musik, der einem das Gefühl gibt, dass man sich auf einer türkischen Hochzeit verirrt hat, sondern es bittet eine etwas verbrauchte Frau mittleren Alters mit wallendem grau gefärbtem Haar in brachialesoterischer Kulisse zwischen Rosenquarz und Klangschale vergeblich darum, dass man sie anrufen möge, damit sie Beziehungsratschläge geben kann. Eso TV. Ihre Stimme ist nicht angenehm, die Lautstärke des Fernsehers dafür moderat. Bei genauerem

Hinsehen eruiere ich verwundert, dass die Fernbedienung bei der Sufiselbsthilfegruppe liegt, die das Geschehen auf dem Bildschirm verfolgt.

Aber der Kaffee ist gut. Ganz zu schweigen vom Dürüm. Jan frühstückt unterdessen Shisha. Pfirsichtabak oder irgendetwas ähnlich Fruchtiges, das die Evolution ursprünglich für Kaltgetränke vorgesehen hat, bevor jemand auf die Idee kam, es zu rauchen.

Wir amüsieren uns noch immer über den Slapsticküberfall der Hip-Hopper, als Jan sich an die Sache mit meinem Bein erinnert, noch einmal in seine Jackentasche greift und mir verschwörerisch zwinkernd ein kleines rundes Plastikdöschen zuschiebt. »Nimm die. Gegen die Schmerzen. Besser als alles, was du kennst. Versprochen.«

Ich öffne die Dose. Darin Pillen. Rote und blaue. Etwas mehr als ein Dutzend. »Welche? Die roten oder die blauen?«

»Immer beide zusammen.«

»Und was ist das genau?«

»Das eine ist Diclofenac. Etwas höher dosiert als erlaubt. Das andere willst du nicht wissen. Wirken von einem Morgen zum nächsten. Solltest sie besser nicht durchgehend nehmen und wegwerfen, wenn du in eine Polizeikontrolle gerätst.«

Ich betrachte die Pillen argwöhnisch und nehme des Beines wegen und weil ich nicht vorhabe, zu einem Arzt zu gehen, gleich zwei.

»Ach, und manchmal verzerren sie ein wenig die Realität!« Jan schaut mich feixend an, und dann beginnt er sich für meine Flucht zu interessieren.

»Und warum genau wolltest du jetzt unbedingt aus Berlin weg?«

»Am Ende ging es wahrscheinlich um Freiheit«, schwadroniere ich. »Und das Gefühl, mich immer mehr von dem zu entfernen, was ich ursprünglich mal wollte. Mit dem Schreiben. Als ich angefangen habe.«

»Ich habe fast den Eindruck, du fliehst vor deinem Erfolg.«

»Kann sein. Aber da hängt auch noch einiges dran.«

»Warum die ganze Geheimnistuerei?«

»Die sitzen mir alle im Nacken. Willi, der Verlag, die Buchhändler und die Fans. Jeder von denen schaut mir über die Schulter, während ich den dritten Aufguss mit ein und demselben Teebeutel mache. Das ist elend, Jan. Elend.«

»Musst du mir nich' erzählen. Ich fand schon *Orks gegen Aliens* saublöd. Das mit den Einhörnern hab ich nur noch aus Höflichkeit gelesen. Und von den Zombies und den Engeln dann nur noch die Zusammenfassungen im Netz. Aber dass die dich auf diesem toten Pferd jetzt auch noch weiterreiten lassen wollen …«

»Das Problem sind die Erwartungen. Ich muss etwas liefern, das sich verkauft. Jedem gefällt. Das letzte bisschen Geschmack aus diesem untoten Teebeutel pressen. Was nichts mit dem zu tun hat, warum ich mit all dem mal angefangen habe. Weißt du, ich hatte Ideen, Visionen, wollte Geschichten erzählen, Türen in den Köpfen auftreten, etwas entfachen in den Leuten.«

»Manchmal würde ich schon gerne mit dir tauschen. Und sei es, um herauszufinden, dass ich nicht mit dir tauschen will.«

»Du würdest lediglich herausfinden, dass zwei Hundertquadratmeterwohnungen, eine Vorliebe für verbotene Substanzen und guten Alkohol, Partys und die Pflege sozialer Kontakte dich mehr kosten, als du zu zahlen bereit bist. Du, mein Freund, konntest bis jetzt ernsthaft verhindern, dass irgendjemand Geld mit dir verdient. Und glaub mir, das ist das Beste, was dir widerfahren konnte.«

»Deine Komplimente sind manchmal sehr subtil.«

»Wenn es dich tröstet, *Der alte Mann und das Mehr* und dein Mongolending waren besser als jeder Band der Creature-Clash-Reihe.«

»Joah, vor allem weil du keine drei Stunden bräuchtest, um jeden Besitzer dieser Bücher persönlich anzurufen. Abgesehen davon hab ich das *Eichornarium* zur Hälfte selbst bezahlt und das Geld noch immer nicht wieder drin. Aber danke für die Blumen.«

»Brauchst du Geld? Kann ich was für dich tun?«

»Die Leute, die mir Rechnungen schreiben, wissen, dass sie warten müssen. Ich habe weniger Probleme als du, Tristen. Dein Erfolg ist so groß, dass du dich kaum vor ihm verstecken kannst. Kann mir nicht passieren. Obwohl, manchmal passieren seltsame Dinge. Hast du von Mirko gehört?«

Verdammt. Ich hatte verdrängt, dass die beiden befreundet sind. Vor meinem inneren Auge sehe ich wieder Mirkos jämmerliche Gestalt. Erst in der Verlagstoilette, dann in Heuvelmanns Büro und zuletzt mit Willi am Schreibtisch über den Resten Neu-Kanaans. Ein galliger Geschmack steigt in mir auf. Ich versuche, mir nichts anmerken zu lassen, und schüttle den Kopf.

»Hat mir gestern erst geschrieben«, erzählt Jan. »Nur Andeutungen freilich, aber große Worte. Klang spannend. Renommierter Verlag, Buchprojekt, Durchbruch. Mirko! Keine Ahnung, was da passiert ist. Ich würde den ja nicht mal 'n Einkaufszettel schreiben lassen.«

Betont gleichgültig zucke ich mit den Schultern und hoffe, dass es glaubhaft aussieht. In Wirklichkeit ärgere ich mich innerlich schwarz, dass Jan offenbar zum Team Mirko gehört.

»Ist ja auch egal. Bei dir geht es um etwas ganz anderes, Tristen. Weißt du, ich hab dich schon gekannt, bevor du gut warst.

Irgendwann warst du mal gut. Danach erfolgreich. Ich hab mir das alles angesehen. Und jetzt willst du plötzlich jemand anders sein. Katharsis, sag ich nur. Katharsis.«

Ich verdrehe die Augen, doch Jan ist nicht aufzuhalten.

»Du brauchst ein Erlebnis, das dich reinigt. Einen emotionalen Orkan, der dich wachrüttelt, durchpustet und nur das übrig lässt, was wirklich zu dir gehört. Was Krasses. Grenzerfahrungen.«

Ich sehe mich beiläufig um. Vom Hürriyet-Titel zu den Sufis und hinauf zum Fernseher, wo die Aushilfshexe noch immer um Anrufe bettelt. Im unteren Drittel steht: SOULCOACH VENUS VON HATHOR (TAROT, PENDEL, BEZIEHUNGSMAGIE). So wie sie aussieht, liest sie auch die Zukunft aus Vogelinnereien. Was man natürlich nicht dazuschreibt.

»Kannste sagen, was du willst: erst angefahren, dann überfallen. Wenn du mich fragst, versucht das Schicksal, dich an deine Sterblichkeit zu erinnern.«

»Ich zahl einfach mal«, sage ich, stemme mich aus dem Stuhl, klopfe Jan kathartisch auf die Schulter und ziehe mein Portemonnaie aus der Gesäßtasche. Als ich an den Sufis vorbei zur Kasse humple, glaube ich zu spüren, wie sich die Augen der Beziehungsmagierin in meinen Rücken bohren.

»Was ist denn das?«, ertönt hinter mir Jans Stimme. Als ich mich umdrehe, hält er die Karte hoch, die ich von Häkelhagrids Katzenfrau bekommen habe.

»Keine Ahnung.« Ich wende mich ab, um Dürüm, Kaffee und Shisha zu bezahlen, während er das Stückchen Pappe genauer betrachtet.

Als ich zum Tisch zurückkehre und meinem Begleiter einen Wink gebe, grinst der mich frech an. »*Wollen Sie lernen, wie man Geschichten erzählt? Lassen Sie es sich beibringen. Von einem direkten Nachfahren der legendären Sheherazade, dem es eine Freude wäre, Sie inmitten seiner Schüler willkommen zu heißen«*, liest er betont gestelzt von der Karte ab und schaut mich herausfordernd an.

»Ist von der mit dem komischen Auto. Die schreibt halt auch.«

Jan setzt eine bedeutungsschwangere Miene auf, wendet die Karte in Händen und betrachtet den Namen und die Telefonnummer darauf. »Jamal Abu el Hawa. Klingt doch schon mal ganz ordentlich.«

»O ja, fast so ordentlich wie Kalif anstelle des Kalifen.«

Unterdessen hat ein untersetzter Mann in Lederkluft die Wunderlampe betreten. Er ist ebenso wenig rasiert wie sympathisch, trägt eine Sonnenbrille und wirkt mürrisch, während er mich anrempelt und lässig zum Tresen schlendert. Der Schriftzug auf seiner Kutte ist abgewetzt und nicht zu entziffern. In meinem Kopf mischen sich die blumigen Ausschmückungen der Bildzeitung mit den knappen Erzählungen des Hosenträgertrolls. Rockerkriege. Brennende Stadtteile. Das Ende des Lebens, wie wir es kennen. Ich beschließe, meinen Unmut ob des just erfolgten Körperkontaktes zu unterdrücken.

Jan spielt mit der Visitenkarte und zieht sein Handy aus der Tasche.

Hastig setze ich mich. »Was wird denn das jetzt, du kannst doch nicht –«

»Entspann dich.« Jan wählt bereits. »Hast es doch selbst gesagt: Du hast mit dem Schreiben angefangen, um Geschichten zu erzählen. Und jetzt, wo du es verlernt hast, fällt dir rein zufällig die Karte von Herrn Sheherazade in die Hände?« Er senkt den Kopf und hebt den Zeigefinger. »Das glaubst du ja wohl selber nicht. Schicksal, sag ich. Schicksal!«

Ich schaue zu dem alten Fernseher, wo Frau von Hathor inzwischen mit jemandem telefoniert und ihn, ebenfalls mit erhobenem Zeigefinger, zu belehren versucht. Schicksal hin oder her, das kann jetzt nicht sein Ernst sein.

Jan grinst wie eine Fee, die mich gerade in die Nesseln geschubst hat. »Einen wunderschönen guten Morgen. Herr Hawa? … El Hawa, ja, genau. Natürlich. Ich melde mich wegen dieser Geschichtensache. Dabei geht es um einen Freund, der …«

Es ist ein merkwürdiges Telefonat. Jan klingt wie ein schlechter Schauspieler. Ich schließe die Augen und versuche, den Gedanken an eine Schreibrunde voll verklemmter Hausfrauen mit heimlichen Phantasien, Abenteuergeschichten legasthenischer Fernfahrer und suizidalromantischer Lyrik verwirrter Gruftis auszublenden. Demütig lauschend sitzen diese Leute in meiner Vorstellung einem bärtigen faltigen Geschichtenguru mit bronzefarbener Haut gegenüber, einem Short-Story-Scharlatan, der literarische Glückskeksweisheiten absondert, jede angebrochene Stunde berechnet und von Geschichten nicht mehr versteht als ein Burger vom Schimmeln.

»Morgen um elf«, raunt Jan. »Er erwartet dich. Und dass du mir da ja hingehst. Wenn ich schon versuche, dir deine Wünsche zu erfüllen.«

Kopfschüttelnd verdrehe ich die Augen, und er schiebt mir die Karte in die Brusttasche.

»Connewitz. Morgen früh. Ich will, dass du da hingehst. In Ordnung?«

Ich zeige ihm meinen Mittelfinger.

Er lässt sich nicht abbringen. »Ernsthaft. Vielleicht bringt er dich dahin zurück, wo du falsch abgebogen bist. Dann kannst du dich endlich um die guten Ideen kümmern, und wir schreiben womöglich doch noch mal zusammen ein Buch.«

»Das wir bei Prosper Trio rausbringen, damit er zwanzig Stück davon verkauft.«

»Und den Erlös werden wir brüderlich teilen.« Grinsend hebt er seine Faust.

Nach kurzem Zögern lasse ich meine Knöchel gegen seine krachen.

Seufzend erhebe ich mich, und wir wenden uns zum Gehen. Von hinten überholt uns der Rocker, der es sich nicht nehmen lassen will, mich auf dem Weg nach draußen noch einmal anzurempeln.

Direkt hinter ihm und seinem tropfenden Döner verlassen wir die Wunderlampe. Draußen scheint die Sonne. Mittlerweile herrscht zwischen Döner-, Handy- und Ein-Euro-Läden geschäftiges Treiben. Die Bürgersteige sind voll; teils mit Ramsch, teils mit Passanten. Dazwischen Scherben von Bierflaschen.

Urplötzlich bleibt der Rocker vor uns stehen und zieht sein Handy aus der Jacke. Unfreiwillig laufe ich von hinten auf ihn drauf und bekomme nicht einmal die Zeit, es zu bereuen, weil in genau diesem Moment direkt auf unserer Höhe ein silberner Mercedes älteren Baujahrs sein Tempo verlangsamt und die getönte Scheibe seiner Hintertür sich langsam senkt. Ich bekomme kaum mit, dass der Rocker mich anranzt, weil ich im finster gähnenden Seitenfenster des Wagens etwas aufblitzen sehe. Rockerkriege. Brennende Stadtteile. Das Ende des Lebens, wie wir es kennen. Instinktiv stolpere ich zur Seite, spüre ein Ziehen in meinem kaputten Bein, weiche im Fallen den Resten einer Bierflasche aus und bemerke dabei aus den Augenwinkeln, wie Jan mich verständnislos anschaut.

Ich reiße den Arm vors Gesicht. Es knallt. Vier Mal und unsagbar laut. Für einen Augenblick fühlt es sich an, als ob mein Trommelfell gerissen wäre. Ich kann nichts mehr hören, spüre meinen Herzschlag schmerzhaft in beiden Ohren wummern.

Als ich aufschaue, gibt der Mercedes gerade Gas und verschwindet. Ich höre seine Reifen quietschen. Benommen fasse ich mir an den Kopf und stehe verstört auf. Mir scheint nichts weiter passiert zu sein. Dann sehe ich das Blut. Eine dünne Spur, die ich mit den Augen bis zu einer kleinen Lache verfolge. Einer sich langsam ausbreitenden Lache.

Jan liegt halb unter dem Rocker, in dessen Brust zwei große Löcher klaffen. Die Augen des Mannes stehen offen. Sein Brustkorb bewegt sich nicht. Um die zerbrochene Sonnenbrille liegen die Splitter des Fensters der Wunderlampe. Im Inneren scheinen alle vor Schreck gelähmt zu sein. In meinem Kopf überschlägt sich alles. Vier Schüsse. Der Rocker, zwei Kugeln. Die Scheibe, eine weitere. Hoffentlich, hoffentlich hat die letzte nicht Jan erwischt.

Ich springe zu dem leblosen Körper des Rockers und schiebe ihn keuchend von meinem Freund. Ungläubig, fassungslos starrt Jan mir entgegen. Ich blicke an ihm herab. Und einen Lidschlag später zieht sich in mir etwas zusammen. Seine Jacke steht offen, liegt wie die ausgebreiteten Flügel eines abgestürzten Vogels hinter ihm über den Bordstein gebreitet. Auf seinem grünen Hemd ist ein hässlich glänzender Fleck zu erkennen. Auch unter ihm breitet sich ein dunkler Fleck aus. Sein Blut mischt sich mit dem des Toten. Ich beuge mich über ihn, beiße mir in den Knöchel. Tränen steigen in mir auf.

»Ein Arzt! Verdammt noch mal, hol doch irgendjemand einen Arzt!«, schreie ich. Mein Kopf ist leer. Nur mein Herzschlag wummert dumpf in meinen Ohren.

Jan schaut mich an. Seine Lippen sind blutig. Als er zu lächeln versucht, greife ich nach seiner Hand. Im nächsten Augenblick zerrt mich jemand fort von ihm und beugt sich über meinen Freund, ich sehe Blaulicht, das sich in den Schaufenstern spiegelt, Menschen, die sich um uns versammelt haben. Einen erkenne ich. Digga. Der adipöse Hip-Hopper, der dort zwischen anderen steht und dem ich vor knapp zwei Stunden noch geraten habe, sich eine richtige Waffe zu besorgen. Ein Polizist nimmt mich zur Seite. Hinter den Leuten erkenne ich zwei Einsatzwagen und eine Ambulanz, sehe, wie man Jan eine Sauerstoffmaske aufs Gesicht drückt und ihn auf eine Bahre umlagert. Jetzt erst bemerke ich sein Blut an mir. Der Polizist sagt etwas. Ich verstehe ihn nicht. Stattdessen sehe ich Jans Lider flackern. Ich zittere.

Katharsis.

GESPRÄCHSMITSCHNITT

Aktenzeichen 4223/B
Polizeidirektion Leipzig
vernehmender Beamter: HK Benjamin Lohmann
Vernommener: Aaron Tristen, Berlin

»Wenn ich mich erst einmal vorstellen dürfte, Herr Tristen: Ich bin Hauptkommissar Benjamin Lohmann. Es tut mir aufrichtig leid, was mit Ihrem Freund passiert ist. Ich kann Ihnen allerdings versichern, dass er sich außer Lebensgefahr befindet. Würden Sie mir vielleicht kurz Ihren Ausweis geben, damit wir Ihre Personalien aufnehmen können?«

»Natürlich. Bitte sehr, Herr Kommissar. Hier, mein Kartenetui … da können Sie ihn sich einfach selbst rausholen.«

»Sehr schön. Danke sehr. Ich sehe, Sie kommen aus Berlin?«

»Ja. Bin zu Gast in Leipzig. Habe meinen Freund besucht.«

»Also aus Berlin. Also, ich würde Ihnen jetzt, insofern Sie sich dazu in der Lage fühlen, gerne ein paar Fragen zu dem Vorfall stellen.«

»Sie meinen die Schüsse aus dem Wagen? Das Drive-by-Shooting?«

»Ganz genau. Zunächst einmal: Kannten Sie den Mann, der im Zuge dieser Schießerei ums Leben kam?«

»Nein. Nie gesehen vorher. Der hat sich nur einen Döner geholt und ist dann zusammen mit uns raus.«

»Es handelt sich um einen gewissen Maik Sprenger, Spitzname *Kette*. Vizepräsident der Leipzig Lurkers.«

»Warum erschießt jemand den Vizepräsidenten von einem Fußballverein?«

»Die Leipzig Lurkers sind ein Motorradclub, der sich in letzter Zeit wegen Schutzgeld und Türstehergeschichten mit einem anderen Club in die Haare bekommen hat. Da die Vojvods da aber keinen Spaß verstehen, war die Sache mit *Kette* bereits der dritte Vorfall dieser Art innerhalb kurzer Zeit. Darum wäre es für uns sehr wichtig, zu erfahren, was sie womöglich gesehen haben.«

»Außer dem Wagen? Eigentlich nichts. Und bei dem waren ja nicht mal die Nummernschilder zu erkennen.«

»Denken Sie bitte noch einmal genau nach.«

»Da muss ich nicht groß nachdenken. Das hintere Fenster des Wagens war vollkommen dunkel. Wenn überhaupt, habe ich das Mündungsfeuer gesehen. Mehr aber sicher nicht.«

»Lassen Sie sich Zeit. Vielleicht fällt Ihnen ja noch etwas ein.«

»Wenn ich es Ihnen doch sage, mehr kommt da nicht!«

»Sie müssen keine Angst haben, Herr Tristen. Wir können Sie gegebenenfalls beschützen.«

»Weil diese Leute keinen Spaß verstehen?«

»Vor allem ihr Anführer, Anatolij Krasnic. Oder Krass, wie man ihn auch nennt. Seit er in der Stadt ist, geht es hier drunter und drüber. Diese Vojvods scheren sich nicht um Recht und Gesetz, wie wir es kennen.«

»Ts, deren Chef heißt wie ein Berliner Kiffersender. Ernsthaft mal. Und der Name seines Clubs ist genauso albern. Meines Wissens ist *Woiwode* ein slawischer Herrschertitel, wie ihn zum Beispiel Vlad der Pfähler oder auch Graf Dracula getragen haben.«

»Ich weiß. Ich habe auch gelesen, als ich noch Zeit dafür hatte. Und auf genau diese Tradition beziehen sich jene Ostblockbiker. Sie betrachten sich als den Adel der Straße, deren Gesetze sie bestimmen wollen. Was für uns leider alles andere als albern ist. Deshalb wäre es von Vorteil, wenn Sie vielleicht doch etwas gesehen hätten. Am besten Krasnic selbst. Wenn es Ihnen hilft, könnte ich Ihnen auch ein Bild von ihm zeigen.«

»Ich denke, nein, Herr Kommissar. Ich versichere Ihnen, rein gar nichts gesehen zu –«

»Was natürlich auch am Schock liegen könnte, Herr Tristen. Ich hab so etwas mehr als einmal erlebt. Womöglich erinnern Sie sich an Details, wenn es Ihrem Freund etwas besser geht, alles ein wenig ruhiger geworden ist.«

»Entschuldigen Sie, dass ich so direkt frage, aber geht es Ihnen um das, was ich gesehen habe, oder eher um das, was Sie wollen, das ich gesehen habe?«

»Herr Tristen, sie schätzen mich vollkommen falsch ein. Wenn Sie sich erinnerten, würde es die Stadt ein wenig sicherer machen. Und am Ende hätten wir alle etwas davon. Hatte ich eigentlich die Belohnung erwähnt?«

»Ebenso wenig, wie ich mich dafür interessieren würde.«

»Dann bedanke ich mich zunächst einmal für Ihre Mitarbeit und würde Sie bitten, dass Sie, für den Fall, dass Ihnen doch noch etwas einfällt, sich einfach noch mal hier im Revier melden. Notfalls können Sie ja auch anrufen.«

»Sicher. Natürlich. Schönen Tag noch.«

»Gute Heimfahrt, Herr Tristen. Und grüßen Sie mir Berlin.«

KAPITEL IX

… in dem der Held genötigt wird, einiges zu überdenken, während er mit einem Geschichtenerzähler, Pu von Baskerville und der Rolle der Kartoffel in der Apokalypse konfrontiert wird

Weitgehend wach ersteige ich die knarrende Treppe eines heruntergekommenen Hinterhauses in der Leipziger Südvorstadt. Jans Tabletten wirken. Der Schmerz im Bein ist weniger stark, dafür beschleicht mich ein leichtes Schwindelgefühl. Es ist kurz nach neun, und wenn es nach mir ginge, wäre ich nicht hier, sondern ein paar Straßen weiter bei Jan im St. Elisabeth-Krankenhaus. Aber es geht nach ihm; und Wille von Freunden, die sich beinahe erschießen lassen, geht eben vor. Besonders, wenn sie mir vom Besitzer meiner Pension ausrichten lassen, dass sie ja nicht besucht werden wollen, bevor ich nicht meinen Geschichtenerzählertermin hinter mich gebracht habe.

Aber was will ich eigentlich hier? Ein Zufall kam zum anderen, und nun bin ich hier, weil ich auf der Flucht vor Zombies und Engeln von einer Krankenschwester angefahren und mein Freund versehentlich Opfer eines Rockerkriegs wurde. Wenn jemand so eine Geschichte schreiben würde, erschiene mir das

Ganze als etwas weit hergeholt, vor allem wenn man die klischeebeladenen Nebenfiguren bedenkt. Und die skurrilen. Da fällt mir ein, dass ich noch gar nicht oben bei Hanna-Lina gewesen bin, um unser Verhältnis zu klären. Ich werde das nachholen, sobald ich das hier hinter mir habe und sicher bin, dass Jan sich auf dem Weg der Besserung befindet.

Das Treppenhaus ist arg heruntergekommen. Ein Altbau, um den sich niemand zu kümmern scheint. Unter dem brüchigen Putz sind an einigen Stellen die Kabel zu sehen; auf den Treppenabsätzen stehen Mülltüten, einige offensichtlich schon länger, und an den Wänden prangen unbeholfene Graffititags.

Auf dem Weg nach oben begegnen mir zwei bullige Punks mittleren Alters, die mich, wohl der fehlenden Haare wegen, kritisch mustern, mich aber dann, wohl der Brille wegen, eher für einen Intellektuellen als einen Skinhead halten. Bei einem anderen Urteil hätten sie mich wohl ohne viel Federlesens wieder vor die Tür gesetzt, und ich ahne, dass es hinter den verschlossenen Türen noch einige Leute gibt, die ihnen ohne Zögern geholfen hätten.

Im dritten Stock halte ich kurz inne, atme durch, rücke meine Brille zurecht und stütze mich auf die Fensterbank. Der Hof unter mir ist verwildert und hat etwas von einer verwunschenen Oase, in der jemand seinen Sperrmüll abgeladen hat. Verrostete, von Unkraut überwucherte Fahrräder, alte Autoreifen mit Moos darin, ein paar verbogene Gartenstühle, weiter hinten, zwischen Büschen und Müll, die rostigen Reste einer Schaukel und einer Rutsche. Vielleicht war es hier irgendwann sogar einmal schön.

Durch die verzogenen Türen dringt der Geruch von Knoblauch, Fleisch und Gewürzen. Der Duft verfallender Bausubstanz mischt sich mit den Wohlgerüchen orientalischer Küche. Ich schnuppere. Lächle. Harissa und Schimmel. Safran und Moder. Und dazu eine Ahnung Haschisch.

Ein Geschichtenerzähler, der die Welt verändern wollte, würde an einem Ort wie diesem beginnen. Ihn mit Geschichten anfüllen. Erst dieses Haus, danach das daneben, dann die Straße davor und zuletzt die Stadt. Die Luft um mich scheint so voll von Geschichten, dass ich hinter den Türen des Aufgangs Sindbad, Aladin, Ali Baba und seine vierzig Räuber erwarte.

»Vierter Stock«, hat der Mann gesagt, dem man sogar durch die zwanzig Jahre alte Gegensprechanlage alles glauben würde. Das knappe »Kommen Sie hoch« war leise, getragen, in einem eigentümlichen Singsang, und hat für mich wie der Beginn eines Märchens geklungen. Weil ich bereit dafür bin. Und weil ein guter Freund mit einer Kugel in der Brust darauf besteht.

Jamal Abu el Hawa öffnet mir mit nackten Füßen in karierten Schlappen, einem schwarzen Trainingsanzug und einem zeptergleich emporgereckten Kochlöffel. Dabei trägt er eine Schürze, die jeden anderen zur Witzfigur machen würde, bei meinem Gastgeber aber lediglich erkennen lässt, wie wenig eitel er ist. Er scheint etwa sechzig oder fünfundsechzig Jahre alt zu sein, vielleicht auch siebzig, wenn er sich gut gehalten hat; schwer zu sagen. Er hat etwas vom späten Leonard Cohen, kurzes, gleichmäßig ergrautes Haar, zwei dichte, schwarze Brauen, die einander zu belauern scheinen, und grüne Augen mit kleinen braunen Einschlüssen darin.

Bevor er mich begrüßen kann, tritt ein weiterer Mann aus der Wohnung. Er wirkt wie eine gealterte Pflanze, die man zu wenig gegossen hat, trägt einen Anzug und verabschiedet sich eilig. Während er im Treppenhaus verschwindet, wendet sich el Hawa wieder mir zu. Er wirkt sympathisch. Und das noch mehr, als er zu sprechen beginnt.

»Oh, du bist ein wenig zu früh. Dein Freund hat gesagt, um zehn.«

Genau genommen bin ich eine ganze Stunde zu früh. Mit Absicht. Weil ich diesem sonderbaren Kauz ein wenig auf den Zahn fühlen will. Und nun, da ich ihm gegenüberstehe, bin ich mir, seiner Stimme zum Trotz, beinahe sicher, dass er ein Scharlatan ist. Jemand, der einfach eine gute Möglichkeit gefunden hat, Geld zu verdienen, ohne dafür seine Wohnung verlassen zu müssen.

Er lässt die Tür offen stehen und trottet, auf einen Stock gestützt, in seine Wohnung zurück. Dabei verletzt er das oberste Gesetz der unverrückbaren Dogmen im interdisziplinären Ausnehmen von naiven Talentleichen: *Nimm sie ernst.* Mich hat er, soweit ich das beurteilen kann, nicht mal richtig wahrgenommen.

»Wenn du dich gleich mal um ein paar Kartoffeln kümmern würdest, könnten wir nachher gemeinsam zu Mittag essen«, ruft er mir über die Schulter hinweg zu.

Kartoffeln? Ich folge ihm durch einen von hüfthohen Bücherstapeln gesäumten, längeren Flur in Richtung Küche und frage mich, ob ich ihn richtig verstanden habe. Und was ich eigentlich erwartet habe.

Erwartet habe ich ein paar Räucherstäbchen, Sitzkissen und orientalischen Tand in den Ecken. Sachen, mit denen ich eine Wohnung eingerichtet hätte, wenn ich mir ein Häufchen schreibender Eskapisten gefügig machen wollte. Wenn man solche Zusammenkünfte mit schmusig kumpeligem Miteinander zu eröffnen vermag, entfalten sich unter den Kursteilnehmern Vertrauen, Gespräche und Geschichten wie von selbst, ohne dass man – abgesehen vom Einstreichen der Kursgebühren – großartig etwas zu tun hat. Heuvelmann hat mich mehr als einen Workshop moderieren lassen, bei dem mir die

Dynamik zwischen den Teilnehmern den größten Teil der Arbeit abnahm. Dabei geht es grundsätzlich ums Ego, das in den meisten Fällen größer ist als das Talent, was die Teilnehmer selbst freilich anders sehen. Aber schlussendlich müssen sie sich nur ein wenig streiten, loben, bedauern und trösten, nebenbei ein bisschen was zu Papier bringen, und schon glauben sie, nach dem Kurs ein neues Leben zu beginnen. Das Ganze hat was von Psychotherapie, nur dass die Kassen die Kosten nicht übernehmen.

Aber damit das funktioniert, braucht es Stimmung. Jemanden, der sich wie eine Autorität gebärdet. Oder wie ein Zauberer. Jemand, dem man zuhören, dem man glauben will.

Das Konzept von Herrn al Hawa scheint jedoch ein anderes zu sein.

Im Vorübergehen betrachte ich die am Boden vor der Wand gestapelten Bücher und erkenne obenauf eine ältere Ausgabe von Milnes *Winnie-the-Pooh,* Eccos *Der Name der Rose* und Bradburys *Zen in der Kunst des Schreibens.* Neben Letzterem steht ein Frühstücksbrettchen mit einem angebissenen Brötchen, dessen Krümel großzügig über eine Reihe offener Bücher verteilt worden sind.

Während mein Blick über die Rücken der Bücherstapel und -reihen schweift, vernehme ich in meinem Rücken die Stimme meines Gastgebers.

»Weißt du, eigentlich mag ich keine Kartoffeln.«

Ich drehe mich um. In der zweiten Hand hält mein Gastgeber nun ein offenes Buch. »Aber seit ich das hier lese, habe ich begonnen, mich für die Dinger zu interessieren.«

Kurz an mir vorbeischauend bemerkt er, worauf mein Augenmerk bis eben noch gerichtet gewesen war, und wechselt lächelnd das Thema.

»O ja, Pu der Bär.« Er nickt versonnen. »Stell ihn dir einfach mal im *Namen der Rose* in der Rolle des William von Baskerville und Christopher Robin als Adson von Melk vor.« Seine Augen funkeln, als er mich anblickt. »Herrlich, was das für ein Buch gegeben hätte, oder?«

Der Gedanke an eine solche Geschichte irritiert mich. Obwohl sie sich, wenn man bedenkt, um was für Figuren es sich handelt, vermutlich gar nicht schlecht verkaufen würde. Ich schaue mich weiter um. Abgesehen von Küchen- und Eingangstür gehen von diesem Flur drei weitere ab, die jedoch allesamt geschlossen sind. Also trete ich zunächst einmal zu meinem Gastgeber in die Küche.

Auch hier gibt es weder Räucherutensilien noch gerahmte oder vergoldete Suren. Neben der heruntergekommenen Küchenzeile stehen zwei kurze Bänke und ein Tisch aus Holz, darauf eine große Schale Kartoffeln, ein Schälmesser und ein Teller mit Kartoffelschalen – alles zu einem launigen Ensemble angerichtet.

In der Küche liegen vereinzelt Bücher herum. Der bemerkenswerteste Einrichtungsgegenstand ist ein Fliegenfänger über dem Küchentisch, daran allerlei Notizzettel und einige herausgerissene Buchseiten, auf denen verschiedene Sätze mit Bleistift unterstrichen und am Rand mit Ausrufezeichen versehen sind. Ich widerstehe dem Impuls, die hervorgehobenen Passagen näher zu betrachten.

Mein Gastgeber legt das aufgeschlagene Buch mit den Seiten nach unten ab und wendet sich mit dem Löffel in der Hand dem Herd zu. »Weißt du, vor allem finde ich interessant, wie wenig Respekt man der Kartoffel hierzulande entgegenbringt.«

Ich schiele auf den Titel des Buches: *Sechs Pflanzen verändern die Welt. Chinarinde, Zuckerrohr, Tee, Baumwolle, Kartoffel, Kokastrauch.* Darüber, etwas kleiner, der Autorname: Henry Hobhouse.

»Mal ehrlich, diese Pflanze hat es über den Ozean und durch ein Meer von Vorurteilen geschafft, zu einem der günstigsten Grundnahrungsmittel überhaupt zu werden. Wobei gerade ihr Deutschen sie nie wirklich wolltet, sodass Friedrich II. euch geradezu ins Kartoffelglück prügeln musste. Na ja, vielleicht ist sie einfach zu selbstverständlich, um interessant zu sein.«

Statt mich, wie es einem Scharlatan ansteht, mit imposanten Halbwahrheiten zu beeindrucken, konfrontiert er mich also mit der skrupellosen Entweihung von Kinderbuchikonen und dem tragischen Schicksal der Kartoffel. Und das mit einer Stimme, die all das auf eigentümliche Weise wundervoll klingen lässt.

»Aber stell dir nur mal vor, was wäre, wenn sie von einem Tag auf den anderen verschwinden würde. Ha! *Das* wäre eine Geschichte! Horror! Die Welt würde zugrunde gehen, meinst du nicht?«

Sein Assoziationsfluss bringt mich aus dem Konzept. Die Rolle der Kartoffel in der Apokalypse scheint mir beinahe noch absurder als die Vorstellung eines Pu von Baskerville. Also nicke ich schweigend und interpretiere seinen zufriedenen Gesichtsausdruck als Zeichen dafür, dass wir in Kürze womöglich eine normale Konversation führen werden.

»Was will man machen«, sagt er. »Pizarro und die Kartoffel, Gutenberg und der Buchdruck. So ist das halt. Undank ist der Welten Lohn.« Er wendet sich wieder dem Herd zu, rührt nachdenklich mit dem Löffel im Topf, und ich versuche, auf ein weniger obskures Gesprächsterrain auszuweichen: »Wann kommen denn die anderen?«

»Heute gar nicht.«

»Was? Aber warum denn das nicht?« Ich hatte angenommen, dass er mich zu einem seiner üblichen Gruppentreffen herbestellt hat.

»Na, ich muss doch erst schauen, ob du überhaupt zu uns in die Gruppe passt.«

Fein. Jetzt bin ich zufrieden. Zurück in der Wunderwelt der Esoterikkurse, zwischen Tantrageschunkel und Séancengeseier, wo kritische, eigenständig denkende Individuen grundsätzlich die Harmonie der Gruppe stören und entweder völlig ausgeschlossen oder bis zur Bewusstlosigkeit geweihräuchert werden. Endlich bin ich wieder in einem Teil der Welt, den ich mit dem zynischen Senkblei meiner selbst weit genug ausgelotet habe. Jetzt ist es an mir zu lächeln. Und zu hoffen, dass mein Gastgeber die dazugehörigen Gedanken nicht ahnt.

»Und? Was denken Sie über mich?«, frage ich.

»Vor allem, dass du dich weder für Pu noch für Kartoffeln interessierst.« Die Worte klingen alles andere als vorwurfsvoll. »Davon ab bezweifle ich, dass du Humor hast.« Das allerdings klingt vorwurfsvoll. »Und schlösse ich von dem Wenigen, was du bis jetzt gesagt hast, auf deine Persönlichkeit, dann würden meine weiteren Schlüsse dir nicht schmeicheln.«

Ich bin einigermaßen perplex. Bin ich doch ursprünglich hier, um meinerseits ein Urteil über diesen Mann zu fällen.

Plötzlich klingelt im Nebenraum ein Mobiltelefon und Herr el Hawa bedeutet mir, gleich wieder zurück zu sein.

Kaum dass er den Raum verlassen hat, betrachte ich nachdenklich den Fliegenfänger. Nebenan höre ich ihn leise murmeln. Bis seine Stimme plötzlich so laut wird, dass ich zusammenfahre.

»Nein! Es reicht. Keinen Cent mehr. Sie haben doch schon fast alles bekommen!«

Verwundert lausche ich weiter, begebe mich vorsichtig sogar zur Küchentür, als seine Stimme schon wieder leiser wird.

»Nein. Bitte keine Polizei. Bitte. Ich … ich werde sehen, was sich machen lässt.«

Im nächsten Moment höre ich seine Schritte. Eilig setze ich mich wieder, Herr el Hawa betritt die Küche, gießt beiläufig und als ob nichts gewesen wäre, seine Kartoffeln ab, verteilt sie auf zwei Teller und stellt einen vor mich hin. Dann fährt er fort, als wäre unser Gespräch von zuvor nie unterbrochen worden.

»Mach dir keine Sorgen. Wer wenig redet, stört nicht viel. Wusstest du eigentlich, dass die Zunge den alten Ägyptern zufolge das Ruder ist, das einen Mann durch die Strömung des Lebens lenkt?« Er legt mir ein Besteck hin, greift sich selbst eins und beginnt, während er weiterspricht, an einer der gelben Knollen herumzuschneiden. »Dein Ruder klemmt halt ein bisschen. Aber das ist ja nichts, das wir nicht beheben könnten.«

Unfassbar! Dieser Kerl in seiner heruntergekommenen Altbauwohnung spricht mir, der ich zwei Mal auf der Spiegelbestsellerliste stand und vor mehr als zehntausend Leuten gelesen habe, zwischen Pellkartoffeln, Hochliteratur und Belletristik ernsthaft meinen Humor und meine Eloquenz ab! Was jedoch nicht bloß *unfassbar*, sondern vor allem *interessant* ist. Und dass ich etwas ernsthaft interessant gefunden habe, ist seit der Playmateparty in diesem Hamburger Penthouse nicht mehr vorgekommen.

»Wie sind Sie zum Geschichtenerzählen gekommen?«, will ich wissen. Weil ich natürlich an seiner Kompetenz zweifle. Wo sollte so einer derlei schon gelernt haben?

»Weit weg von hier. Im Irak. Was aber schon ein wenig her ist und wo ich ein gewöhnlicher Ziegenhirte war. Wobei Ziegenhirten dort, wo ich herkomme, recht viel von Geschichten verstehen. Weshalb ich es auch für eine gute Idee hielt, aus meiner Heimat zu fliehen, um solchen wie dir etwas darüber beizubringen.«

Er zwinkert mir zu, und ich frage mich, wie viel von dieser Geschichte stimmt.

Zufrieden schiebt mein Gesprächspartner sich ein großes Stück Kartoffel in den Mund und beginnt mit geschlossenen Augen gemächlich zu kauen.

Im nächsten Augenblick weicht seine Verzücktheit einer offensichtlichen Abscheu. Schnell schluckt er den Bissen hinunter und schiebt den Teller von sich fort. »Sie mag phantastisch sein. Schmecken tut sie trotzdem nicht.«

Staunend beobachte ich, wie er sein Buch zur Hand nimmt, um sich statt der Kartoffel wieder ihrer Geschichte zu widmen. Er schaut noch einmal kurz auf. »Komm morgen wieder.«

Dann versenkt er sich er in seine Lektüre, verschwindet irgendwo zwischen Chinarinde, Zuckerrohr, Tee, Baumwolle, Kartoffel und Kokastrauch, sodass mir nichts anderes übrig bleibt, als aufzustehen und zu gehen.

Weder habe ich meine Jacke abgelegt noch ein ernsthaftes Gespräch geführt. Stattdessen habe ich das Gefühl, gewogen, für zu leicht befunden und rausgeworfen worden zu sein, bevor ich auch nur eine Kartoffel habe essen können.

Etwas konsterniert trete ich in den Flur, der mir vor dem Hintergrund dieses merkwürdigen Zusammentreffens wie eine verwunschene Bibliothek im tiefsten Inneren eines vergessenen Palastes inmitten einer fernen Oase am Rande der Twilightzone erscheint.

Dann höre ich aus dem Inneren der Küche noch einmal diese unglaubliche Stimme: »Ach ja, und schreib ein Märchen über Kartoffeln!«

Ohne Widerworte, aber dafür mit einem Auftrag, wankt Pu von Baskerville aus der verborgenen Bibliothek Jamal Abu el Hawas und hat, im Hinterkopf die Erinnerung an ein eigentümliches Telefonat, für den Moment sogar zornige Lektorinnen, angeschossene Freunde und untote Engel vergessen.

HEXENRICHTER ARKYN

Es war in den dunklen Tagen, da alle Welt in schrecklicher Furcht vor Zauberern und Teufeln lebte und man allerorten fürchten musste, der Hexerei beschuldigt zu werden. Derlei taten die Menschen aus verschiedenen Gründen. Entweder weil sie vor irgendetwas Angst hatten, etwas nicht verstanden oder auch nur, um ihre Nachbarn loszuwerden. Besagter Beschuldigungen wegen jedenfalls konnte man nun im ganzen Land Hexengerichte tagen und Scheiterhaufen brennen sehen.

Jenen Gerichten standen Bürgermeister, Würdenträger oder Kirchenmänner vor, die das Vertrauen der Bevölkerung genossen und einzig ihrem Fürsten Rechenschaft schuldig waren. Da niemand hatte vorhersehen können, dass die Hexerei und ihre Verfolgung einmal derart in Mode kommen würden, fehlte es an diesbezüglichen Gesetzestexten, weshalb es allein Sache besagter Männer war, das Urteil über solche zu fällen, die man der Hexerei beschuldigte.

Einer jener Hexenrichter war der ehrwürdige Meister Arkyn, der, einer Ortschaft von fünfhundert Menschen am Fuß des Zundersteingebirges vorstehend, dafür bekannt war, ein allzeit untadeliges Leben zu führen. Um den Menschen zu geben, was sie brauchten – das Gefühl von Sicherheit und die Gewissheit, dass das Recht obsiegte –, fällte er, ob er auch rein gar nichts von der Hexerei verstand, seine Urteile nach bestem Wissen und Gewissen.

Es war ein lauer Tag im Frühsommer, da man Meister Arkyn holte, weil man einen Hexer aufgegriffen hatte. Man führte den hohen Herrn in den Kerker hinab, wo man den Fremden mitsamt seinem magischen Gefährten in Ketten gelegt hatte. Besagter Hexer war recht jung, mit wil-

dem Bart, üppiger Haarpracht und einem sonderbaren Funkeln in den Augen gesegnet, doch sein Gefährte war von gänzlich anderer Art. Bei ihm nämlich handelte es sich um eine Kartoffel, die in Ketten gelegt durchaus etwas eigentümlich wirkte.

Man hatte den Fremden dabei beobachtet, wie er ein Gespräch mit dieser Erdknolle geführt hatte, was dafür sprach, dass er und seine Höllenkartoffel besessen waren. Und nun hatte man Herrn Arkyn hinzugeholt, um den ruchlosen Hexer seiner gerechten Strafe zuzuführen.

Zunächst einmal machte der Hexenrichter sich, bevor es ans Verfahren ging, an das Verhör des Mannes. Dieser gab offen zu, sich von Zeit zu Zeit mit seiner Kartoffel zu unterhalten, dass er und sie sich lange schon kannten und sie ihm ein treuer Begleiter geworden sei, den er selbst in ärgsten Zeiten des Hungers verschont habe. Seinen Worten zufolge war jene Kartoffel ein heiterer Geselle, wollte niemandem übel, kannte keine bösen Worte und hatte nie auch nur einen Menschen verleumdet. Sie sei eine gute Kartoffel. Die beste, die er kenne.

Die Kartoffel selbst schwieg derweil zu all dem.

Da der Mann geständig und somit seine Besessenheit erwiesen war, drängten seine Berater den Hexenrichter, ein Urteil zu fällen.

Aller Unheiligkeit zum Trotz meinte Meister Arkyn das Ganze erst noch einmal überdenken zu wollen, begab sich nach Hause, um darüber zu schlafen, und versprach, am folgenden Morgen sein Urteil zu verkünden.

Als er am nächsten Tage wiederkam, brachte man, da weder die eine noch der andere geflohen war, die Kartoffel und den Beschuldigten in Ketten auf den Dorfplatz, wo bereits ein Scheiterhaufen aufgeschichtet worden war.

Unweit davon stand Arkyns Richterstuhl, auf dem er nun, während die Leute sich versammelten, Platz nahm, um das Urteil zu verlesen.

Ebenjenes lautete, wie alle es erwartet hatten, und gegen Mittag des besagten Tages wurde auf dem Scheiterhaufen inmitten des Dorfplatzes und unter dem Jubel der Dorfbewohner ein Fremder mitsamt seiner Kartoffel verbrannt.

Zu diesem Zeitpunkt war Meister Arkyn jedoch längst wieder nach Hause zurückgekehrt, um dort mit seinem Kürbis über das zu reden, was zu Recht mit Menschen geschah, die sich mit Kartoffeln unterhielten.

KAPITEL X

… in dem der Held zunächst über Knollen
und Gemüse sinniert, hernach eine weitere
schlimme Depesche erhält, sich unerwartet
einigen bekannten Gesichtern gegenübersieht
und schlussendlich beinahe metaphysische
Zusammenhänge erahnt

Und? wie findest du's?«

»Ernsthaft? Ein Märchen über … eine Kartoffel?«

»Hat er gesagt. Sollte ich schreiben.«

»Ja, aber warum?«

»Weil er Kartoffeln nicht mag und irgendwas über sie gelesen hat. Was weiß denn ich.«

»Also, normalerweise tickst du aus, wenn jemand dich um eine Änderung in deinem Manuskript bittet. Und nun schreibst du plötzlich ein Märchen über Kartoffeln, weil irgendjemand es aus irgendwelchen Gründen von dir verlangt?«

Ich schaue Jan verwundert an. So hatte ich das noch nicht betrachtet. Gewöhnlich wäre Nachtschattenknollengemüse kein Thema, das mich reizt. Und vermutlich noch weniger, wenn es von Heuvelmann vorgeschlagen würde. Aber in jenem abbruchreifen Haus, dieser Wohnung mit all den Büchern, diesem sonderlichen alten Kauz, seinem Wortfliegenfänger und einem Topf Kartoffeln war mir nichts natürlicher erschienen, als seiner Aufforderung Folge zu leisten. Nicht nur weil ich neugierig war, wiederkommen und sehen wollte, wie er mit seiner Gruppe umgeht und was er ihnen beibringt, sondern weil es eine Herausforderung gewesen war. Eine, deren Ergebnis am Ende weder Saskia noch Willi noch sonst jemandem gefallen musste. Schreiben. Einfach drauflos. Mit Kartoffeln im Kopf. Und jenem leichten Schwindelgefühl von den Tabletten, die ich gleich wieder eingeworfen hatte, damit der Schmerz wegblieb.

Ich nehme meine Brille ab, putze sie und lächle Jan an. »Ich hoffe, dass er mich als Nächstes nicht über Tomaten oder Sellerie schreiben lässt.«

»Wenn es nach mir geht, solltest du Märchen über jedes verdammte Gemüse dieser Welt verfassen, solange es dich von einem weiteren Band dieses Engelzombieunsinns abhält.« Er lacht, fängt aber sofort an zu husten, bäumt sich auf und hebt den Arm vor den Mund, wobei er beinahe den Tropf umreißt.

Das gibt mir die Gelegenheit, mich in dem kleinen Dreibettzimmer umzuschauen und Jans Bettnachbarn genauer unter die Lupe zu nehmen. Einer der beiden mustert uns schon die ganze Zeit misstrauisch über den Rand seiner Zeitung hinweg. Der andere, der wesentlich älter ist, schläft, während ein Besucher neben seinem Bett sitzt und ihn anstarrt. Womöglich sein Sohn. Obwohl die beiden sich nicht sonderlich ähnlich sehen.

Jan hustet immer noch und ich frage mich, ob ich nicht besser eine Schwester rufen sollte. Schließlich hat er gerade erst eine Operation hinter sich, sein Brustkorb ist dick bandagiert, und unterhalb des rechten Schlüsselbeins, wo die Kugel ihn getroffen hat, ist ein kleiner Wulst zu erkennen. Den Ärzten zufolge ist dies die beste Stelle für ein Projektil in der Brust, wenn man nach ein paar Tagen Krankenhaus ohne bleibende Schäden davonkommen will und sich mit etwas zerstörtem Muskelgewebe zufriedengibt.

Ich bin jedenfalls froh, dass die Kugel ihn gerade dort getroffen hat. Während Jan sich beruhigt, fasst er sich an die verbundene Wunde.

»Mag ja weitgehend harmlos aussehn, tut aber höllisch weh.«

»Ich hätt mich ja an deiner Stelle auch eher nicht anschießen lassen.«

»Und ich an deiner kein Kartoffelmärchen geschrieben. Blödmann.«

»Du ahnst nicht, wie froh ich bin, dass du mich auch in Zukunft noch beleidigen kannst.«

»Ich werd einfach versuchen, mich künftig weniger erschießen zu lassen.«

Darauf eine Ghettofaust am Krankenbett. Der Schusswunde wegen etwas vorsichtiger als sonst.

Ich bemerke den verwirrten Blick des Mannes im Bett nebenan, der solche Gespräche nicht gewohnt zu sein scheint und vermutlich über unseren Geisteszustand sinniert oder darüber, ob er die Polizei rufen soll. Ich zwinkere ihm zu, was ihn keineswegs entspannter aussehen lässt.

»Und was ist mit diesem verrückten Mädchen? Das dir deine Kohle klaut und jeden Tag anders heißt?«

»Hab ich seit unserem letzten Treffen nicht mehr gesehen.«

»Und dein Geld?«

»Darauf bin ich auch gespannt, wenn ich nachher heimkomme. Aber dieses Mal hab ich mit Sicherheit abgeschlossen. Und mit Spucke noch ein Haar auf die Tür geklebt. Auch an der zum Balkon. Damit ich weiß, wo die kleine Wanze reinkommt.«

Jan pfeift leise durch die Zähne. »Hach, dein Leben ist ein einziges Abenteuer.«

Ich stehe auf, richte meinen Zeigefinger auf Jan, forme mit den Lippen ein tonloses BANG*!* und wende mich ab.

Er ruft mir nach: »Und nächstes Mal bring mir gefälligst was Vernünftiges zu lesen mit!«

»Eine Chicoréeballade. Mindestens.« Ich hebe die Hand zum Schwur.

»Manchmal denke ich, dass es besser wäre, wenn du mit dem Schreiben aufhörst«, entgegnet er. »Für uns alle.«

Ich muss an das belauschte Telefonat in el Hawas Wohnung denken und überlege kurz, ob ich Jan davon erzählen soll. Doch es scheint mir nicht der richtige Zeitpunkt, sodass ich wortlos die Tür hinter mir schließe und mich auf einem dieser langen leeren Flure wiederfinde, von denen Dutzende weitere Türen abgehen. Ein Gang, der hin und wieder vom hektischen Flügelschlag weißer Kittel durchflattert wird, in dessen eigentümlichem Geruch eine hundertfache Verheißung von Heilung bis Tod liegt.

In der Gewissheit, dass ich künftig weder auf Jan noch relevante Teile von ihm verzichten muss und sein Zustand sich während der nächsten Tage bessert, verlasse ich leicht humpelnd das Krankenhaus und kann mich dabei nicht des Gefühls erwehren, das jemand mir folgt.

Zurück in meiner Pension nicke ich dem Hosenträgertroll zu. Der blättert hinter seinem Tresen in einem Buch und nimmt mich gar nicht wahr. Er bemerkt auch nicht, wie ich über die Treppe nach oben verschwinde, sodass ich für einen Moment am Sicherheitskonzept dieses Etablissements zweifle. Bis mir einfällt, dass es gerade die Mängel jenes Konzeptes sind, wegen derer ich überhaupt hergekommen bin.

Im ersten Stock fingere ich zunächst Anhänger mitsamt Schlüssel hervor, entsinne mich dann aber des Haares, das ich, inspiriert von Sean Connery auf der Jagd nach Dr. No, mit Spucke zwischen Rahmen und Tür gepappt hatte. Wenn in der Zwischenzeit jemand mein Zimmer betreten hat – und ich gehe nicht davon aus, dass hier jemand mein Bett aufschüttelt oder mir ein Stück Schokolade aufs Kissen legt –, würde das Haar jetzt fehlen.

Das Haar ist weg. Was bedeutet, dass Hanna, Lina, oder wie auch immer sie heißt, einen Schlüssel haben muss – wobei ich mir kaum vorstellen kann, wie ein Kind in dem Alter einen Nachschlüssel anfertigen lässt. Um zu wissen, dass ein weiterer Schein aus meinen Vorräten verdampft ist, muss ich das Zimmer jedenfalls nicht einmal betreten.

Seufzend lasse ich den Schlüssel zurück in meine Hosentasche gleiten und begebe mich an Pin-ups und Stillleben vorbei zu der nach oben führenden Treppe, lege dabei die Hand auf das Geländer, werfe beiläufig einen Blick aus dem Fenster – und stutze. Dort draußen, auf der anderen Seite der Straße, inmitten des geschäftigen Treibens, zwischen Passanten und hinter vorbeirauschenden Autos, sehe ich einen Mann. Er steht dort. Reglos. Den Blick auf den Eingangsbereich meines obskuren Domizils gerichtet.

Seine Reglosigkeit wirkt verstörend. Umso mehr, weil ich in ihm den Besucher des schlafenden Patienten in Jans Krankenzimmer zu erkennen glaube. Und auch das wäre weniger beunruhigend, wenn er nicht eine zerschlissene Lederjacke tragen und unweit eines schweren Motorrads stehen würde. Das alles weckt in mir den spontanen Wunsch, mein neues Leben umgehend zu beenden, in den warmen Schoß von Heuvelmann & Grimm zurückzukehren.

Bevor meine Paranoia die Zügel übernimmt, reiße ich meinen Blick von dem Fremden los und eile, zwei Stufen pro Schritt nehmend, in den zweiten Stock, um in Zimmer neun Hannas Erziehungsberechtige zur Rede zu stellen.

Da diese Pension lediglich acht Zimmer hat, muss ich heute nicht mal klopfen, um keinen Erfolg zu haben. Diese kleine verlogene Wanze! Kopfschüttelnd mache ich mich wieder auf den Weg nach unten.

Als ich im ersten Stock noch einmal aus dem Fenster blicke, stelle ich beruhigt fest, dass der Rocker und seine Maschine weg sind. Sonderbar, wie die Phantasie manchmal mit einem durchgeht. Ich beschließe, später den Troll nach dem Kind zu fragen, bevor ich mich in die Südvorstadt aufmache, um mich el Hawas Gruppe zu stellen. Der Hosenträgerträger sollte wissen, wer sich hier herumtreibt. Aber vorher werde ich mich um meine Mails kümmern – und vielleicht noch einmal die Kartoffelgeschichte überarbeiten, um den Alten und seine Gruppe ein wenig zu beeindrucken.

Wie erwartet hat Hanna das Geld gefunden. Ich hatte es unter dem Teppich versteckt. Auf den kleinen Zettel, den sie mir hinterlassen hat, ist dieses Mal sogar ein Herzchen gemalt. Außerdem verrät er mir, dass sie sich die Rate für die kommende Woche im Voraus ausgezahlt hat. Die Kleine hat definitiv Talent. Wenigstens meinen Rechner hat sie in Ruhe gelassen, und die Blechschatulle, die ich ins Kopfkissen gesteckt hatte, hat sie auch nicht gefunden. Dennoch öffne ich sie behutsam, um mich zu vergewissern, dass nichts fehlt und die Hefte noch immer an ihrem Platz sind. Es beruhigt mich ein wenig, dass Hanna-Lina sich mit dem Geld zufriedengibt, obwohl ich fürchte, dass sie, wenn es schon kein Zimmer Nummer neun gibt, wohl auch in zwei Wochen nicht abgereist sein wird. Ich überlege, ob ich das Geld mitnehmen sollte, wenn ich das Haus verlasse, doch im Hinblick auf die Gegend, in der ich mich hier befinde, erscheint es mir als klüger, mich weiterhin von einem achtjährigen Mädchen statt einem bewaffneten Rocker ausrauben zu lassen.

Ich setze mich aufs Bett und öffne den Laptop. Keine neue Mail von Willi. Dafür eine von Heuvelmann.

Sehr geehrter Herr Tristen,
nach Jahren erfolgreicher Zusammenarbeit bedaure ich, Ihnen mitteilen zu müssen, dass der Verlag sich, nachdem Sie weder die vereinbarten Abgabetermine eingehalten noch sich trotz mehrmaliger Aufforderung zurückgemeldet haben, in Absprache mit Ihrer Lektorin, Frau Wilhelmine Stegemann, entschlossen hat, den aktuellen Band der Creature-Clash-Reihe von einem anderen Autor fertigstellen zu lassen. Ich hoffe, dass diese Entscheidung Ihnen die Freiräume schafft, derer Sie gegenwärtig bedürfen, bedanke mich für die langjährige Zusammenarbeit und wünschen Ihnen, während wir neuen Projekten aus Ihrer Feder, für den Fall, dass Sie sich auf Ihre Zuverlässigkeit besinnen, nicht abgeneigt wären, weiterhin und auch im Namen von Herrn Grimm viel Erfolg bei Ihrem weiteren Schaffen.
Mit freundlichen Grüßen
Gernot Heuvelmann
Verlagsleiter, Heuvelmann & Grimm.
Denn Gute Bücher sind kein Zufall

Zwei Sätze. Die so lang sind, dass er sie mir niemals und in keinem Buch hätte durchgehen lassen. Zwei vermaledeite Sätze. In einer Mail. Mehr sind ihm eine Million zweihunderttausend verkaufte Bücher, Übersetzungen in acht Sprachen, zwei Filmrechteverkäufe und zwei Platzierungen auf der Spiegelbestsellerliste nicht wert. Wobei diese zwei Sätze mich nicht halb so sehr aufregen wie drei auf den ersten Blick unscheinbare

Worte mittendrin. Und diese betrachtend, spüre ich, wie mein Blutdruck ansteigt. *Einem anderen Autor.* Wenn es wenigstens so wäre. Aber es ist Mirko. *Mirko Rindsbein!* Und ich kenne wenige Leute, die weniger Autor sind als er. Wahrscheinlich könnte ich etwas dagegen unternehmen, einen Anwalt einschalten und das Ganze stoppen, Heuvelmann & Grimm so viel Steine in den Weg legen, dass irgendjemand sich zumindest ein Bein bricht.

Der Impuls ist da. Der Anwalt auch. Aber dann bemerke ich, dass sich mein Puls seltsamerweise beruhigt, dass es mich nicht interessiert und mir Jan, das Kartoffelmärchen und mein Leben als Teilzeitfinne gerade wichtiger sind. Und so wechsle ich von meinem Mail- rüber zum Textprogramm, im Bestreben, den Text so weit zu verbessern, dass am Ende jedes einzelne gottverdammte Gemüse darin mehr Charakter als Mirko Rindsbein und alle meine Orks, Einhörner und Engel zusammen hat.

Als ich ein paar Stunden später in der Südvorstadt ankomme, ist meine Kartoffel geschliffen und poliert. Auf dem Weg habe ich mich mehr als einmal umgeschaut – paranoid zu sein bedeutet ja schließlich nicht, dass man nicht verfolgt wird –, aber den Mann von der anderen Straßenseite habe ich kein weiteres Mal gesehen. Wahrscheinlich hat er dem Besucher aus dem Krankenhaus bloß ähnlich gesehen. Wenn Leute ohne Phantasie sich das schlimmstmögliche Szenario ausmalen, ist es meist weniger schlimm, als wenn meinesgleichen das tun. Besonders wenn es um Rocker geht und man alle Staffeln von *Sons of Anarchy* gesehen hat.

Den Troll hab ich bedauerlicherweise nicht noch einmal angetroffen. Als ich die Pension verließ, hat er das erste Mal, seit ich diese Absteige bezogen habe, nicht hinter seinem Tresen gehockt. Und obwohl ich kurz versucht war, mir ein verwegenes Szenario dazu auszumalen, entschied ich, dass ich ihn auch später noch zu dem Kind würde befragen können.

Mein Umsteigen am Hauptbahnhof choreografiere ich derart kunstvoll, dass ich etwaige unbemerkte Verfolger mit Sicherheit verwirrt zurücklasse. Auch so was lernt man, wenn man Vampirhinterhalte für Einhornkarawanen legt. Auch auf meinem Weg von der Haltestelle in die Stockartstraße schaue ich mich noch misstrauisch um, doch es bleibt dabei: keine Rocker, Motorräder, Kutten oder ähnliches.

Dafür entdecke ich vor el Hawas Haus Ruths braunen Hijet, der seiner Jämmerlichkeit zum Trotz lediglich die vage Ahnung einer Delle von unserer Begegnung zurückbehalten hat. Was mich ein wenig zornig macht, denn ich humple noch immer, spüre sogar, wenn ich es nicht bewege, diesen Schmerz im Bein. Grund genug, noch einmal dagegenzutreten. Bestrebt, nicht zu sehr kaputt zu machen, was mich ein wenig kaputt gemacht hat, trete ich mit dem heilen Bein gegen den vorderen linken Kotflügel. Kaum dass mein Schuh das Metall trifft, verspüre ich Genugtuung.

Ob Herr el Hawa, den ich, kaum dass ich aufblicke, oben am offenen Fenster bemerke, das ebenso sieht, kann ich nicht sagen. Unsicher winke ich zu ihm hinauf und bin froh, dass es nicht Ruth ist, die dort oben steht.

Meine letzte Möglichkeit umzukehren. Es sind bloß vier Etagen, die mich von schriftstellerischer Drittklassigkeit und einer Gemeinschaft übermotivierter Stümper trennen, die die kleinen nichtigen Probleme ihres Alltags in Geschichten verarbeitet, die keinerlei literarischen Wert haben und schwerlich jemand Unbeteiligten interessieren. Ich stehe kurz davor, mich kopfüber in einen Buchstabenstreichelverein zu stürzen, wo es nicht zählt, *was man*, sondern vor allem, *dass man* schreibt. Wo man keine Fehler machen kann, weil alles, was aus einem herauskommt, irgendwie richtig ist. Weil das Schreiben ein Erlebnis ist, weil Rechtschreibung und Zeichensetzung nebensächlich sind und das ganze verschissene Alphabet deiner Gefühle darauf wartet, von dir entdeckt zu werden.

Nachdem ich mich im Treppenhaus an zwei arabisch aussehenden Bodybuildern vorbeigedrückt habe, erwächst in mir wieder das Gefühl, dass ein Teil von mir dort oben hingehört. Zwischen die einsamen Hausfrauen, abenteuerlustigen Trucker, träumenden Verlierer, die zu schreiben versuchen, um ihrem eigenen Leben zu entkommen, ohne dass eines von beiden ihnen gelingt. Ich bin mir nicht sicher, woher dieser Gedanke, der sich an meinem Ego vorbeischleicht, mein Selbstbewusstsein überwindet, alle meine schriftstellerischen Erfolge ignoriert und mich ungefragt in eine Gruppe rechtschreibschwacher Verlierer einordnet, eigentlich kommt. Aber ich ahne, dass jener Geschichtenerzähler dort oben in seinem Turm, der mich ein Märchen über Kartoffeln zu schreiben genötigt hat, nicht ganz unschuldig daran ist. Ich bin mir nicht sicher, was ich eigentlich beweisen will. Vielleicht, dass er unrecht hat und ich nicht dorthin gehöre. Aber irgendetwas will ich beweisen – und das reicht aus, um die letzten Stufen entschiedener zu nehmen und erhobenen Hauptes durch die angelehnte Tür jene Wohnung zu betreten, in der offene Bücher voller Krümel und Leute auf mich warten, die ich früher gemieden hätte wie der große Verweser das Weihwasser.

Wenig später muss ich mir die Unzulänglichkeit meiner Vorstellungskraft eingestehen. Nicht nur, weil die Halle der Träume, wie el Hawa sein kleines Erzählzimmer im hinteren Teil der Wohnung nennt, mit einzelnen Seiten aus alten Büchern tapeziert und das Fenster mit bunten Tüchern verhangen ist und sich schlussendlich doch Sitzkissen und Räucherstäbchen darin finden, sondern weil ich hier nicht nur Ruth wiedertreffe. Auch die anderen Teilnehmer kommen mir derart bekannt vor, dass ich ernsthaft an einem Zufall zweifle. Denn neben der mir aufmunternd zulächelnden Krankenschwester sitzt niemand Geringerer als mein adipöser Gangsterkumpel Digga, der weder seine Klamotten noch sein Basecap gewechselt hat – nur seine Sonnenbrille fehlt, weshalb er mich offenbar auch erkennt, dabei aber nicht lächelt. Zumindest sieht er nicht mehr aus wie Heino. Neben ihm wiederum, auf einem weiteren üppig bestickten Kissen, erkenne ich nicht nur jenen älteren, eloquenten, einarmigen Herrn aus dem Park, dem ich infolge seines wortreichen Monologes unlängst meinen Kaffee überließ, sondern darüber hinaus auch noch Venus von Hathor, die Liebesratschlagshexe aus dem EsoTV, die so übellaunig dreinschaut, dass Digga dagegen als echter Wonneproppen erscheint. Und als wäre das noch nicht genug, bemerke ich neben Herrn el Hawa, der, eine Hand auf seinen Stock gestützt, am Ende des Raumes in einem alten ledernen Sessel sitzt und dampfenden Tee in kleine Gläser schenkt, auch noch genau das Mädchen, dass ich seinerzeit auf meiner Fahrt von Berlin nach Leipzig in Begleitung Edgar Allen Poes und eines Fisches im Vogelkäfig im Zug getroffen habe. Dieses Mal ohne Käfig und E-Reader. Aber dafür mit Strickmütze samt Fledermausohren.

Diese Zusammenstellung von Leuten macht mich sprachlos und mir kommen Chamforts Worte in den Sinn: »Zufall ist der Spitzname für Vorsehung.«

»Na, dann stell dich doch erst einmal vor.« El Hawa nickt mir zu.

Mein linkes Augenlid zuckt kurz. Ich spüre ihre neugierigen Blicke auf mir. Sollten mein Wohl und Wehe von ihnen abhängen, rechne ich mir gute Chancen aus. Ruth wäre sicher auf meiner Seite. Wenn man jemanden überfahren hat, ist das so üblich. Digga dürfte schon aus Angst, dass ich vor den anderen seine Freizeitaktivitäten thematisiere, auch kaum etwas gegen mich sagen. Was den Alten aus dem Park angeht, gehe ich stark davon aus, dass mich fünf Euro und ein halber Kaffee seiner nachhaltigen Loyalität versichert haben. Obwohl das bereits die Mehrheit der Anwesenden ist, dürfte auch das Mädchen aus dem Zug nichts gegen mich haben. Und die Hexe, die einzige komplett unberechenbare Komponente in diesem Raum, versuche ich, mir mit einem Lächeln gewogen zu machen. Doch kaum, dass meine Mundwinkel sich heben, leuchten ihre Augen auf, und ich ahne, dass ich bereits einen Fehler begangen habe. Aber sei's drum, für den Moment wird es mir nützlich sein.

»Hallo.« Ich druckse ein wenig rum. »Ich bin Vilho, und ich schreibe Geschichten.«

Obwohl ich mich wirklich übertrieben betroffen gebe, funktioniert der Witz nicht. Nur das Poe-Mädchen lächelt ein wenig. Hoffe ich zumindest, denn hinter ihrem überlangen Pony kann ich es nicht richtig sehen. Die anderen blicken mich aus großen Augen an. Dies scheint nicht der richtige Ort für Ironie zu sein. Sicherheitshalber tue ich so, als hätte der Versuch dieses Selbsthilfegruppeneröffnungswitzes niemals stattgefunden, und leite etwas beschwingter in den nächsten Satz über.

»Schon seit ich fünfzehn bin. Ich glaub, ich hab in meinem Leben mehr mit Geschichten als mit Menschen zu tun gehabt. Vielleicht weil ich mich mit ihnen besser verstehe. Mit Ideen, Worten und so. Wahrscheinlich ist mein Großvater schuld. Der hat mir immer Geschichten erzählt, als ich klein war. Bis ich ihm mit fünf Jahren auch mal eine erzählen wollte. Ich denke, insgesamt halte ich es irgendwie mit Kierkegaard: ›Träumend plant der Geist seine eigene Wirklichkeit.‹ Und ich träume eben auf Papier. Indem ich schreibe.«

Während ich noch staune, wie ich gerade ohne Vorsatz wildfremden Menschen die ursprüngliche Motivation meines Schreibens offenbart habe, ruhen all diese fragenden Blicke aus großen Augen immer noch auf mir.

Digga runzelt die Stirn. »Was genau ist ein Kirke Gard?«

Der Alte aus dem Park verdreht die Augen, wedelt unwillig mit seiner Hand und sagt: »Dänischer Eishockeyspieler.«

Für einen Augenblick sehe ich Herrn el Hawa schmunzeln. Dann aber weist er den gut zehn Jahre älteren Mann mit ernstem Ton zurecht. »Gerhardt, du sollst Tobi nicht immer veralbern.«

»Wenn er doch aber darum bittet.«

»Das hätte ich mitbekommen. Aber woher soll er wissen, wer Kierkegaard ist? Freu dich lieber, dass er sich interessiert und nicht wie alle anderen so tut, als ob er wüsste, wer gemeint ist.«

Die Anwesenden versuchen, Blickkontakt zu meiden. Mit mir, mit Herrn el Hawa, sogar untereinander.

Der Meister nickt lächelnd. »Siehst du, Gerhardt, das mit dem Hockeyspieler hat vermutlich nicht nur einer hier geglaubt. Wenn wir einmal, um deine nächsten beiden Antworten vorwegzunehmen, davon ausgehen, dass der Mann ebenso weder Seeräuber noch Pornodarsteller ist, würde ich dich bitten, den anderen kurz zu umreißen, wer Kierkegaard tatsächlich war.«

Sich augenscheinlich um zwei Witze mittlerer Qualität betrogen fühlend, verzieht Gerhardt kurz das Gesicht und wendet sich den Umsitzenden zu. »Depressiver und christlich geprägter dänischer Philosoph, Schriftsteller und Theologe des 19. Jahrhunderts, der in seinen Pseudonymen in der Regel mehr

Humor als in seinen Schriften bewiesen hat und zeitlebens große Geheimniskrämerei um sich betrieb. Dass er in seiner Freizeit gern Eishockey gespielt hat, ist zwar nicht überliefert, aber durchaus möglich.« Er zwinkert mir zu.

Digga verschränkt trotzig seine Arme vor der Brust und schimpft. »Du bist so ein arschdummer Sack. Als ob Johann Wolfgang von Gollum und der Panda von Rilke nicht gereicht haben. Du kannst echt mal wen anders verarschen, ey.«

Das Mädchen aus dem Zug ergreift das Wort. »Ich find die Idee mit dem Hockeyspieler gar nicht so schlecht. Es gibt da doch diesen Sketch von Monty Python …«

Die Augen des Alten leuchten auf. »Genau! Den mit den fußballspielenden Philosophen!«

Ich muss grinsen. Wir drei werfen einander verschwörerische Blicke zu. Die anderen verstehen vermutlich nur Bahnhof.

Aber auch die Hexe muss lachen: »O ja, Gott, was hab ich damals gelacht!«

Ruth kichert ebenfalls. Nur Digga schaut verwirrt. Bis sie ihm zuruft: »Monty Python sind die mit dem toten Papagei.«

Jetzt grinst auch er. Und obwohl ich mir sicher bin, dass der Nachwuchsgangster Kierkegaard jetzt für einen Teil der Monty-Python-Truppe hält, erscheint Herr el Hawa zufrieden.

Da über meinen Hierverbleib offenbar nicht abgestimmt wird, setze ich mich, als er mir das letzte freie Sitzkissen anweist. Vermutlich muss gar nicht abgestimmt werden. Weil all das Bestimmung ist und wir alle längst vorbestimmte Gefährten sind, unverwundbar, in Tinte gebadet, bereit, unsere Schreibfedern gegen eine Realität zu erheben, die … Meine Gedanken kleben aneinander. Vermutlich eine Nebenwirkung dieses Diclofenac-Zeugs.

Der Alte aus dem Park streckt mir seine Hand entgegen.

»Hey Vilho, ich bin Gerhardt. Ich schreibe vor allem mit links und um ein paar Dinge aus meiner Vergangenheit verarbeitet zu bekommen. Und natürlich, damit ich nicht saufe. Wobei ich derzeit ungefähr genauso viel schreibe, wie ich Steine sortiere. Ach ja, davon abgesehen bin ich tatsächlich der Meinung, dass Kierkegaard als Profisportler eine bessere Figur gemacht hätte. Egal was Jamal sagt.«

Sein Händedruck ist kräftig, der Geruch der Obdachlosigkeit nicht allzu aufdringlich. Vermutlich lebt er nicht durchgehend auf der Straße. In unserer Heldengruppe ist er am ehesten so etwas wie ein gescheiterter Schmied, der einst im Dienst hoher Herren gestanden hat, bevor er einen dieser unverzeihlichen Fehler begangen hat, wie sie einen die Hand zu kosten pflegen.

»Hossa«, meldet sich das Poe-Mädchen zu Wort. »Carmen. Carmen Norn. Komm aus der Fanfiction. Versteht keiner von denen hier. Aber so kommen sie wenigstens nicht auf die Idee, das Ganze nicht ernst zu nehmen. Ich schreib eigentlich, um die Geschichten zu finden, die die Autoren vielleicht zu erzählen vergessen haben, und pendle zwischen hier und Berlin, bis ich weiß, was ich mit dem Rest meines Lebens anfangen will.« Das Mädchen tippt sich grüßend an eines der Fledermausohren.

»Wo hast du deinen Vogelkäfig gelassen?«

Sie stutzt einen Moment. Ich lächle sie an. Da winkt mir auch schon die Frau aus der Teekanne. »Also, ich bin Ruth. Ich überfahr gern Leute, mag braun, hab ein paar Notizbücher, schwatze unbekannten Männern schon mal fremder Leute Visitenkarten auf und habe, falls sie auf dumme Gedanken kommen, einen Mann, der größer und stärker ist als sie und genauso wenig Spaß wie meine Gedichte versteht.«

Digga zögert, verständlicherweise.

Stattdessen reicht mir die Hexe ihre Hand. Mit ihrem weit ausgeschnittenen Wallegewand beugt sie sich, ihr Haupt von falschem grauem Haar umwogt, so weit vor, dass ich nicht umhinkomme, hinter Drudenfuß, Rosenquarz und einigen anderen sonderbaren Amuletten ihre frei baumelnden Brüste zu sehen, die irgendwie jünger wirken als der Rest von ihr. Ihre Hand verstört mich allerdings noch mehr. Leicht verschwitzt und kraftlos hat sie, wie sie sich plötzlich in die meine schiebt, etwas von einem Tentakel, der sich nicht zwischen Scheu und Übergriffigkeit entscheiden kann. »Mein Name ist Venus. Ich schreibe, weil ich muss. Weil die Götter es wollen und das Schicksal mich ausersehen hat. Meine Aufgabe ist es, den Menschen Liebe und Wahrheit zu bringen. Ihnen zu helfen. Damit sie die Sprache höherer Mächte verstehen und ihren Weg im Dunkel des Lebens finden. Ich schreibe für die Hoffnung und das Licht. Wann immer die Sterne günstig stehen.«

Ihre Hand scheint sich in meiner festgesaugt zu haben. Womöglich, weil ich vorhin gelächelt habe. Meinen Erfahrungen zufolge sind Haie und Blut nichts im Vergleich zu einsamen älteren Frauen und einer vagen Ahnung von Zuneigung. Es fühlt sich an, als ob jener Tentakel sich durch meine Handfläche in mein Innerstes zu bohren beginnt. Doch bevor seine dunkle Energie durch meine Adern bis ins Herz dringt und ich Venus auf ewig verfalle, ringt sich auch Digga endlich zu einer Begrüßung durch, und ich kann meine Hand befreien.

»Tobias. Und ich mag halt am liebsten Fantasy. So was wie Aaron Tristen und seine Creature-Clash-Reihe. Versuch halt auch, so was zu schreiben. So episches Zeug. Weil's mich interessiert. Und halt geil ist.«

Das ist schlimmer als der Tentakel.

Ich kann es mir trotzdem nicht verkneifen: »Das ist ja spannend. Und was treibst du sonst noch so in deiner Freizeit?«

Von einer Sekunde auf die andere wird Tobias rot und Schweiß tritt unter dem Rand seines Basecaps hervor, er beginnt zu stottern und ich feixe innerlich.

Da ergreift Herr el Hawa das Wort. »Sehr schön, wenn wir uns nun alle ein wenig bekannt gemacht und sogar ein paar gemeinsame Nenner gefunden haben, könnten wir ja langsam zur Sache kommen, nicht wahr? Für ein näheres Kennenlernen und Gespräche über unsere Hobbys werden wir sicher die nächsten Male noch ein wenig Zeit finden, nicht wahr, Vilho?«

Er schaut mich an, als ob er meine Gedanken lesen könnte. Ich kann nicht anders, als zu nicken. Alle machen es sich auf ihren Sitzkissen bequem. Ich finde es ungewöhnlich, dass niemand etwas zu schreiben herausholt, aber in der Halle der Geschichten gelten womöglich andere Regeln als an anderen Orten, wo man Talentleichen mit Elektroschocks etwas zu entlocken versucht.

Während er sich der Gruppe zuwendet, fällt mein Blick auf el Hawas Sessel, das abgewetzte Leder, in dem kleine poröse Stellen Buchstaben zu formen scheinen, die, wenn man sie in die richtige Reihenfolge bringt … Ich bemühe mich, einige Worte zu entziffern, da schieben sich plötzlich zwei kleine Hände um die Ecke des Sessels. Ungewaschen, mit dreckigen Fingernägeln. Gefolgt von einem behaarten Oberkörper, auf dessen Hals ein frech grinsender Koboldkopf sitzt. Er zwinkert mir zu. Und ich erkenne ihn vor allem seiner kleinen Hörner wegen: Puck, wie Shakespeare ihn ersann, wie ich ihn mir stets vorgestellt habe und wie er vermutlich der Grund ist, dass man Jans Pillen nicht durchgehend nehmen soll.

Die Stimme el Hawas reißt mich aus meinen Gedanken.

»Bevor ich euch eine kleine Geschichte erzähle –«

Da meldet sich Ruth. Sie steht auf, greift in ihre Tasche. »Hatte ich fast vergessen. Hab Ihnen wieder welche mitgebracht.«

Mit diesen Worten legt sie ein paar Glückskekse auf die Sessellehne und el Hawa klatscht begeistert in die Hände. Verwundert beobachte ich, wie er Ruth zuzwinkert, die Kekse eilig in seine Tasche gleiten lässt und weiterspricht.

»Also, um eure Vorstellungskraft ein wenig zu lockern, möchte ich euch für das nächste Mal eine Aufgabe stellen.«

Wir alle, selbst Puck dort hinter seinem Sessel, lauschen gespannt.

»Ich möchte, dass ihr euch Gedanken darüber macht, was wohl geschehen wäre, wenn Don Quijote anstelle der kleinen Alice durch das Kaninchenloch ins Wunderland gelangt wäre.«

»Eine Aufgabe für alle zusammen?«, fragt Ruth.

»Weitgehend«, antwortet er lächelnd.

»Was immer du schreibst, er wird es eh nicht lesen«, flüstert Gerhardt mir zu.

Alle machen sich Notizen. El Hawa schaut in die Runde. Als er sich auf seinen Stock stützt und von Neuem zu sprechen anhebt, spitzt Puck seine Ohren.

»Was immer ihr auch schreibt oder euch ausdenkt, welche Idee auch immer ihr stehlt oder mit Worten belebt und wie gut oder schlecht ihr dabei auch seid, ihr solltet dabei immer im Hinterkopf behalten, dass die bedeutendsten Geschichten womöglich niemals zu Papier gebracht wurden.« Er blickt in die Runde. Sie alle nicken verständig, haben diesen Spruch vermutlich schon hundertfach gehört. Und doch ist ihnen anzusehen, wie jene unerzählten Geschichten, womöglich großartiger als die Homers, Shakespeares oder Tolkiens, sie beschäftigen. Ein Anblick, der Herrn el Hawa mit sichtlichem Vergnügen erfüllt, sodass seine Mundwinkel sich, bevor er seine Erzählung beginnt, beinahe so weit zu heben scheinen, dass sie fast seine Ohrläppchen erreichen.

DAS GROSSE LIED VOM LEBEN

Sheikh Abu Ibn bin Halik war ein Kaufmann. Er war auf den Handel mit Tüchern spezialisiert und galt als einer der Besten unter seinesgleichen. Im Lauf der Jahre hatte er mit manch bedeutendem Kalifen und Sultan Geschäfte gemacht, sich auf den großen Märkten im Herzen der Städte und in den Oasen entlang der Handelsrouten einen Ruf erfeilscht und ein beachtliches Vermögen angehäuft. Mithilfe desselben hatte er eigene Handelsposten errichtet, wo kostbare Stoffe aus allen Teilen der Welt ihren Besitzer wechselten.

Dabei galt bin Halik im Gegensatz zu zahlreichen anderen bedeutenden Kaufleuten als derart ehrlich, dass man im gesamten osmanischen Reich niemanden gefunden hätte, den er jemals übervorteilt hätte. Selbst im Herrscherpalast fanden sich Teppiche, die bin Halik eigens für den Beherrscher der Gläubigen, den weisesten der Weisen, ausgesucht und vom anderen Ende der Welt herbeigeschafft hatte. Man traute seinem Urteil, akzeptierte seine Preise und ersuchte ihn um Rat, wann immer es um Stoffe oder Tücher ging. Und sah man ihn an einem seiner Dutzend Stände, wo Bedienstete seine Waren feilboten, grüßte man den Herrn der tausend Tücher mit Ehrfurcht.

Sein Palast, voller Vorhänge, Tücher und Teppiche, wirkte, von abervielen verknüpften Fäden durchwirkt, wie die Schatzkammer der Webkunst der Welt.

Als sein Schatzmeister ihm eines Tages die Unermesslichkeit seines immer weiter wachsenden Vermögens offenbarte, begriff bin Halik, dass es ihm zeitlebens nicht gelingen würde, auch nur die Hälfte davon auszugeben. Und ihn überkam die Einsicht, dass weder Gold noch Tuch noch

Handel ihn je glücklich machen würden, und er beschloss, sich der Dichtkunst zuzuwenden.

So veräußerte er seine Bestände und begann, anstelle der Stoffe Bücher zu erwerben. Er kaufte die Werke bedeutender wie weniger bedeutender Dichter und errichtete inmitten der bunten Tücher seines Palastes eine Bibliothek, wie es keine zweite gab im Reich.

Ein Jahr brauchte der Sheikh, die Bibliothek im Inneren seines Palastes zusammenzustellen, und fünf Jahre, sie zu studieren. Wem immer es nach ihren Texten gelüstete, dem gewährte er Zugang und saß nicht selten bis in die frühen Morgenstunden mit Dichtern, Narren oder Weisen über den Worten Chayyāms, Zakanis oder Attars. Bin Halik lernte, was die Herzen der Dichter auf welche Art entflammte und mit welchen Worten sie das Feuer in sich beschrieben, und wusste bald mehr über die Kunst der Dichtung als mancher, der sie seit Jahren mit Erfolg betrieb.

Und schließlich begann bin Halik selbst Gedichte zu verfassen, erwarb sich einen Vorrat an Tinte und Papier und zog, bestrebt sein eigenes Herz zu entflammen und dem Feuer seine eigenen Worte zu geben, ein ganzes Jahr lang durch das Land. Er saß an den Tischen der Armen wie der Reichen, sah die Gosse wie den Prunk und verlieh seinen Gedanken Gestalt. Ein Gedicht pro Tag und pro Nacht verfasste bin Halik in jenem Jahr, lebte und liebte und lernte die wahren Namen der Dinge.

Im folgenden Jahr verfasst er noch mehr Gedichte und vermochte bald sogar Dinge zu benennen, die weder einen Namen noch überhaupt jemals existiert hatten.

Innerhalb dreier weiterer Jahre, während derer er sich nichts anderem als der Dichtkunst widmete, hatte bin Halik schließlich erreicht, wovon er in der Bibliothek nur hatte träumen können: Er war ein Dichter geworden wie jene, die er einst bewundert hatte.

In diesen Tagen begriff bin Halik zweierlei: dass es für ihn nichts mehr zu lernen gab und dass ein Gedicht, um seine volle Schönheit zu entfalten, nicht des Lesers bedurfte. Und im Zuge dieser Erkenntnisse be-

schloss er im Alter von sechzig Jahren, sein Lebenswerk in Angriff zu nehmen.

Er würde ein Gedicht verfassen, wie noch nie zuvor eines geschrieben worden war.

Aus seinen kostbarsten Tüchern ließ bin Halik sich ein riesiges Zelt schneidern und es inmitten der Wüste errichten, um fortan dort zu wohnen. Das Licht der Sonne fiel durch den bunten Stoff und tauchte den Wüstensand darunter in alle Farben, die der Mensch jemals ersonnen hatte. Jeden Morgen erhob der Sheikh sich von seinem Lager, verzehrte eine Handvoll Datteln, trank einen kleinen Krug Wasser und nahm einen hölzernen Stab zur Hand, um mit seiner Hilfe Worte in den Sand zu schreiben. Worte von solch Pracht und Zauber, dass allein die, die er an einem Tage schuf, jene verzückte, die kamen, um dem Sheikh Wasser, Obst und frische Kleidung zu bringen. Und da jenes Zelt 200 mal 200 Ellen maß, machten bin Haliks Worte viele Leute staunen, und manche kamen jeden Tag, zu sehen, wie sein Gedicht wuchs. Viele, die einen Blick darauf warfen, nannten es das große Lied vom Leben und schworen, obschon sie alle nur einen kleinen Teil davon zu Gesicht bekamen, nie zuvor Worte von derlei Vollkommenheit nebeneinander gesehen zu haben.

Sechs Monate lang stieß bin Halik Tag für Tag seinen Stab in den Sand und schrieb am Lied des Lebens, einem Gedicht von 200 mal 200 Ellen, wie es nie eines zuvor gegeben hatte.

Und als schließlich alles, was er in seinem Leben über das Leben und die Liebe, über Himmel und Hölle, Fühlen und Wissen und das wahre Wesen der Dinge gelernt hatte, in jenes Gedicht hineingeflossen war und Abu Ibn bin Halik das letzte Wort in den Sand geschrieben hatte, richtete er sich auf und beschaute zufrieden sein Werk.

Dann baute er das Zelt ab und wartete auf den Wind.

KAPITEL XI

… darin der Held aus erster Hand etwas über Don Quijote erfährt, alte Verbündete verprellt, nachhaltig bedroht wird, am Ende aber zumindest nicht allein nach Hause geht

Ein paar Tage später gehe ich wieder ins Krankenhaus. Es ist Donnerstag. Die letzten Tage habe ich damit verbracht, den Kopf freizubekommen und mich ums Wunderland zu kümmern. Ich hab mir sogar die Reclamausgabe der eigentlichen *Alice* besorgt; im Buchladen am Bahnhof, wo mein Pappaufsteller mir immer weniger ähnlich sieht. Das liegt vor allem daran, dass ich mir, während ich mir den Schädel jeden Tag rasiere, wieder einen Bart wachsen lasse. Keinen adrett gestutzten Fünftagebart wie früher, sondern einen wilden, ungezähmten. In Begleitung des Ritters von der traurigen Gestalt würde ich vermutlich nicht einmal mehr auffallen.

Inzwischen habe ich die ganze *Alice* noch einmal gelesen, bin ihr ins Wunderland und hinter die Spiegel gefolgt und habe feststellen müssen, dass die ursprüngliche Geschichte verstörender ist als die Filme dazu. Ein Regisseur wie David Lynch wäre dem Wunderland wahrscheinlich gerecht geworden, auch wenn sich dann kaum noch jemand ins Kino getraut hätte.

Da ich wegen der Schmerzen im Bein nach wie vor Jans Pillen nehme, kleben meine Gedanken noch immer ein wenig. Im Gegenzug konnte ich meine Gedanken zu *Alice* allerdings mit jemandem bereden, der sich im Wunderland auskennt, da mich Puck vom Treffen heimbegleitet und ein weißes Kaninchen hervorgezaubert hatte. Seiner Termine wegen blieb es in der Regel nicht lang genug, als dass wir ein ernsthaftes Gespräch hätten führen können, doch es genügte, um zu erfahren, dass die Raupe nicht bloß Tabak rauchte und dass der Hutmacher gern mal einen Schuss Sherry in den Tee nahm.

Als arbeite meine Einbildung auf Bestellung, beehrte mich am folgenden Tag Sancho Pansa, Don Quijotes treuer Schildknappe. Er hatte seinen Esel unten vor der Pension angebunden, kaute auf einer großen Kartoffel herum und wollte mich, wie er sagte, von falschen Schlussfolgerungen bezüglich Ehre, Ruhm und Geisteszustand seines Herrn abhalten. Für eine Wahnvorstellung argumentierte er recht schlüssig, sodass ich bald der Meinung war, dass das Buch falsch interpretiert wurde und Don Qujiote ein größerer Held war als allgemein gedacht. Im Wunderland jedenfalls hätte er alle von Grinsekatze bis Märzhase um sich versammelt, eine verrückte Variante der Tafelrunde begründet, unserer Wirklichkeit den Krieg erklärt und damit vermutlich gar nicht mal so schlechte Chancen gehabt.

Abgesehen von den Gesprächen mit meinen imaginären Freunden habe ich mithilfe von Unmengen psychologischer Fachliteratur, Nabokovs Übersetzung ins Russische, Dalis Illustrationen, einem Softporn-Musical aus den Siebzigern und einem Haufen Drogensongs von den Beatles bis Jefferson Airplane innerhalb von 48 Stunden die seltsamsten Seiten des Wunderlandes kennengelernt, ohne dort auch nur einen einzigen Ork zu treffen. Eine Zeit, in der ich Jan, Willi, Mirko, die

Rocker und selbst el Hawa samt seiner Selbsthilfegruppe vergaß und nicht einmal meine Mails abrief. Seit langer Zeit war ich wieder einmal in einer Welt unterwegs, in der ich etwas entdecken konnte – obgleich ich vor drei Tagen noch gelangweilt abgewunken hätte, wenn mir jemand etwas über das Wunderland erzählt hätte. Aber an der Seite des Ritters von der traurigen Gestalt hatte el Hawa mich hinübergelockt. Und da waren wir, Don Quijote und Sancho Unterberg, in einer Welt, die ich gekannt zu haben glaubte und in der doch plötzlich alles neu war. Nicht wie in Neu-Kanaan am Ende der Welt, wo alles, nicht nur der Zombies wegen, nach Verwesung roch. Wo es, aus Angst, dass irgendein Leser sich verirren konnte, keine Ecken gab, um die man denken konnte, und selbst das Wenige, was noch am Leben war, tot erschien. Ich war inspiriert. Und es war ein gutes Gefühl. Nach allem, was mir widerfahren war – einem Autounfall, einem angeschossenen Freund, einem diebischen Kind und einer gepflegten Paranoia –, hatte ich es vom Ende der Welt, wo die letzten mutierten Überreste einer degenerierten Menschheit mit verkommenen Fabelwesen kopulierten, zurück ins Wunderland geschafft.

Ich nahm mir die Ratschläge Sanchos und des Kaninchens zu Herzen und war nicht wenig stolz auf meine Geschichte vom edlen spanischen Adligen, der beim Rasieren in den Spiegel stürzte, im dahinterliegenden Wunderland von der Raupe mit einer halluzinierten Pilzrüstung beschenkt wurde, sich mit dem gesetzlosen Hutmacher und seinen Kumpanen verbündete, schließlich auf der Grinsekatze reitend im Turnier einer ganzen Spielkartenarmee trotzte, im weitgehend fairen Zweikampf den buckligen Herzkönig besiegte und am Ende dessen trauernde Witwe ehelichte. Besonders stolz war ich darauf, dass man im Hutmacher ohne größere Anstrengung Robin Hood und in Märzhase und Siebenschläfer Little John und

Bruder Tuck erkennen konnte, mein König eine deutliche Reminiszenz an Richard III. war und der Leser bis zum Ende nicht wusste, ob all das wirklich passierte oder Quijote sich nur den Kopf am Spiegel gestoßen hatte. Zehn Seiten hanebüchener Unsinn, den Willi mir mit Fug und Recht um die Ohren gehauen hätte, wenn ich es irgendwo ernsthaft hätte veröffentlichen wollen.

Aber darum ging es nicht. Ich hatte eine Geschichte in den Sand geschrieben. Und sie erinnerte mich an früher, an meine alten Texte, wie sogar die Orks auf meiner Premiere sie noch gemocht hatten. Das Ganze machte mich ein wenig sentimental und versetzte mich in jene Zeit zurück, in der ich noch mit Jan rumhing. Bevor unsere Wege sich trennten und ich wurde, was ich bin, während er blieb, was er war.

Das alles geht mir durch den Kopf, während ich mit *Alice* in der Gesäßtasche leichten Schrittes durch die Krankenhausflure gehe, um einem alten Freund von neuen Geschichten zu erzählen. An meiner Seite befinden sich, da ich noch immer keine Pillenpause gemacht habe, Huckleberry Finn und der kleine Prinz, die sich angeregt unterhalten.

Ich brenne darauf, Jan zu berichten, wie es bei el Hawa war und was es mit mir gemacht hat. Und darauf, mich bei ihm zu bedanken, dass er mir den Kopf ein wenig gradegerückt hat. Katharsis, Mann. Ganz zu schweigen von Pillen.

Schließlich reiße ich – mit mehr Motivation als bei der Verleihung des goldenen Mantikors für das erfolgreichste Fantasybuch vor einem Jahr – die Tür zu Jans Zimmer auf, gebiete Huck und dem Prinzen, sich ruhig zu verhalten, und sehe mich dem Kommissar gegenüber, der mich nach den Schüssen vernommen hatte. Ich erinnere mich sogar an seinen Namen, weil er wie der eine Soap-Darstellers klingt. Lohmann. Benjamin Lohmann. Stirnrunzelnd halte ich inne, wage nicht, die Türklinke loszulassen, und mustere den Kommissar neben Jans Bett, der mich mit ernstem Blick anschaut, während Jan ohne den geringsten Anflug von Ironie die Augen verdreht und mich anmotzt.

»Tristen! Ernsthaft, du bist ja wohl eines der größten Arschlöcher, mit denen ich jemals das zweifelhafte Vergnügen hatte, befreundet zu sein!«

»Aber Herr Hollinger, so schlimm ist es doch nun auch wieder nicht«, versucht Lohmann, ihn zu beruhigen. Erfolglos.

»Jahrelang! Jahrelang hab ich hier in dieser Stadt meine Ruhe, kümmere mich um meine Angelegenheiten, schreibe meinen Scheiß, ziehe mein Ding durch und dann kommt er. Mit so einem albernen neuen Hipsterbart!« Jan spuckt ein wenig beim Sprechen, weil er sich so aufregt. »Erst muss ich dabei zusehen, wie so ein Kasperleauto über ihn drüberfährt, anschließend werde ich über den Haufen geschossen und darf auch noch im Krankenhaus seine verschissene Sekretärin spielen! Erzählen Sie mir also nicht, wie schlimm irgendwas ist! Sie haben ja keine Ahnung, Sie ignoranter Mistbock!«

Ich höre Huck Finn in meinem Rücken kichern.

Eilig lenkt Jan ein. »Das … das tut mir jetzt leid, Herr Kommissar. Ist vermutlich auf die Medikamente zurückzuführen. Weil, sonst bin ich ja generell eher eine harmonische Person. Aber mit Kopfschmerztabletten hab ich das auch schon gehabt, dass ich Leute beleidigt hab. Versehentlich. Das ist wahrscheinlich so was wie schmerzmittelinduziertes Teilzeit-Tourette.«

Ich löse mich von der Tür. »Da hat er recht, Herr Kommissar. Ich hab ihn auch schon das ein oder andere Mal unter Ibuprofen erlebt und kann Ihnen sagen, das ist beim besten Willen kein Vergnügen. Unter Aspirin flucht er wie ein Kesselflicker. Und wer weiß, was sie ihm hier gegeben haben.«

Ich halte mich für witzig. Ernsthaft.

Eine Einschätzung, die Jan nicht zu teilen scheint. »Sag mal, hat hier einer die Null gewählt, dass du dich zu Wort meldest?«

Ich schrecke zurück.

Er hebt die Hand und wendet den Blick ab. »Halt einfach den Mund, du verblödeter Vollpfosten! Bei dir entschuldige ich mich erst, wenn die Hölle zufriert, der Teufel Schlittschuh fährt und die Verdammnis Frostbeulen kriegt!«

»Alter, was hab ich denn falsch –«

»Was du falsch gemacht hast? Du hast diese tollwütige Zwergxanthippe, nachdem du sie in Berlin allein gelassen hast, mit meinem verschissenen Handy angerufen! Und weißt du, wer mich seitdem ständig anruft? Weil er denkt, dich unter dieser Nummer zu erreichen?«

»Ehrlich, Jan, wenn ich gewusst hätte, dass …«

»Scheiß auf ›ehrlich Jan‹! Wer? Ja, wer? Na, rate mal! Und danach kannst du gleich auch noch raten, wen dein kleiner Zerberus mit Pagenkopf jedes Mal zusammenscheißt, wenn er nicht schnell genug auflegt!«

Die beiden Zimmergenossen meines Freundes sind in ihre Kissen zurückgesunken und schweigen unangenehm berührt. Ich hätte es gleich erkennen können: Diese Schimpftiraden sind von Willi inspiriert. Da ich mich drüben im Wunderland nicht um meine Mails gekümmert habe, hat sie es, wenn irgendetwas ernsthaft wichtig war, vermutlich bei ihm versucht.

»Hör mal, es tut mir wirklich leid, aber …«

»Nein! Nix mit ›hör mal‹! Es reicht! Ernsthaft! Kaum nämlich, dass dein grammatikalischer Wadenbeißer mit mir durch ist, kommt nämlich auch noch einer von deinen Spackenfreunden hier rein und gibt Briefe für dich ab!« Er greift nach seinem Nachttisch, öffnet die Schublade, wirft mir einen Umschlag zu, den ich reflexhaft auffange, und zeigt mir seinen Mittelfinger.

Verwundert betrachte ich den Umschlag. Ich habe beim besten Willen keine Ahnung, von wem er stammen könnte. Das mit Edding geschriebene A. TRISTEN auf der Vorderseite wirkt jedenfalls nicht so, als ob der Absender des gesamten Alphabetes mächtig wäre. Ich zittere leicht. Der Schwarze Punkt, wie der blinde Pew ihn John Silver überbrachte … Während Jan weiterschimpft, der Kommissar betreten zu Boden blickt und meine kleinen imaginären Begleiter sich die Ohren zuhalten, reiße ich das billige Kuvert auf und ziehe einen gefalteten Zettel hervor, aus dem ein kleines Foto herausrutscht. Es ist mit einer dieser neuen digitalen Sofortbildkameras gemacht. Und es zeigt mich. Vor meiner Pension. Als ich den Zettel lese, verblasst Jans Stimme in meinem Kopf. Stattdessen rauscht Blut in meinen Ohren.

egal was du gesehen hast
du hast nichts gesehen
schnauze halten und keine bullen

Alles kleingeschrieben und ohne Satzzeichen. Weil Paranoia und Poesie zwei verschiedene Paar Schuhe und Rocker keine Dichter sind. Es läuft mir kalt den Rücken hinab. Dabei denke ich an Hanna oder Lina und den Troll und versuche, mir nichts anmerken zu lassen. Vor allem, weil die Polizei gerade mich zu meiden versäumt hat.

Langsam dringt Jans Stimme wieder in mein Gehör vor. Er scheint mit seinem empörten Vortrag noch immer nicht am Ende zu sein.

»Aber damit noch nicht genug, dass ich Post und Anrufe des gnädigen Herrn entgegennehmen darf, weil er ein wenig Urlaub von Ruhm und Erfolg zu machen gedenkt. Nein, da kommt auch noch ein freundlicher Herr von der Polizei vorbei und fragt, wie man den Herrn erreichen könne, da er auf dem Revier wohl versehentlich sowohl eine falsche Mailadresse als auch eine nicht funktionierende Handynummer angegeben hat, und …«

»Was? Ich kann mir gar nicht erklären, wie das …«

»Halt die Fresse, Tristen! Halt einfach die Fresse! Fang gefälligst an, dich selbst um deine Sachen zu kümmern, du abgefuckte Vollpfeife von einem drittklassigen Bestsellerautor! Und jetzt mach dich weg, bevor ich noch schlechte Laune kriege!«

Ich lächle den Kommissar entschuldigend an, zucke mit den Schultern und trete zurück auf den Flur. Bevor ich die Tür schließe, brüllt Jan mir noch nach: »Ach ja, ich soll dir von deiner Lektorengorgone ausrichten: Dein Ork ist schwanger!«

Mein Ork ist … o mein Gott. Das darf nicht wahr sein. Der Ork, den ich nach der Premiere abgeschleppt habe? Sollte ich ernsthaft einen weiteren Hauptgewinn in der Lotterie für Probleme mit beängstigendem Wachstumspotenzial gezogen haben? Hätte ich mal lieber doch einen Mann abgeschleppt. Ich schließe wie betäubt die Tür und kann mich nicht entscheiden, ob ich mir mein Leben lieber von Orks oder Rockern ruinieren lassen will. Wobei sich, wie ich unweigerlich denke, *Orks gegen Rocker* mit Sicherheit auch verkaufen ließe.

Hinter der Tür höre ich Jan noch ein wenig fluchen. Ich schaue auf meine Hand mit dem Zettel darin und merke, dass sie zittert. Hinter mir öffnet sich die Zimmertür, und Kommissar Lohmann folgt mir nach draußen. Hastig schiebe ich Hand samt Zettel in meine Manteltasche und wende mich ihm zu.

Er lächelt. »Kein einfacher Zeitgenosse, Ihr Freund, was?«

»Ach, so ist er immer, wenn er angeschossen wird«, versuche ich ein weiteres Mal, witzig zu sein, spüre aber gleich, dass es nicht funktioniert.

»Na ja, wie er schon sagte: Wir haben versucht, Sie zu erreichen, und –«

»Ich habe nichts gesehen.«

»Ich weiß. Genau das haben Sie ausgesagt.«

»Und daran hat sich auch nichts geändert. Zumal es im Nachhinein vermutlich schwierig wäre, doch noch etwas gesehen haben zu wollen. Selbst wenn Sie das gern hätten.«

»Ja. Ähm, also … aber darum geht es gar nicht. Wir wollten Ihnen nur mitteilen, dass Sie ihren Personalausweis bei uns vergessen haben. Sie erinnern sich? Sie sind so überhastet aus dem Revier verschwunden, dass wir offenbar nicht mehr dran gedacht haben.«

Das Etui. Natürlich. Mit Ausweis, EC- und Kreditkarte darin, deren Fehlen mir, da ich ja nichts davon gebraucht hatte, nicht aufgefallen war.

»Haben Sie das Ding gerade zufällig dabei?«

»Als ich gestern nach Feierabend hier war, ja. Aber heute nicht, da ich ja nicht sicher war, ob sie hier überhaupt noch mal vorbeikommen.«

»Lassen Sie mich raten: Ich werde mir den Ausweis und das andere Zeug auf dem Revier abholen müssen?«

»Ich fürchte, ja. Oder Sie geben mir, da Sie noch immer in Leipzig zu sein scheinen, einfach Ihre Adresse von hier.«

»Das ist jetzt ein bisschen ungünstig, weil ich heute Abend ja gleich nach Berlin zurückfahre und –«

»Natürlich können wird den Ausweis auch dahin schicken lassen. Ihre Berliner Adresse steht ja drauf.«

»Ach, das kriegen wir sicher auch anders hin. Ich will Jan beizeiten eh noch mal besuchen. Wenn er sich ein wenig beruhigt hat. Und der Post kann man heutzutage ja auch nicht mehr trauen.«

»Ganz wie Sie meinen, Herr Tristen. Dann sehen wir uns

beizeiten im Revier. Ich geb Ihnen sicherheitshalber noch mal die Karte. Schönen Tag noch.«

In der Gewissheit, dass mein Gegenüber mir ohnehin nicht glaubt, ergreife ich erst mit leichtem Widerwillen die Karte, danach die mir zum Abschied dargebotene Hand und nicke freundlich. Mein Lächeln ist dabei ebenso unecht wie meine Motivation, das Revier zu besuchen. Vilho Unterberg wird Aaron Tristens Ausweis nicht brauchen, und was die anderen Karten angeht, dürfte mein Bargeldvorrat noch eine Zeit lang ausreichen, falls das Kind nicht zu gierig wird. Aber gut zu wissen, wo das Zeug ist. Für den Fall, dass ich es doch noch mal brauche.

Ohne einen weiteren Kommentar wendet Kommissar Lohmann sich ab und geht. Ich schaue ihm nach, wie er über den Krankenhausflur schlurft und dabei so sehr an den alten Columbo erinnert, dass ich fürchte, er könnte sich umdrehen und sagen: »O Moment, da ist noch eine Kleinigkeit.«

Als der Kommissar schon bei der Tür ist, zupft der kleine Prinz mich am Hosenbein und deutet zum anderen Ende des Flures. Dort erkenne ich inmitten der Besucher mit Erschrecken den Mann, der damals in Jans Zimmer gesessen und neulich vor der Pension gestanden hat. Auch er schaut dem Kommissar nach, bevor er den Kopf wendet und mir direkt in die Augen sieht. Jetzt, da ich ihn genau mustere, erkenne ich das Gesicht eines grimmen Schergen, von der Art, wie sie, weil ihnen für jede andere Art der Arbeit das Talent fehlt, seit jeher mit ihrem Knüppel hinter Büschen an Wegkreuzungen jeder jemals erdachten Welt lauern. Ein Schurkengesicht wie aus dem Bilderbuch. Und Augen, die, wenn sie wirklich das Tor zur Seele sein sollten, geradewegs ins Nichts führen.

Ich denke an den Zettel, die Drohung, will dem Mann erklären, dass ich weder etwas gesehen noch über etwas womöglich Gesehenes gesprochen habe. Ich hebe die Hand, eile auf ihn zu, doch da verschwindet er zwischen geschäftigen Schwestern, ihren Tropf spazieren schiebenden Patienten und besorgt dreinblickenden Besuchern. Ich will ihm hinterher, kann plötzlich wieder mein Bein spüren, und irre erfolglos einige Minuten in den verzweigten Fluren umher.

Bevor ich das Krankenhaus zusammen mit Huck und dem Prinzen verlasse, stelle ich mir mit Schaudern vor, wie das Gaunergesicht in einer miefigen Räuberhöhle Bericht erstattet. Ich sehe eine ungewaschene Bande verkommener Erzschurken ihre schartigen Dolche wetzen und den Räuberhauptmann grimmig nicken. Dabei hat der in meiner Vorstellung weniger den trunken-wirren Charme eines Jack Sparrow, sondern vielmehr etwas von Captain Hook. Gemischt mit Fu Manchu. Und einer Prise Hannibal Lecter. Und ich muss mir eingestehen, dass mein Plan, mich in dieser Stadt zu verstecken und ein wenig Ruhe zu finden, so nicht funktioniert.

Bevor ich mich zu el Hawa und den Wortwichteln aufmache, will ich noch einmal zurück in die Pension, um mich zu vergewissern, dass mit meinem Troll und meiner kleinen Räubertochter alles in Ordnung ist. Ich habe ein merkwürdiges Gefühl. Nach all den Jahren, in denen man mir gepredigt hat, dass ich, womit Schriftsteller meinen Erfahrungen zufolge nicht selten ein Problem haben, endlich erwachsen werden solle, empfinde ich eine eigentümliche Form von Verantwortung, die sich hinterrücks in mein Leben geschlichen hat. Ich sorge mich um einen großen dicken Mann, mit dem ich wahrscheinlich noch keine zwanzig Sätze gewechselt habe, und ein kleines verlogenes Mädchen, das mich regelmäßig beklaut. Was sich unerklärlicherweise gut anfühlt.

Ich bin schneller als sonst. Trotz des Beins. So schnell, dass meine eingebildeten Begleiter sich bereits beschweren. Ich bilde sie mir einfach schneller ein und stelle mir vor, dass Batman mit mir unterwegs ist. Das funktioniert nicht. Huck Finn meint, dass ich mir da besser keine Hoffnungen machen solle. Weil Batman gerade eine Sinnkrise habe und sich rumtriebe. Ich würde allenfalls, wie viele Pillen ich auch nahm, eher Fantomas oder das Sams begrüßen können.

Bevor ich kurz darauf in die Pension gehe, schaue ich mich genau um; bereit, hinter jedem Busch und jeder Hausecke einen bedolchten Halunken zu entdecken. Paranoid zu sein, ist schlimm. Einen Grund dafür zu haben, ist noch schlimmer. Ohne einen potenziellen Strauchdieb zu entdecken, betrete ich die Höhle.

Auf dem Weg nach oben wechsle ich ein weiteres Mal kein Wort mit dem Troll, der einmal mehr mit irgendetwas beschäftigt ist, von dem ich gar nicht wissen will, was es ist. Aber zumindest lebt er, hat anscheinend keine Kugeln abbekommen und wirkt, obwohl seine Hosenträger verdreht sind, auch nicht so, als ob ihn jemand mit dem Tode bedroht hätte.

Erleichtert eile ich über die Treppe nach oben und haste durch den Flur, an Stillleben und Pin-ups vorbei zu meinem Zimmer – dessen Tür angelehnt ist. Es durchzuckt mich wie ein Blitz. Auf der Suche nach einer Art Waffe schaue ich mich um, finde aber lediglich das Taschenmesser in meiner Hose, das ich mit zitternden Fingern ausklappe. Dann bedeute ich Huck und dem Prinzen, zurückzubleiben, bevor ich – nicht ohne mir dabei zumindest ein bisschen blöd vorzukommen – die Tür mit dem heilen Bein auftrete, was Hanna – oder wie auch immer sie heißt –, die auf meinem Bett sitzt, sichtlich irritiert, derweil ich mindestens ebenso irritiert bin. Da stehe ich also, in der Hand ein Messer von beeindruckenden fünf Zentimetern Klingenlänge, wie ein Vollidiot in der Zimmertür und bin ein weiteres Mal innerhalb von fünf Minuten auf eine Art erleichtert, wie ich sie mir nie hätte vorstellen können.

Das Mädchen erscheint etwas verstört, aber nicht ängstlich. Vermutlich wirke ich, ob nun mit oder ohne Messer, ohnehin nicht bedrohlicher als Pu von Baskerville. Was sich einen Moment später ändert, als ich bemerke, was das Kind dort tut: Vor ihr steht meine Blechdose, daneben liegt der Deckel, der Inhalt ist über das Bett verteilt, und sie hält eines der schwarz-weiß kopierten Comics aufgeschlagen in der Hand. Über den vergilbten Rand des zerfledderten Papiers hinweg schaut sie mich an, lässt das Heft sinken und grinst.

»Weißt du, Vilho, ich versteh ja noch kein Englisch. Aber die Geschichte fetzt. Obwohl die Mischung ’n bisschen schräg ist. Zombies und Engel. Das ist doch Blödsinn. Ich denke –«

Sofort bin ich bei ihr, versetze ihr eine schallende Ohrfeige und reiße ihr das Heft aus der Hand. Sie greift sich an die Wange und blickt mich aus schreckensweiten Augen an. Sie kann es ebenso wenig fassen wie ich, der ich hastig die Hefte zusammensammle und sie zurück in die Blechschatulle schiebe, die ich sofort wieder verschließe.

Mit finsterem Blick hebe ich den Zeigefinger und klinge so streng wie schon lange nicht mehr. »Du … du bist selber schuld. Wir hatten eine klare Abmachung. Und die betraf das Geld.« Sie starrt mich ungläubig an. In ihren Augen glaube ich es schimmern zu sehen. Doch ich bleibe streng. »Ernsthaft, Hanna … oder wie auch immer. Es ist mir auch egal, wie du heißt, wer du bist, wie du hier reinkommst. Verstehst du?« Sie sitzt reglos. Zwinkert nicht einmal, während ihre Augen sich mit Tränen füllen. Doch ich will, dass sie es begreift: »Das hier ist nicht witzig. Du hast kein Recht, in mein Zimmer zu kommen und in meinen Sachen rumzuschnüffeln. Verstanden?«

Von einem Augenblick auf den anderen verfinstert sich ihr

Blick. »Weißt du was, Vilho? Fick dich. Jawohl, Mann. FICK DICH!«, schreit sie, springt vom Bett, schlägt mit aller Wucht die Tür zu und ist verschwunden.

Ich höre, wie Huck ihr nachpfeift.

Ein Teil von mir möchte ihr hinterher und sich entschuldigen. Aber es ist nicht der Teil, der Beine hat. Also bleibe ich stehen, schließe die Augen, versuche ruhig zu atmen und abzuschätzen, wer mich heute wohl noch alles beschimpfen wird. Ich bin mir sicher, dass das Kind sich hier nicht mehr reinschleichen wird. Sie ist hierhergekommen, weil sie mich mochte. Mich spannend fand. Neugierig war. Aber jetzt hasst sie mich, so viel ist sicher.

Trotzdem beschließe ich, mich morgen um ein Schließfach für mein Geld und die Schatulle zu kümmern. Sei es ihretwegen, der Wegelagerer halber oder für den Fall, dass der Troll seine Pension der Versicherung wegen abzufackeln beschließt. Die Kopfschmerzen, die mich umgehend befallen, sind schlimm genug, dass sie sich nahtlos in den Tagesverlauf einfügen. Ich verbringe noch ein wenig Zeit damit, keine Kopfschmerztabletten zu finden, bevor ich mich wieder auf den Weg mache.

Mein Zimmer schließe ich zwei Mal ab, nachdem ich Geld und Blechdose im Spülkasten der Toilette versteckt habe, und mache mich, im Bestreben, ihn im Copyshop ausdrucken zu lassen, mit Don Quijote auf einem Speicherstick und zwei imaginären Freunden im Gefolge auf in die Südvorstadt.

Digga fehlt. Der Scheißbart juckt. Meinen beiden imaginären Begleitern habe ich befohlen, im Flur zu warten, wo der kleine Prinz Huck etwas aus Karlsson vom Dach vorliest.

Herr el Hawa hat Gerhardt, den einarmigen Alten aus dem Park, etwas anderes schreiben lassen. Eine Geschichte über

Blutwurst. Er versucht jedoch gar nicht erst, sie vorzulesen. Stattdessen fragt er mich, ob ich sie mir später vielleicht einmal anschauen wolle. Seltsamerweise willige ich ein. Ich, der ich mir meinen Seelenfrieden über die Jahre an Dutzenden rechtschreibschwachen Kurzgeschichten, Romanideen und anderen Beleidigungen, die sich einem unschuldigen weißen Blatt Papier antun lassen, ruiniert habe. Der ich mir zwischen Einhörnern und Engeln geschworen habe, niemals wieder auch nur ein einziges Manuskript zu lesen, das mir mit der Bitte um meine Meinung angereicht wird. Weil sie Zeit kosten. Und Nerven. Weil drei Viertel davon so überflüssig wie ein Einbeiniger auf einer Arschtrittparty sind und weil sie körperliche Schmerzen verursachen können. Sei es, weil man sich während des Lesens plötzlich in dem Teil der Hölle wiederfindet, wo die Grammatik sich dem wirren Geist des Autors beugt, oder jener Autor sich in seiner Ideenfindung so weit hat inspirieren lassen, dass er der Einfachheit halber gleich irgendwo abgeschrieben hat. In der Zeit, da ich mich durch eitle Freude noch ob einer von mir erbetenen Meinung hinreißen ließ, mir die Laune zu verderben, habe ich Dinge lesen müssen, die Reich-Ranicki in ein frühes Grab gebracht hätten.

Mirko, geht mir durch den Kopf. Mirko Rindsbein, der mir einst nach einem Workshop in Frankfurt ein zerfleddertes Manuskript von 1000 Seiten rübergeschoben hatte. Weil ihm an meiner Meinung so viel gelegen sei. Und ich hatte ungefähr 500 Seiten wertvolle Zeit vergeudet, bevor mir klar wurde, dass ich eine Splatterversion von Jim Knopf mit sinnlos aneinandergereihten Sexszenen in der Hand hielt, diese Dreizehn definitiv zu wild war und Mirko schlicht einen der größten Märchenmagier des 20. Jahrhunderts geschändet hatte.

Als sich jetzt aber dieser verwahrloste alte Mann in seinen ungewaschenen Klamotten zu mir hinüberbeugt und mir einige, von einem Gummiband zusammengehaltene, Seiten reicht, bin ich nicht einen Moment versucht, mich zu weigern. Auch wenn das, was er schrieb, mich vermutlich weder interessieren noch beeindrucken wird. Aber darum geht es gar nicht, jetzt und hier, in der Wohnung el Hawas, wo womöglich einer, dessen Kartoffelmärchen niemanden interessiert, lediglich empathisch mit einem ist, dessen dramaturgischen Blutwurstgedanken Ähnliches droht.

Ich nicke Gerhardt zu. Und das Lächeln, das die Falten seines Gesichtes in Richtung der Ohren zieht und einige seiner verbliebenen Zähne freilegt, scheint mir – Grammatik und Originalität hin oder her – jede Minute wert, die ich seinen Worten widmen werde. Ein Lächeln, wie es sich nur heimliche Hinterzimmerverbündete zu schenken vermögen und das ich in der wohligen Gewissheit erwidere, dass Gerhardt sich in seiner Geschichte gewiss nicht an Michael Ende vergehen wird.

Plötzlich beginnt der Alte zu husten. Es fängt leise an, wird aber schnell schlimmer. Ein hässlicher trockener Husten. Gerhardt ringt nach Atem. Ich schaue hilflos in die Runde, fürchte, dass er sich an etwas verschluckt hat, und will ihm auf den Rücken klopfen. Doch er winkt ab, fingert mit seinem verbliebenen Arm einen kleinen verbeulten Inhalator aus der Tasche und nimmt erst einen und dann einen weiteren Hub. Kurz darauf atmet er wieder ruhiger.

»Na, gut dass du dieses Mal dein Spray dabeihast«, sagt Ruth leise.

»Genau, nicht wie damals, als sie dich mit ihrem Zwergbus ins Krankenhaus fahren musste«, ergänzt Venus, während Gerhardt seinen Inhalator wieder einsteckt und mit Hand und Mund ein paar Plapperbewegungen macht.

El Hawa räuspert sich in seinem Sessel. »Wenn das also geklärt ist und wir unser Asthma-Abenteuer überstanden haben, würde ich gern weitermachen.«

Dabei fällt mir auf, wie sehr sich sein Gesicht von Gerhardts unterscheidet, obwohl beide alte Männer sind; zwei Labyrinthe aus Falten, wie sie verschiedener nicht sein können. Als hätten zwei völlig unterschiedliche Künstler sich mit verschiedenem Werkzeug über ein und dasselbe Material hergemacht, um es über die Jahre zu bearbeiten.

Im Flur beschwert sich Huck Finn und nötigt den kleinen Prinzen, ihm etwas aus der *Geschichte der O* vorzulesen. Ich erwäge einzuschreiten, kann meinen imaginären Jugendschutzsachverständigen jedoch zurückhalten.

Flink stecke ich Gerhardts Geschichte in meine Tasche, wir setzen uns aufrecht hin und geben dem Meister zu verstehen, bereit zu sein.

Zufrieden nickt der Geschichtenerzähler, schaut einmal in die Runde und hebt an: »Wie gesagt, die bedeutendsten Geschichten sind womöglich niemals geschrieben wurden, oder sie haben, wie in der Legende um Sheikh Halik, die Zeit nicht überdauert. Weshalb ich mir besagte Geschichte auch auszudenken erlaubt habe.«

Mit verschmitztem Lächeln richtet er einen Zeigefinger auf das Poe-Mädchen, das, ohne den Blick von seinem Notizbuch zu heben, offenbar geschmeichelt errötet.

»Aber Sie haben doch gesagt, dass es ihn wirklich gegeben hat«, empört sich die Hexe und verschränkt die Arme vor der Brust und einer Reihe imposanter Talismangehänge.

»Ernsthaft? Sie haben uns belogen?« Ruth blickt Herrn el Hawa vorwurfsvoll an.

Der scheint keineswegs ein schlechtes Gewissen zu haben. »Das stimmt gewissermaßen. Wobei ihr freilich bedenken solltet, dass es hier weder um Religion noch Politik geht und ich euch weder in den Krieg schicken noch um euer Geld bringen will.«

»Gelogen bleibt es trotzdem«, setzt Ruth mit dem Tonfall eines Menschen im Recht nach.

»Natürlich ist es das. Aber das muss es auch sein«, entgegnet der Geschichtenerzähler betont ruhig.

»Sie meinen, Sie müssen uns belügen?«, schimpft die Hexe.

»Nein. Aber ich bin hier, um euch etwas über Geschichten, über Literatur nahezubringen. Und Literatur, meine lieben Freunde, ist nichts anderes als die zärtliche Lüge.«

»Wie bitte?«, fragt die Hexe ungläubig.

»Er sagt, dass alles Geschriebene gelogen ist«, sagt Ruth.

»Nein, das sagte ich nicht«, widerspricht el Hawa.

»Aber … Aber …«

»Du darfst das Adjektiv nicht vergessen. Ich sprach von der zärtlichen Lüge. Was ihr Wesen, wenn man nicht nur des Geldes wegen schreibt, maßgeblich verändert, da sie in einem solchen Zusammenhang weniger zum Vorteil des Lügenden, sondern dem des Belogenen ersonnen wird. Obwohl sie dadurch freilich nicht wahrer wird.«

Bei seinen Worten, besonders dem Teil mit dem Geld, läuft es mir kalt den Rücken hinunter. Vielleicht weil ich vor langer Zeit selbst ein zärtlicher Lügner gewesen bin – bis der Erfolg mir die Zärtlichkeit austrieb und ich es doch der Kohle wegen tat. Einen Lidschlag lang habe ich sogar das Gefühl, dass el Hawa mich bei seinen Worten anschaut. Im nächsten Augenblick aber meldet Venus sich wieder, und er wendet sich ihr zu.

»Aber Sie werden doch trotzdem nicht behaupten wollen, dass die komplette Weltliteratur erlogen ist?«

Der Geschichtenerzähler senkt schmunzelnd den Kopf. »Nun, selbst wenn es uns gegeben wäre, die Wahrheit zu verstehen, bedeutete das nicht, dass wir sie anderen angemessen zu vermitteln vermöchten. Denn wann immer wir es versuchen, wickeln wir diese Wahrheit, um ihr gerecht zu werden oder sie verständiger darzustellen, in unsere eigene Wahrnehmung, Meinung und Haltung. Allein wenn wir, um etwas vermeintlich Wahres zu beschreiben, eines von drei möglichen Worten wählen, beugen wir besagte Wahrheit. Was immer also auch das rechte Gefäß zum Weiterreichen der Wahrheit sein mag, wir jedenfalls sind es nicht.«

Die Angesprochene schüttelt derart energisch den Kopf, dass die Pentagramme nur so wackeln. »Nein. Das glaube ich nicht. Dann wären schließlich alle Schriftsteller bloß Lügner.«

»Obwohl man in diesem Fall unbedingt zwischen guten und schlechten unterscheiden müsste!«, wendet Gerhardt ein.

Carmen blinzelt scheu hinter ihrem Pony hervor: »Poe sagte einmal: ›Die einzige angeborene Eigenheit der Dichtkunst ist Schönheit.‹«

»Nein. Das Wort ist Wahrheit, die der Dichter den Menschen bringt!« Venus von Hathor wirkt so zornig, als hätte el Hawa sie persönlich angegriffen.

»Na ja, wenn wir einmal annehmen, dass besagte Dichter davon ausgehen, die Wahrheit zu verkünden, und es letztendlich quasi nur versehentlich nicht schaffen, hätte Jamal selbstverständlich unrecht«, gibt Gerhardt zu bedenken und schaut mit trägem Blick erst die Empörte und danach den Geschichtenerzähler an.

Letzterer hebt die Hände und nickt ergeben, was seine Kritikerin augenscheinlich zufriedenstellt. Derart, dass sie nicht einmal bemerkt, wie Gerhardt el Hawa hernach zuzwinkert.

Schmunzelnd drehe ich den Kopf zur Seite und blicke in Carmens Gesicht, die sich, um nicht laut loszulachen, auf die Lippe beißt. Gehirnakrobatik wie diese hat mir gefehlt. Klugheit. Leichtigkeit. Spaß am Unsinn. Herumtoben im Synapsensandkasten. Ich habe mich lang nicht mehr so wohl gefühlt.

Ruth bemerkt zwar unsere Blicke, scheint jedoch den Zusammenhang nicht zu verstehen und macht, während el Hawa noch einmal ansetzt, stirnrunzelnd einige Notizen in ihr offenes Buch.

»Um aber noch einmal auf bedeutende Geschichten zurückzukommen: Es gibt darunter freilich auch solche, von denen wir nur denken, dass sie die Zeit nicht überdauerten. Das *Tractatus De Infallibilitate* zum Beispiel, das von einem Vorläufer Martin Luthers im fünfzehnten Jahrhundert verfasst wurde und dessen Existenz die katholische Kirche bis heute leugnet. Auch wenn sie seinen Autor, den Dominikaner Girolamo Savonarola, 1998 rehabilitierte und seligsprach. Nachdem sie ihn seinerzeit exkommuniziert und verbrannt hat.«

»Und wer sagt uns, dass Sie sich dieses Buch jetzt nicht auch ausgedacht haben?«, will Ruth misstrauisch wissen.

»Kannst es ja gerne googeln«, murrt Carmen leise.

»Aber nach einem Buch, das es nicht gibt, lässt sich ja nicht ganz so leicht suchen, oder?«, fragt Ruth und schaut in die Runde.

El Hawa nickt bedächtig. »Wenn du es fändest, hätten diejenigen, die wollten, dass es nicht existiert, schlechte Arbeit geleistet. Wobei das der Fall ist. Obwohl das Traktat tatsächlich nicht existiert.«

»Auf die Geschichte bin ich jetzt doch ein wenig gespannt.« Gerhardt beugt sich interessiert vor.

»Es ist eher eine Anekdote über die Macht der Worte und des Geschichtenerzählens.« El Hawa beugt sich etwas nach vorn und beginnt im Erzählton. »Der Dominikanerprediger Girolamo Savonarola prangerte Eitelkeit, Besitz und Missstände in der Kirche an und wurde mehrfach vom Papst in seine Grenzen verwiesen. Er schrieb mehrere Jahre an seinem Traktat, das er schließlich im Februar 1497, wenige Tage bevor er das Feuer der Eitelkeiten anfachte, fertigstellte.«

Gerhard nickt.

»Oh ja. Savonarola. Der ließ Scharen von Jugendlichen durch Florenz ziehen und im Namen Christi alles beschlagnahmen, was als Symbol für die Verkommenheit der Menschen gedeutet werden konnte – gleich, ob es sich um von ihm selbst bestimmte heidnische Schriften, pornografische Bilder oder Gemälde, Schmuck oder Kleidungsstücke handelte. Teilweise lieferten die Besitzer das Zeug selbst ab, um keinen Ärger mit ihm und seinen Anhängern zu bekommen. Und dann wurde alles zusammen auf einem riesigen Scheiterhaufen auf einem öffentlichen Platz verbrannt. Wobei Botticelli einige seiner Bilder angeblich sogar selbst in die Flammen warf.«

Ich blicke mich um, sehe die Hexe, wohl der Scheiterhaufenassoziation wegen, zusammenzucken. Gerhardt und el Hawa wechseln einen wissenden Blick, Carmen murmelt »Fegefeuer der Eitelkeiten«, während sie in ihr Notizbuch kritzelt, und Ruth scheint auf ihrem Stuhl eingenickt zu sein.

»Danke für den historischen Exkurs, Gerhardt.« El Hawa übernimmt das Wort. »Und ebenjener Savonarola, der der katholischen Kirche aufgrund seiner Radikalität und der von ihm gepredigten Armut ein Dorn im Auge war, verfasste besagtes Buch, dessen einzige zwei Abschriften wenige Monate später, im Mai des gleichen Jahres, mit ihm zusammen auf einem anderen Scheiterhaufen endeten.« El Hawa macht eine Pause, schaut in die Runde.

Wir warten ab.

Dann aber meldet Carmen sich zu Wort.

»Und das war jetzt die ganze Geschichte? Autor verbrannt, Buch verbrannt und fertig. Oder wie?«

»Nein. Keineswegs. Nicht fertig. Tatsächlich fehlt der interessanteste Teil dieser Geschichte. Savonarola gelang es nämlich, eine Sicherheitskopie seines Traktates anzufertigen.«

»Ich verstehe nicht. Dann existiert das Buch also doch?«, will die Hexe, die sich wieder beruhigt hat, wissen.

»Nein. Weil es sich genau genommen um eine Art *multimediale* Sicherheitskopie handelt.« Jetzt sieht der Meister uns staunen. »Die Savonarola tatsächlich innerhalb der zehn Tage zwischen seiner Exkommunikation und seiner Hinrichtung, zwischen Folter und Beichte, zu erstellen vermochte.«

»Hat er es heimlich an die Wände seines Kerkers geschrieben?«, fragt Carmen.

»Nein. Eingedenk der Folter glaube ich nicht, dass er dazu in der Lage gewesen wäre. Stattdessen brauchte er Verbündete. Einen für jeden der einzelnen Abschnitte seines Traktates. Und im Geheimen hatte er unter seinen Ordensbrüdern genügend Anhänger, dass diese sieben sich fanden.«

»Aber wie?« Gerhardt hängt an el Hawas Lippen.

»Die Beichte. Das Einzige, was der Papst dem Ketzer nicht verwehrte. Vor allem, da er sich schuldig bekannt hatte. Jeden Abend ließ man ihn beichten. Um das Ersinnen möglicher Fluchtpläne zu erschweren, jedes Mal bei einem anderen Mönch. Und in seiner Zelle beichtete Bruder Girolamo. Jeden Abend. Ob seiner Sünden lange und eingehend. Unter den Augen der Wachen, die ihn flüstern und bekennen sahen. Oder es zumindest zu sehen glaubten. Statt nämlich, dass die Brüder ihm die Beichte abnahmen, lernten sie, da sie eine Abschrift weder würden erstellen noch aus dem Kerker schmuggeln können, das Traktat. Auswendig. Jeder einen Abschnitt.«

»Was für eine grandiose Idee! Ein lebendes Buch!« Carmen lacht auf und schreibt hastig etwas in ihr Büchlein.

»So etwas in der Art. Auf die eindringliche Bitte Savonarolas hin ist das Werk, um seine Anhänger zu schützen, allerdings nie wieder niedergeschrieben oder gedruckt worden. Einzig von Mund zu Mund wurde es verbreitet, vervielfältigt. Und so haben seine Inhalte bis heute ihren Weg in manche Predigt gefunden. Savonarolas Erbe. Ein Rückbesinnen auf die Erzähltradition. Wo alle Geschichten ursprünglich herkommen.«

»Krass«, sagt Carmen.

Mir kommen die Buchmenschen aus Bradburys *Fahrenheit 451* in den Sinn, wie sie in einer Welt, in der Bücher verboten sind und verbrannt werden, diese auswendig lernen und in die Wälder fliehen, um sie zu bewahren. Lebende Bibliotheken.

»Wobei natürlich jeder, der die Inhalte weitertrug, sie veränderte«, fährt der Meister fort. »Savonarolas Wahrheit mit seiner eigenen mischte, sie der Erzählung wegen vereinfachte oder für die Hörer ausschmückte, sodass sich die nachfolgenden Auflagen teilweise sehr von der Erstveröffentlichung unterschieden. Die orale Tradition hat eben auch Schwächen.«

Die Formulierung verfehlt ihre Wirkung nicht. Carmen muss grinsen, wobei ihr Blick den meinen trifft, doch senkt sie sofort scheu den Blick, um sich wieder in ihr Notizbuch zu vertiefen. Ich muss lächeln. Nach allem, was heute vorgefallen ist, hätte ich nicht gedacht, im Lauf des Tages noch in solch eine Stimmung zu kommen. Eine Laune, die sich einen Wimpernschlag später in Fehlflirtlaune verkehrt, als mein Blick den der Hexe trifft, die mein Lächeln mitsamt der oralen Tradition offenbar auf sich bezieht. Dabei senkt sie den Blick nicht. Aber ich. Nur einen Lidschlag später fliegt die Tür auf und dort steht Digga, aka Tobias, aufgeregt einige Comics emporreckend, mit offenem Hosenstall, und wendet sich lautstark Herrn el Hawa zu.

»Die alten Dark-Knight-Ausgaben? Alle? Ernsthaft? Auf dem Klo?!«

»Nun ja, auf der Toilette lese ich gern Comics. Weil es schneller geht. Was dich aber offenbar nicht davon abgehalten hat, die vergangene halbe Stunde dort zuzubringen.«

»Kann ich mir die ausleihen?«, fragt Tobias, wartet das Nicken des Geschichtenerzählers nicht ab und verschwindet mit einer Handvoll Comics aus der Wohnung.

Als die Tür ins Schloss fällt, wendet el Hawa sich mir zu. »Ach ja, wenn du dich für Comics interessierst, die sind auf dem Klo.«

Ich erinnere mich an meine persönliche Geschichte mit Gothams Wächter. Daran, wie mein Vater mich mithilfe des dunklen Rächers an die Literatur herangeführt hatte. Seitdem hatte ich ihn, abseits der großen Leinwand zumindest, ein wenig aus den Augen verloren.

»Ernsthaft? Batman?«, frage ich daher ungläubig. »Die Nolan-Trilogie im Kino fand ich ja auch ganz spannend, aber Comics? Ich dachte, es geht Ihnen um ernsthafte Geschichten, Literatur.«

»Ist das ein Widerspruch?«

»Na ja, als Kind hab ich so was ja auch geil gefunden. Aber im Endeffekt sind es doch billige Bildergeschichten, die meiner Ansicht nach …«

»Hallo? Überleg mal, was du sagst! Batman ist so was von Shakespeare!«, ergreift das Poe-Mädchen, das ich noch nie so engagiert gesehen habe, empört Partei für die Comic-Ikone.

»Da hat sie recht«, meint Gerhardt. »Aus so einer Figur, einem Waisenkind, das sich unter Zuhilfenahme einer Maske der Bekämpfung des Verbrechens verschreibt und später von der Gesellschaft geächtet wird, hätte Shakespeare mit Sicherheit ein weiteres Stück gemacht, das heute noch gespielt werden würde.«

»Vor allem wenn das Ganze in einer verderbten Stadt wie Gotham spielt«, fügt Carmen hinzu.

Vom Flur aus bestätigt Huck Finn, dass Batman das genauso sehen würde.

In meinem Hinterkopf sehe ich schemenhaft Shakespeare, wie er an einem verzogenen Holzpult, die Feder in der Hand, *The Midknight of Gotham* skizziert, bin aber irgendwie nicht bereit, die Figur des schwarzen Rächers in den literarisch bedeutsamen Kanon der Weltgeschichte einzureihen.

»Ich lese ja auch Comics. Aber es ist eben doch ein Unterschied. Und zwar nicht nur, weil meine Eltern mich davor gewarnt haben, sondern auch, weil ich in meinem Regal SpongeBob einfach nicht zwischen Goethe und Thomas Mann stehen sehen will.«

»*Batman bei den Buddenbrooks!* Das gefällt mir!« El Hawa springt auf. »Stellen Sie sich nur den Esstisch jener alteingesessenen Kaufmannsfamilie vor: Alles ist ganz furchtbar bürgerlich, und alle sitzen sie dort, in einer Reihe wie die Orgelpfeifen, mit ernsten Mienen, das Besteck auf den Tisch gestützt, als ob sie einen Stock im Hintern hätten. Und plötzlich sitzt dazwischen: Batman! Stock im Arsch, Besteck in der Hand.«

Etwas in mir verweigert sich dieser Vorstellung. Keine Ahnung, ob es an Batman oder Thomas Mann liegt. Zweiteren hatte meine Deutschlehrerin mir einmal zu verehren nahegelegt. Das hab ich auch getan. Bis Willi daherkam, zwei Stunden über ihn geschimpft und ihn von einem Nobelpreisträger in einen übergriffigen Despoten verwandelt hat.

»Wow. Batman ist ein Buddenbrook«, staunt Carmen, und Ruth kratzt sich am Kopf.

»Und verbringt, um seinen Vater stolz zu machen, den größten Teil des Tages im Kontor, wo er sich den Mysterien des Rechnungswesens widmet.« Gerhardt grinst vor sich hin.

»Verzeihung, aber wer ist Batman?«, will Venus wissen.

Gerhardt lacht auf. »Na, Tobi hätte wohl eher nach den Buddenbrooks gefragt.«

»Aber das ist doch Unsinn. Das ist, als ob man Äpfel mit Birnen vergleicht!«, versuche ich, das Gespräch wieder auf Kurs zu bringen, worauf el Hawa gelassen entgegnet:

»Was ja auch angemessen ist, wenn man über Obst redet.«

»Liegt alles nur in der gesellschaftlichen Wahrnehmung«, sagt Carmen. »Wenn du zum Beispiel den Leuten erzählst, dass du ›Comics‹ zeichnest, klingt es eben weniger gut, als wenn du von ›Graphic Novels‹ sprichst. Auch wenn's das Gleiche ist. Hat Gaiman mal gesagt.«

Bemüht, mich versöhnlich zu geben, schaue ich das Poe-Mädchen an. »Das klingt wirklich interessant. Obwohl ich dir natürlich nicht uneingeschränkt recht geben möchte, würde ich mich mit Freuden ein wenig mehr darüber unterhalten …«

Carmen kann nicht unterdrücken, dass ihre Mundwinkel zucken. Venus verzieht das Gesicht. Gerhardt schmunzelt, Ruth bemerkt nichts, und el Hawa klatscht in die Hände, um unsere Aufmerksamkeit zu bekommen.

»Ich denke, das reicht für heute. Ihr könnt ja vielleicht einfach mal darüber nachdenken, was aus Bruce Buddenbrook wohl geworden wäre, wenn er in jene Kaufmannsdynastie hineingeboren worden, mit solchen Eltern aufgewachsen und Alfred ein Johann gewesen wäre. Und natürlich, wie so eine Bathöhle in Lübecks Kanalisation ausgesehen hätte.«

»Was ist denn mit der Alice-Geschichte?«, frage ich und wedle mit meinem Reclambuch.

»Diese Frage kann ich mit einem klaren Ja beantworten«,

entgegnet el Hawa, stützt sich auf seinen Stock und bedeutet uns, uns zu erheben.

Ich sehe, wie Ruth der Eso-Hexe heimlich ein paar beschriebene Seiten reicht. Womöglich ihre Alice-Geschichte, vielleicht auch eine ältere. Über die Dressur von Silberfischchen. Was auch immer. Jedenfalls eine dieser Aufgaben, die der Meister stellt, ohne sich für das unmittelbare Ergebnis zu interessieren, weshalb die anderen ihre schriftstellerischen Ergüsse schlussendlich wohl untereinander austauschen, um so neben ihrem Bewusstsein von Geschichten ihren Zusammenhalt als Gruppe zu stärken. Unseren Zusammenhalt. El Hawa scheint genau zu wissen, was er tut. Und diese Zusammenkunft wirkt plötzlich weniger wie ein Haufen gescheiterter Existenzen als vielmehr wie eine eigentümliche Heldengruppe.

Carmen tritt neben mich und meint, sich tatsächlich gern noch ein wenig mit mir über Comics, Graphic Novels und Batman unterhalten zu wollen. Dabei vermeidet sie zwar die Erwähnung der oralen Tradition, flirtet aber mit ihren Augen auf Faun komm raus. Zurückhaltend, aber nachhaltig bekräftige auch ich meine Bereitschaft, woraufhin sie meint, dass wir dafür vielleicht zu ihr gehen sollten.

Ich kenne den Tonfall, den sie anschlägt, und halte es durchaus nicht für unwahrscheinlich, diese Nacht nicht in der Pension zu verbringen. Ich sehe, wie die Hexe mich, bevor sie den Raum verlässt und ihren Waldschratstrickmantel überwirft, böse anfunkelt. Was mich jedoch nicht weiter schert, weil ich, wenn es mir gelingt, zu ignorieren, dass dieses Mädchen meine Tochter sein könnte, und es schaffe, Huck und den Prinzen irgendwo auszulagern, heute mit etwas Glück die Gelegenheit bekomme, meinen Ausrutscher an Hanna und meine Probleme mit Jan, ganz zu schweigen von denen mit den Orks, zu verdrängen.

TEIL II

BATMAN BEI DEN BUDDENBROOKS

»Jeder Mensch erfindet sich früher oder später eine Geschichte, die er für sein Leben hält, … oder eine ganze Reihe von Geschichten.«

MAX FRISCH (1911–1991):
MEIN NAME SEI GANTENBEIN

KAPITEL XII

… in dem sich der Held an einem verdammt persönlichen Punkt befindet, eine schauderhafte Entdeckung machen muss und schließlich etwas entdeckt, das dort so nicht hingehört

Im Licht einiger Kerzen bewegt meine Hand sich über das Papier. Nach und nach, Spalte um Spalte, füllt sich das vor mir liegende Buch mit Buchstaben und Zahlen. Summen, Mengen, Gewicht. Kurantmark und Getreide. Ich verstehe nichts von dem, was ich hier zu Papier bringe. Dann bemerke ich das Datum am oberen Rand der Seite und stutze: 03.08.1842. Ebenso verwundert bemerke ich, dass es eine stählerne Schreibfeder ist, die da in meiner Hand liegt. Stirnrunzelnd blicke ich in das Tintenfass daneben, das mich wie ein großes schwarzes Auge anzustarren scheint. Ich hebe den Blick, suche nach meinem Laptop. Und begreife, dass ich weder daheim noch in der Pension, geschweige denn hier oder jetzt bin. Alles um mich herum ist aus Holz. Es riecht nach Staub und Papier. Um mich herum befinden sich deckenhohe Regale voller Bücher vor grob gemauerten Wänden.

Der Schreibtisch steht vor einem verzogenen Fenster. Draußen, im kargen Licht der späten Dämmerung, kann ich jenseits einer von Gaslaternen beschienenen Straße Schiffe im Wasser ausmachen.

Wo zum Geier bin ich hier? Da flammt draußen vor dem Fenster etwas auf. Grelles Licht wie von einem riesigen Scheinwerfer durchschneidet das Dunkel und im nächsten Moment zeichnet sich hoch über den Masten der Schiffe auf den Wolken ein Zeichen ab: *Das Batsignal!*

Jetzt erst gewahre ich im Fenster die Spiegelung der spitzohrigen schwarzen Maske, unter der sich mein Gesicht befindet, und das schwarze Cape, das über der Lehne des Stuhles liegt. Ich blicke noch einmal nach draußen, hoch zum Himmel, und weiß, was zu tun ist! Ich lege die Feder beiseite, schlage das Buch zu und springe auf, um hinauszueilen. Neben mir spüre ich eine Bewegung, wende den Kopf und sehe einen älteren Herrn mit Ärmelschonern, der mich kopfschüttelnd über den Rand seiner Brille hinweg anblickt und mir bedeutet, mich wieder zu setzen und meine Arbeit zu machen.

Schweißgebadet wache ich auf und blicke mich um. Hier und jetzt. Nur ein Traum. Gut. Besser noch, dass ich neben einer jungen Frau mit einem Faible für Literatur erwache. Das ist vielleicht ein Privileg derer, durch deren Adern Tinte fließt; ein kleiner Ausgleich dafür, dass sie sich schneller erhitzt und abkühlt als das Blut ihrer Mitmenschen. Ich genieße den Vorzug, neben Frauen wie dieser aufwachen zu dürfen, die zu erobern es Worte bedarf, die größer als die Taten anderer sind.

Dass ich drei Meter entfernt von ihr erwache, auf einem Klappfuton und unter einer Kunstwebpelzdecke, die sich wie eine falsche Katze anfühlt, ist wohl darauf zurückführen, dass mir die vergangene Nacht nicht genug Zeit bot, alle zur Eroberung nötigen Worte auszusprechen.

Dabei bin ich durchaus der Meinung, mich nach dem Aufriss des Orks nach der Buchpremiere gesteigert zu haben. Wobei mir prompt die Sache mit der Schwangerschaft in den Sinn kommt, von der ich nicht weiß, ob es sich dabei um einen schlechten Scherz oder einen Versuch handelt, einem leidlich berühmten Autoren am Sack vorbei in die Tasche zu greifen.

Ich kratze meinen wuchernden Bart und blicke mich um. Stumm starren die leeren weißen Wände auf mich hinab. Das Licht, das durch die verbeulten Lamellen der billigen Jalousien fällt, lässt vermuten, dass die ehrlichen Leute dort draußen längst ihrer Arbeit nachgehen.

Auf dem Parkettboden wirken die beiden schmalen Matratzen wie zwei voneinander wegdriftende Flöße, zwischen denen, papierenen Bojen gleich, das gesammelte Werk von Poe, *Die unendliche Geschichte, American Gods* und *Imagica* dahintreiben. Allesamt abgegriffen, vergilbt, die Seiten wellig und mit Dutzenden Lesezeichen versehen, als ob Bücher und Besitzerin lang schon miteinander unterwegs sind. Irgendwie bin ich froh, dass Carmen nicht nur einen E-Reader besitzt. Und dass sich keines meiner Bücher darunter befindet. Edgar Allan Poe, Michael Ende, Neil Gaiman und Clive Barker. Epische Titel, an denen ein Ertrinkender sich getrost festklammern kann. Aber eine miserable Frauenquote. Daneben zwei leere Weinflaschen und obenauf der Vogelkäfig mit dem Kunststofffisch darin, der mich ausdruckslos anglotzt, als ob er sich fragt, warum ich mit meiner Matratze nicht längst weitergetrieben bin.

Vergangene Nacht hat sie mir erzählt, was es mit ihm auf sich hat. Das meiste habe ich wieder vergessen, aber ich weiß noch, dass er Visch heißt und dass nur sehr wenige Menschen verstehen, was er sagt. Vermutlich nur Leute, die Plastik sprechen.

Sie hat mich gestern gefragt, ob ich ihn haben möchte. Ich hätte ihn vermutlich nicht einmal angenommen, wenn sie nüchtern gewesen wäre. Weil er zu ihr gehört, zu diesem seltsamen Mädchen, demzufolge es exakt vier Bücher braucht, um einen Menschen zu charakterisieren. Jene, die er auf eine einsame Insel mitnehmen würde. Nicht eines, zwei oder drei, sondern exakt vier. Damit sich zwischen dem einen Buch, das dem Menschen am wichtigsten ist, und dem, das ihm weglassbar erscheint, sein Selbst in zwei weiteren Titeln entfalten kann.

Diese vier, sagte sie, habe sie mitgenommen. Seit es ihren E-Reader in der Badewanne zerlegte, habe sie in ihrem Rucksack nicht viel mehr als ihr Schreibzeug und diese paar zerlesenen Kolosse. Wechselwelten statt Wechselklamotten. Sie ist wirklich sonderbar.

Als ich draußen auf dem Flur Schritte höre, fällt mir ein, dass dies nicht ihre Wohnung ist. Dass sie hier nur unterkommt, wenn sie in Leipzig ist, und es besser wäre, wenn niemand bemerkt, dass ich über Nacht geblieben bin.

Ich richte mich auf, schiebe die falsche Katze zur Seite und spüre im gleichen Moment ein dumpfes, derbes Pochen in meinem Schädel. Ich erinnere mich dunkel an Kopfschmerzen dieser Art, wie ihn nur wirklich billiger Rotwein hervorruft, den man, um ihm gerecht zu werden, ehrlicherweise in Tetrapaks füllen oder gleich in den Ausguss kippen müsste. Wein, wie Studenten und Möchtegernautoren ihn trinken, weil man statt einer fünf Flaschen bekommt und der Stoffwechsel eines Dichters Rotwein in Tinte verwandelt, die einem so weit ins Blut übergeht, dass man das Privileg bekommt, neben schönen Frauen aufzuwachen.

An der Wand hängt ein goldener Plastikrahmen, der mich an die Stillleben im Flur der Trollherberge erinnert. Aber dieser hier ist beinahe leer. Er umrahmt lediglich einen schwarzen, direkt auf die Wand gemalten Punkt. Ich versuche, mich daran zu erinnern, was er bedeutet. Beinahe eine halbe Stunde hat

Carmen gestern damit zugebracht, es mir zu erklären, aber alles, was ich noch zusammenbekomme, ist, dass das Kunstwerk den Namen *Point* trägt, was französisch ausgesprochen wird, und dass es verdammt persönlich ist.

Verdammt. Mein Kopf brummt. Und meine Gedanken kleben mehr aneinander als üblich. Vermutlich verträgt der Alkohol sich nicht mit dem Diclofenac. Ich betrachte die beiden leeren Flaschen hinter den Büchern; unweit davon die Gläser auf dem Boden. Eines ist umgefallen und hat eine angetrocknete Lache auf dem hellen Parkett hinterlassen. Carmens Hand schwebt direkt darüber. Ihr nackter Arm, der wie ein verwegener Fremdkörper unter einer braunen Fleecedecke hervorragt, ist das Einzige, was ich von ihr sehen kann. Auch an der Spitze ihres Zeigefingers erkenne ich angetrocknetes Rot und bemerke kurz darauf, dass sie offenbar etwas in die angetrocknete Weinlache hineingeschrieben hat. Um es lesen zu können, muss ich meine Brille aufsetzen.

ROSEBUD.

Goth noch eins, dieses Mädchen ist unglaublich. Schmunzelnd schiebe ich mich von meinem schiffbrüchigen Futon und schlüpfe, ihrem Wunsch gemäß, so unbemerkt wie möglich unter den teilnahmslosen Blicken des Vischs in meine Klamotten.

»Guten Morgen, mein Freund«, brummt eine tiefe Stimme von der anderen Seite des Raumes her.

An der Stelle, wo gestern der Kleine Prinz an Huck Finns Schulter gelehnt eingeschlafen ist, sitzt ein riesiger brauner Bär. Balu. Neben ihm ein verwachsener kleiner Mann mit rotgold wallendem Haupthaar in einem prunkvollen Gehrock. Da ich nicht sicher bin, um wen es sich handelt, frage ich mich, wie unhöflich es ist, imaginäre Freunde nach ihrem Namen zu fragen. Dann spricht der Wicht, und aufgrund seines Morgengrußes, der zu wohlklingend und charmant für Rumpelstilzchen ist, komme ich zum Schluss, dass es sich um Klein Zaches handeln muss.

Man kann über Jans bunte Pillen sagen, was man will, aber über Abwechslung kann ich mich nicht beschweren.

Meinen Finger auf die Lippen legend, bedeute ich meinen beiden eingebildeten Gefährten, ruhig zu sein, und ziehe meine Schuhe an. Das erste Mal seit Tagen habe ich dabei das Gefühl, dass mit meinem Bein etwas nicht stimmt. Es tut nicht weh, fühlt sich aber irgendwie merkwürdig an.

Lächelnd werfe ich noch einen kurzen Blick auf Visch, Rosebud und Point und komme nicht umhin, Carmen einfach wundervoll zu finden.

Als ich mich zum Gehen wende, klettert Klein Zaches auf Balus Schultern, und zu dritt schleichen wir in Richtung Tür. Dabei stoße ich versehentlich eine der Flaschen um, die laut über den Boden rollt, bis Carmens Matratze sie stoppt.

Balu und ich frieren in der Bewegung ein. Die Fleecedecke gerät in Bewegung, hebt sich, und Carmen blinzelt mir entgegen.

Zu beiden Seiten eines schwarzen Tanktops schimmern ihre bleichen Schultern. Dazwischen baumelt ihr kleines Ankh, bei dessen Anblick ich unweigerlich an Death aus dem *Sandman*-Universum denke. Unter dem Top erahne ich ihre kleinen festen Brüste. Ihr rotweininduziertes Abschminkversäumnis wirkt zauberhaft, die verlaufene Schminke verleiht ihrem Gesicht etwas verzweifelt Anbetungswürdiges. Aus ihrer Stimme hingegen klingt mehr Rotwein als Liebreiz und noch ein bisschen Räuber Hotzenplotz, als sie mir zuraunt: »Willste schon gehen?«

Klein Zaches betrachtet sie, nickt anerkennend und meint, dass ich mir da ein hübsches Liebchen ausgesucht habe.

Sie blinzelt zu den Jalousien. »Och, Scheiße.« Sie lässt ihren Kopf wieder auf die Matratze sinken, deren oberer Teil bei genauerem Hinsehen ein interessantes Muster aufweist. Art Brut de la Bohème. Eine Mischung aus Rotwein und Kajal, wie ich sie seit gut zwanzig Jahren nicht mehr gesehen habe.

»Pass nach Möglichkeit bitte auf, dass dich keiner sieht«, nuschelt Carmen in die Matratze.

»Soll ich heute Abend vielleicht …?«

»Bin ich in Berlin.«

»Na dann, bis nächstes Mal.«

»Gehab dich wohl, alter Mann.«

Alter Mann. Hat sich was mit Liebreiz. Ich muss trotzdem grinsen, versichere mich vorsichtig, dass niemand im Flur ist, und will gerade mit meinem Bären und meinem Zwerg verschwinden, als die Matratze in meinem Rücken mir noch dumpf zuflüstert: »Schuld'st mir noch vier Bücher.«

Womit Fräulein Hotzenplotz vollkommen recht hat.

Ich bin auf meine Antwort mindestens ebenso gespannt wie sie. Und nicht zuletzt auch darauf, wie ehrlich sie ausfallen wird.

Der dumpf rumpelnde Koloss der Straßenbahnlinie 2 trägt uns von einem Ende der Stadt zum anderen. Die Bahn besteht aus den alten Wagen, verbeult und wenig stromlinienförmig, in denen es zieht und laut ist, während sie mit mehr Charme als Funktionalität gesegnet sind.

Als ich mich setze, bemerke ich das Reclambuch, das noch immer in meiner Gesäßtasche steckt. *Alice im Wunderland.*

Meine vorgestellten Freunde sitzen mir gegenüber. Klein Zaches sieht teilnahmslos aus dem Fenster, und Balu brummt mir leise zu, dass er Carmen auch ganz nett findet. Ich gebe zu, das ganz ähnlich zu sehen, derweil Klein Zaches dreckig auflacht.

Doch die Bahn ist lauter als er. Und jedes Mal, da das greise Ungetüm sich auf seinen Schienen in die Kurve legt, knirscht und kracht es in seinen gealterten Gelenken, als versuchte dieser metallene Lindwurm, ganz eigene Geschichten zu erzählen.

Geschichten ... Meine Gedanken schwirren zu letzter Nacht, in der Geschichten seit Langem wichtiger als Berührungen waren. Als ich mit ihr ging, dem Poe-Mädchen, dem Goth-Girl, Carmen, der kleinen Verrückten mit ihrem Visch im Vogelkäfig, hatte ich gepflegten Beischlaf im Sinn gehabt und war völlig überzeugt gewesen, dass es ihr ganz genauso ging. Weil ich mindestens so geistreich wie übergewichtig, mein Charme immens und ich fraglos Gottes besonderes Geschenk für besondere Frauen bin und nicht einmal ich selbst Nein zu mir hätte sagen können. Bei einem Glas Rotwein braucht es erfahrungsgemäß selten mehr als zwei Ideen, ein wenig Empathie und die richtigen Worte, bevor es zweideutig wird.

Nur, dass die Ideen dieses Mal interessanter gewesen waren als ich und Carmens Gedanken spannender als ihr Körper. Und es kaum eine halbe Stunde brauchte, bis ich mich von einem triebigen Idioten in etwas verwandelt hatte, das ich lange schon nicht mehr gewesen war: ich selbst. Zusammen mit Carmen war ich, während Visch uns wortlos zuschaute, von *Max & Moritz* über *Harry Potter* bis zu *Firefly* und *Artemis Fowl* getobt. Zusammen hatten wir bei Roald Dahl vorbeigeschaut, hatten unter Bruce Waynes kritischem Blick Superheldenstandpunkte zwischen Marvel und DC abgeglichen, unsere ComicCon-Erfahrungen ausgetauscht, ein gutes Dutzend Serien von Netflix und Amazon durchdiskutiert – und dabei vollkommen vergessen, was Männer und Frauen in solchen

Situationen für gewöhnlich taten. Ich war zurück gewesen auf dem Parkett, auf dem ich einst zu tanzen begonnen hatte: im großen Ballsaal der Nerds. Einer Bibliothek, in der man bleibt, bis man aus den Schuhen kippt. Von Seite zu Seite. Buch zu Buch. Mit seinesgleichen. Und beim zweiten Glas billigen Rotweins war mir zwischen Batman, Visch und Carmen aufgegangen, dass ich tanzte, seit ich in Leipzig angekommen war. Mit Jamal, Gerhardt, Ute, Häkelhagrid, und ja, selbst Venus von Hathor. Ich war zurück an dem Ort, den ich längst verloren geglaubt hatte. Einem Ort, an dem die wenigsten Geschichten sich in Gold verwandeln, Verkaufsargumente keinen beeindrucken, niemand an die Schwerkraft glaubt und jede Idee die Welt verändern kann. Ich war dort, wo ich hingehörte. Und vielleicht war es an der Zeit, mein eigenes Ich nachzuholen; Vilho Unterberg gehen zu lassen und wieder Aaron Tristen zu werden. Zeit, alle schwangeren und körperverletzten Orks sowie den diebischen Mirko irgendwie durchzustehen, um am Ende hier, im Ballsaal der Nerds, bleiben zu können.

Vielleicht wäre es das wirklich wert.

So sitze ich einem Bären und einem Gnom gegenüber auf einem abgewetzten Sitz mit gesprungener Plastikeinfassung und blicke zufrieden hinaus. Sehe diese Stadt an mir vorüberrauschen, meine neue Heimat, ihre alten Häuser, die sich mit neu gebauten abwechseln, begrünte Plätze, verfallene Industrieanlagen und zugleich der surrende Motor der Region. In seinen Außenbezirken stellenweise an die Trostlosigkeit Mordors gemahnend, erinnert es hinter dem Bahnhof beinahe an Gotham. Mir kommen el Hawas Bild von Batman bei den Buddenbrooks und mein Traum in den Sinn, und kurz glaube ich, einen spitzohrigen Schatten im Rücken zu spüren, der mir, während der alte Lindwurm von Mordor gen Gotham wankt, ein Gefühl von Sicherheit vermittelt.

In der Bautzmannstraße angekommen, muss ich feststellen, wie irrational dieses Gefühl ist, denn während ich mich im Ballsaal inmitten zahlloser Bücher gedankenverloren um mich selbst drehte, habe ich einen Teil der Gleichung komplett verdrängt: die Vojvods, die Motorradfahrer der Apokalypse, die noch immer wollen, dass ich vergesse, woran ich mich nicht erinnere.

Obwohl ich lediglich einen Glaser bei der Arbeit sehe, spüre ich die Bedrohung, weiß, dass etwas passiert ist, die wilden Horden sich vergangene Nacht aus dem Dunkel gewagt haben und das Lager des Helden nicht mehr sicher ist. Denn besagter Glaser kümmert sich, während ich zusammen mit Balu und seinem geschulterten Gnom näher komme, um die Eingangstür der Pension. Im Inneren, überall im kleinen muffigen Foyer vor dem Tresen verteilt, funkeln Splitter. Das, was von der ursprünglichen Tür noch übrig ist – der Rahmen mit ein bisschen gezacktem Glas –, lehnt an der Wand neben einer zerschmetterten Außenlaterne, in deren Fassung verzweifelt eine Glühbirne gegen das Licht der Mittagssonne anflackert.

»Das sieht gar nicht gut aus«, brummt Balu, und Zaches schüttelt genervt den Kopf.

Einige Blumenkübel sind ebenfalls zertrümmert. Die Erde hat der Troll offenbar so weit zusammengekehrt, dass niemand den Dreck mit reinträgt. Ich kann ihn von drinnen hören. Er ist offenbar am Telefon. Und schimpft. Was mich insofern beruhigt, als zumindest ihm nichts Schlimmeres zugestoßen zu sein scheint.

Weil ich nicht will, dass die beiden mir auf die Nerven gehen, bedeute ich Balu, dass er mit Zaches draußen warten soll. Sie protestieren leise, aber das ist mir egal. Seinen Wahnvorstellungen Grenzen setzen zu können, ist ein Zeichen von Reife.

Dem Glaser zunickend passiere ich ihn wortlos. Er ist ein grobschlächtiger Kerl im grauen Overall, der mit meinem Pensionsbetreiber verwandt sein könnte und mir dementsprechend nicht hilft, meine Vorurteile in Bezug auf Trolle und Inzest abzubauen. Ich fühle, wie er mir übellaunig nachschaut.

»Ach, und wofür bekommt ihr bei mir dann Sonderkonditionen?« Der Hausherr am Telefon klingt ernsthaft aufgebracht, und als ich ihn sehe, erschrecke ich kurz. Das Veilchen an seinem rechten Auge ist ein übler Düsterblüher. Die geschwollene Haut schimmert lila, glänzt ungesund. Daneben glaube ich, eine Ader auf seiner Stirn pulsieren zu sehen. Ein dunkler garstiger Wurm, angefüllt mit bitterböser Finsternis, die er unter die Schädeldecke des einstmals friedfertigen Hünen pumpt. »Nee! Du kannst mich mal mit deinem ›Tut mir leid‹! Fick dich. Ernsthaft. Was denn? Wenn ihr nicht mal ordentlich aufpassen könnt? Erzähl mir nix, Alter, ich hör, wenn du lügst, ich hab 'ne neunjährige Tochter!«

Neunjährige Tochter. Hanna-Lina? Das würde einiges erklären. Schließlich käme die Tochter des Trolls ohne Weiteres an alle Zimmerschlüssel.

Sein Gesprächspartner windet sich offenbar, weiß aber aus genügend Büchern und persönlicher Erfahrung, dass man einem tobenden Troll ebenso wenig entgegensetzen kann wie einer schimpfenden Lektorin. Derlei muss man über sich ergehen lassen, weil man es sonst nur schlimmer macht.

»Die halbe Pension haben diese Motorradkasper mir auseinandergenommen! Du und ich haben einen Deal, und darum wirst du, was immer der Scheiß kostet, mir die Hälfte davon zahlen. Oder ihr könnt künftig, wenn ihr ein paar Tage verschwinden müsst, gleich rüber nach Halle fahren!« Jetzt erst schaut er auf, bemerkt mich, hebt seine Hand und bedeutet mir, kurz zu warten. »Wat? Da wird nicht verhandelt. Die

Hälfte! Und damit kommst du noch gut weg. Wenn man bedenkt, dass ihr auf meinen Laden aufpassen sollt … Nee! Halt's Maul! Ja, ich dich auch. Genau. Ich lass dich wissen, was der Scheiß kostet. Bis bald!«

Der Troll legt auf, hakt seine Zeigefinger in die Hosenträger und kommt hinter dem Tresen hervorgehumpelt. So, wie er sich bewegt, hat nicht nur das Auge etwas abbekommen. Trotzdem lächelt er, als er mir freundschaftlich auf die Schulter klopft.

Kurz zucke ich zusammen, dann sage ich: »Ich vermute, dass Sie deswegen nicht die Polizei rufen werden, hm?«

Seine Mundwinkel heben sich, als wir uns im verwüsteten Foyer der Pension umsehen. Die Vandalen haben noch einen Schrank auseinandergenommen, ein Fenster eingeschlagen, den Tresen eingedellt und ein paar Leuchtstoffröhren zerschmettert, sodass uns eine Vielzahl verschiedenartiger Splitter vom Boden entgegenschimmert.

»Weswegen genau?«, fragt der Troll und lacht tonlos auf.

Es fällt mir schwer, mit einzustimmen, obwohl ich freilich verstehe, was er meint. An einem Ort wie diesem, ein bisschen jenseits von Recht und Gesetz, als Pendant einer zwielichtigen Taverne, wo sich in früheren Zeiten Söldner, Taschendiebe, Zauberer und Verräter dingen ließen, pflegt nichts zu geschehen, das eine Kraft von außen auf den Plan rufen würde. Keine Polizei. Keine Versicherung. Niemand, der Fragen stellt. So was regelt man hier untereinander. Auch wenn das nicht erklärt, warum er mich verschonen sollte, da die Vojvods die Pension sicher meinetwegen heimgesucht haben.

Gleich darauf packt mein Gegenüber mich hart an der Schulter und blickt mich ernst an. »Nun, geschätzter finnischer Gast, mag hier auch im Lauf der letzten vierundzwanzig Stunden nichts vorgefallen sein, sollten Sie doch wissen, dass, für den Fall, dass doch etwas vorgefallen wäre, was beispielsweise Ihre Besitztümer beträfe, es mir aufrichtig leidtäte, ja?«

Ich bemerke nur am Rande, dass der Troll plötzlich eine beinahe gebildete Sprache spricht. Vielmehr aber wird mir klar, dass mir das Wüten der Woiwoden ernsthaft Probleme bereiten könnte. Mit einem kleinen Wink deutet mein Gegenüber zur Treppe. In seinem Gesicht steht ehrliches Bedauern. Als ich mich langsam in Bewegung setze, rauscht das Blut in meinem Kopf. Meine Beine sind plötzlich eigenartig kraftlos. Ich spüre deutlich meinen eigenen Herzschlag. *Das Bargeld!*

Wenn ich mich entschließen sollte, mein Dasein als Vilho Unterberg in dieser Stadt aufzugeben und wieder Aaron Tristen zu werden, könnte ich darauf verzichten. *Aber die Schatulle!* Wenn die weg wäre und in die falschen Hände … Kaum dass dieser Gedanke sich in meinem Kopf manifestiert, greife ich nach dem Treppengeländer, um nicht umzufallen. Öffnete der Falsche diese Büchse der Pandora, gäbe es Aaron Tristen nicht mehr. Auf dem Treppenabsatz halte ich inne, sehe die offene Tür meines Zimmers, stütze mich auf meinen eigenen Knien ab und atme tief ein.

In diesem Moment, in dem ich fürchten muss, Willi und Heuvelmann nie wieder ins Gesicht blicken zu können, wünsche ich mir plötzlich jenes Leben zurück, das ich gerade erst mit Hingabe aufgegeben hatte.

Im Flur haben sie einige der Bilder von den Wänden gerissen, die Rahmen zerbrochen, Pin-ups zerfetzt. Die Lampen hier oben sind ebenfalls zerschlagen. Der ganze Flur ist ein Splittermeer aus Bilderrahmen, Glühlampen und Bierflaschen. Nur die Tür zu meinem Zimmer ist aufgebrochen; wahrscheinlich hat der Troll ihnen die Nummer verraten. Was hätte er auch anderes tun sollen.

Ich taste mich an der Wand entlang, bete innerlich das erste

Mal seit Jahren. Lass sie das Geld, den Laptop, lass sie all das genommen haben. Nur nicht die Schatulle. Nur nicht sie. Bitte, lieber Gott, Zeus, Odin, Manitou, Krom, Zardoz, Ilúvatar, oder wie immer du heißt, bitte, lass sie sie nicht gefunden, übersehen, dagelassen haben. Im Gegenzug verspreche ich dir, euch und allen anderen, Demut zu lernen, mein Ego an die Leine zu legen und mich nie wieder ob meines Schicksals zu beschweren. Ich werde Mirko Rindsbein als Autor achten, die Saskias dieser Welt ehren, jeden Hochmut fahrenlassen und mich, all meinen Fähigkeiten zum Trotz, nie wieder für etwas Besseres halten.

Im Zimmer ist nichts mehr heile. Sie haben das Bett ebenso wie alles andere komplett auseinandergenommen, die Balkontür sowie das Waschbecken zertrümmert. Wie eine Rotte wirrer Kobolde, die eine Spur von Zerstörung in der Welt hinterlassen und die, während um sie herum alles klirrt und zerbricht, jubelnd auf und ab springen, weil sie sich von der Zerstörung, dem Geräusch des Splitterns und Berstens ernähren und sich am Schimmer des Chaos ergötzen. In meinem Zimmer mussten sie sich gefreut haben wie schon lange nicht mehr. Das Linoleum, die Fenster, alles zerstört, meine Klamotten zerrissen über die aufgeschlitzte Matratze verteilt, mein Laptop, die Festplatte entfernt und zu einem unansehnlichen Klumpen Schrott zusammengebogen. Was immer ich hier auch versteckt hatte, es ist mit Sicherheit nicht mehr da. Nichts davon. Der Rest meiner zehntausend Euro. Die Schatulle. Mein gottverdammtes Leben.

Und an der Wand prangt in großen, schwarzbraun dahingeschmierten Buchstaben: DU HAST NICHTS GESEHEN. VERLASS DIE STADT!

Diese Idioten. Diese verdammten blechkübelreitenden, bumsbirnig hohlschädeligen Vollpfosten. Fick dich, Jupiter,

Praios, Vraccas, Spaghettimonster oder was auch immer! Fick dich. Ernsthaft. Vorbei. Gelaufen. Das war's.

Die Tränen wirken ätzend, brennend. Löschen mich Stück für Stück aus. Ich gehe verloren, löse mich auf, spüre, wie eine große Taubheit sich in mir ausbreitet, die alles egal werden lässt. Ich halte sie nicht zurück, falle auf die zerfetzte Matratze, in der ich mein von Tränen warmes und nasses Gesicht vergrabe. Ich schluchze und wimmere, wie ich es seit Jahrzehnten nicht, womöglich noch nie getan habe. Ich hätte sie einfach vernichten sollen! Damals, kaum dass ich sie gelesen hatte. Ich hatte sie nicht mehr gebraucht. Aber dann ergreift einen irgendeine alberne Form von Sentimentalität und man denkt, dass man es einfach in ein kleines Blechkästlein sperren und sich von Zeit daran erinnern kann. Bis es in die falschen Hände fällt und alles, was du bist, von einem Tag auf den anderen nachhaltiger zerstören kann, als ein Trupp Rocker es mit einem kleinen Pensionszimmer zu tun vermag.

Aus dem Dunkel in meinem Inneren schält sich der absurde Wunsch, dass Vilho Unterberg Aaron Tristen eine Kugel in den Kopf schießen möge oder beide doch zumindest zusammen aus dem Fenster springen könnten. Aber ich bin noch klar genug, um zu wissen, dass ich keine Waffe besitze und mich lediglich im ersten Stock befinde. Aber der Wunsch ist da. Eine maßlose, hässliche Gleichgültigkeit gegenüber mir, meinem Schaffen und allem, was je mit mir verbunden gewesen sein mag. Fuck. FUCK, FUCK, FUCK!

Die letzten drei Fucks schluchze ich in die Reste der Matratze und vernehme, während ich bereits beschlossen habe, bis zu meinem Tod hier liegen zu bleiben, plötzlich eine Stimme.

»Na ja, fuck schon. Aber vielleicht nicht ganz so viel.«

Hanna? Ich drehe den Kopf, schere mich einen Scheißdreck

darum, dass ich vermutlich wie ein verquollener Jammersack aussehe, und blinzle in Richtung Tür.

Da steht es, dieses herrlich freche, renitente, verlogene Kind, das sich so erfrischend wenig um die Wahrheit schert, dass ich mich heimlich auf jede neue Lüge von ihr freue. Darüber, wer sie ist, woher sie kommt. Auch wenn ich jetzt weiß, dass sie die Tochter des Trolls ist, werde ich es vergessen können, wenn ihre nächste Geschichte gut ist.

Scheu schaut sie hinter dem Türrahmen hervor. Hinter ihr steht, seine Hand auf ihrer Schulter, der Hosenträgertroll und flüstert ihr etwas zu. Das Kind senkt den Kopf, scheint seinen ganzen Mut zusammenzunehmen und kommt dann, die Hände hinter ihrem Rücken, langsam auf mich zu. Ängstlich. Vorsichtig. Als ob sie fürchtet, dass ich noch immer wütend auf sie sein könnte.

»Tut mir leid«, murmelt sie, zieht etwas hinter ihrem Rücken hervor und legt es neben mir auf die Matratze, bevor sie zu ihrem Vater zurückeilt.

Verwirrt betrachte ich die kleine Metallschatulle. Schließe die Augen, öffne sie wieder und kann es einfach nicht glauben.

Ich höre die Stimme ihres Vaters: »Die Kleine ist verrückt. War sie immer schon. Kaum dass die Lederjacken unten angefangen haben, alles in Schutt und Asche zu legen, hat sie sich den Schlüssel geholt, ist hier hoch und hat dieses Ding geholt. Weil's Ihnen so wichtig ist, hat sie gesagt. Und damit hat sie sich versteckt, bis die Arschgesichter sich wieder vom Acker gemacht haben.«

Fassungslos schaue ich erst ihn, dann sie und dann wieder ihn an. »Aber … aber das war doch gefährlich.«

»Ach, Quatsch.« Die Kleine winkt grinsend ab. »Beim Verstecken bin ich fast so gut wie beim Lügen.«

»Aber wirklich nur fast.« Der Troll wuschelt seiner Tochter

durchs Haar und wendet sich wieder an mich: »Na? Wollen wir vielleicht erst einmal runtergehen und zusammen ein Tässchen Tee trinken? Hier oben werden Sie's sich ja vermutlich erst mal nicht gemütlich machen, hm?«

Ich lache auf. Es ist ein seltsames Lachen, irgendwo zwischen Verzweiflung und Erlösung. Das Angebot mit dem Tee nehme ich mit Freuden an, greife nach der Schatulle und folge den beiden durch den verwüsteten Flur und über die Treppe nach unten.

Der Tee ist mit Schuss. Vielleicht ist auch der Schuss mit Tee. Die Teekanne steht noch fast voll auf dem Stövchen, während der Jägermeister bereits halb leer ist. Dort, wo ich gerade noch eine sinnlose Leere spürte, breitet sich nun eine angenehme Wärme aus.

Die Tür ist inzwischen repariert, und wir haben es uns inmitten der Scherben und Splitter gemütlich gemacht. Ich habe Zaches und Balu reingeholt und sie zwischen Hanna und dem Troll Platz nehmen lassen. Die beiden schauen sich um und Zaches mutmaßt, dass es ohne Splitter etwas gemütlicher wäre.

Ich hebe mit der einen Hand die halbvolle Tasse zum Mund und klammere mich mit der anderen an das kleine metallene Kästchen. Ich erzähle dem Troll alles. Oder zumindest den Teil, den ich verantworten kann. Ich berichte ihm von meiner Flucht aus Berlin und davon, dass ich hier ein anderer zu sein, mir ein neues Leben aufzubauen versuche. Wie die Vojvods meinen Freund angeschossen haben und mich seitdem verfolgen, weil sie glauben, dass ich etwas gesehen habe – was, wie ich Stein und Bein schwöre, nicht der Fall ist. Während ich davon erzähle, merke ich erst, wie verrückt das Ganze wirklich ist. Mein halbes Leben habe ich davon gelebt, Leuten Geschichten über Dinge zu erzählen, die es nicht gibt und nie gegeben hat. Und jetzt drohen mir ein paar spinnerte Rocker, völlig grundlos mein Leben zu ruinieren. Beides fußt auf der Macht der Vorstellung, auf deren Basis der Mensch sein Leben abseits aller Fakten gestaltet.

Der Troll nickt. Er ist der Meinung, dass es Zeit sei, sich vorzustellen, eröffnet mir, dass er Werner heißt, und fragt dann, warum ich mir so einen albernen Vornamen ausgesucht habe. Vilho. Das wäre doch finnischer Firlefanz. Er hätte ja schon viel mit ausgedachten Namen zu tun gehabt, aber so ein unentschiedenes Ding zwischen finnischen Rockern und Herrn der Ringe wäre ihm so noch nicht untergekommen. Als Autor hätte ich mir seiner Meinung nach schon ein bisschen mehr Mühe geben können. Ich beschimpfe ihn halbherzig. Er lacht dreckig und hebt seine Tasse. Wir stoßen an. Er hat recht.

Balu will sich ebenfalls vorstellen, lässt es aber sein, als ich ihm sage, dass ihn außer mir niemand sehen kann.

»Und jetzt?«, fragt Werner der Troll.

»Keine Ahnung.«

»Du könntest zurückgehen.«

»Ich glaube, nicht. Weder, dass ich es kann noch dass ich es will. Es gefällt mir hier.«

»Hier?«

»Leipzig. Die Stadt. Die Leute.«

»Gut. Ich dachte schon, du meintest hier. Bei mir. Uns.«

»Oh, hier gefällt es mir auch, obwohl …«

»Ja. Genau. Ich kann dich leiden, Vilho. Wirklich. Aber du weißt, dass du nicht bleiben kannst. Diesen Bikerschwuppen wirst du's nie recht machen können. Bis du die Stadt verlässt und sie nichts mehr befürchten müssen, werden die nicht lockerlassen. Und das will ich nach dem, was heute passiert ist, weder Lizzy noch mir zumuten.«

»Lizzy?«

»Alisa. Meine Tochter.«

»Bist du dir sicher? Also, ich meine, was den Namen angeht?«

Werner hebt eine Braue und leert seine Tasse.

»Is ja auch egal, du hast recht. Ich möchte euch nicht noch mehr Ärger machen.«

»Wenn du Hilfe brauchst …«

»Schon gut. Ich versuch es erst einmal mit den Leuten, die ich hier kennengelernt hab. Vielleicht reicht es ja für ein neues Leben.«

»Ganz wie du meinst. Wir werden dich vermissen.« Er blickt sich um, schmunzelt und kratzt sich am Hinterkopf. »War zumindest mal was anderes als jeden Abend diese langweiligen Pornos.«

Während Klein Zaches dreckig grinst, glaube ich, mich verhört zu haben. »Wie bitte?«

»Pornos. Jeden Abend. Es sei denn, dass wir Besuch von ein paar tollwütigen Motorradmongos bekommen, die den Laden aufmischen.«

»Bist du süchtig, oder was?«

»Unsinn. Ich hab mal Psychologie studiert und arbeite seit drei Jahren an 'nem Buch über die veränderte Wahrnehmung der Frau im Hinblick auf die sexuelle Mündigkeit des Individuums in der westlich geprägten Medienwelt im Zuge der Entwicklung pornografischer Subkultur vom 20. bis zum 21. Jahrhundert unter besonderer Berücksichtigung des Internets, erschwerter Monetarisierung sowie selbst generierter Inhalte.«

»Ach?«

»Und du ahnst nicht, was man sich da alles anschauen muss. Hab schon mehr als einmal gedacht, dass ich es nicht mehr aushalte. Man fragt sich manchmal wirklich, was in gewissen Leuten so vorgeht. Schlimm wird es freilich erst, wenn man es sieht.«

Ich nippe an meinem Jägermeister und komme mir oberflächlich vor, weil ich diesen Mann die ganze Zeit über für einen minderbemittelten Pornaddict gehalten hatte.

Wir stoßen noch einmal an. Es ist Mittag. Und ich werde vermutlich erst gehen dürfen, wenn die Flasche leer ist.

Dann steht da wieder das Kind. Schaut mich an. Mit großen Augen. Und ich weiß nicht, was ich sagen soll. Also zucke ich mit den Schultern. »Tut mir leid, Hanna. Hätt ich gewusst, wie das läuft, hätt ich dir vermutlich noch 'n bisschen mehr von dem Geld überlassen.«

»Schon gut. Hab am Ende ja auch nicht wirklich drauf aufpassen können.«

»Aber was hast du mit deinem Anteil eigentlich gemacht? Du wirst ihn doch vermutlich nicht in Süßigkeiten angelegt haben?«

»Na, Bücher.«

»Wie bitte?«

Der Troll schmunzelt. »Bücher. Sie bestellt meistens über meinen Account und bezahlt mich in bar. Amazon, ZVAB, Antiquarisches und neues Zeug. Inzwischen frag ich nicht mal mehr, wo das Geld herkommt. Irgendwie kommt sie immer an welches dran. Obwohl sie meistens auf die Wertsachen unserer Gäste aufpasst.«

Werner gibt mir einen Wink. Gefolgt von Lizzy, die Zaches zuzuzwinkern scheint, begeben wir uns hinter den Tresen, gehen durch eine kleine Küche, in der sich Zaches auf den Schultern des Bären ducken muss, um nicht gegen die Decke zu stoßen, und landen in etwas, das anderswo ein Kinderzimmer gewesen wäre.

Hinter zahllosen Büchern kann man es kaum noch erahnen. Zwischen den Stapeln lugt ein rosa Schränkchen hervor, unter dem ein lackiertes Tischchen und weiter hinten ein riesiges Puppenhaus zu erkennen ist, dessen drei Etagen komplett mit Büchern vollgestellt sind. Klassiker neben Modernem und Hoch- neben Trivialliteratur. Bücher, die Puppen und Plüschtiere verdrängt und komplett Besitz von diesem Kinderzimmer ergriffen haben.

Balu hält nach dem *Dschungelbuch* Ausschau, während Klein Zaches schmunzelnd *Die 120 Tage von Sodom* entdeckt.

In diesem Moment bemerkt Lizzy, die ich tatsächlich lieber Hanna nenne, das verknickte, halb herausschauende Reclambuch in meiner Gesäßtasche.

»Wow, *Alice im Wunderland!* Das steht auch auf meiner Liste!«

»Ach? Kennst du die Geschichte?«, frage ich sie, das Buch hervorziehend.

»Nee. Aber das Mädchen ist cool. Und die Grunzekatze!«

»Da bekommst du was durcheinander. Du meinst die Grinsekatze.«

»Nein, ich meine die Grunzekatze!« Sie stampft mit dem Fuß auf, woraufhin ich lächelnd das Buch aufschlage und bis zu der Stelle blättere, wo die Katze Alice zum ersten Mal erscheint. Ich lege den Finger auf die Zeile. »Siehst du? Es heißt Grinsekatze.«

Sie schaut in das Buch, liest und murmelt tonlos das dort stehende Wort. Ihre Augen verengen sich, ihre Stirn legt sich in Falten, bevor sie mich sehr ernst anblickt und im Brustton der Überzeugung sagt: »Das ist ein Druckfehler.«

KAPITEL XIII

… in dem der Held eines Verlustes gewahr wird, einen kurzen Vortrag über Autobahnen erdulden muss und, nachdem ein Abenteuer auf beschauliche Größe geschrumpft ist, auch noch der Todesstern ins Spiel kommt

Wieder sitze ich in der Bahn. Zusammen mit Balu, dem angetrunkenen Klein Zaches, der sich den Rest Jägermeister gegönnt hat, und allem, was mir geblieben ist, nachdem die Woiwodenvandalen mein Zimmer verwüstet, mein Geld geklaut und mich nachhaltig daran erinnert haben, dass ich nichts gesehen habe. Selbst die Überreste des Rechners habe ich, nachdem klar war, dass sich die Festplatte nicht retten lassen würde, in der Pension zurückgelassen. In meinem Rucksack sind bloß noch einige wenige heile Wechselklamotten, die Blechdose und mein Notizbuch.

Ich bin noch immer gerührt, weil die Trolltochter zum Abschied geweint hat und mich nicht loslassen wollte und der Troll mir zuraunte, dass die Kleine, seit ich in der 4 wohnte, so zufrieden wie lange nicht mehr gewesen sei.

Als ich schließlich durch die neue Tür der Pensionshöhle hinaustrat, fühlte es sich merkwürdig an. Als ob ich ein neues

Stück Heimat oder Freunde, also etwas verließ, das ich gar nicht verlassen wollte. Aber der Troll hat recht. Er kennt die Kreaturen jener dunklen, am Rande der Wirklichkeit gelegenen Region besser als ich, und wir wissen beide, dass sie keine Ruhe geben werden. Solange sie wissen, wo ich bin, gefährde ich alle Menschen in meiner Nähe, und der Gedanke, dass ihm und der Kleinen meinetwegen etwas passiert, ist unerträglich. Darum muss ich mir ein neues Versteck suchen.

Nachdenklich schiebe ich den Fahrschein in mein Portemonnaie und zähle das mir verbliebene Geld. 82 Euro. Zaches schaut mir über die Schulter und lallt mit schwerer Zunge, dass das beim besten Willen nicht viel wäre. Und er hat recht. Weit komme ich damit nicht. Am Ende werde ich wohl doch meine EC-Karte benutzen müssen. Heuvelmann, Willi und die anderen wissen schließlich längst, wo ich bin. Allenfalls mein Stolz steht mir noch im Weg: der Wunsch, es so zu schaffen, dieses Abenteuer auf meine Weise und mein neues Leben ohne Handy und die Annehmlichkeiten des bargeldlosen Zahlungsverkehrs zu bestreiten. Mir bleiben noch knapp hundert Euro Zeit, um meinen Stolz zu überwinden, dann werden Personalausweis und EC-Karte mir den Weg zurück in die Zivilisation und ein Leben als Aaron Tristen ebnen.

Ein Portemonnaiefach ausklappend, blättere ich meine Plastikkarten durch und stelle verwundert fest, dass sowohl Ausweis als auch EC-Karte fehlen. Stirnrunzelnd schaue ich noch einmal nach, bei den Scheinen, sogar beim Kleingeld und in diesem albernen Klarsichtfach, das vermutlich noch nie irgendjemand für irgendetwas benutzt hat. Keine der beiden Karten ist dort. Dabei erinnere ich mich genau an das kleine Etui, in dem beide steckten. Irgendetwas war damit. Aber die Erinnerung hängt irgendwo im Diclofenac fest.

Während Balu teilnahmslos aus dem Fenster schaut, lasse

ich leise seufzend mein fast leeres Portemonnaie zurück in meine Tasche gleiten. Sonderbar. Je weniger man besitzt, desto mehr verändert sich so eine Stadt.

Obwohl ich nicht davon ausgehe, dass diese Rockertypen mich die ganze Zeit über beobachten, bin ich misstrauischer denn je. Schließlich haben die Vojvods mir klargemacht, wie ernst es ihnen ist. Ich komme mir vor wie Mad Max auf der Flucht, in Begleitung eines Tanzbären und eines irren Zwergs, mit einem Haufen durchgeknallter Höllenbiker im Rücken, die bereit sind, mir meine Innereien mit den Zähnen aus dem Bauch zu reißen. Während Batman vermutlich noch im buddenbrooksschen Kontor über den Abrechnungen hockt und niemand mich beschützt, beschließe darum auch ich, mich ein wenig zu verändern. Gerade so viel, dass ich es ihnen nicht zu leicht und mir nicht zu teuer mache.

Ein billiges Basecap, eine Sonnenbrille und ein breiter grauer Schal aus einem Schnickschnackladen unweit des Bahnhofs müssen reichen, um Augen und Hipsterbart zu verstecken. Ich schaue mich immer wieder mal um und betrete und verlasse kein Gebäude durch die gleiche Tür. Ich bin mir sicher, dass ich bescheuert aussehe. Also ziehe ich mein Basecap tiefer in die Stirn, dränge, gefolgt von meinen imaginären Begleitern, durch die Menschen, die den Bahnhof umschwirren, und schwappe mit der Menge in Richtung Fußgängerzone. Ich bin einer von vielen. Unsichtbar. Nicht mehr ich. Nicht mehr der, den sie suchen. Sicher.

Bis sich mir beim Warten an einer roten Ampel plötzlich eine Hand auf die Schulter legt, kalter Schweiß mir auf die Stirn tritt und ich zwischen Wegrennen oder Zuschlagen in eine katatonische Starre verfalle.

Ich denke an das, was ich gesehen und was ich nicht gesehen habe, an Orks, die mich ruinieren wollen, Werwölfe, die zwischen Engeln nichts zu suchen haben, Autos, die nicht zum Überfahren taugen, Puppenhäuser voller Bücher, was wohl passieren würde, wenn Pu der Bär auf Don Quijote träfe, und natürlich Batman, der immer etwas Besseres zu tun hat, als mich zu beschützen.

Doch statt den Lauf einer Pistole im Rücken zu spüren, vernehme ich eine mir wohlbekannte Stimme: »Mensch Vilho, finnische Zierde dieser sächsischen Kleinstadt! Was, wenn die Frage mir erlaubt ist, treibt dich zu dieser spätmittäglichen Stunde aus dem Haus und nötigt dich, inmitten des Mobs derart würdelos verkleidet einherzuschreiten?«

Ich drehe mich herum, breite die Arme aus und drücke mein Gegenüber erleichtert an mich. »Ach, Gerhardt, alte Haubitze. Wenn du wüsstest, was passiert ist …«

»Nun ja, wenn man bedenkt, dass es dich dazu bringt, eine billige Verkleidung für abgehalfterte Hollywoodstars anzulegen, scheint es wirklich schlimm zu sein.«

»Du hast ja keine Ahnung, wie schlimm, mein Guter.«

Seine Falten verschieben sich gegeneinander, als er mich anlächelt und ich ihn mir unweigerlich als gealterten Hausdiener und heimlichen Verbündeten von Bruce Buddenbrook vorstelle, der die Schlüssel zur Fledermaushöhle unter Lübecks Kopfsteinpflaster besitzt.

»Nun, aber wer, wenn nicht du, könnte mir besagte Ahnung verschaffen? Womöglich gar im Zuge eines gepflegten Heißgetränkes, das zu bezahlen ich eingedenk der Entwicklung meiner monetären Situation freilich dich ersuchen würde.«

Während die Menschen sich um uns herumbewegen und an der Ampel vorbei über die Straße strömen, betrachte ich Gerhardt genauer. Die Falten ziehen sich über sein gesamtes Gesicht und wirken, als würde irgendetwas darin die ganze

Zeit über lächeln. Vielleicht ist er sogar älter als el Hawa. Und plötzlich keimt in mir das unpassende Gefühl, dass ich jemanden wie ihn, einen, der sich nicht unterkriegen lässt, der weiß, was man tun muss, um hier draußen durchzukommen, und an dem immer etwas lächelt, gern zum Vater gehabt hätte.

Zufrieden sage ich: »Eine gesellige Tasse Kaffee. Gute Idee. Auch wenn es bei mir gerade auch nicht so gut aussieht, wie du womöglich denkst. Und vielleicht kannst du mir sogar helfen.«

Ein paar Minuten später haben wir uns aus dem Menschenstrom herausgerettet, sitzen im Starbucks am Augustusplatz und führen eines dieser Männergespräche, bei denen man sich nicht ansieht. Weil das, was man sagt, unabhängig vom Wahrheitsgehalt bedeutsamer wirkt, wenn man dabei aus dem Fenster schaut. Während wir das also tun, trottet Balu neugierig durch den Laden, und Klein Zaches flirtet mit einer hübschen Rothaarigen, die ihn weder sehen noch hören kann.

Um nicht noch mehr Leute in diese Geschichte reinzuziehen, habe ich beschlossen, Gerhardt nicht die Wahrheit zu sagen. Damit die motorradfahrenden Garsims ihm am Ende nicht auch noch das Lächeln aus dem Gesicht reißen. Stattdessen erzähle ich eine dieser Geschichten, wie sie Männerbünde seit Urzeiten stärken. Von der treulosen Geliebten, die mich eines anderen Mannes wegen aus ihrer Wohnung geworfen hat, weshalb ich nun nicht mehr weiß, wohin, und ob nicht er, Gerhardt, mir womöglich helfen kann. Weil er doch die Straße kennt, vielleicht weiß, wo man für ein paar Nächte unterkommen kann. Zaches hält mich für einen miserablen Lügner. Dennoch versuche ich, dem Ganzen ein wenig emotionale Tiefe und der Geliebten mehr Bedeutung zu geben, indem ich mit der Rolle des König Artus liebäugle und sie zu Guinevere mache, die ihn mit Lanzelot, seinem engsten Freund, betrügt. Aus dem Augenwinkel sehe ich Gerhardt an seinem Kaffee nippen.

»Um es mit den Worten eines französischen Schauspielers zu sagen: Wenn ein Mann dir die Frau stiehlt, gibt es keine bessere Rache, als sie ihm zu überlassen.«

»Ein französischer Schauspieler?«

»Sacha Guitry. Spannender Mann. Kennt heute aber keiner mehr.«

»Aber mit Frauen hat er sich offenbar ausgekannt.«

»War auch vier Mal verheiratet. Und hätte so eine Geschichte wahrscheinlich etwas glaubhafter als du erzählen können.«

Ungläubig setze ich meine Tasse ab. »Wie … wie meinst du das denn jetzt?«, frage ich etwas konsterniert, woraufhin er, während Zaches sich bestätigt sieht, lächelnd einen gemächlichen Schluck nimmt.

»Nun, mein junger Freund, ich habe das Vergnügen, den Ausführungen des Meisters bereits so lange lauschen zu dürfen, dass mir einige Regeln des Geschichtenerzählens inzwischen beinahe in Fleisch und Blut übergegangen sind. Ich erkenne ein paar Dinge, wenn ich sie höre. Und würde darum beinahe wetten, dass du dir, um deinen Figuren etwas mehr Leben zu geben, gerade irgendein tragisches Untreueszenario zwischen Weltliteratur und Mythologie vorgestellt hast.«

»Aber wie … woher …?«

»Ach, komm schon. Aphrodite leistet gleichsam der Ehe wie auch ihrem Bruch Vorschub. Darum sollte man dem einen wie dem anderen nicht mehr Bedeutung als nötig beimessen.«

»Aber wenn ich es dir doch sage, ich und diese Frau, wir …«

»Was willst du mir erzählen, Vilho? Ich erkenne einen Haldodri, wenn ich ihn sehe. Und du bist einer, der sich, wenn es um essenzielle Dinge geht, mit Sicherheit nicht dem Wohlwollen *einer* Frau ausliefert. Weil du eitel bist. Und mehr Geheimnisse hast, als Frauen es gemeinhin mögen.«

Ich sitze da und sage nichts und fühle mich ertappt. Zaches lacht leise, und Balu setzt sich brummend neben uns. Mit Sicherheit hätte Gerhardt mir geglaubt, wenn ich etwas besser vorbereitet gewesen wäre, der Geschichte etwas mehr Indiskretion und Details verliehen hätte.

Gerhardt lächelt still in seine Tasse. »Mach dir keine Gedanken. Es ist mir auch egal, was dein Problem ist. Du wirst deine Gründe haben, nicht darüber zu reden. El Hawa sagt, dass es keinen guten Geschichtenerzähler ohne ein dunkles Geheimnis gibt und dass Letzteres ihn eigentlich erst ausmacht, weil er immer drumherum erzählen muss, weshalb einige der besten Geschichten unerzählt bleiben, weil es die dunklen Flecken im Leben ihrer Erzähler sind. Wenn du aber tatsächlich nicht weißt, wo du schlafen sollst, kannst du auch ein paar Nächte bei mir unterkommen.«

»Bei dir? Ich dachte …«

»Na ja, genau genommen bin ich nur so was wie teilweise obdachlos. Also, allenfalls manchmal. Das ist so ein Mischding. Aber wenn du in mein Alter kommst, ohne ein paar Menschen zu haben, die besser auf dich achten, als du es selbst tust, dann hast du etwas falsch gemacht. Wobei du, was derlei Leute angeht, freilich nicht zu wählerisch sein darfst. Für ein paar Nächte dürfte es allerdings gehen, und beim nächsten Treffen mit el Hawa und den anderen sehen wir weiter.« Mit diesen Worten nimmt Gerhardt einen letzten Schluck, wendet sich zum Gehen und gibt mir einen Wink.

Ich werfe noch einen kurzen Blick in mein Portemonnaie, ohrfeige mich insgeheim des sündhaft teuren Kaffees wegen und schultere meinen Rucksack, nachdem ich eine der leeren, fraglos im Preis inbegriffenen Tassen unauffällig hineingeschoben habe. Danach setze ich meine Sonnenbrille auf, ziehe mir die Mütze in die Stirn und folge, nachdem ich mich noch einmal misstrauisch umgesehen habe, zusammen mit meinem Bär und meinem Zwerg Gerhardt Pennyworth nach draußen.

Ich bin wirklich gespannt, wo, bei wem und unter welchen Umständen ich heute Nacht schlafen werde.

Vielleicht wird es am Ende ja doch noch die Bathöhle.

Holgers Wohnung ist dann allerdings doch etwas anderes. Ein Zweizimmerappartment, vom Amt gezahlt, ohne Supercomputer, Batcopter und Batmobil. Obwohl all dies mit dem im Wohnzimmer befindlichen Flaschenpfand womöglich sogar zu finanzieren wäre. Hier hat offenbar jemand, der den Banken misstraut, sein Geld in Altglas angelegt.

Zumindest ein 50-Zoll-Fernseher steht dort und informiert seinen Besitzer rund um die Uhr über alles, was einen Superhelden veranlassen würde, sofort die Wohnung zu verlassen und ein wenig die Welt zu retten. Holger jedoch nicht. Holger informiert sich nur. Wobei seine Informationen ebenso einseitig wie seine Ernährung zu sein scheinen. Die zahllosen, neben dem Fernseher gestapelten Fertigpizzakartons sind in Bündeln zu je einem Dutzend mit Bindfaden verschnürt und akkurat auf Kante gestapelt. Weil Holger Ordnung hält. Der Fernseher wiederum ist so ein moderner Kasten mit Internet und allem Drum und Dran, mit dem man bei Amazon bestellen und bei Youtube Filme schauen kann. Die Liste der vorgeschlagenen Videos liest sich wie ein Best of der großgermanischen Weltverschwörungsselbsthilfegruppe: von Hohlerde über Neuschwabendland bis Flugscheiben ist alles da. Nazifantasy. Ich wundere mich beinahe, im Wohnzimmer kein Bild von Axel Stoll oder zumindest eine Reichskriegsflagge zu sehen.

Holgers kleiner quadratischer Schnauzbart ist so schwarz gefärbt, dass es wirkt, als ob er sich ein Brikett unter die Nase getackert hätte. Oder ein schwarzes, drei Quadratzentimeter großes Tor in eine andere Dimension.

Balu findet ihn unheimlich, Zaches nicht unsympathisch.

Holger interpretiert meine verwunderten Blicke als Interesse und stellt zunächst einmal fest, dass er ja eigentlich kein Nazi sei. Aber es nun eben doch wäre. Aus Trotz. Weil ihm ja alle immer unterstellten, dass er einer sei. Was ja aber auch nicht unbedingt etwas Schlechtes wäre. Wenn einer sein Land liebt. Während es von allen anderen verraten wird. Und so.

Hypnotisiert von dem kleinen schwarzen Loch unter seiner Nase, höre ich ihm bloß mit halbem Ohr zu und stelle mir die kosmischen Schrecken vor, die dahinter lauern. Ich glaube sogar, dort in der unergründlichen Finsternis die zitternden Spitzen wirrer Tentakel zu erkennen. Und plötzlich ist da der Gedanke, mich mithilfe einer Maschine auf die Größe von zwei Zentimetern zu verkleinern und dort hineinzuklettern, um jenes unbekannte Universum zu erkunden und das Böse darin zu besiegen.

Während Zaches auf den Fernseher stiert, macht Balu es sich inmitten der Pfandflaschen bequem.

Dann sagt Holger »Hitler« und »Autobahnen« und »Arbeitsplätze«, sodass ich meinen Blick von jenem Tor losreißen muss und den Rest des Mannes betrachte. Inmitten leerer Bierflaschen sitzt er in seinem Trainingsanzug dort auf der Couch und versucht, mir irgendetwas zu erklären, das mich nicht interessiert. Sein spärlicher Haarkranz ist grau. Vermutlich ist die Haarfarbe komplett für den Schnäuzer draufgegangen. Sein Gesicht ist aufgedunsen, seine unruhig über den Bildschirm huschenden Augen wirken leer. Und dann sagt er schon wieder »Hitler«, was normalerweise meinen Diskussionsreflex und das Bedürfnis auslöst, mich zu streiten und klarzustellen, was für Schrecken hinter den schwarzen Schnauzbartlöchern dieser Welt lauern.

In diesem Falle halten mich Gerhardts Blick und die Ahnung, den Rest der Nacht womöglich auf der Straße verbringen zu müssen, davon ab.

Statt zu diskutieren, blicke ich mein Gegenüber verwundert an. »Wer?«

Holger entgleiten die Gesichtszüge. Sogar das Dimensionstor scheint sich zu verzerren. Er runzelt die Stirn. Wirkt beinahe hilflos. Unvorbereitet.

»Hitler. Adolf Hitler. Musste doch kennen.«

»Weiß ich jetzt auch nicht. Hab aber, was Namen angeht, kein gutes Gedächtnis.«

Verstört nippt er an seiner Bierflasche, runzelt die Stirn und scheint sich zu fragen, ob er meine Wissenslücke schließen soll. Was ihm gegenwärtig jedoch zu anstrengend erscheint.

»Ach, is ja auch egal.« Er winkt ab und wendet sich wieder seinem Fernseher und der Geschichte der Thule-Bruderschaft zu. »Jetzt geht einfach rüber und lasst mich in Ruhe fernsehen.«

Wir tun wie geheißen. Zaches folgt uns. Balu ist zwischen den Flaschen eingeschlafen. Während 50 Zoll Bildschirmdiagonale uns unruhig hinterherleuchten, raunt Gerhardt in meine Richtung: »Phantastische Idee! Ich wage mir gar nicht vorzustellen, was für Gespräche es mir erspart hätte, wenn ich darauf gekommen wäre. *Wer?* Herrlich!«

Ich frage leise: »Warum wohnst du hier überhaupt mit dem Schnauzbart der Verdammnis?«

»Lange Geschichte. Holger war früher einer von uns. Haben uns vor 'n paar Jahren in 'nem Übernachtungshaus für obdachlose Männer kennengelernt. Damals war er noch nicht …

so. Ich glaube, dafür braucht es einen Fernseher und ein ungesundes Maß an Tagesfreizeit ohne existentielle Probleme.«

»Und muss man den Schnurrbart mit Bier gießen, damit er sprießt?«

»Ja. Wahrscheinlich. Aber wenn du draußen auf der Straße einen Freund findest, dann bleibt er dein Freund. Egal, was passiert. Selbst wenn sie ihm das Hirn mit ’nem Strohhalm raussaugen. Weißt du, wir achten aufeinander. Weil es ja sonst keiner macht. Und was mich angeht, ist Holger am Ende eben mehr Freund als Nazi. Auch wenn es manchmal wehtut.«

Zögernd nicke ich. Der Gedanke, mich unter falschem Namen bei einem Nazi vor einer Horde Rockern zu verstecken, scheint mir beinahe Stoff für eine Geschichte zu bieten. Vor allem, wenn man bedenkt, dass ich gegebenenfalls einen Haufen Orks, Einhörner, Zombies, Engel und Vampire in der Hinterhand habe. Ganz zu schweigen von den Werwölfen.

An seiner Zimmertür angelangt, bedeutet mir Gerhardt, zu warten. Er öffnet die Tür, verschwindet in seinem Zimmer und schaltet das Licht ein. Als ich ihm kurz darauf folgen darf, stutze ich. Nicht wegen des aus allen Nähten platzenden Armeerucksacks oder wegen der beiden Matratzen, die mit ein paar karierten Wolldecken behangen an der Wand lehnen. Es sind die Steine, die mich stutzen lassen. Dutzende, gewiss mehr als hundert, gewöhnliche kleine Feldsteine, keiner größer als drei Zentimeter im Durchmesser. Kiesel, wie man sie am Strand sammelt und sich später fragt, was man damit wollte. Gerhardt scheint sich das nicht zu fragen. Die Steine dominieren gut zwei Drittel des Zimmers, wo sie einzeln und in verschiedenen Abständen zueinander am Boden, auf einem Hocker, einer kleinen Kommode und auf dem Fensterbrett liegen. Ich trete ins Zimmer, gehe hindurch und sage: »Na, lass uns mal die Steine zusammenräumen und ein bisschen Platz für die Matratzen schaffen, damit wir in Ruhe –«

Entschieden greift Gerhardt mir in den Arm und hält mich fest. »Ganz sicher nicht! Wir schlafen da vorne. Irgendwie. Aber die Steine werden nicht angefasst!«

Ich betrachte den vorderen Teil des Zimmers, frage mich, wie wir da zu zweit und mit den Matratzen hinpassen sollen, und bin froh, dass Balu drüben geblieben ist. Ich fürchte, Gerhardt heute Nacht näher zu kommen als gestern Carmen.

»Aber warum?«, frage ich.

»Weil diese Steine mein Leben sind. Die Menschen darin. Ihrer Bedeutung, Beziehung und Art entsprechend sortiert.«

Hinter jeder Tür ein Verrückter.

»Ganz ehrlich, Gerhardt? Deinem Kumpel da draußen mögen sie den Zaun ja komplett geklaut haben, aber ich fürchte, alle Latten hast du auch nicht mehr.«

»Mit dieser Einschätzung vermag ich zu leben, mein Freund, der du nicht in der Lage bist, vernünftige Eifersuchtsdramen zu erlügen. Willst du mal dich sehen?«

»Mich? Du willst sagen, dass ich auch einen Stein in deinem Leben habe?«

»Aber natürlich! Moment.« Bei diesen Worten zieht er seine Schuhe aus. Auf Zehenspitzen und mit der eigentümlichen Eleganz eines Tänzers, die sein Alter komplett vergessen lässt, stakst er, bestrebt, keinen zu berühren, zwischen den Steinen hindurch in die Mitte des Zimmers. Das, was er emporhebt, ist der bestimmt langweiligste Stein, den ich jemals gesehen habe.

»So viel scheine ich als Stein ja nicht herzumachen«, sage ich unwillig.

»Entspricht halt schon deinem Wesen.« Er zwinkert vergnügt.

»Und welcher bist du?«, will ich wissen.

Gerhardt deutet auf den Stein in der Mitte des Raumes, der mindestens ebenso belanglos wie meiner wirkt.

»Wenn du mich bitte kurz entschuldigst?«, sagt er. »Ich muss eben mal die neuesten Entwicklungen durchgehen.« Und dann beginnt er, die Steine zu bewegen. Ruhig und bedächtig. Verschiebt hier einen, verrückt dort einen anderen und legt mein steinernes Ich ein ganzes Stück näher an seines heran. Ich beobachte, wie er konzentriert und mit beinahe heiligem Ernst ein gutes Drittel der Steine bewegt. Die einen rollt er, die nächsten wirft er, und andere wieder versetzt er nur zögernd.

Konfrontiert mit jenem Kosmos aus Geröll, in dessen Mittelpunkt er selbst steht, wirkt Gerhardt wie eine verwirrte Gottheit, die, bemüht, nicht zu viel Schaden anzurichten, die Geschicke der Menschen zu lenken versucht. Für einen Augenblick frage ich mich, ob dieses Kieselvoodoo womöglich irgendwelche Auswirkungen auf die Realität haben könnte …

Zwei Steine scheint Gerhardt mit besonderer Aufmerksamkeit zu bedenken, ohne sie jedoch zu berühren. Und während er sich um die anderen kümmert, sie Bewegungen in seinem Kosmos vollführen lässt, betrachte ich jene beiden genauer. Der eine scheint nicht größer als die meisten anderen, wirkt im Gegensatz zu ihnen aber beinahe hübsch. Als würde er in verschiedenen Farben schillern. Wie ein Königskiesel inmitten schnöden Knechtgesteins. Der andere ist auf eine derart eigentümliche Art besonders, dass sie sich mir erst erschließt, als ich ganz genau hinschaue: Er ist auf exakt die gleiche Art nicht besonders wie ein anderer nicht besonderer Stein inmitten der anderen. Nur etwas kleiner. Der Stein, dem er ähnelt, ist Gerhardts eigener. Und so weit, wie der eine vom anderen entfernt liegt, und so schwermütig, wie Gerhardt jenen kleineren kurz betrachtet, ahne ich, was er bedeutet.

Er bemerkt meinen nachdenklichen Blick auf jenen etwas abseits liegenden Kiesel. »Der steht für meinen Sohn. Etwas außer Reichweite quasi. Hat ein sehr spezielles Verhältnis zur Rechtsprechung in diesem Land und sitzt vermutlich wieder mal im Knast. Haben uns schon so lange nicht mehr gesehen, dass sich daran in diesem Leben vermutlich nichts mehr ändern wird.«

»Oh. Das … das tut mir leid. Was ist mit seiner Mutter?«

»Katharina? Also, die dürfte sich, wenn wir dieses System zugrunde legen und die Steine in diesem Raum als Menschen in meiner direkten und indirekten Nähe betrachten, in etwa auf der dunklen Seite des Mondes befinden.« Vorsichtig kommt er zu mir zurückgestakst.

»Und der da drüben?« Ich deute auf den vielfarbigen Königskiesel.

»Das ist Jamal. Herr el Hawa.«

»Er scheint mir der schönste von allen.«

»Weil er voller Geschichten ist. So voll, dass er jedem einzelnen dieser Steine mehrere zuteilwerden lassen könnte.«

»Er bedeutet dir wirklich viel, oder?«

»Er hat mir die Augen geöffnet. Und ein paar Türen, die bis dahin Wände gewesen waren. Mit einigen Geschichten und der Gewissheit, dass man jede davon auch anders erzählen kann.«

»Ob auch er ein dunkles Geheimnis hat?«

»Hast du denn keins?«

Darauf weiß ich nichts zu erwidern. Stattdessen hole ich meine Zahnbürste hervor und frage Gerhardt nach dem Bad.

Der Flur wird vom Wohnzimmer her durch eine engagierte Mutterkreuzdoku erhellt. Bevor ich im Bad verschwinde, sehe ich Holger inmitten seiner Bierflaschen auf seiner Couch schnarchen und frage mich, ob die Flaschen wohl auch irgendetwas in seinem Leben symbolisieren oder ob er mit Leergut einfach besser auskommt als mit Menschen.

Eine ganze Woche verbringe ich mit Gerhardt und seinen Steinen und erfahre zwischen Bad und Zimmer auf dem Flur die unglaublichen Mysterien des Dritten Reiches. Ich lerne von meinem väterlichen Freund, wie man mit wenig Geld über die Runden kommt. Wir schnorren und sprechen Gedichte in der Fußgängerzone, wobei ich Schirmmütze und Sonnenbrille niemals ablege, wir einmal von Sherlock Holmes und Doktor Dolittle und ein anderes Mal von Winnetou und Hank Morgan begleitet werden. Heinz Erhardt kommt besser an als Goethe, und Robert Gernhardt erweist sich als Geheimwaffe. Wenn Holger schläft, klauen wir ihm, assistiert von Robin Hood und Ali Baba, seine Pfandflaschen. Unseren Kaffee erwerben wir schließlich in Geschäften, die nicht unterschwellig die Tasse mit verkaufen, und Essen besorgen wir uns im Supermarkt bei dem beinahe abgelaufenen, günstigeren Zeug – sodass ich, als wir jetzt in der Südvorstadt ankommen, noch immer etwa zwanzig Euro in der Tasche habe.

Ich habe jedoch nicht mehr viele Pillen und war irritiert, als ich heute Morgen ohne imaginäre Freunde erwachte. Es brauchte eine gute Stunde, bis ich verstand, dass mich heute Mein Freund Harvey und Der Unsichtbare begleiten würden. Ein zwei Meter großer Hase und ein größenwahnsinniger Wissenschaftler, beide unsichtbar. Das war ein Rückschritt und nicht viel besser als Stimmen hören. Vielleicht werde ich doch langsam verrückt. Auch wenn mein Körper sich langsam an die Pillen gewöhnt und das Denken nicht mehr ganz so zäh vonstattengeht.

Neben meinem Notizbuch und meinen unsichtbaren Freunden habe ich meinen Rucksack dabei, weil Holger mich, nachdem ich mich für Adolf Hitler nicht weiter interessiert und ihm Phillip K. Dicks *The Man in the High Castle* und die Verfilmung von Robert Harris' *Vaterland* ans Herz gelegt habe, nicht mehr in seiner Wohnung haben will. Zumindest so lange nicht, wie ich keine Miete zahle. Da ich Gerhardt keinen Ärger machen will, bin ich ohne Diskussionen gegangen, auch wenn ich nicht weiß, wo ich die kommende Nacht verbringen kann.

Gerhardt ist sicher, dass das kein Problem werden wird – wobei ich aber das Gefühl habe, dass es, abgesehen von der Sache mit seinem Sohn, ohnehin keine Probleme für ihn gibt. Er macht etwas mit ihnen, verwandelt sie in Nichtigkeiten, Geschichten oder auch Chancen. Wobei er übrigens meinte, seine vier Bücher für die einsame Insel gegen Werkzeug tauschen zu wollen, weil er seine Bücher ohnehin im Kopf habe. Überall. Immer. Und zwar mehr als vier.

Ich kann ihn wirklich gut leiden. In letzter Zeit habe ich mich selten so gut unterhalten und zugleich das Gefühl gehabt, wieder etwas zu lernen. Über Steine, Menschen, Nähe und Geld. Freundschaft. Und Geschichten. Was ein weiterer Grund dafür ist, dass ich nicht zurückwill. Weil ich es genieße. Weil es mir guttut. Auch wenn irgendwo dort draußen immer noch die Woiwoden darauf lauern, mich aus der Stadt zu vertreiben, und ich immer noch darauf hoffe, dass Batman mich irgendwie vor ihnen schützen wird.

Die Einzige, die heute fehlt, ist Carmen. Wahrscheinlich ist sie zusammen mit Visch und ihren vier Büchern in Berlin. Digga hat el Hawas Comics noch nicht wieder zurückgebracht, und ich glaube weder, dass er das noch tun wird, noch, dass es für el Hawa überhaupt eine Rolle spielt. Für ihn sind es vermutlich nur weitere Geschichten, die ihren Weg in die Welt gefunden haben.

Heute hat el Hawa etwas Besonderes vor. Er will mit uns

nach draußen gehen. Als er das sagt, fällt mir auf, dass ich ihn noch nie außerhalb dieser Räume wahrgenommen habe, dass er in meiner Vorstellung nur hier, innerhalb dieser Wohnung existiert. Umso gespannter bin ich, was dort draußen mit ihm geschieht und was er mit uns vorhat.

Die anderen wirken ebenso verwundert wie ich, und wir behalten unsere Jacken gleich an. Der Meister zieht sich einen Mantel über seine Trainingsklamotten und schlüpft in ein altes Paar Halbschuhe. Beides wirkt, als ob es nicht ihm gehört oder lange schon nicht mehr getragen wurde. Als Nächstes setzt er ein zerschlissenes Basecap und eine Sonnenbrille auf, und plötzlich wirken er und ich wie bizarre Geschwister. Als er dann auch noch einen langen Schal umlegt, fragt Ruth: »Partnerlook, hm? Habt ihr zwei Hübschen euch abgesprochen?«

Gerhardt sagt, dass er, wenn man ihm Bescheid gesagt hätte, auch hätte mitmachen können. Digga meint, dass alte Männer mit Basecaps peinlich sind, die Hexe scheint dazu keine Meinung zu haben, und auch meine unsichtbaren Begleiter äußern sich nicht.

Seine Verkleidung lässt mich etwas von el Hawas dunklem Geheimnis erahnen, und ich frage mich, wovor er geflohen sein, was er getan haben mag.

»Fast wie Prinz und Bettelknabe.« El Hawa lacht, als er nach seinem Stock greift, und ich frage mich eingedenk dieser klassischen Rollentauschgeschichte aus der Feder Twains, wer von uns wohl wer ist. Der Geschichtenerzähler schiebt seine Brille etwas herab und zwinkert mir zu. »Am Ende wird uns so noch jemand verwechseln.«

Harvey sagt, dass er die Geschichte gern lesen würde, der Unsichtbare hält Twain für einen Scharlatan, und Gerhardt will wissen, wohin es gehe, weil er sich kein Straßenbahnticket leisten könne. El Hawa meint, dass er das übernehmen werde, dass Gerhardt sich überraschen lassen solle und Geschichten nicht immer durch das Fenster hereingeflattert kämen. Manchmal müsse man ihnen ein wenig entgegenfliegen. Und genau das würden wir heute zusammen versuchen.

Es geht durch die halbe Stadt. Ohne umsteigen. Linie 10, einer der neuen Wagen. Der Meister zahlt, und keiner weiß, wohin es geht. Das Ganze fühlt sich an wie ein Schulausflug, wobei man sowohl Schülern als auch Lehrer ansieht, dass sie ein bisschen anders sind. Auf der Jagd nach Geschichten, die sich hier draußen verbergen. Bereit, den nachmittäglichen Alltag der Stadt mit 1001 Nacht zu verknüpfen. Ermutigt von einem Meister, der selbst Felsen Geschichten abzupressen vermöchte. Abgesehen vielleicht von meinen imaginären Freunden sind wir alle bereit für ein Abenteuer!

Noch in der Straßenbahn fällt Ruth ein, dass sie später noch etwas vorhat. Auch Digga hofft, dass es nicht so lange dauert, weil er noch einiges tun muss. Und unsere Hexe ist, wie sie uns lächelnd mitteilt, heute noch verabredet.

Gerhardt und ich schauen uns an. Er zuckt mit den Schultern. Vielleicht sind wir nicht alle ganz so bereit und es wird ein eher kleineres Abenteuer. Vielleicht. Nicht auszudenken, was für ein Buch die unendliche Geschichte geworden wäre, wenn Bastian Balthasar Bux etwas Besseres vorgehabt hätte.

Und dann bemerke ich sie. Ein Pärchen, direkt hinter Gerhardt. Sie trägt einen Hijab, er einen akkurat rasierten Vollbart. Und beide starren sie ungläubig zu el Hawa hinüber. Sie flüstern miteinander. Beobachten ihn. Scheinen unsicher. Bis sie schließlich heftig nickt. Im nächsten Moment wird er bleich wie eine Wand und drückt hastig den Halteknopf. Plötzlich erinnere ich mich wieder an das Telefonat in seiner Wohnung.

Beinahe im gleichen Augenblick bemerke ich die Motorräder. Zwei schwere Maschinen, die in gleichbleibendem Tempo neben der Bahn herfahren. Die Fahrer tragen mattschwarze Helme mit getönten Visieren, auf ihren Rücken aufgenäht ist der markante Schriftzug, den ich inzwischen allzu gut kenne: VOJVODS. Mein Herzschlag beschleunigt sich; ich verschwinde hinter Gerhardts Schulter und mache mich auf meinem Sitz kleiner. Während die beiden Rocker mich in meiner Phantasie bereits aus der Straßenbahn zerren, sehe ich sie in Wirklichkeit beschleunigen, an der Bahn vorbeiziehen und vor uns abbiegen. Mit der Erkenntnis, das Vorstellungskraft und Paranoia mitunter eine ungünstige Mischung sind, atme ich auf.

Als ich den Blick hebe, ist das vermutlich arabische Paar plötzlich verschwunden. Ruth und die Hexe unterhalten sich über *Die Schöne und das Biest*. Ich bin mir nicht sicher, ob es dabei um eine der Serien oder die Filme geht. Gerhardt mischt sich ein und fragt die beiden, ob sie wissen, dass die Verfilmungen allesamt auf ein französisches Märchen aus dem 18. Jahrhundert zurückgehen. Verwundert schauen die Frauen ihn an und er sonnt sich im Schein seiner Allgemeinbildung. Allerdings nur, bis der Meister hinzufügt, dass diesem Märchen die wahre Geschichte eines Knaben namens Gonsalvus aus dem 16. Jahrhundert zugrunde läge.

»Seltsam«, meint er nachdenklich, »wie oft am Anfang ein Wunder und am Ende ein Disneymusical steht.«

Von den Worten des Meisters ins Niemandsland zwischen Vorstellung und Wirklichkeit entführt, staunen wir. Als er uns gleich darauf an einer Station aus der Bahn scheucht, sind wir uns jedoch schon wieder nicht sicher, ob wir ihm wirklich glauben können.

Vom Augustusplatz gehen wir den Grimmaischen Steinweg

hinunter, und Gerhardt fragt an meiner statt in die Runde, ob jemand mich vielleicht für ein paar Tage aufnehmen könne. Es ginge nur darum, dass ich irgendwo die Nacht verbringen könne, weil ich zur Zeit ein paar Probleme hätte. Mir ist die Sache unangenehm, und die Blicke der anderen zeigen, dass sie sich fragen, was für Probleme das wohl sind. Gerhardt kürzt das ab.

»Frauengeschichten«, sagt er, was wesentlich glaubhafter als meine längere Version klingt. Die Mienen hellen sich auf, problematische Frauengeschichten traut man mir augenscheinlich zu. Und dann ist es die Hexe, die mich anlächelt, sagt, dass sie Platz habe und ohne Weiteres für ein paar Tage einen Gast aufnehmen könne. Ich lächle zurück, ein wenig zwiegespalten, denke aber, dass mir, wenn ich Holger überstanden habe, auch die böse Hexe des Westens nicht schaden wird. Zumal meine Optionen gerade etwas eingeschränkt sind.

»Großartig!«, sage ich maßvoll begeistert, derweil sie mir, weil sie später ja noch eine Verabredung hat, ihre Karte zusteckt.

»Kommst einfach nachher vorbei. Klingeln bei Meisenbrecht. Seitenflügel, dritter Stock.«

Meisenbrecht also. Bei dem Gedanken an dieses vermutlich ebenso alte wie ehrbare Hexengeschlecht male ich mir aus, wie sich am Anfang von Macbeth, bevor sie ihren Dialog beginnen, Frau Meisenbrecht, Frau Kohlschmidt und Fräulein Bierstedt freundlich begrüßen.

Frau Meisenbrechts Lächeln lässt jedenfalls erahnen, dass mich dort oben im dritten Stock andere Probleme als in Holgers Leergutheimkino erwarten.

Nachdem meine Unterbringung geklärt ist, wirft Gerhardt die Frage mit der Insel und den vier Büchern in die Runde. Die Hexe Meisenbrecht antwortet als Erstes, wobei aber weder *Das geheime Kräuterbuch der großen Mutter, Vergessenes Weistum heidnischer Götter* noch *Geheimnisse des Gehörnten* oder *Sieben Rituale für jede Gelegenheit* mir etwas sagen. Wiccafirlefanz und Esogeschwurbel. Wer auch immer früher oder später mit dieser Frau auf jener Insel strandet, tut mir jetzt schon leid.

Ruth würde sich, ich ahnte es fast, für vier leere Notizbücher entscheiden, um diese selbst zu füllen, und Digga würde lieber sein Handy und seine Kopfhörer mitnehmen. Harvey weigert sich, überhaupt auf irgendeiner Insel zu stranden, und der Unsichtbare hat nicht zugehört. Während all der Antworten beobachte ich den stumm hinter seinem Schal lächelnden Meister. Dann will Gerhardt auch seine Antwort hören.

El Hawa nickt zögerlich. »Die Bücher und die Insel. Eine interessante, immer wieder gern gestellte Frage. Ich durfte mich mit Carmen auch schon mal darüber unterhalten und finde vor allem den sentimentalen literarischen Ansatz bemerkenswert, den Menschen bei ihrer Beantwortung an den Tag legen. Mir persönlich scheinen Überlebensratgeber, Pflanzenbestimmungsbücher und für den Notfall eine Bibel oder etwas Entsprechendes wesentlich sinnvoller. Zumindest wenn man auf jener Insel länger als vier Bücher überleben will.«

»Sie würden also eher Überlebensratgeber mitnehmen?«, will Gerhardt wissen.

»Nein«, antwortet el Hawa bestimmt. »Ich würde stattdessen eine völlig andere Frage stellen. Wäre es nicht weit interessanter, welche vier Bücher Außerirdische, die uns in jeder Hinsicht überlegen sind, zur Rate ziehen sollten, um auf ihrer Grundlage die Menschheit zu beurteilen?« Zufrieden bemerkt er, wie seine Worte die anderen nachdenklich stimmen.

Mir schießt der Gedanke an einen von Literaturkritikern betriebenen Todesstern in den Sinn, auf dem man nach der

Auswertung von *Fifty Shades of Grey* und einigen Hochglanzmagazinen vermutlich noch ein paar Kohlen nachlegen würde.

Da würde dann vermutlich auch Batman nicht mehr helfen können.

»Das ist vielleicht der Grund, weshalb die Voyager keine Literatur dabeihatte«, murmle ich in meinen Schal, und Digga schaut mich verwirrt an.

Gerhardt übernimmt. »Voyager I und II, mein lieber Tobi, waren zwei Raumsonden, die in den Siebzigern mit allen möglichen Informationen an Bord ins All geschossen wurden.«

»Dem Standort der Erde, Grußbotschaften in zig Sprachen, wissenschaftlichen Plänen und einer Botschaft des amerikanischen Präsidenten.«

»Und neunzig Minuten ausgewählter Musik«, ergänzt el Hawa.

»Aber keine Bücher?«, fragt Ruth verwundert.

»Die haben sich vermutlich auch nicht für vier entscheiden können.« Digga grinst uns an, und der Meister schmunzelt.

»Wobei man die Rolle der Literatur im Rahmen der Voyagermission nicht unterschätzen sollte. Die NASA hat mit Isaac Asimov, Arthur C. Clarke und Robert A. Heinlein schließlich drei der bedeutendsten Science-Fiction-Autoren jener Zeit als Berater beschäftigt.«

»Wow.« Während ich mir vorstelle, wie wohl ein Grußwort Donald Trumps an die Völker des Weltalls aussehen würde, und der Unsichtbare sich das erste Mal überhaupt für etwas zu interessieren scheint, ist Digga sichtlich beeindruckt davon, wie nahe Science-Fiction und Realität mitunter beieinanderliegen.

Einen Moment später, als wir vor einer der beleuchteten

Werbetafeln des Grassi-Museums ankommen, verstehe ich, wohin der Meister uns führt. Eine Sonderausstellung, in der es um alte Geschichten und die Seiten geht, auf denen sie geschrieben stehen. Und allein der Titel lässt mich wohlig schaudern: OKTAV, FOLIANT & INKUNABEL – LEGENDEN VON BEOWULF BIS OBERON.

KAPITEL XIV

... darin der Held zwischen bedeutenden Geschichten und merkwürdigen Bulgaren etwas lernen darf, an der Seite unsichtbarer Freunde fliehen muss und am Ende mit emotionalen Komplikationen konfrontiert wird

An der Kasse stellt sich heraus, dass el Hawa uns bereits im Vorfeld angekündigt hat. Als Schulklasse.

Verwundert blickt die Frau hinter dem Tresen uns an, wobei sie auf eine nicht näher zu benennende Weise den Eindruck erweckt, eine schlimm verzauberte Prinzessin zu sein. Der Meister erklärt ihr, dass es sich um eine Abendschule handele und Gerhardt älter aussähe, als er sei.

Zögernd händigt die verwunschene Prinzessin schließlich ein ermäßigtes Schülergruppenticket aus.

An der Garderobe blickt eine junge Frau mit Kopfhörern von ihrem Skizzenblock auf und händigt uns für unsere Klamotten eine Reihe Plastikmarken aus.

Während Harvey und der Unsichtbare schwatzend in einen anderen Teil des Museums entschwinden, begibt sich der Rest von uns geschlossen durch das Foyer zum Eingang des Nebenflügels, wo ein älterer Herr mit Augenklappe missmutig unsere Karten abreißt.

Hinter der Tür erwarten uns zwei studentische Hilfskräfte, die einander derart ähnlich sehen, dass ich nicht gleich begreife, dass es *zwei* sind. Oder, nein. Drei. Es sind tatsächlich *drei!* Die sich zum Verwechseln ähnlich sehen und mit ihrem wirren Haupthaar, breitrandigen Brillen und schwarzen Bärten ein wenig wie tollwütige Bulgaren wirken. Als hätten Tweedledum und Tweedledee ihren vergessenen Bruder Tweedledot wiedergefunden.

Plötzlich halte ich es sogar für möglich, hier drinnen auch noch die Grunzekatze zu treffen. Weil es womöglich doch ein Druckfehler ist.

Unter den Blicken der drei betreten wir einen spärlich erleuchteten Raum, dessen Wände statt einer dunklen Täfelung eine chinesische Tapete, mit den üblichen Figuren, Tempeln, Bergen und Kranichen, ziert. Unsere Aufmerksamkeit aber fällt sofort auf den Inhalt einiger von innen beleuchteter Vitrinen und die Bücher darin.

Unter den zufriedenen Blicken des Meisters bewegen wir uns, von Ehrfurcht ergriffen, von einem Schaukasten zum nächsten. Unter dickem Glas entdecke ich neben den Kopien einiger Tontafeln mit dem *Gilgamesch-Epos* auch eine altgriechische Version der *Odyssee,* bewundere eine Vitrine weiter ein Faksimile der *Beowulf*-Handschrift und in der nächsten eine Version von Chaucers *Canterbury Tales* neben einer Originalausgabe von *Robinson Crusoe.* Ein paar Meter weiter befindet sich ein komplett Shakespeare gewidmeter Bücherschrank, in dem ich *Macbeth,* den *Sommernachtstraum* und *Romeo und Julia* erkenne und dabei für einen kurzen Moment an den Vorfall am Waldesrand zurückdenken muss.

Wohlig schaudernd blicke ich mich um, schiebe meine Brille hoch auf die Nase und begreife, dass der Inhalt dieser Vitrinen eine Geschichte der Geschichten abbildet. Götter, Verdammnis, Geister, Magie und Erlösung. Phantastik. Der Ursprung aller Literatur. Das Genre, aus dem Götter erstmalig zu den Menschen sprachen …

Unsere Hexe staunt auch. Allerdings kürzer als wir anderen, weil ihre Verabredung ihr offensichtlich wichtiger ist. Sie kramt noch zwei Glückskekse aus ihrer Handtasche, übergibt sie dem Meister und verabschiedet sich von uns, wobei sie mir keck zuzwinkert.

El Hawa schaut mir über die Schulter und deutet auf eine der Vitrinen.

»Ist das nicht großartig? Eine Erstausgabe von Defoes *The Life and Strange Surprizing Adventures of Robinson Crusoe of York, Mariner: Who lived eight and twenty Years all alone in an un-inhabited Island on the Coast of America, near the Mouth of the Great River of Oroonoque; Having been cast on Shore by Shipwreck, wherein all the Men perished but himself. With an Account how he was at last as strangely deliver'd by Pirates. Written by Himself.*« Er schaut nicht einmal auf das Buch, als er den Titel zitiert. Ich bin beeindruckt. »Und jetzt stellt euch mal vor, wie die Geschichte sich entwickelt hätte, wenn anstelle von Robinson Crusoe Graf Dracula auf jener Insel gestrandet wäre!«

Gerhardt, der direkt neben uns steht, lacht auf. »Na, wenn's bei Tag passiert wäre, hätte das kaum für ein ganzes Buch gereicht.«

Trotz seines Stocks schreitet der Meister beinahe leichtfüßig weiter und beugt sich bei der nächsten Vitrine zu Ruth hinab, die nachdenklich einige halb zerfallene Teile von Eugene Sues frühem Heftroman *The Wandering Jew* betrachtet.

All diese Titel zusammen in einem Raum wirken so unglaublich, das selbst die Gutenberg-Bibel im Zentrum kaum auffällt und ich mich frage, ob Prometheus den Göttern womöglich weniger das Feuer als vielmehr das Wort entrissen hat, um es den Menschen zu bringen.

Während die anderen sich von einem Glaskasten zum nächsten bewegen – selbst Digga wirkt auf seine schlichte Art beeindruckt –, fühle ich mich dem Geist des geschriebenen Wortes so nahe wie lange schon nicht mehr. Hier, genau hier will ich, wollte ich immer sein.

Bald sind, was el Hawa sichtlich vergnügt stimmt, außer uns keine anderen Museumsbesucher mehr im Raum. Auch die misstrauischen Blicke Tweedledots ändern nichts daran, dass er lächelnd die Arme ausbreitet und laut zu uns spricht.

»Willkommen, meine Lieben, am Anfang von allem. Dem Ursprung aller Geschichten!«

Seine Ansprache ruft einen weiteren tollwütigen Bulgaren auf den Plan, sodass Tweedledot und Tweedledee uns jetzt von zwei Seiten des Raumes aus beobachten.

Digga haben el Hawas Worte augenscheinlich nicht beeindruckt. »Warum? Das ist doch hornalter Scheiß«, murmelt er und wirft einen abschätzigen Blick auf die Erstausgabe von *Robinson Crusoe*. »Kinderkram.«

Gerhardt, der direkt hinter ihm steht, wendet sich von einer anderen Vitrine ab, beugt sich zu ihm und raunt ihm verschwörerisch zu: »Ohne diesen hornalten Scheiß, mein lieber Tobi, würde es weder deine Hentaimäuschen noch deine Superhelden geben, und die Menschheit würde vielleicht immer noch ums Feuer sitzen und sich die immer gleichen drei Geschichten erzählen, du Blitzbimmel!« Mit den letzten Worten schnipst er gegen den Schirm von Tobias' Mütze.

Ungläubig schaut der zu el Hawa hinüber. »Ernsthaft jetzt?«

Der Meister nickt unter den strengen Blicken der Bulgaren, worauf Tobias sein Handy hervorzieht, um *Robinson* abzufotografieren.

Als el Hawa nun ein weiteres Mal die Stimme erhebt, ahnen wir, dass nun das folgt, wofür wir wirklich hier sind. »Lasst mich euch noch eine kleine Aufgabe stellen.«

Wir alle sind gespannt. Selbst die wirrbärtigen Bulgaren, die jetzt wahrscheinlich, weil im Rest des Museums nicht mehr passiert und sie Harvey und den Unsichtbaren übersehen haben, vollzählig anwesend sind.

»Schaut euch um und verratet mir, was eurer Meinung nach die bemerkenswerteste Geschichte in diesem Raum ist. Da aber das Museum bald schließt und die Kollegen hier pünktlich Feierabend machen wollen, nehmt euch vielleicht nicht zu viel Zeit.«

Ruth und Digga stürmen an die Vitrinen, überfliegen Kurzzusammenfassungen und Begleittexte. Gerhardt bleibt nachdenklich mitten im Raume stehen, und ich frage mich, was bei dreitausend Jahren menschlicher Erzähltradition bemerkenswerter als etwas anderes sein könnte. An der Vitrine des *Beowulf* erfahre ich, dass der Name vom altenglischen *Bienenwolf* herrührt, was nichts anderes als *Bär* bedeutet. Das merke ich mir. Schon für den Fall, dass ich Pu noch einmal begegne.

Ich spüre, wie el Hawa mich neugierig beobachtet, bevor er uns kurz darauf zu sich hinüberwinkt und abwartend in die Runde blickt.

Als Erster meldet sich Digga zu Wort. Seiner Meinung nach ist die »krasse Buddygeschichte von Gilgamesch und Enkidu« die wichtigste hier. Aber nur, weil er keine Ausgabe des *Don Quijote* gefunden habe. Ruth widerspricht ihm. Aufgrund eines emanzipatorischen Ansatzes hält sie eine von de Troyes Artusverserzählungen für das Bemerkenswerteste. Weil die Dame vom See darin ihre Macht aus freien Stücken in die Hand eines Mannes legt, was Ruth zufolge den Wechsel vom Matriarchat zum Patriarchat kennzeichnet. Gerhardt hingegen konzentriert sich auf die Aussage des Meisters, dass Literatur die zärtliche Lüge sei. Als erster Held, der jemals den Göttern mithilfe der Lüge trotzte, wäre hier zweifellos Odysseus die wichtigste Figur und somit die *Odyssee* die bedeutendste Geschichte in diesem Raum.

Nun fällt der Blick des Meisters auf mich. Ich zögere.

»Ich denke, dass keine Geschichte in diesem Raum bemerkenswerter als die anderen ist.« Während ich das sage, fühle ich mich sehr erwachsen. »Weil sie schlussendlich alle eine Geschichte sind. Alle Helden von Odysseus bis Jesus sind in gewisser Weise identisch.«

El Hawa lächelt.

Einer der Bulgaren hustet vernehmlich und deutet auf seine Uhr. Der Meister bedeutet ihm, sich noch einen Moment zu gedulden, und tritt vor eine der Wände.

»Ihr alle habt euch Gedanken gemacht. Die bemerkenswerteste Geschichte in diesem Raum aber hat am Ende keiner von euch ausfindig machen können. Weil sie sich weniger in einer jener Vitrinen als vielmehr … hier verbirgt.«

Bei diesen Worten deutet er auf die hinter ihm liegende Wand und erntet dafür ungläubige Blicke. Auf der chinesischen Tapete ist ein sich emporwindender Fluss abgebildet, an seinen Ufern einige Festungen mit Soldaten in vermutlich traditionellen chinesischen Rüstungen auf den Mauern. Bauwerke, die durch parallel zum Fluss verlaufende Wege verbunden sind. Auf ihnen wieder sind berittene Krieger zu erkennen, die sich in Richtung einer Stadt im oberen Drittel des Tapetensegments bewegen, auf deren Mauern weitere Soldaten stehen.

So genau ich aber auch hinsehe, eine Geschichte vermag ich auf jener Tapete, bei der es sich augenscheinlich um die Kopie eines antiken Originals handelt, nicht zu erkennen.

»Was soll an der ollen Tapete jetzt geiler als an Gilgamesch sein?«, fragt Digga und verschränkt demonstrativ seine Arme vor der Brust.

Wieder versucht einer der Bulgaren zur Eile zu drängen, wird aber von seinen eigenen Kollegen zurechtgewiesen, die auf die Antwort des Meisters ebenso gespannt zu sein scheinen wie wir.

»Vor allem, mein junger Freund, hat das Gilgamesch-Epos im Gegensatz zu dieser Tapete keine Dynastie gestürzt. Als der Dichter Yuan Shan diese Tapete nämlich im Jahre 1271 in Auftrag gab, tat er das, weil die südliche Song-Dynastie von Korruption und Vetternwirtschaft durchsetzt und komplett verderbt war. Er war der Meinung, dass China einzig durch den Niedergang dieser Dynastie gerettet werden könne, und beschloss, diesen selbst herbeizuführen. Indem er diese Tapete Kublai Khan, dem Herrscher der Mongolen, als Geschenk zukommen ließ. Vermeintlich dazu gedacht, den Khan milde zu stimmen, war sie in Wirklichkeit der Schlüssel zum südlichen Reich und der Hauptstadt Hangzhou, weil auf ihr die genauen Truppenstärken der Festungen am Han-Fluss und in der Hauptstadt selbst mitsamt jener der kaiserlichen Reiterheere abgebildet sind. Jeder Soldat auf dieser Tapete stellt dabei eine Hundertschaft dar. Außerdem sind darauf die Haupt- und Nebentore der Stadt Hangzhou mitsamt Verlauf und Schwachstellen ihrer Mauern zu erkennen. Mithilfe dieser Tapete gelang es den Mongolen, nacheinander die Festungen am Han-Fluss sowie 1276 schließlich die Hauptstadt einzunehmen und schließlich das Ende der Song-Dynastie einzuleiten.«

»Krasse Scheiße«, sagt Digga.

»Jetzt aber!«, blafft Tweedledee und bedeutet uns energisch, den Raum zu verlassen. »Wir haben seit fünf Minuten geschlossen.«

Noch etwas benommen von der Tapetengeschichte trotten wir dem Meister hinterher, erst durch eine und dann durch die nächste Tür, und stoßen im Eingangsraum wieder zu meinen unsichtbaren Freunden, die sich in einer Ecke streiten.

Während die bärtigen Brillenbulgaren hinter uns Aufstellung nehmen, um unsere Rückkehr in die Ausstellungsräume zu verhindern, begeben wir uns zur Garderobe. Eilig pflücken wir den uns zugeworfenen Kleiderhaufen auseinander, schnappen unser Zeug und verlassen das Museum.

Autos rauschen vorbei, die Straße hinunter und hinein in die abendliche Dämmerung.

Noch während sie in ihre Jacke schlüpft, blickt Ruth den Meister zweifelnd an. »Die … die Geschichte mit dieser Tapete, die … die stimmt wirklich?«

Wir anderen belächeln noch ihren Unglauben, als der Meister seine Sonnenbrille aufsetzt und lächelnd antwortet.

»Nein.«

Wir schauen ihn verwundert an. El Hawa zuckt mit den Schultern.

»Aber die bemerkenswerteste war es allemal.«

Neben uns rumort die Straße. Gerhardt muss lachen. Digga fühlt sich verarscht, und ich will immer noch mit der Goldenen Horde gegen das südliche China reiten. Der Meister zwinkert Ruth zu. Ich falte meinen Schal auseinander und ziehe Sonnenbrille und Basecap hervor. Bevor ich sie aufsetzen kann, passieren uns inmitten der Wagen plötzlich zwei Motorradfahrer, und den Schriftzug auf ihren Rücken kenne ich zu gut. Vielleicht bin ich paranoid. Aber dadurch, dass beide sich nach mir umdrehen, wird es nicht besser. Als sie kurz darauf langsamer werden und zu einem Wendemanöver ansetzen, verabschiede ich mich eilig von den anderen, setze Brille und Kappe auf und verschwinde hastig.

In die nächste Seitenstraße einbiegend, höre ich neben mir die Schritte meiner eingebildeten Freunde und im Rücken das Wummern zweier sich nähernder Motorräder. Innerhalb kürzester Zeit ist meine Motivation, Rocker zu vermöbeln, erheblich geschrumpft.

Wir gehen schneller, biegen erst hier und dann da ab. Das Röhren wird lauter. Ich beginne zu laufen, zwischen Häusern hindurch, über halb zugewachsene Plattenwege. Die Motorräder sind noch immer zu hören. Mein Puls beschleunigt sich und Schweiß tritt mir auf die Stirn. Ein heftiger Schmerz durchzuckt mein Bein. Schnell atmend schlage ich Haken, humple weiter, wechsle die Richtung und verstecke mich schließlich im Schatten einiger Mülltonnen. Meinen beiden Begleitern ihre Unsichtbarkeit neidend, warte ich dort, bis die Vojvods außer Hörweite sind. Sicherheitshalber noch ein wenig länger. Und irgendwann wanke ich mit wackeligen Beinen in Richtung Straße, ziehe die Karte der Hexe hervor und winke, weil das Batmobil wohl auch heute nicht zu erwarten ist, das nächste Taxi heran.

Der Wagen gleitet durch die abendliche Stadt. Wir fahren Patrouille in Gotham. Frau Meisenbrecht wohnt in Plagwitz; ein weiterer Stadtteil, der mir bisher unbekannt ist. Leipzig scheint tatsächlich eine Stadt zu sein, die sich im Gegensatz zu Berlin entdecken lässt, bevor sich alles darin verändert. Eine Erkenntnis, die mich auf eigentümliche Weise beruhigt. Ich habe das Gefühl, der stetigen Veränderung entkommen, angekommen zu sein. Mit Jesus und Odysseus im Hinterkopf, den Rockern im Nacken, zwei unsichtbaren Freunden an der Seite, bin ich mir endgültig sicher: Dies ist, wer ich sein will. Das ist, wo ich sein will. In dieser Stadt mit Pu dem Bären und Don Quijote, Gilgamesch und Beowulf, mit Menschen wie el Hawa, Carmen, Gerhardt, Ruth und Digga und der Hexe. Mit Menschen, die niemals einen Bestseller schreiben werden, aber mich sein lassen, wer immer ich sein will. Selbst wenn es ein unechter Finne mit einem albernen falschen Namen ist, der sie die ganze Zeit über belügt.

Von Zeit zu Zeit blinzle ich vorsichtig durch meine Sonnenbrille hinaus ins Dunkel, entdecke keine Motorräder und strecke meine Hand nach Harveys unsichtbarer Tatze aus. Er ergreift meine Hand, ich lächle zufrieden, und der Taxifahrer mustert mich irritiert im Rückspiegel.

Er wirkt beinahe erleichtert, als er uns wenig später im hinteren Teil der Industriestraße rauslässt und mitsamt meinem letzten Schein Bargeld in der Dunkelheit verschwindet.

Auf den ersten Blick wirkt Susanne Meisenbrechts Wohnung weniger sonderbar als Holgers Leergutannahme und Gerhardts Refugium mit seinem kleinen Steinuniversum. Sie freut sich, dass ich da bin, hat Kerzen angezündet und, wie es scheint, im Lauf des Abends auch schon ein wenig getrunken. Kichernd zeigt sie mir ihre Wohnung, wobei sie sich an den Wänden abstützen muss.

Im Wohnzimmer an der Wand hängen einige Tücher mit keltischen Mustern, davor wiederum Regale, in denen Arzt- und Heimatromane sich mit Büchern über Hexenkult, Wiccatraditionen und Tarot sich mit Rosamunde Pilcher abwechselt. Dazwischen Lebens- und Liebesratgeber und Dutzende brennende Teelichter. Am Boden befinden sich außerdem eine Klangschale und eine überdimensionierte pinkfarbene Madonnenfigur. Im Zentrum des Ganzen steht ein abgewetztes Sofa, das im spärlichen Licht der Kerzen an einen Opferaltar erinnert, davor ein kleiner Tisch mit einem gestrickten Runendeckchen, auf dem neben einem ganz leeren Glas eine halb leere Flasche Wein steht.

Unter normalen Umständen würde das alles hier nicht zusammenpassen, doch in der Wohnung eines frustrierten Dauersingles, der im Fernsehen unter falschem Namen Menschen in Liebesdingen berät, wirkt es irgendwie normal.

Ich höre, wie sich Harvey und der Unsichtbare seufzend auf das Sofa fallen lassen.

Als Nächstes führt Susanne mich kichernd hinüber in einen kleinen Raum, den sie zwar als Gästezimmer bezeichnet, der aber, fensterlos, unbeheizt und lediglich mit einer wackeligen Liege und einem leeren Stuhl bestückt, vergleichsweise ungastlich wirkt.

Dann folgt der größte Raum: das Schlafzimmer, mit einem so absurd großen Bett darin, dass neben Susanne auch noch all ihre Hexenschwestern aus *Macbeth* mitsamt Buhlschaft Platz darin hätten. Ein Bett, wie es allenfalls eine Orgie auslasten könnte, die ich mir lieber nicht vorstellen möchte. Darüber baumelt ein von Spinnweben durchzogener Traumfänger.

An den Wänden sind, etwas unbeholfen gezeichnet, einige Runen zu erkennen, die ich nicht benennen kann. Es ist zu lange her, dass ich mich mit ihnen befasst habe. Zwischen zwei Kleiderschränken steht zuletzt eine kleine geschnitzte Kommode mit einer Räucherschale und einer indischen Götterstatue darauf, die ich aufgrund des spärlichen Lichtes nicht genau identifizieren kann.

»Wenn du nicht willst, musst du übrigens nicht im Gästezimmer schlafen«, höre ich ihre Stimme plötzlich ganz nahe neben meinem Ohr und fahre zusammen, als ihre Hand sich auf meine Schulter legt und ich ihre Brüste an meinem Rücken spüre. Eilig schüttle ich ihre Hand, die sich wie ein rohes Kotelett anfühlt, von meiner Schulter, begebe mich zurück ins

Wohnzimmer und ahne, während Venus von Hathor mir auf dem Fuße folgt, dass hinter der lieblosen Gestaltung des Gästezimmers ein Konzept steckt.

Eine halbe Stunde später haben sich Harvey und der Unsichtbare ins Schlafzimmer zurückgezogen, und im Wohnzimmer ist die Flasche neben dem Sofa eben so leer wie das zweite Glas. Susanne ist dafür umso voller und versucht die ganze Zeit über mehr oder minder subtilen Körpertakt zu etablieren. Tatsächlich scheint dieses spezielle Sofa so konzipiert zu sein, dass sich eine darauf befindliche Person einer anderen nicht entziehen kann. Wenn ich mich zur einen Seite drehe, liegt plötzlich ihre Hand auf meinem Bein. Drehe ich mich zur anderen, krault sie mir plötzlich den Nacken. Das rohe Kotelett scheint überall zu sein. Susanne wirkt ein wenig enthemmt, weshalb ich das Öffnen einer zweiten Flasche zu unterbinden beschließe.

»Ich bin dir übrigens sehr dankbar, dass ich für ein paar Tage bei dir im Gästezimmer unterkommen kann. Ist gerade alles nicht so leicht bei mir«, sage ich kleinlaut.

»Wie gesagt, es muss nicht unbedingt das Gästezimmer sein«, flüstert sie. Es soll vermutlich verrucht klingen, hat aber eher etwas Asthmatisches.

Ich übergehe die Andeutung, winde mich ein wenig und spüre, wie das Kotelett von meinem Bein wieder auf meine Schulter gleitet. Ich schaue Susanne an.

»Du bist halt gerade wirklich meine Rettung. Weißt du, ich hab nicht einen Euro mehr im Portemonnaie.«

Weinselig lächelt sie mich an und raunt: »Mach dir keine Sorgen, Vilho. Ich verdien ganz gut beim Sender. Gut genug, dass es für uns beide reicht.«

Es läuft mir kalt den Rücken hinab. Ich fühle mich, als hätte ich mich durch Betreten dieser Wohnung versehentlich verlobt oder einen bizarren amourösen Vertrag abgeschlossen. Ich wende mich ab, gebe mich verlegen und spüre im nächsten Moment, wie Susanne ihre Brust an meine Schulter drückt und an mir herumzunesteln beginnt.

Ich gähne demonstrativ, strecke mich, schiebe sie beiseite, setze meine Brille ab und sage, dass ich heute auf jeden Fall erst einmal das Gästezimmer vorziehen würde. Irgendetwas in mir, sei es der kleine Opportunist oder auch der einstmals erfolgreiche Autor, der die Nacht nicht auf der Straße verbringen will, wagt es nicht, Venus von Hathor mitzuteilen, dass ich weder diese noch eine andere Nacht, weder in nüchternem noch in volltrunkenem Zustand mit ihr zusammen auf der Gangbangmatratze verbringen will. Vielleicht ist es eine verquere Art von Höflichkeit, damit sie sich nicht unattraktiv oder abgewiesen fühlt.

Es gelingt mir, mich rauszuwinden. Sei es, weil sie zu betrunken oder selbst zu müde ist. Jedenfalls lässt sie mich gehen. Ich frage mich noch, was Susanne heute Nacht wohl drüben mit meinen unsichtbaren Freunden anstellen wird, und verschwinde, ihr eine gute Nacht wünschend, eilig mit meinem Rucksack im Bad.

Bevor ich mich wenig später in meinem fensterlosen Zimmer auf der wackeligen Liege ausstrecke, schließe ich sicherheitshalber die Tür ab. Zwei Mal.

Und dann liege ich da und bin mir meiner Sache nicht mehr ganz sicher. Diese traurige einsame Frau dort draußen erinnert mich an Dinge, die ich selbst vermisse. Vor allem Willi, die weder neue noch eingebildete Freunde ersetzen können. Weil sie mich kennt. Mein anderes ich. Tristen. Der womöglich aufhört sie zu vermissen, wenn er sich komplett in Unterberg verwandelt hat.

Nachdem ich während der nächsten Tage meine merklich zur Neige gehenden Pillen genommen und mein Notizbuch mit Ideen gefüllt habe, die Gulliver, Sherlock Holmes, Tarzan, Sindbad und mir sinnvoll erschienen, habe ich Verschiedenes herausgefunden: Erstens vertraue ich Susannes Kochkünsten mehr als ihren Liebesratschlägen. Des Weiteren ist sie nüchtern ebenso anlehnungsbedürftig wie angetrunken. Darüber hinaus lässt sie mich abends mit derart wachsendem Unwillen ins Gästezimmer verschwinden, dass ich fürchte, es am folgendem Tag vor dem Zubettgehen von außen abgeschlossen zu finden. Und sie besitzt auch noch mindestens ein Buch von Aaron Tristen. Seinen Longseller *Einhörner gegen Vampire,* den ich, während sie arbeiten war, zwischen Büchern über sexy Körperwandler und andere Vampire gefunden habe.

Sindbad wollte es lesen, ist aber nicht weit gekommen.

Heute Abend habe ich das Buch – der Unauffälligkeit halber zusammen mit einigen anderen – auf den Couchtisch gelegt.

Sindbad hat sich zusammen mit Guinevere ins Schlafzimmer zurückgezogen.

Wieder ist das Wohnzimmer von Dutzenden Teelichtern erleuchtet.

»Hey, du liest auch Fantasy!«, sage ich und deute auf die Bücher.

Sie zuckt mit den Schultern. So beiläufig wie möglich deute ich auf *Einhörner gegen Vampire* und frage zweifelnd: »Ernsthaft? Aaron Tristen?«

Susanne zuckt mit den Schultern. »Ja ich weiß, dass das Buch mies ist.« *Mies also.* Früher hätte diese Aussage mich getroffen. Aber nun bin ich längst mehr Unterberg als Tristen.

»Aber das Fantasyzeug war eh bloß so eine Phase.« Sie winkt ab und wirft einen abschätzigen Blick auf die Bücher. »War am Ende alles doch nicht so meins. Keine authentische Emotion.

Alles mehr auf Effekt und sexuelle Interaktion ausgelegt. Was immer der Meister auch über Phantastik sagen mag, die Königsdisziplin ist meiner Meinung nach eine andere.«

»Liebesliteratur?«, frage ich, auf die Regale voll emotional authentischer Schundromane deutend.

Sie lächelt müde. Ihre Mundwinkel zittern ein wenig.

»Wenn man nichts anderes hat«, sagt sie traurig und leert ihr Weinglas mit einem einzigen Schluck.

Die Traurigkeit in ihrer Stimme berührt mich so sehr, dass ich, ohne auch nur einen Moment darüber nachzudenken, näher rücke und sie in den Arm nehme. Ich verkneife mir den Kommentar, dass nach el Hawas Definition vermutlich auch Rosamunde Pilcher eine Fantasyautorin wäre, und halte die schluchzende Susanne fest. Es fühlt sich gut an. Richtig. Bis das verdammte Kotelett sich wieder seinen Weg sucht, sie mich zu streicheln beginnt und ich nicht weiß, wie ich aus dieser Nummer elegant rauskommen soll. Als sie wie in Zeitlupe den Blick hebt und mich aus tränenverhangenen Augen anschaut, fühle ich mich beinahe ausgetrickst und in einen Schundroman gelockt.

»Bitte, bitte nicht zurückweisen. Nicht heute«, flüstert sie und schaut mich mit großen traurigen Augen an.

»Weißt du, Susanne, es … es gibt da ein kleines Problem.«

Ihre Augen werden noch größer, dann spüre ich, wie sich das vorgewärmte Kotelett auf meine Hand legt und sie mir ernst zunickt. »Was immer es ist, zusammen schaffen wir es.«

Einmal mehr vermittelt sie mir das Gefühl, mich in einer Paralleldimension versehentlich mit ihr verlobt und das Ganze mit Blut besiegelt zu haben.

»Alles kein Problem. Notfalls schreibst du, und ich verdiene das Geld. Der Job beim Sender wird wirklich gut bezahlt. Und Probleme in Liebesdingen haben die Leute immer. Das ist krisensicher. Glaub mir, ich weiß, wovon ich spreche.« Sie zwinkert mir zu, ihre Tränen sind blitzartig getrocknet. Und das Kotelett ist noch immer am Wandern.

Nebenan höre ich Sindbad und Guinevre lachen. Zumindest zwei, die Spaß haben.

Ich habe mich noch nicht entschieden, was eigentlich mein Problem ist, weiß jedoch, dass ich es so schnell wie möglich ausformulieren sollte, wenn ich das Kotelett nicht noch ganz woanders spüren will.

»Ich … ich kann mit Frauen nichts anfangen. Ich bin …«

»Schwul?«

»Ja.«

»Ach, das ist doch kein Problem«, säuselt sie, und ich spüre ihre Hand an meinem Hosenbund. Meine Kotelettbremse hat versagt, sodass mir nichts anderes übrig bleibt, als mich loszureißen, aufzuspringen und das Ganze nun meinerseits zu dramatisieren. »Nein! Ich kann das nicht. Wirklich nicht. Es … es tut mir leid.«

Ich wirke so verzweifelt wie möglich und bemühe mich, während ich ins Gästezimmer haste und zwei Mal abschließe, den Tränen nahe zu erscheinen.

Nicht mal zum Zähneputzen traue ich mich wieder raus.

Ich versuche einzuschlafen, kann allerdings nicht verhindern, dass ich mich schuldig fühle. Eine halbe Stunde lang höre ich Susanne im Wohnzimmer jammern. Warum immer ihr so etwas passieren müsse, dass sie das nicht verdient habe, sie wohl niemals glücklich werde und ein paar andere Dinge, die ich des Schluchzens wegen nicht verstehe.

Als ich beinahe eingenickt bin, klopft es plötzlich an der Tür.

Ich fahre hoch und höre aus dem Flur Susanne, deren Stimme seltsam fremd, entschlossen und hart klingt.

»Ich koche wirklich gerne für dich und lass dich auch hier schlafen, Vilho. Aber vielleicht solltest du mal darüber nachdenken, mir im Gegenzug auch etwas Gutes zu tun. Ich habe auch Bedürfnisse! Und dabei ist es mir egal, wie schwul du bist. Wenn dir das nicht passt, kannst du morgen nach dem Frühstück gehen.«

Das Ganze klingt, als habe gerade die dreizehnte Fee ihren Fluch ausgesprochen. Oder als hätte die böse Königin einen daheimgebliebenen Zwerg bedroht. Mir jedenfalls läuft es eiskalt den Rücken hinunter, und ich komme zu dem Schluss, Venus von Hathor, für den Fall der Fälle, als Letzte um Rat zu bitten.

Ich lausche in den Flur hinaus. Warte darauf, dass sie sich in ihren Bettbunker zurückzieht, einschläft und ich noch einmal ins Bad kann.

Eine Stunde später wage ich mich noch einmal nach draußen.

So leise wie möglich bewege ich mich über den Flur Richtung Bad, als ich bemerke, dass Susanne vergessen hat, im Wohnzimmer die Kerzen auszublasen. Also schleiche ich auf Zehenspitzen in die Bibliothek der Liebe und all ihrer romantischen Spielarten, wo Sindbad und Guinevere eng umschlungen auf dem Sofa schlafen, und kümmere mich um die Kerzen.

Ich habe bereits die Hälfte ausgeblasen, als mir etwas ins Auge fällt: Auf dem Couchtisch, neben den leeren Weinflaschen, liegt ein kleines offenes Notizbuch mit einem verzierten Einband. Weil eines Gläser umgefallen ist, liegt es in einer vom Tisch bis auf den Teppich reichenden Rotweinlache. Zwischen den aufgeschlagenen, dicht beschriebenen Seiten ruht ein fein ziselierter Kugelschreiber mit keltischem Muster. Ein Tagebuch womöglich.

Ich kann mich nicht dagegen wehren. Muss einen Blick hineinwerfen. Schließlich geht es um Geschichten, authentische Emotionen und womöglich auch ein wenig um mich.

Ich setze mich auf den Boden, nehme das Buch und beschließe, von einer Ahnung Restanstand ergriffen, nur die aufgeschlagenen Seiten zu lesen und nicht umzublättern. Sindbad wacht auf, räkelt sich und schaut mir neugierig über die Schulter.

Dann beginne ich zu lesen.

KAPITEL XV

… darin der Held sich ein neues Quartier zu suchen gezwungen ist, die Grenzen zwischen Freund und Feind verwischen und Don Quijote Rumpelstilzchen näher kommt als jemals zuvor

Ich respektiere Susannes Bedürfnisse. Nach Rücksprache mit Pu dem Bären, neben dem ich heute aufgewacht bin, halte ich mich diesbezüglich allerdings nicht für zuständig, weshalb ich am Morgen meine Sachen packe, den Rucksack schultere und Susannes Wohnung mit einem kleinen gelben Bären an der Hand verlasse.

Ich habe ihm das mit Beowulf erzählt. Aber das wusste er bereits.

Dass jemand wie Susanne Meisenbrecht den Menschen professionell Ratschläge in Liebesdingen erteilt, finde ich ebenso verstörend wie die Tatsache, dass sie mit Abstand die besten Gedichte schreibt, die ich seit Langem gelesen habe.

Natürlich habe ich umgeblättert. Mehr als einmal. Die halbe Nacht bin ich von Zeile zu Zeile gestolpert, über die Seiten gehastet. Mit Schaudern, mit Tränen in den Augen, einer fast vergessenen Ehrfurcht für die Sprache und dem traurigen Gefühl, niemals auch nur im Ansatz geliebt zu haben.

Einige Gedichte lang glaubte ich, sie hätte sie irgendwo abgeschrieben. Bis sich vor meinen Augen und zwischen all den Worten ihr eigener Stil manifestierte, so dicht und intensiv, dass jede Zeile sich anfühlte, als ob ein kleines tollwütiges Tier aus dem Buch nach einem schnappte. Innerhalb von vierzig Gedichten verwüsteten mir Venus von Hathor und Susanne Meisenbrecht zwischen Rotweinresten und Opfersofa meine ohnehin schon geschädigte Gefühlslandschaft, setzten mein Herz in Flammen, trampelten darauf herum und gewährten mir Einblick in die Seele einer Frau, die vermutlich verlernt hatte, etwas anderes als allein zu sein. Binnen zweier Stunden machten Susannes Worte mich zum einsamsten Menschen der Welt, der sich, auf ihren wortwärtigen Pfaden wandelnd, unrettbar im Wald der Enttäuschung verirrt hatte.

Schließlich hatte ich das aufgeschlagene Buch in der Rotweinlache und den Stift so zurückgelassen, wie ich sie vorgefunden hatte. Und als ich das Gästezimmer von innen abgeschlossen, mich auf meiner quietschenden Liege zusammengerollt und das Zähneputzen komplett vergessen hatte, war mein Respekt vor dieser Frau um ein Vielfaches gewachsen.

Nun, da ich mit Pu, den Rucksack über der Schulter, zu Fuß durch die Stadt ziehe, beschäftigt es mich noch immer, da diese Frau, die ich bis vor einer Woche allenfalls als verstrahlte Glaskugelschubserin wahrgenommen habe, tatsächlich besser schreibt als ich.

Plötzlich schwingt sich Batman über eine nahe Mauer und kommt auf uns zugeeilt. Ungläubig sehe ich ihn näher kommen. Endlich! Mit seiner Hilfe wird vielleicht doch noch alles gut! Er aber winkt ab, flucht, dass das verdammte Batmobil kaputt wäre, er darum zu spät ins Kontor der Buddenbrooks komme, und hastet an uns vorbei. Ich bin trotzdem froh, ihn zumindest mal wieder gesehen zu haben.

Kopfschüttelnd schaut Pu ihm nach und meint, dass er, nach allem was Sindbad ihm erzählt habe, gern auch mal etwas von ihr lesen würde. Ich seufze leise. Diese Momente, in denen sich selbst deine imaginären Freunde von dir abzuwenden beginnen, sind nicht leicht zu ertragen.

Dass Susanne derart gut ist, bringt mich ihr weder näher noch macht es sie mir sympathischer. Aber es lässt mich erahnen, wie sehr selbst ich, der ich mit Pu dem Bären, Alice und Mr. Hyde auf du und du bin, mich von Vorurteilen leiten lasse. Dass auch ich nicht in der Lage bin, die interessanteste Geschichte im Raum zu bemerken.

Die Leute um mich herum beginnen sich zu verändern, und ich muss erkennen, dass in vermeintlich pornosüchtigen Trollen, verwirrten Obdachlosen und chronisch untervögelten Fernsehhexen mitunter mehr steckt als vermutet. Ohne dass einer von ihnen in seinem Leben auch nur ein Buch verkauft, sich mit einem Verleger oder gar imaginären Figuren rumgestritten hätte. Bevor ich mir aber über meine charakterlichen Schwächen Gedanken mache, sollte ich erst einmal klären, wo ich die nächsten Nächte verbringe.

Holger wird mich sicher nicht noch einmal in die Nähe seines Schnurrbarts lassen. Den Gedanken, Gerhardt nach irgendwelchen Männerunterkünften zu fragen, verwerfe ich beinahe ebenso schnell. Und Jan darum zu bitten, ein paar Tage in seinem Atelier unterzukommen, scheint mir eingedenk unseres letzten Gespräches auch nicht ratsam. Dem Troll und seiner Tochter will ich keinen Ärger mehr machen, bei Ruth wage ich wegen Häkelhagrid keine Anfrage, Carmen ist wahrscheinlich mitsamt Visch noch immer in Berlin, und bei Susanne lauern die Koteletts. Womit die Zahl meiner Möglichkeiten sich erschöpft hätte. Obwohl, wenn ich es genau bedenke, habe ich vielleicht doch noch eine in der Hinterhand.

Zu Fuß und mit Pu brauche ich eine knappe Stunde durch die Stadt.

Auf dem Weg stoßen Don Quijote und noch einmal das weiße Kaninchen zu uns. Wahrscheinlich variiert die Dosierung in den Pillen. Das Kaninchen hat jetzt eine Apple Watch, die es die ganze Zeit über anstarrt, während der Ritter von der traurigen Gestalt die Stadt bestaunt.

Dass das Kaninchen mir folgt, ist allerdings ein seltsames Gefühl.

Irgendwie bin ich froh, dass andere meine Freunde nicht sehen können.

Wie ich es mir gedacht habe, hängt Digga mit seinem Kumpel in der Eisenbahnstraße ab. Wir entdecken die beiden in einer Shishabar, keine zwei Minuten von dem Laden entfernt, vor dem es Jan und den Rocker erwischt hat. Ich ziehe mein Basecap tiefer ins Gesicht, schiebe die Sonnenbrille höher auf die Nase und beobachte sie. Beide rauchen, sichtlich gut gelaunt, eine Wasserpfeife, die nicht nach herkömmlichem Tabak riecht. Ich überlege, ihnen ein paar meiner Pillen anzubieten, bin dann aber doch nicht bereit, meine imaginären Freunde zu teilen. Um Tobias nicht vor seinem Gangsterkumpel bloßzustellen, halte ich mich zurück, setze mich in den Nebenraum und zähle mein letztes Kleingeld auf den Tisch. Während mein Phantasietrupp sich um mich herumsetzt, bestelle ich einen kleinen Kaffee und schlage das Notizbuch auf, um einige Gedanken über meine letzten Tage zu Papier zu bringen.

Pu will eine Cola, die ich mir nicht leisten kann, Don Quijote diskutiert mit dem Kühlschrank, und das Kaninchen spielt mit seiner Apple Watch.

Ich mache einige Notizen, sinniere über Leipzig, Berlin, el Hawa und die Gruppe, wie viel Unterberg und Tristen in mir stecken, wohin ich gehöre, wer ich bin, was ich will und wie ich ohne größere Probleme wieder zu Geld kommen kann. Dabei staune ich, wie wenig phantastisch das Ganze ist. Die meisten Absätze drehen sich um mein Hier und Jetzt. Menschen, Beobachtungen, Gefühle.

Nachdenklich betrachte ich meine chemisch induzierten Begleiter. Den kleinen gelben Bären, der mich vorwurfsvoll anschaut, den abgebrochenen Ritter, der dazu übergegangen ist, das Kühlgerät zu bedrohen, und das Kaninchen, das, statt sich um die Uhrzeit zu scheren, debil kichernd ein Spiel auf seiner Apple Watch zockt.

Vielleicht ist das Phantastische inzwischen so sehr Teil meiner Wirklichkeit geworden, dass ich nicht mehr darüber schreiben kann? Sichtlich zufrieden macht Pu mich auf einige Rechtschreibfehler aufmerksam und fragt, ob er zumindest den Kaffee austrinken dürfe.

Nebenan höre ich, wie Digga zu seinem Gangsterkumpel sagt: »Alter, wir sehen uns dann nachher, ich hab noch was zu erledigen.«

»Du und deine Scheißzockerei. Wenn du mit 'm Messer halb so gut wie mit 'm Controller wärst, wären wir schon bisschen weiter. Wir hängen ja kaum noch miteinander ab.«

»Ach, halts Maul, Poco.«

»Yo Mann, du auch, bis später, Digga!«

Die beiden ziehen ihre Jacken über und stecken ihre Handys ein, rücken die Mützen zurecht und verlassen den Laden. Während sie sich vor der Tür noch einmal mit Ghettohandschlag und distanziert inniglicher Gangsterumarmung verabschieden, bezahle ich meinen Kaffee, sammle meine imaginierten Homies ein und eile nach draußen.

An der nächsten Ecke hole ich ihn ein und spreche ihn an. »Hey, Tobias, was geht?«

Er blickt mich verwundert an. »Vilho? Verfolgst du mich, oder was?«

»Nicht direkt, aber ich hab mir halt gedacht, dass ich dich am ehesten hier in der Gegend treffen würde.«

»Alter, bist du schwul, oder was stimmt nicht mit dir?«

Keine Ahnung, warum er so aggressiv ist. Bei den Treffen habe ich ihn als trotzig-verschroben erlebt, aber immer das Gefühl gehabt, dass wir uns verstehen. Unter den gegebenen Vorzeichen scheint es mir jedoch klüger, mein Stillschweigen bezüglich des Überfalls nicht als Druckmittel anzuführen. Flüsternd rät mir Don Quijote, es stattdessen mit der Wahrheit zu versuchen, und da Pu behauptet, damit auch schon gute Erfahrungen gemacht zu haben, wage ich es.

»Keine Sorge, Tobias. Ich… ich hab nur ein Problem. Ein ernsthaftes. Und ich fürchte, dass ich deine Hilfe brauchen könnte.«

In seinem Gesicht meine ich Unglauben zu erkennen. Als hätte ihn noch nie in seinem Leben irgendjemand um irgendetwas, sei es seine Hilfe oder auch nur seine Meinung, gebeten. Seine Miene ist finster. Hart. Schweigend stehen wir einander gegenüber. Zwei unwirklich anmutende Gestalten mit Basecaps, unschlüssig, ob sie einander ausrauben, umarmen oder ein Gespräch führen wollen. Um uns herum Ritter, Bär und Kaninchen. Wie eine Ghettostudie von Loriot mit einem Schuss Irrsinn, ein verwirrtes Meme oder ein bizarres Streetartmotiv. Bis Tobias zögernd nickt.

»In Ordnung. Worum geht es?«

Ich erkläre ihm mein Dilemma in der abgespeckten Version, die lediglich auf das Brauchen eines Bettes für ein paar Nächte hinausläuft und dem Ansatz mit der Wahrheit so weit widerspricht, dass Pu und Don Quijote sich einen vielsagenden Blick zuwerfen.

Digga kaut grübelnd auf seiner Unterlippe herum. Schließlich streckt er mir die Hand hin, schaut mir in die Augen und antwortet in einem sehr erwachsenen Ton: »Denke, das kriegen wir hin. Zumindest, wenn du mir versprichst, dass du niemandem was erzählst. Deal?«

Erleichtert schlage ich ein. Dann folge ich ihm und frage mich, was für ein Geheimnis wohl hinter seinen Worten stecken mag. Ob er womöglich Drogen verkauft, in der Garage Crystal Meth kocht oder ein wildes Webcamgirl als Freundin hat. Don Quijote meint, dass Menschen mit solchen Geheimnissen selten ein Faible für Geschichtenerzähler hätten. Pu erwidert, dass das Vorurteile wären. Schließlich hätte auch der Dichter Arthur Rimbaud das Schreiben später gegen den Waffenhandel getauscht. Nur dem Kaninchen, das noch immer zockt, scheint das alles egal zu sein.

Als Digga die Tür öffnet, riecht es seltsam.

Pu, der das offenbar auch bemerkt, verzieht kaum merklich sein pelziges Gesicht. Es ist nicht der Geruch von stehender Luft, Männerschweiß und abgestandenem Essen, wie ich ihn aus alten Studentenbuden kenne und der in einer Zockerbude herrschen müsste. In der Luft liegt vielmehr ein Geruch von …

»Siechenhaus«, meint der Hidalgo Quijote, seinen Bart zwirbelnd, mit finsterem Blick. Ich hätte es anders formuliert, aber er hat recht. Es riecht ein wenig wie bei Jan im Zimmer. Nach Krankenhaus.

Digga tritt vor mir in den schmalen aufgeräumten Flur, dessen karge Einrichtung einen merkwürdigen Siebziger-Jahre-Charme ausstrahlt. Ein runder Spiegel mit orangem Rahmen, ein kleines Telefontischchen aus Plastik, ein Schuhregal und eine Reihe seltsamer Tierholzbilder, wie ich sie vor Urzeiten mal bei meinen Eltern gesehen habe. Vom Flur gehen mehrere

Türen ab. Zu meiner Linken liegt hinter einem Plastikperlenvorhang offenbar die Küche. Auf der nächsten Tür ist in Augenhöhe ein kleines Holzschild mit dem unbeholfenen Schriftzug BAD zu erkennen. Rechts geht eine weitere Tür ab, die mir aber weit weniger interessant scheint als die letzte, die sich an der Stirnseite des Flures befindet. Sie ist halb offen. Dahinter brennt Licht. Ich glaube sogar, etwas von dort hören zu können. Digga bedeutet mir, mich nicht von der Stelle zu rühren, dann durchmisst er den Flur mit einigen schnellen Schritten und schließt sie leise. Weder ich noch Bär, Don oder Kaninchen regen sich. Keiner von uns würde es wagen, unser potenzielles Bett für die anstehenden Nächte zu gefährden. In die Tür ist oranges Glas eingelassen und dahinter scheint sich etwas zu bewegen. Aber um im Warmen schlafen zu können, bezähmen wir unsere Neugier.

Einen Finger an die Lippen legend, weist Digga auf die rechte Tür, und wir huschen ohne Widerworte hinein. Ohne uns zu folgen, schließt er sie hinter uns, und plötzlich ist die Welt wieder in Ordnung. In diesem Zimmer riecht es nämlich nicht nur so, wie es sollte, sondern es sieht auch so aus. Eine Kommode mit offenen Schubladen, aus denen überwiegend Klamotten hervorquellen, mindestens zwei Paar achtlos in die Ecke geworfene Sneakers und ein Haufen leerer Energydrinkdosen. Dazu ein großer Plasmafernseher, Bluetoothlautsprecher, eine Konsole und auf einem abgeschrammten Couchtisch zwei Controller, rechts und links von einem übervollen Aschenbecher. Daneben ein angeschlagener Laptop. Dahinter eine versiffte Klappcouch, ein grüner Sperrmüllleviathan mit einer schon länger nicht gewaschenen Decke darauf.

An den Wänden Poster: *World of Warcraft, Call of Duty, Assasin's Creed.* Spieletitel, die selbst dem Kaninchen etwas sagen. Und dann sind da noch zwei billige Ikearegale: In einem davon gestapelte T-Shirts, Basecaps und Jacken. Im anderen tatsächlich Bücher. Bevor ich diese aber näher in Augenschein nehmen kann, öffnet sich die Tür und Digga kommt herein. Wir rücken auf der Couch näher zusammen, und ich schaue ihn erwartungsvoll an.

Pu sagt, dass er gern etwas essen würde, Don Quijote ist müde, und das Kaninchen meint, dass es gleich losmuss. Digga macht unterdessen eine Ansage:

»Also, du kannst bleiben. Hier. In meinem Zimmer. Zumindest bis zum nächsten Treffen. Von deinen Problemen musst du mir nichts erzählen, davon hab ich selbst genug. Wichtig ist, dass du dich an die Regeln hältst. Und die lauten: Du verlässt diesen Raum nur, wenn ich es sage. Wenn du pissen musst oder nach draußen willst, fragst du mich. Wenn ich die Wohnung verlasse, tust du es auch. Und Fragen stellst du auch keine. Sind wir uns so weit einig?«

Erstaunt ob des fehlenden Hip-Hop-Gehabes, nicke ich zögernd. Die anderen ebenfalls. Was Digga zu beruhigen scheint.

»Und wo kann ich mich langmachen?«, will ich wissen.

»Wir ziehen einfach die Couch aus. Aber wenn du mich anfasst, bist du tot. Nur dass du's weißt.«

Was für eine Aussicht. Eingesperrt in einer versifften Gamerbude zu sein und mit Digga zusammen auf der Couch zu schlafen.

Wieder streckt er mir seine Hand entgegen. Und wieder schlage ich ein.

Von der anderen Seite der Wohnung ertönt das helle Läuten einer Glocke. Als Digga verschwindet, drückt das Kaninchen sich an ihm vorbei aus der Tür, und ich bekomme Gelegenheit, mir sein Bücherregal aus der Nähe anzusehen: Auf Augenhöhe befindet sich eine kleine leere Vitrine, in der, den Staubspuren nach, sonst ein Buch steht. Ein Regalbrett tiefer erkenne ich sie,

Buch an Buch. Zerknickte Rücken, zigfach gelesen. Eine verdichtete Bibliothek der hohen Fantasy. Und mitten zwischen den Klassikern: *Tristen*. Meine Bücher. Alle. Es schmeichelt mir, zwischen wirklichen Meistern zu stehen, und doch komme ich mir dabei wie ein Betrüger vor. Weil ich weiß, dass ich dort nicht hingehöre. Nicht so. Mit einem Kloß im Hals ziehe ich die *Modernden Schwingen* aus dem Regal, rücke meine Brille zurecht und schlage das Buch auf. Abgesehen von dem uralten Autorenfoto, auf dem selbst ich mich nicht wiedererkennen würde, entdecke ich auf beinahe jeder Seite, mit einem feinen Bleistift gemacht: Notizen. Analyse von Charakteren, Beziehungen und Schauplätzen. Als Erstes fallen mir Beurteilungen wie *unglaubwürdig, ausbaufähig* und *Unsinn* ins Auge.

Digga scheint mehr von Geschichten zu verstehen, als ich dachte.

Ich blättere weiter, an durchgestrichenen Passagen und Unterstreichungen, Einkreisungen, Pfeilen und Verweisen vorbei, und halte es für möglich, dass Digga mehr Zeit als ich in dieses Buch investiert hat.

Pu schaut mir über die Schulter, während Don Quijote schnarcht. Ich bin so vertieft in die Notizen, dass ich zunächst nicht bemerke, wie Digga wieder ins Zimmer tritt und ein Buch zurück in die Vitrine stellt. Erst als auch er mir über die Schulter schaut, schrecke ich hoch.

»Hm. Der letzte Tristen. Hab 'n bisschen drin rumgekritzelt. Hätt halt besser sein können. Das ist eh sein Problem. Ich mag, was er schreibt. Aber man merkt halt, dass er es besser könnte, wenn er nur wollte. Am Ende sind die Ideen bei ihm meist halt besser als das Ergebnis.« Er nimmt mir das Buch aus der Hand und stellt es zurück zu den anderen. Ich zucke betont teilnahmslos mit den Schultern. »Ich mag halt Fantasy. Aber das hast du dir ja sicher denken können.«

Das Regal spricht für sich. Mein Blick huscht über *Die Saga von Erdsee, Das Schwert der Wahrheit, Der Drachenbeinthron, Der Herr der Ringe, Das Lied von Eis und Feuer* und all die anderen gesammelten Epen. Und dann sehe ich auch, was Tobias gerade zurück in die Vitrine gestellt hat: ein älteres Buch mit dunklem Leineneinband und einem Titelschriftzug, der mir erstaunlich bekannt vorkommt.

»*Don Quijote*«, lese ich laut, worauf besagter von der Couch hochschreckt, sich die Augen reibt und zu uns herüberkommt.

»Ja, damit hat alles angefangen«, sagt Tobias und lächelt versonnen.

»Ein irre gutes Buch.« Don Quijote nickt, und jetzt ist es Pu, der gähnt.

Tobias' Augen funkeln, als er das Buch betrachtet; zugleich glaube ich Traurigkeit in seinem Blick zu bemerken. Beides hätte ich nicht mit einem Hip-Hopper und diesem Buch in Verbindung gebracht. Bevor ich etwas sagen kann, fragt Tobias mich, ob ich nicht vielleicht Lust hätte, bei *Mortal Kombat* ordentlich ein paar auf die Mappe zu bekommen. Ich weiß nicht, wann ich so ein Spiel das letzte Mal gezockt habe, bin mir aber sicher, dass ich besser bin, als er glaubt. Also lass ich es drauf ankommen.

Am Ende habe ich ordentlich eingesteckt, ein wenig ausgeteilt und gut vier Stunden gezockt. Abgesehen von ein paar dummen Kommentaren haben Pu und der Don sich ruhig verhalten. Zwischendurch musste ich einmal aufs Klo, wobei Digga sicherstellte, dass ich keinen Blick hinter die rätselhafte Tür werfe.

Es ist abends gegen neun, als er zwei Dosen Bier aus der Küche holt, mir eine zuwirft, die Couch auszieht und ein Kissen sowie eine zweite fleckige Decke aus der Kommode zerrt.

Anschließend hängt er seine Mütze über die Ecke des Plasmafernsehers, zieht sich bis auf schwarze Shorts und ein ebenso schwarzes Muscleshirt aus und setzt sich auf den Rand der Couch, von wo aus er mir zuprostet. Auch wenn ich kein Bier mag, bin ich mir doch der Bedeutung und Funktion alkoholgestützter männlicher Solidarisierungsrituale bewusst und trinke mit meinem Gastgeber auf den Meister, die Vorstellungskraft und Don Quijote. Dabei zwinkert mir Letzterer, der es sich mit Pu neben dem Bildschirm gemütlich gemacht hat, schelmisch zu. Dann schließt er die Augen und dreht sich weg.

Wir trinken. Ich lehne eine Revanche ab. Digga lacht. Und da bemerke ich es: ein Tattoo, offenbar ein flammendes Herz, das unter dem linken Träger seines schwarzen Shirts hervorlugt. Es wäre vermutlich nicht weiter bemerkenswert und nicht mehr als eine Jugendsünde, wäre da nicht der Name auf einem quer über das Herz laufende Pergament. Zunächst ahne ich ihn mehr, als ich ihn sehe, dann hebt Digga die Dose zum Mund, der Träger verschiebt sich ein wenig, und ich erkenne drei Buchstaben, die mich stutzen lasen. Ich frage ihn, ob ich die Tätowierung einmal ganz sehen kann.

Digga zögert kurz, stellt noch einmal klar, was passiert, wenn ich ihn anfasse, und zerrt schließlich den Ausschnitt seines Hemdes zur Seite. Und da steht tatsächlich der Name eines Mädchens, das gewiss für etwas anderes als Teenagerliebesschwüre oder eine romantische Nacht steht, die Tobias irgendwann einmal erlebt hat. Der Schlüssel zu ihm und Don Quijote: DULCINEA.

»Wow«, entfährt es mir, als mir bewusst wird, wie bizarr es ist, diesen Namen auf der Brust eines beinahe minderjährigen Hip-Hoppers zu sehen, während Don Quijote selbst in der

Ecke zu schlafen versucht. Wecken werde ich ihn jedenfalls nicht. Nicht dass die beiden sich noch wegen einer Frau in die Haare bekommen.

»Magst du mir das Motiv erklären?«

»Es erinnert mich an das Einzige, was wirklich etwas ändert und dich zu einem anderen Menschen machen kann. Egal ob du eine Hure bist oder ein Gangster.«

Oder auch jemand, der nicht einmal mehr weiß, was er einmal war, denke ich.

»Und was ist das?«, frage ich, mich blöd stellend.

»Die Liebe, Alter. Die Liebe«, antwortet Digga, schlägt sich mit der Faust auf der Brust, dreht sich weg und glaubt vermutlich, dass ich die Tränen in seinen Augen nicht habe sehen können.

Der Lösung des Rätsels näher als zuvor, beschließe ich, mich ebenfalls schlafen zu legen. Irgendwo zwischen Playstation, Bier und männlicher Solidarität wartet mit Sicherheit auch noch der Rest der Geschichte.

Zufrieden sehe ich, wie Pu sich neben dem Fernseher in den Armen des Ritters zusammengerollt hat, und bleibe noch ein wenig wach, um über Digga, *Mortal Kombat* und Regale, in denen ich mich fehl am Platze fühle, nachzudenken.

Später, als ich mir sicher bin, dass mein Bettnachbar schläft, beschließe ich, mich aus dem Zimmer zu schleichen. Ich will einen heimlichen Blick in das Zimmer am Ende des Flurs werfen, scheitere jedoch an der von innen verschlossenen Zimmertür. Digga ist vorsichtiger, als ich dachte.

Zur Couch zurückhumpelnd, beginnt wieder der Schmerz in meinem Bein zu pulsieren. Also werfe ich ein paar Pillen ein und lege mich schlafen; gespannt auf den Rest der Dulcinea-Geschichte und darauf, welche imaginären Freunde mich wohl morgen begleiten werden.

Das Erste, was ich am folgenden Morgen sehe, ist Conan, der halbnackt am Fenster steht und trübsinnig nach draußen schaut. Digga ist weg. Neben mir auf der Couch sitzt dafür der Blechmann aus dem Zauberer von Oz und streckt mir ein wirr beschriebenes Post-it hin:

Wäre heute gern mit dabei.
Kann aber nicht.
Schreibtischdienst im Kontor.
Grüße,
B.

Batman hat also wieder mal etwas Besseres zu tun, und nicht einmal die Pillen vermögen ihn umzustimmen. Sei's drum, wir haben es bis jetzt ohne ihn geschafft und werden es auch weiterhin schaffen. Ich trete zu Conan ans Fenster und blicke hinaus auf die Straße, wo im gleichen Moment ein Tross von sechs Bikern mit röhrenden Maschinen vorbeidonnert und mich, kaum dass ich die Schriftzüge auf ihren Rücken erkenne, an ein Problem erinnert, das ich ein wenig verdrängt hatte.

Kurz darauf tritt Digga ins Zimmer und wirft mir einen vollen Stoffbeutel zu. »Morgen, Alter. Hab dir paar Brote geschmiert und 'ne Thermoskanne Tee klargemacht. Werf dich gleich raus und weiß ja, dass du irgendwie über 'n Tag kommen musst.«

»Danke, Tobias.«

»Kein Problem. Hauptsache, du ziehst dich an und machst dich gleich vom Acker.«

Also ziehe ich mich an, stopfe seinen Beutel in meinen Rucksack und putze mir unter Aufsicht eilig die Zähne, bevor ich mich vom Acker mache.

Im Treppenhaus richte ich eilig Mütze, Brille und Schal, und

Digga ruft mir nach, dass ich abends um sieben wieder da sein soll. Dann trete ich raus auf die Straße und mache mich bereit, einen Tag in genau dem Teil der Stadt zu verbringen, in dem meine Rockerfreunde ihre Runden drehen. Für den Fall, dass es ernst wird, hoffe ich, dass zumindest Conan und der Blechmann mir zur Seite stehen. Auf Batman zähle ich schon lange nicht mehr.

Ohne dass sie mich bemerken, sehe ich Digga und seinen Kollegen kurz darauf in einer Seitenstraße mit ihren Messern üben, was Conan sichtlich amüsiert. Vom dazugehörigen Gespräch bekomme ich wenig mit, gehe aber davon aus, dass es sich um Gangsterscheiß handelt.

Nach einem wehmütigen Blick in mein Portemonnaie versuche ich den Blechmann dazu zu überreden, mit einem EC-Automaten anzubändeln. Erfolglos. Den Rest des Tages sind wir, ohne dass etwas Nennenswertes passiert, in der Stadt unterwegs, meiden Menschen, trinken Tee und verstecken uns vor Rockern, bis wir abends um sieben wieder bei Tobias auf der Matte stehen.

Im Lauf dieses Abends wird er so nachlässig, mich zwischendurch einmal allein aufs Klo zu lassen, ist aber schnell genug wieder im Flur, um sich meiner Neugier in den Weg zu stellen. Dann geht es mit Dosenbier zurück an die Konsole, wo ich trotz der engagierten Ratschläge Conans kein Land sehe.

Dieses Mal schaffe ich es zumindest, mir die Zähne zu putzen, bevor die Tür abgeschlossen wird, muss allerdings, als mein Bein zu schmerzen beginnt, feststellen, dass meine Pillen beinahe alle sind. Ich werde mich wohl entscheiden müssen, ob ich vor Jan zu Kreuze kriechen oder Schmerzen haben und auf meine imaginären Freunde verzichten will. Jeweils eine rote und eine blaue einwerfend, bitte ich Conan, sich zumindest umzudrehen während ich pinkle. Der Blechmann ist in

Tobias' Zimmer geblieben. Weil er das leise Surren der Spielkonsole mag.

Statt einer engagierten Körperkontaktwarnung bekomme ich an diesem Abend vor dem Schlafengehen etwas anderes. Mit einem Blick, den ich ihm ebenso wenig wie seine Tätowierung zugetraut hätte, reicht mir Tobias, kaum dass ich auf der Couch hocke, einen eindrucksvollen Haufen abgegriffenes handbeschriebenes Papier.

»Hier. Ich will, dass du es liest. Bist 'n mieser Zocker, aber von Geschichten verstehste, glaub ich, bisschen was.«

»Was ist das?« Zögernd nehme ich den Stapel entgegen und ahne, was es ist.

»Mein Buch. Schreib ich seit gut zwei Jahren dran.«

»Ich dachte, du arbeitest an deiner Gangsterkarriere?«

»Das nur wegen Poco. Im Schreiben bin ich besser. Ehrlich.«

»Was aber auch nicht schwer ist, wenn ich mich so an unseren Überfall erinnere.«

»War ja auch unser erster.«

»Ernsthaft?«

»Klar. Wie gesagt, ist wegen Poco. Er und ich kennen uns, seit wir Kinder waren. Er hat halt nichts außer mir und diesem Gangsterding. Ist halt etwas einfach strukturiert. Ausbildungsplatz wird niemand bei klarem Verstand ihm geben, sein Vater verwackelt ihn regelmäßig, und am Ende bleiben ihm nur der Hip-Hop und die Straße.«

»Und darum ziehst du dich an und benimmst dich wie ein Gangsta-Rapper?«

»Ich lieb den Idioten wie meinen Bruder. Und wenn du mal Ärsche und Gewalt beiseitelässt, ist die Musik besser, als du denkst.«

Unsicher, was ohne Ärsche und Gewalt von Rap überhaupt noch übrig bleibt, beginne ich in dem Manuskript zu blättern.

Die einzelnen Blätter werden von zwei massiven Schrauben zusammengehalten. Den Seitenzahlen zufolge sind es mehr als 1800, und bereits beim schnellen Durchblättern ahne ich anhand einiger weniger Worte, was für ein Fantasygeschwurbel ich hier in Händen halte.

Conan beschwert sich. Wir sollen endlich Ruhe geben, damit er schlafen könne. Der Blechmann streichelt verliebt die Konsole, und Digga tippt auf das Manuskript.

»Sag mir einfach, was du davon hältst. Aber pass gut drauf auf. Ist das einzige Exemplar«, sagt er, wendet sich ab und lässt mich mit seinem Epos allein.

Ich brauche beinahe zwei Tage, lasse mich jeden Morgen mit Teekanne und Schnittchen vor die Tür setzen und humple, zunächst mit Peter Pan und Rotkäppchen, dann mit Merlin und Rumpelstilzchen durch die Straßen, umgehe größere Motorradsammlungen und lese auf Parkbänken, in Dönerbuden und Hauseingängen. Dabei vergesse ich manchmal sogar Schnittchen und Tee, versinke zwischen den Seiten und verliere mich in der Geschichte. Es ist vornehmlich eine auf die Gegenwart übertragene Version des *Don Quijote*, die sich jedoch mit einer realen anderweltlichen Bedrohung mischt, die niemand außer dem, von allen für wahnsinnig gehaltenen, Protagonisten wahrzunehmen vermag. DJ Quijote und MC Pansa entkommen schließlich, gleichermaßen von Pflegern wie von tentakelbewährten Kreaturen verfolgt, aus der Psychiatrie. Die Realität im Buch beginnt sich aufzulösen, und die Grenzen verschwimmen, als zahllose Kreaturen, die wir ebenso wie uns selbst seit Jahrhunderten von ihrer Nichtexistenz zu überzeugen versuchten, ihre Medikation absetzen, aus den Tiefen der menschlichen Vorstellung in die Wirklichkeit hinüberschwappen und DJ Quijote seine Jünger um sich sammelt, um das Schlimmste zu verhindern. Was erstaunlicherweise nicht auf die Konfrontation zweier Parteien hinausläuft.

Das Buch ist totaler Irrsinn. Voll mit Reminiszenzen an Cervantes, Gegenwartskultur und an mehr Fantasyklassiker, als ich überhaupt gelesen habe. Es ist grandios. Schnell. Klug. Geil. Und mit Sicherheit gut 800 Seiten zu dick. Dennoch ist dieser gefühlte Zentner Papier derart originell, besonders und bemerkenswert, dass ich mir wünschte, all das selbst geschrieben zu haben. Weil es genauso ein Buch ist wie jenes, mit dem ich hätte bekannt werden wollen. Groß. Bedeutsam. Einzigartig.

Und dann begreife ich, dass es womöglich genau dieses Buch ist.

Ich könnte all das heimlich abtippen, aus der Fremde nach Berlin zurückkehren und es Heuvelmann & Grimm als das verkaufen, wofür ich mich zurückgezogen habe. Ein Meisterwerk. Mein Opus Magnum. Mindestens dreißig Übersetzungen, einen Filmdeal und ein neuer Klassiker, der den Creature-Clash vergessen lässt. Ein neuer Klassiker der Phantastik, der in fünfzig Jahren noch aufgelegt werden wird. Hiermit kann ich der Autor werden, der ich in Wirklichkeit immer schon war. Und sie würden mich mit offenen Armen empfangen. Heuvelmann würde mir zu Füßen liegen, Willi kleinlaut eingestehen, wie gut ich bin, und wahrscheinlich würde sogar Grimm von Fuerteventura nach Berlin kommen, um mich persönlich zu sehen. Es wäre so einfach. Alles, was ich besitze, habe ich dabei …

Es ist nicht verwunderlich, dass Rumpelstilzchen mich darin ermutigt. Merlin sieht die Sache freilich anders. Verstört beobachten einige Passanten die angeregte Diskussion, die sich daraus ergibt und deren Ausgang bereits klar war, bevor meine imaginären Freunde sich überhaupt eingemischt haben.

»Ich mag es«, sage ich und strecke es Tobias wieder hin. »Wirklich.«

Ich glaube, ich habe ihn noch nie so vergnügt gesehen. Er freut sich dermaßen, dass er mir auf seiner runtergerockten Couch zwischen leeren Bierdosen unbedacht um den Hals fällt.

Rumpelstilzchen funkelt Merlin mit verschränkten Armen zornig an und schmollt, dass es nicht mal einen Zauberspruch gebraucht habe.

»Du solltest es abtippen. Und ein wenig überarbeiten. Die Rechtschreibfehler nerven, deine Schrift ist nicht die deutlichste, und ein Drittel der Geschichte lässt sich ohne Weiteres kürzen.« O Gott. Ich klinge schon beinahe so unempathisch und effizient wie Willi. Erschreckend. Dabei sollte ich wissen, dass ein Autor so was nicht hören will.

»Na ja, ist halt noch immer meine Geschichte«, murmelt mein Gegenüber, schon etwas weniger begeistert, steht auf und verstaut das Manuskript in einer unteren Schublade seiner Kommode.

»Ich würde dich gern etwas fragen, Tobias.«

»Nur zu«, sagt er und hebt gleich darauf den Zeigefinger. »Aber du kennst die Regeln!«

»Woher kommt sie, deine Besessenheit von Don Quijote? Und Dulcinea?« Ich deute auf seine Brust, wo unter dem T-Shirt das Tattoo liegt.

Seufzend wendet Tobias sich ab und atmet zwei Mal tief durch. Seine Stimme zittert, als er mir antwortet. »Wenn du es wirklich wissen willst, darfst du mit niemandem darüber reden. Niemals. Kannst du mir das versprechen?«

Ich zögere nicht einen Moment. Merlin nickt zustimmend. Und etwas widerwillig stimmt sogar Rumpelstilzchen zu.

Zögerlich bedeutet mir Tobias mitzukommen.

Zusammen verlassen wir sein Zimmer, durchqueren den Flur und nähern uns dem orangen Glas der verbotenen Tür. Bedächtig öffnet er sie und tritt ein. Ich befehle Merlin und Rumpelstilzchen, draußen zu warten, und folge ihm.

Im spärlichen Licht der Straßenlaternen sehe ich einen Raum, der mehr als doppelt so groß wirkt wie das andere Zimmer. Der Einrichtungsstil entspricht dem des Flures. Vor einer orange-braunen Tapete, deren Schöpfer sich heute ohne Weiteres wegen Körperverletzung verklagen ließe, befinden sich ein altmodischer Kleiderschrank mit verspiegelter Tür, zwei kleine Kommoden mit allerlei Nippes darauf und eine kleine durchgesessene Sofagruppe.

Inmitten von all dem steht ein großes Doppelbett, unter dessen Decke ich eine schmale kleine Person ausmache. Einzig der Kopf lugt hervor, ein schmales Gesicht, wirres kurzes Haar. Mehr ist aufgrund der Lichtverhältnisse nicht zu erkennen. Gerade will ich mich abwenden und Tobias zurück in den Flur folgen, als die Scheinwerfer eines draußen vorbeifahrenden Wagens einen eigentümlich lang anmutenden Augenblick das Innere des Raumes erhellen und ich das Gesicht der ausgemergelten Gestalt sehen kann. Es wirkt unheimlich, scheint das einer alten Frau, voller Falten, kaum mehr als Haut und Knochen, und ist seltsam verzerrt. Der Kopf wirkt zu groß für die dazugehörige Person und diese wiederum viel zu klein für das riesige Bett.

Ihr Atem rasselt leise, und an ihrem dünnen Hals glaube ich den unruhigen Schlag ihres Herzens erkennen zu können. Dann ist das Auto vorbei, das Licht verloschen und der Raum liegt wieder im verwunschenen Halbdunkel.

Ich bewege mich nicht, schaue auf den Schatten, in dem sich jenes hagere Gesicht verbirgt, das ebenso gut einem Märchen oder der Verfilmung eines Fantasyklassikers hätte entstammen können. Tobias legt mir seine Hand auf die Schulter und schiebt mich sanft zurück in den Flur, wo Rumpelstilzchen und Merlin über irgendetwas streiten.

Schweigend trotten wir alle zurück zur Couch, dieses Mal ohne Dosenbier. Rumpelstilzchen ist der Meinung, dass man seine Freunde, egal wie unecht sie auch sein mögen, nicht im Flur stehen lässt, und schimpft leise vor sich hin.

Tobias wirft seine Mütze über den Fernseher. »Meine Mutter. Sie … sie ist dement. Seit ich sechzehn bin. Seitdem kümmere ich mich um sie.«

»Dement?«

»Ja. Und es wird schlimmer. Sie will nicht essen, nicht trinken. Ich muss dabei zusehen, wie sie langsam zerfällt. Aber ich hab es ihr versprochen. Dass sie hierbleiben kann, dass ich bei ihr bleibe und keinen Fremden an sie heranlasse.«

»Und wovon …«

»Ach, sie bekommt eine gute Rente. War mal Professorin für Literaturgeschichte. Belesen und blitzgescheit. Was jetzt aber schon ein wenig her ist. Übrig geblieben ist nur meine Mutter.« Seine Stimme stockt, als er weiterspricht. »Der ich die Windeln wechsle, weil ich sie liebe. Der ich jeden Abend aus ihrem Lieblingsbuch vorlese, weil sie mir mit seiner Hilfe beigebracht hat, die Riesen in den Windmühlen zu sehen.«

Ich nicke stumm, lege ihm meine Hand auf die Schulter. Er wehrt sich nicht. Merlin wirkt nachdenklich. Rumpelstilzchen motzt noch immer. Tobias schluchzt.

»Weißt du, als sie mich zu el Hawa geschickt hat, das … das war einer ihrer letzten klaren Momente.« Ich nehme ihn in den Arm und beginne zu verstehen. Don Quijote, Dulcinea. El Hawa. Und fühle mich, während die Nebenfiguren meines Lebens sich nach und nach mit eigenem Leben füllen, so jämmerlich wie lange schon nicht mehr.

Am nächsten Morgen trotte ich, über der Schulter meinen Rucksack mit Tee und Schnittchen, mit meinem jämmerlichen Gesichtskostüm sowie Dr. Jekyll und Jim Knopf im Gefolge einmal quer durch die Stadt. Jim hat mir schöne Grüße von Batman ausgerichtet, der heute noch einen Außentermin hat, aber später vielleicht noch zu uns stoßen will. Wer's glaubt. Aber es ist schon ganz schön, dass Rumpelstilzchen raus ist.

Als er bemerkt, dass ich ein wenig humple, meint Dr. Jekyll, dass er sich mein Bein ja mal anschauen könne. Ich winke ab, stelle klar, dass ich dafür Tabletten habe, und treibe die beiden zur Eile an.

Wir sind auf dem Weg ins Krankenhaus. Ich hoffe, dass Jan noch nicht wieder raus ist und wir noch einmal vernünftig miteinander reden können. Zumal ich etwas von ihm will. Der Schmerzen wegen. Und weil ich mich den verklebten Gedanken zum Trotz inzwischen an die meisten meiner imaginären Freunde gewöhnt habe. Wenn ich nicht gerade meine zwei vorletzten Pillen genommen hätte, würde ich mit den Jungs wahrscheinlich eher Rocker jagen und abends schauen, wie Dr. Jekyll sich bei *Final Kombat* schlägt. Aber erst wenn Jim schläft. Dabei fällt mir ein, dass ich mich bei ihm vielleicht noch für Mirkos bizarre Splattergeschichte entschuldigen sollte.

Wir erreichen das Krankenhaus noch im Rahmen der vormittäglichen Besuchszeiten. Während ich Sonnenbrille und Mütze ablege und mich am Empfang nach Jan Hollinger erkundige, staunt Dr. Jekyll über die Entwicklungen, die es im Krankenhausgewerbe seit 1886 gegeben hat.

Jan sei noch da, erfahre ich, habe allerdings Besuch.

Kurz darauf stehen wir zu dritt im Fahrstuhl. Jim nötigt mich, ein paar mehr Knöpfe als nötig zu drücken und zweimal vom Keller bis zum obersten Stock zu fahren.

Schließlich landen wir aber im zweiten Stock, in der richtigen Abteilung, und kaum dass ich Dr. Jekyll den im Flur hängenden Defibrillator erklärt und Jim davon abgehalten habe, daran herumzuspielen, geht es weiter zum Zimmer. Der Höflichkeit halber klopfe ich kurz an, lasse jedoch niemandem die Zeit, darauf zu antworten, und eine Sekunde später stehe ich mitsamt meinen beiden Gefährten vor dem Bett meines Freundes – bereit, mich für was auch immer zu entschuldigen und eine Handvoll Pillen zu erbitten, um weiter mit Leuten rumhängen zu können, die es nicht gibt.

Die Zimmernachbarn sind offenbar verlegt worden oder in der Cafeteria. Auch der andere Besuch ist nirgends zu sehen. Da stehen nur drei Betten, von denen zwei leer sind.

»Du dreimal blöder Schweinehund«, eröffnet Jan von seinem Bett aus, was noch nichts darüber verrät, wie er drauf ist. »Du hast Glück, dass ich noch hier bin. Die lassen mich morgen nämlich raus. Weil die Kugel, die ich mir deinetwegen eingefangen habe, mein Herz, wie wir uns erinnern, verfehlt hat. Sonst wäre ich wesentlich früher ganz woanders hingekommen, nicht wahr?« Dort liegt er in seinem Krankenbett, grinst mich an und sonnt sich in seiner Opferrolle. Was bedeutet, dass er gut drauf ist.

»Was wir natürlich beide bedauern würden«, entgegne ich. »Darum bin ich ja auch extra noch mal hergekommen, um mich wegen dem ganzen Ärger zu entschuldigen, den du meinetwegen hattest.«

Die Hände im Nacken verschränkend lehnt Jan sich zurück und genießt meine Ansprache sichtlich.

»Du meinst so was wie die Kugel, meine unbezahlte Anrufbeantwortertätigkeit, die Pillen, die ich dir überlassen hab, den Bullen in meinem Krankenzimmer und all die Jahre, die du dich nicht gemeldet hast?«

»Ja. Genau so was«, bestätige ich kleinlaut in der Gewissheit, dass er genau das mag.

Jim beginnt lachend auf einem leeren Bett herumzuspringen, und Dr. Jekyll stellt kopfschüttelnd fest, dass das Zimmer zwar schön, aber der darin befindliche Patient nur schwer erträglich ist.

»Ich finde, das ist ein guter Anfang«, fährt Jan fort. »Künftig könnten wir vielleicht einiges anders machen. Zum Beispiel könntest du nächstes Mal der Idiot sein, der angeschossen wird?«

»Hör zu, es tut mir wirklich leid. Die ganze Angelegenheit ist echt ein wenig aus dem Ruder gelaufen.«

»Was erwartest du denn, wenn du in Berlin einen Eimer voll Scheiße in einen Riesenventilator kippst, von hier aus noch ein, zwei Schaufeln nachlegst und dich dann bückst, während ich direkt hinter dir stehe, hm?«

»Ja. Es ist ja auch meine Schuld und …«

»Danke. Es beruhigt mich wirklich, dass du nicht auf den Gedanken kommst, sie versehentlich mir zu geben!«

»Hör zu, es war in letzter Zeit auch für mich nicht gerade einfach. Wobei es für dich, was ich ganz klar sehe, natürlich ungleich schwerer war, aber …«

»Ach was. Darüber reden wir gleich. Lass mich doch erst mal meinen Job als deine Sekretärin zu Ende bringen.« Er wendet sich seinem Nachttisch zu, öffnet die Schublade und zieht einen kleinen Notizblock hervor, den er aufschlägt und davon abzulesen beginnt. »Ork Nummer eins erhält, deinem Anwalt, Herrn Schröder, gemäß, seine Anzeige wegen Körperverletzung aufrecht, Ork Nummer zwei hat Bereitschaft bekundet, die Schwangerschaft gegen eine noch auszuhandelnde Summe zu beenden, Heuvelmann & Grimm haben sich unüberbrückbarer künstlerischer Differenzen wegen offiziell von dir getrennt, den dritten Teil deines Endzeitquatsches wird ebenso offiziell unser alter Kumpel Mirko schreiben, und bezüglich deiner Rechte, was die Fortführung der Creature-Clash-Reihe angeht, hättest du dich bis gestern bei Herrn Schröder melden müssen. Lass mich eben schauen, ob ich noch was vergessen habe. Ah! Ach ja, Willi würde sich lieber ins Bein schießen, als noch einmal mit dir zu arbeiten, und dein komischer Kommissar, der dich in irgendeiner obskuren Pension zu erreichen versucht hat, will, dass du endlich deinen verschissenen Perso und deine EC-Karte bei ihm auf dem Revier abholst.«

Das Etui! Den Personalausweis, der zusammen mit der EC-Karte darin gesteckt hatte. Ich bin ein Depp. Ärger hin oder her, den Perso und die EC-Karte könnte ich mir wirklich langsam abholen.

Geduldig höre ich Jan zu, lasse die Backpfeifen über mich ergehen, beobachte derweil Jim, wie er auf dem Nachbarbett herumturnt, und winke ab, als Dr. Jekyll vorschlägt, Jan etwas zu injizieren, um ihn ruhigzustellen.

Ich will etwas entgegnen, spüre im gleichen Moment aber, wie die Zimmertür in meinen Rücken sich öffnet. Bevor ich mich umsehen kann, hebt Jan seine Stimme.

»Aber schau doch mal, wer heut noch zu Besuch gekommen ist!«

Neugierig drehe ich um. Und dort steht niemand Geringerer als er, mein Erbe, meine literarische Nemesis und nicht weniger die Zukunft Neu-Kanaans: Mirko Rindsbein.

Ich klopfe ihm auf die Schulter, reiche ihm meine Hand, stelle unaufrichtig fest, wie sehr ich mich freue, ihn zu sehen, und wende mich wieder dem Bett zu.

Jan, der sich diese Konfrontation wahrscheinlich anders ausgemalt hat, guckt verwundert.

»Sehr gut«, sage ich, »nachdem wir also geklärt haben, dass Mirko hier und meine Zusammenarbeit mit Heuvelmann & Grimm erledigt ist und ich sowohl der Idiot als auch schuld bin, würde ich dich gern etwas fragen.«

Misstrauisch blickt Jan von mir zu Mirko und wieder zurück.

»Ja gut. Dann … dann frag doch einfach.« Er wedelt unwillig mit seiner Rechten, während Jim lachend vom Bett gefallen und Dr. Jekyll Jan zu sedieren bereit ist. Mirko steht mitten im Zimmer und sagt, wie erwartet, gar nichts.

»Die Pillen, die du mir gegeben hast. Ich wollte wissen, ob du vielleicht noch ein paar davon –«

»Ernsthaft? Aaron, wenn du wirklich alle, die du hattest, eingeworfen hast, ohne mit deinem Scheißbein zum Arzt zu gehen, bist du sogar noch ein größerer Idiot, als ich dachte!«

»Na, das will ich jetzt mal nicht ausschließen. Aber die Frage ist trotzdem, ob du womöglich noch ein paar davon für mich übrig hättest.«

»Oh, eingedenk unserer alten Freundschaft, und nach allem, was wir zusammen durchgestanden haben, Seite an Seite, auf Augenhöhe und in gegenseitigem Respekt: Nein. Und jetzt raus mit dir, du blödes Sackgesicht, und lass dich nie wieder hier blicken! Solltest du mir auch nur einmal noch unter die Augen treten, werde ich dafür sorgen, dass es dir mindestens so leidtut wie *Orks gegen Aliens*!«

»Ach komm schon, lass uns da einfach noch mal drüber reden und …« Ich versuche, ihn zu beschwichtigen, sehe aber die Ader auf seiner Stirn, die in der Regel erst anschwillt, wenn alles zu spät ist.

»Schluss! Aus! Verpfeif dich!«, geifert Jan. Abgesehen von der Ader sehe ich wieder Spuckefetzen aus seinem Mund fliegen, zucke mit den Schultern und wende mich ab. Nachdem ich Mirko noch einmal knapp zugenickt habe, bin ich bei der Tür und mit dem nächsten Schritt hinaus.

Im Flur warten Jim und Jekyll auf mich, bereit zu gehen.

»Er ist ein Arschloch, oder?«, fragt Jim, der mich mit großen Augen anschaut, während Dr. Jekyll die Vermutung äußert, dass es womöglich doch besser gewesen wäre, Jan eine Spritze zu verpassen.

Mich über die Anteilnahme der beiden freuend, fingere ich Mütze und Sonnenbrille aus meinem Rucksack. Gerade will ich beides aufsetzen, da schwingt die Zimmertür auf, und plötzlich steht Mirko vor mir. Er ist mindestens ebenso verlegen wie ich, steht dort, zögert, weiß offenbar nicht, was er sagen soll. Bis er sich durchringt und leise sagt: »Aaron. Das … das ist die größte Chance, die ich jemals bekommen habe. Weißt du, ich hatte mit der Schreiberei eigentlich schon abgeschlossen, und jetzt darf ich …«

»Geschenkt, Mirko. Mach einfach das Beste aus dem, was da am Ende der Welt noch übrig ist.«

»Das werd ich. Und ich werde dafür sorgen, dass du stolz auf mich bist.«

Obwohl ich nicht sicher bin, ob ich möchte, dass ihm das gelingt, nicke ich und wende mich gerade ab, als Mirko mir völlig unerwartet um den Hals fällt und mir mit bebender Stimme zuflüstert: »Neu-Kanaan, Aaron, ist das größte Geschenk, das ich jemals bekommen habe.«

Keine Ahnung, ob es ernst gemeint oder gut gespielt ist, aber wie im Reflex schließe ich meine Arme um ihn, und dort stehen wir, auf dem Krankenhausflur. Mirko zittert. »Danke Aaron. Du bist ein Freund. Ein echter Freund.«

Ich beiße mir auf die Unterlippe, Mirko löst sich von mir und schaut mich aus feuchten Augen an. Das Ganze ist mir reichlich unangenehm, weshalb ich aufatme, als er ebenso schnell, wie er aus dem Raum geschossen kam, auch wieder darin verschwindet.

Als ich langsam meinen Blick hebe, bemerke ich, dass sie mich anstarren. Nicht bloß Jim und der Doktor, sondern auch die Leute auf dem Flur. Wobei mir vor allem ein unrasierter, finster dreinblickender Typ in Bikermontur am Ende des Ganges auffällt, der sich gerade abwendet und geht. Einen Moment lang versuche ich mir einzureden, dass es nichts zu bedeuten hat, dann aber erkenne ich auf seinem Rücken den Schriftzug.

So erschrocken, wie Jekyll und Knopf mich anschauen, wissen die beiden so gut wie ich, dass das nichts Gutes bedeutet.

KAPITEL XVI

… in welchem es den Helden, nachdem er ein weiteres Mal versagt hat, hinter einer Mauer aus Büchern an einen Ort verschlägt, der allerlei Überraschungen für ihn bereithält

Den Weg vom Krankenhaus zum Polizeirevier bewältigen wir derart vergnügt und beschwingt, dass es andere Passanten irritiert – was darauf zurückzuführen sein könnte, dass sie meine Begleiter nicht sehen können. Dies hält mich nicht davon ab, Jim einen großen Eisbecher und Dr. Jekyll einen Besuch in der medizinischen Abteilung von Lehmanns Buchhandlung zu versprechen, sobald ich am Geldautomaten war. Ich selbst werde mir erst einmal ein paar neue Klamotten zulegen. Frische Strümpfe. Unterwäsche. Diese Karte ist die Lösung der Hälfte meiner Probleme. Oder zumindest eines Drittels.

Mit meiner Laune stecke ich selbst den grantigen Jekyll an, sodass der sich am Leuschnerplatz sogar zu einem kleinen Wettrennen mit Jim hinreißen lässt. Die Zähne in Jims kleinem dunklen Gesicht leuchten hell auf, als er ihm laut lachend davonflitzt. Humpelnd beschleunige ich meinen Schritt, rufe den beiden nach und ernte dafür verwunderte Blicke von Umstehenden, die durchweg so aussehen, als ob sie auch ein paar imaginäre Freunde vertragen könnten.

Von hier aus bis zum Revier in der Dimitroffstraße ist es nicht mehr weit. Ich nehme mir vor, die Ausgeburten meiner Vorstellung in Gegenwart des Kommissars zu ignorieren. Zumindest bis ich mein Zeug zurückhabe. Also schärfe ich beiden ein, sich ruhig zu verhalten und sich von meinem Verhalten nicht irritieren zu lassen, weil es, wenn man uns in eine Gummizelle steckte, sowohl Eis als auch Bücher gefährde. Dieses Argument leuchtet beiden ein, sodass sie bereit sind, sich eine halbe Stunde lang ignorieren zu lassen.

Kommissar Lohmann empfängt mich lässig im Sessel zurückgelehnt an seinem Schreibtisch. Als ich in sein Büro humpele, grinst er mich frech an.

»Na, auch mal wieder in der Stadt, Herr Tristen?«

Sein Tonfall lässt keinen Zweifel daran, dass er weiß, dass ich die Stadt nie verlassen habe. Er bietet mir den Stuhl auf der anderen Seite des Tisches an. Ich setze mich.

Jim und der Doktor verhalten sich ruhig, stehen am Fenster und warten darauf, dass wir wieder gehen können. Als hätten Robin Hood und zwei seiner Getreuen eine Audienz beim Sheriff von Nottingham, wobei Robin unter falschem Namen in der Stadt ist, aber längst durchschaut wurde. Dumm nur, dass der Sheriff seine EC-Karte hat.

Lohmann verschränkt die Hände auf dem Schreibtisch und beugt sich vor. »Und weshalb Sie ausgerechnet hier vorbeischauen, kann ich mir natürlich denken.«

Seine Selbstgefälligkeit ist derart widerlich, dass ich mir überlege, Dr. Jekyll etwas zu ärgern, damit Lohmann Mr. Hyde kennenlernt.

»Bevor ich Ihnen ihr Eigentum aushändige, würde ich Ihnen allerdings gerne noch ein paar Fragen stellen.«

»Nur zu«, entgegne ich lächelnd, werfe meinen Freunden einen unauffälligen Blick zu und hoffe, dass der Kommissar mir meinen Unmut nicht anmerkt.

»Ich will Ihnen ja keinen Ärger machen. Das kaputte Bein und ihr übellauniger Freund mit der Kugel in der Brust sind im Moment vermutlich nicht ihr einziges Problem.«

Nottingham hat schmerzhaft recht. Aber auch wenn er im Trüben fischt, muss ich ihn ja nicht wissen lassen, dass da auch Fische sind.

»Ach, alles ganz entspannt.« Ich winke ab. »Bin gerade viel mit Freunden unterwegs. Tut gut.«

»Ja, genau über die wollte ich mit ihnen reden. Nach allem, was wir wissen, sind zum Beispiel Ihre Rockerfreunde gerade ein wenig … wie soll ich sagen … erregt.«

»Was genau meinen Sie?«

»Angeblich haben die Vojvods kürzlich eine Pension in Volkmarsdorf verwüstet und suchen da draußen gerade recht intensiv nach irgendjemandem.«

»Na ja, auch Biker sind manchmal einsam, nicht wahr?«

»Das ist kein Spaß, Herr Tristen. Und das sollten Sie wissen. Wenn Sie doch etwas gesehen haben, ist das vielleicht Ihre letzte Chance auf Hilfe unsererseits. Sie wären nicht der Erste, den diese Leute zusammen mit ein paar Steinen draußen vor der Stadt im Fluss versenken.« Er macht eine Kunstpause und schaut mich ernst an. »Ich will Ihnen natürlich keine Angst machen. Vielmehr mögliche Konsequenzen aufzeigen.«

Ich spüre, wie Jim langsam unruhig wird. Jekyll versucht, sich um ihn zu kümmern, und während Lohmann weiterspricht, versuche ich mich daran zu erinnern, ob in Stevensons Geschichte etwas über seine pädagogischen Qualitäten steht.

»Aber ich will auch ehrlich zu Ihnen sein: Meiner Karriere wäre es sehr förderlich, wenn Sie sich an Herrn Krasnic in jenem Wagen erinnern könnten. Wenn Sie das täten, könnte ich mich im Gegenzug auch etwas mehr um Ihre Sicherheit bemühen. Weil wir zusammen den Mann zur Strecke gebracht haben, der diese Stadt seit Jahren tyrannisiert hat.«

Jim dreht sich auf einem leeren Bürostuhl lachend immer schneller im Kreis, Jekyll geht gelangweilt einige Akten auf einem nahen Schreibtisch durch, und Lohmann hört nicht auf zu reden.

»Das würde natürlich einiges an Aufmerksamkeit bedeuten. Fernsehen. Schlagzeilen. Öffentlichkeit. Womit sich sicher noch ein paar Bücher mehr verkaufen ließen.«

Inzwischen turnt Jim auf dem Schreibtisch herum. Ich lächle.

»Sie müssen sich lediglich erinnern. Und wenn Ihre Erinnerung zufällig den Präsidenten der Vojvods beinhaltet, wird sich einiges zum Besseren wandeln. Wenn Sie verstehen.«

Und ob ich das tue. Lohmanns Karriere ist mir allerdings herzlich egal. Und da ich weder etwas gesehen habe, noch Bücher verkaufen, geschweige denn mehr Aufmerksamkeit will, mache ich ihm nicht die Freude, mich zu erinnern.

Fast bedaure ich, dass Jekyll Jim die Streichhölzer wegnimmt, mit denen dieser gerade Lohmanns Papierkorb in Brand setzen will. Wahrscheinlich hat er in meiner Vorstellung zu viel Zeit mit Huckleberry Finn statt verantwortungsvollen Erwachsenen verbracht.

»Gut, Herr Tristen. Ich werde Sie nicht weiter bedrängen. Aber seien Sie sicher: Sollten Sie sich in dieser Stadt etwas zuschulden kommen lassen, wird Ihnen künftig nichts geschenkt werden. Egal, wie bekannt Sie sind.«

Mit versteinerter Miene öffnet er seine Schreibtischschublade und wirft mir, während hinter ihm meine Freunde um die Streichhölzer rangeln, einen kleinen Plastikbeutel mit meinen Karten zu.

»Und jetzt sehen Sie zu, dass Sie Land gewinnen. Ich habe zu tun.«

Das lasse ich mir nicht zwei Mal sagen. Zusammen mit Jim, Jekyll, Perso und EC-Karte verschwinde ich so schnell aus Nottinghams Bürogewölbe, dass ich mich zu verabschieden versäume.

Am nächsten Geldautomaten höre ich Jim sagen, dass er keine Probleme damit gehabt hätte, Nottingham die Bude abzufackeln. Kopfschüttelnd stellt Jekyll fest, dass die Kinder zu seiner Zeit nicht so drauf gewesen wären. Jim zeigt ihm den Mittelfinger, und ich jage meine Karte in den Schlitz. Der Doktor murmelt etwas von Respekt, und Knopf sagt ihm, wo er sich den hinstecken kann. Wenn ich Huck Finn erwische, werde ich ihm gehörig die Meinung sagen. Während meine imaginären Freunde in meinem Rücken streiten, gebe ich meine PIN falsch ein.

Ich fahre herum, weise beide zurecht und wende mich, die neugierigen Blicke der Passanten ignorierend, wieder dem Automaten zu. Jim will sein Eis. Jekyll will bloß wieder nach Hause. Und ich gebe die Nummer ein zweites Mal falsch ein. Einen Moment lang amüsiere ich mich ob meiner Schusseligkeit – bis ich den Hinweis ob der dritten fehlerhaften Eingabe auf dem Display lese und mich daran erinnere, bereits am Automaten in Berlin einmal an der Nummer gescheitert zu sein. Daran hätte ich mich besser vorher erinnern sollen, weil eine solche Karte, wie einst Rumpelstilzchen der Königin, einem nicht mehr als drei Versuche gibt. Fuck. Fassungslos starre ich auf den freundlichen Hinweis über das Einbehalten meiner Karte und die Aufforderung, mich in der Filiale zu melden. Ein

Blick in besagte Filiale sagt mir, dass ich das nicht tun werde, denn diese befindet sich gerade im Umbau und ist geschlossen.

Eis und Bücher lösen sich in Wohlgefallen auf, und die Frustration meiner Begleiter ist nichts im Vergleich zu meiner eigenen. In mir breitet sich ein taubes Gefühl aus. Ich will weg. Nur weg. Zu el Hawa und den anderen Bücherhelden. Richtung Südvorstadt, wo das Herz der Geschichten schlägt. Apathisch wende ich mich ab, humple wortlos davon und lasse die Ausgeburten meiner Phantasie inmitten der Passanten stehen.

Don Quijote hätte vermutlich nicht so schnell aufgegeben.

Wesentlich früher als erwartet erreiche ich el Hawas Haus, ächze die Treppe nach oben und ignoriere Jekyll und Jim. Sollen sie von mir aus die Stadt in Schutt und Asche legen. Ich will bloß noch meine Ruhe, mit der Gruppe dem geselligen Eskapismus frönen und für den Rest des Tages keine Gedanken an ehrgeizige Polizeibeamte, Rockerorks und Geld verschwenden. Aber natürlich sind die beiden direkt hinter mir. Jim, den der Doktor auf den Schultern trägt, jammert über schmerzende Füße.

Oben angelangt, husche ich durch die halb offene Tür und schließe sie hinter meinen Begleitern. El Hawa sitzt zusammen mit einem Fremden in der Küche und führt ein erhitztes Gespräch. Der mit dem Rücken zu mir sitzende Mann ist klein, grau meliert, vielleicht fünfzig Jahre alt, trägt einen maßgeschneiderten Anzug und redet sehr ruhig auf den Meister ein. Ich erinnere mich, ihn schon einmal gesehen zu haben. Es ist der kleinwüchsige Clooney, den ich hier an der Tür getroffen habe, als ich el Hawa das erste Mal besuchte.

El Hawa begrüßt mich. Selten habe ich ihn so erregt gesehen. »Hallo, Vilho. Wenn ich dir Doktor Keppler, meinen Anwalt und einen alten Freund von mir, vorstellen dürfte?«

Besagter wendet sich um und nickt mir unwillig zu.

»Wir haben noch etwas zu besprechen«, fährt el Hawa fort. »Vielleicht wartest du einfach drüben, ja?«

Sonderbar. Weder in seinen Worten noch in seiner Stimme ist etwas von dem Geschichtenerzähler zu erahnen. So habe ich ihn noch nie sprechen hören.

Ich verlasse die Küche und gehe nach nebenan, wo Jekyll begonnen hat, Jim aus dem *Glöckner von Notre-Dame* vorzulesen. Ich bleibe neben der Tür stehen und versuche angestrengt, das Gespräch der beiden Männer in der Küche zu belauschen.

»Hundert Mal! Wir haben mindestens hundert Mal darüber gesprochen, Jamal! Es ist Irrsinn, dort rauszugehen. Und daran ändern auch eine Sonnenbrille und eine alberne Mütze nichts«

»Keppler, wie lange sitze ich jetzt hier oben? Vier Jahre? Oder sind es schon sechs? Sicher, die Bücher helfen. Ich bin mit ihnen durch alle Welten und Zeiten gereist, sodass ich inzwischen das Gefühl habe, überall gewesen zu sein. Nur eben nicht vor der Tür! Ich muss einfach wieder raus, sonst werde ich verrückt, und ich glaube nicht, dass nach all der Zeit noch jemand –«

»Glaub mir, das weiß ich besser.«

»Ich bitte dich. Das Ganze ist jetzt so lange her. Wer sollte –«

»Jamal, die warten doch nur darauf, einen wie dich in die Finger zu kriegen! Und sei es, um von dem abzulenken, was im Moment da draußen vor sich geht.«

»Und genau daran möchte ich teilhaben, alter Freund. An dem, was im Moment dort draußen vor sich geht. Was immer auch der Preis dafür ist. Vielleicht ist es an der Zeit, das Ganze zu beenden. Keine Geschichte währt ewig.«

»Beenden? Du meinst …«

»Vielleicht. Wenn es nicht umsonst ist. Auch wenn es bedeutet, dieses Gefängnis gegen ein anderes einzutauschen. Ich habe keine Angst mehr, Keppler. Und ich werde mich nicht weiter verstecken.«

»Aber … aber woher plötzlich dieser Sinneswandel, Jamal? Deine Bücher und diese Wohnung haben dir immer genügt. Du hast doch alles, was du brauchst. Und genug Leute, die es dir bringen.«

»Ja, aber mit den anderen da draußen gewesen zu sein, in der Stadt, im Museum, glaub mir, Keppler, das ist etwas anderes, als das Fenster aufzureißen und die Freiheit nur zu erahnen!«

»Du musst wissen, was du tust. Aber wenn es dort draußen zu Problemen kommt, kannst du dir sicher sein, dass es teuer und schwierig wird.«

»Und ganz genau dafür hab ich dich, mein Freund.«

Bei den letzten Worten kann ich ihn förmlich lächeln hören. Dann befindet Jim Leroux Geschichte für »geil«, und in der Küche werden Stühle gerückt. Gleich darauf treten el Hawa und Dr. Keppler in den Flur, wo sie in Wallegewand und Maßanzug wie ein Duo wirken, das ausgezogen ist, um gleichsam Vernunft und Paragraphen zu trotzen.

Hinter dem Türrahmen hervorlugend, sehe ich, wie die beiden sich im Flur, inmitten der Bücherstapel, umarmen. Lange. Intensiv. Wie Männer, die einander lange genug kennen, um sich gegenseitig ihr Leben anzuvertrauen. So ein Winnetou-Shatterhand-Ding, das mich schaudern lässt. Ich denke an Jan. An Willi. Einstige Verbündete. Zweifle kurz und fühle dann el Hawas Hand auf meiner Schulter. Die Haustür fällt ins Schloss.

»Manchmal, fürchte ich, ändern die Dinge sich schneller, als andere einem Rat geben können.« Er schaut mich nachdenklich an. »Aber ich vermute mal, du kennst so etwas.« Seine Worte haben etwas derart Verschwörerisches.

»Warum … warum sollen Sie die Wohnung nicht verlassen? Hat das mit Ihrem dunklen Geheimnis zu tun?«

»Was für ein dunkles Geheimnis?«

»Gerhardt sagt, dass jeder Geschichtenerzähler eines hat.«

»Gerhardt … Vielleicht erzähl ich es dir. Irgendwann einmal. Aber nur, wenn du mir dafür deines erzählst.« Er zwinkert mir zu. »Bis dahin ist wesentlich wichtiger, warum ich da raus will. Ich würde zum Beispiel gern mal wieder ins Kino gehen.«

»Falls Ihr letzter Kinobesuch tatsächlich schon mehr als fünf Jahre her ist, würde ich Ihnen das nicht empfehlen. Die Cola kostet heute das, was früher der Eintritt war, und die Werbung vor dem Film dauert inzwischen eine Dreiviertelstunde.«

Er löst sich von mir, tritt ans Fenster und schaut schwermütig hinaus. »Ernsthaft? So lang waren zu meiner Zeit nicht mal einige Filme. Aber auch wenn du recht hast, gibt es mehr Gründe, da raus zu wollen, als hier drin zu bleiben.« Einen Atemzug später hellt seine Miene sich auf. »Ha! Da sind schon die anderen. Ich ruf uns mal das Taxi!«

Ein weiterer Ausflug also. Mit dem Rauskommen scheint es ihm wirklich ernst zu sein. Ich hoffe, dass hinter ihm nicht auch jemand her ist, weil das nämlich die Wahrscheinlichkeit steigern würde, dass irgendjemand uns dort draußen erwischt.

Als wir zwanzig Minuten später in Lindenau aussteigen, wundere ich mich, wie Carmen – zusammen mit Visch –, Susanne, Gerhardt, Digga, el Hawa, ich und der Fahrer überhaupt in den Wagen gepasst haben. Ganz zu schweigen von Jekyll und Jim. Heute ist es Ruth, die fehlt.

El Hawa sagt, dass er die Rechnung übernehme. Beim Meister scheint das Geld – woher es auch kommen mag – gerade locker zu sitzen, oder vielleicht ist er einfach nur bereit, dafür zu zahlen, dass er in Gesellschaft vor die Tür kann. Das zumindest denke ich, bis ich ihn, bevor ich aussteige, zahlen sehe. Statt Geld nämlich drückt er dem Fahrer einen A4-Umschlag in die Hand und rät ihm, in den ersten Kapiteln auf die Charakterentwicklung und später auf den Fluss zu achten sowie sich – weil beide zusammen selbst für so eine Art Geschichte zu viel wären – zwischen Hitler und Godzilla zu entscheiden. Während die anderen draußen allmählich ungeduldig werden, lobt er noch die Idee mit dem Transensonderkommando, warnt den Fahrer allerdings vor der Political Correctness etwaiger Verleger und davor, dass der Name *Sturmschwuppen* Probleme mit Disney oder George Lucas nach sich ziehen könnte. Der Mann dankt el Hawa. Es klingt aufrichtig. Und ich frage mich, wie viele Freikilometer pro Seite der Meister wohl bekommt.

Ich verlasse den Wagen und halte dem Meister die Tür auf. Auf seinen Stock gestützt verlässt er den Wagen, und während das Taxi davonfährt, wendet er sich uns zufrieden zu. »Also dann, meine Herrschaften! Machen Sie sich auf einen spannenden Abend gefasst!«

Verwundert blicken wir uns um und fragen uns, was für Abenteuer ein Supermarkt, zwei Handyshops, ein veganer Suppenladen und die Räumlichkeiten der Krabbelgruppe *Die Podlinge* zwischen halb sanierten und halb zerfallenen Fassaden verheißen könnten. Etwas anderes ist jedenfalls nicht zu sehen. Hier prangt eine flimmernde Leuchtreklame, dort ein selbst gemaltes Schild, und nichts davon erinnert an den Zauber von 1001 Nacht oder an uralte überlieferte Legenden. Unsere Ahnungslosigkeit bereitet el Hawa wieder einmal sichtlich Freude.

Meine beiden imaginären Freunde drücken sich derweil an einem schmalen, unbeleuchteten Fenster die Nasen platt. Es liegt neben einer hölzernen Tür zwischen den Glasfronten der Handyshops, deren bunte Leuchtreklame den unbeleuchteten Schriftzug über der Tür grell überstrahlt. Ich löse mich von der

Gruppe, bewege mich auf das Fenster zu, bis ich die handgemalten Buchstaben darüber erkennen kann.

DIE NACHTBIBLIOTHEK

Der Name sagt mir etwas, aber ich komme nicht gleich darauf. Darunter steht noch etwas anderes.

ALLERLEI ABSONDERLICHKEITEN
ANDERSANTIQUARISCHER ART

Jim und Jekyll beiseiteschiebend, will ich einen Blick in den Laden werfen, doch das Fenster ist von innen verbarrikadiert. Und zwar mit Büchern, so dicht übereinander- und nebeneinandergestapelt, dass an keiner Stelle auch nur ein Blatt Papier dazwischenpassen würde. Als ob direkt hinter dem Fenster eine undurchdringliche Mauer aus Büchern stünde, die das Innere des Ladens gegen die Wirklichkeit abschirmte. Sonderbar, dass mir zwischen all den Büchern gleich *Jim Knopf und Lukas der Lokomotivführer* und *The Strange Case of Dr Jekyll and Mr Hyde* ins Auge fallen und beide auch noch direkt nebeneinanderstehen.

Der Doktor macht eine Bemerkung über die literaturwissenschaftliche Bedeutung seiner Figur. Jim verdreht die Augen. Und el Hawa ruft freudig aus: »Ah! Vilho hat unser Ausflugsziel bereits ausfindig gemacht. Wie schön. Auf, auf, meine Freunde, wir haben heute noch einiges vor!«

Er wedelt vergnügt mit den Armen und scheucht die anderen Richtung Tür. Staunend kommen Susanne, Carmen, Gerhardt und Digga näher, um den Namen des Ladens und die Büchermauer hinter dem Fenster zu bestaunen.

Unter el Hawas Sonnenbrille sehe ich ein breites Lächeln.

Jim zupft mir am Hosenbein herum und flüstert mir zu, dass Jekyll ihm auf die Nerven geht.

Digga tritt zu mir, fingert etwas aus seiner Tasche und gibt es mir. Ein kleines Bündel Stoff. Zwei Socken und eine Unterhose. »Hier. Hast du vergessen. Hab's gewaschen.«

Ich bedanke mich knapp und stopfe das Zeug hastig in meinen Rucksack, während Susanne uns argwöhnisch mustert.

Als el Hawa sich mit seinem Stock zwischen uns hindurch zur Tür drängelt, spricht Gerhardt ihn an. »Hier. Fast vergessen. Hab dir wieder einen mitgebracht.«

Stirnrunzelnd sehe ich ihm dabei zu, wie er einen Glückskeks aus seiner Jackentasche zieht und dem Meister reicht. Artig bedankt sich der Meister, öffnet die Tür, winkt uns hinein, und ich spüre Susannes Hand auf der Schulter.

»Viel Glück euch beiden«, sagt sie leise und deutet auf Tobias. Ich höre eine leichte Verbitterung in ihrer Stimme. »Aber vielleicht solltet ihr auch dazu stehen«, fügt sie in einem Tonfall hinzu, der mich an ihre Bedürfnisse denken lässt.

Einer nach dem anderen verschwinden wir in dem verwunschenen Antiquariat, hinter dessen Eingang ein schmaler dunkler Korridor liegt, der selbst für eine einzelne Person etwas schmal erscheint. Gerhardt, Susanne und Digga werden von der Finsternis verschluckt, danach verschwindet Carmen mitsamt Visch. Mir ist, als ob diese Tür hinüber in eine andere Welt führt. Als ob hinter der Mauer etwas wartet, das auf dieser Seite der Wirklichkeit nicht zu existieren vermag.

Jim ergreift Jekylls Hand. Die beiden gehen vor. Ich atme tief durch.

Auf nach Narnia. Hogwarts. Oz. Asgard.

Wohin auch immer.

Es ist weniger Finsternis als erwartet. Nicht einmal zwei Meter, die am Ende von einem schweren Vorhang begrenzt werden, hinter dem sich tatsächlich eine vage Ahnung des Wunderlandes auftut: ein Bücherladen, wie ich ihn mein Lebtag nicht gesehen habe. Von den Wänden ist nichts zu sehen. Überall stehen Regale, von denen keine zwei sich gleichen. Schweres Kirschholz neben altersschwachen Billys, Metallregale aus dem Baumarkt, kleine Kommoden, abgewetzte Schränke. Alle erdenklichen Farben, Hölzer, Stile. Geschnitzt, geschraubt, genagelt, genietet und geklebt. Und die Regale sind nichts im Vergleich zu den Büchern, die sich darin, darauf, daneben und um sie herum stapeln. Sie liegen, stehen, lehnen überall und füllen den Raum aus. Buchrücken an Buchrücken. Seite an Seite.

Die Selbstverständlichkeit, mit der alte Bücher hier neben neuen, antike Folianten in Leder neben abgegriffenen Paperbacks und Bedeutsames neben Nichtigem steht, habe ich noch nie gesehen. Ich versuche, eine Ordnung darin zu erkennen, kann allerdings weder die üblichen Vermerke an den Regalen noch ein alphabetisches oder anderweitiges System erkennen. Ich habe Sammler kennengelernt, die Bücher nach Größe, Farbe oder chronologisch nach Erscheinen sortiert haben. Oder gar nach ihrem Wert. Selbst nach Nationalität oder Religion ihrer Verfasser. Aber nichts davon ist hier zu erkennen. Kein System. Keine Regeln. Nur Bücher inmitten von ihresgleichen. Ohne Vorurteile, Einschränkungen oder Befindlichkeiten. Ein Ort, wo Kreationisten und Evangelisten neben Darwin stehen und sich auf einem Meter Regal hundert Widersprüche finden ließen. Ein magischer Wortehort, verborgen hinter einer Mauer aus Papier.

Inmitten der Bücher sehe ich weder el Hawa noch die anderen. Womöglich haben sie sich längst zwischen den Regalen verlaufen. Davon scheint es mehr zu geben. als auf den ersten Blick zu sehen sind.

Hinter einem groben Mauervorsprung eröffnet sich mir kurz darauf ein ebenso großer Raum. Es gibt keine Fenster. Zumindest keine aus Glas. Auf dem Boden liegen dicke Teppiche, darauf abgebröckelter Putz, der aus der Decke stammt. Die Risse über meinem Kopf wirken wie wirre Wegweiser durch ein Labyrinth aus Papier, in dem es weder Kasse noch Verkäufer zu geben scheint, als würden die Bücher derlei nicht dulden.

Ich bin mir nicht sicher, ob ich mich noch in der Realität befinde oder durch diese Tür ganz woanders hingelangt bin. Was auch immer passiert ist und was immer ich auch erlebt habe: Ich bin zufrieden, weil es mich hierhergeführt hat. Als wäre diese seltsame Überbibliothek mein eigentliches Ziel gewesen. Das, worum es von Anfang an ging.

Vor meinem inneren Auge sehe ich Karl Konrad Koreander, den blinden Jorge und einen 300 Pfund schweren Orang-Utan, wie sie Bücher zwischen den Regalen umherschleppen. Über keinen von ihnen würde ich mich wundern. Nicht hier. Selbst ohne Tabletten nicht. Dennoch frage ich mich, wer hier wohl das Sagen hat. Irgendjemand hat es schließlich immer.

Die Antwort auf diese Frage tritt im gleichen Moment an der Seite des Meisters zwischen zwei Regalen hervor. Und sie ist bemerkenswerterweise weit weniger bucklig, blind oder primatisch, als ich vermutet hätte. Eine allenfalls dreißigjährige Frau, schlank, getönte Brille, lange brünette Haare, feine Gesichtszüge und eine Haut wie Porzellan. Oder besser Papier. Helles weißes Papier mit einem leichten Blaustich. Ihr Kostüm ist eine verwegene Mischung aus Hippietum und Design, das auf den zweiten Blick weniger gelungen als auf den dritten wirkt. Sie trägt kleine Ohrringe aus ineinanderverflochtenen

Buchstaben, die, wenn man lange genug draufzustarren wagt, mit Sicherheit Worte ergeben.

Die beiden scherzen und die Frau versetzt el Hawa einen spielerischen Klaps auf den Rücken. Ihr Lachen hängt einen Atemzug lang im Raum, bevor es zwischen den zahllosen Seiten versickert.

»Und das, mein lieber Vilho, ist die Hüterin dieser heiligen Hallen, Kirrja Vild.«

Sie horcht auf und schenkt mir ein Lächeln. »Oh, Willow? Was für ein wundervoller Name.« In ihrem Mund erkenne ich zwei Reihen makelloser Zähne, die dort wie weiß gebundene Bücher in vollendeter Vollkommenheit nebeneinanderstehen.

»Der Name ist Vilho. Weniger Englisch. Mehr Finnisch«, stelle ich richtig.

»Ist natürlich ein Abstieg. Aber auch nicht völlig schlecht.« Sie lächelt.

Ich greife nach ihrer Hand und schaue ihr ins Gesicht. Jetzt erst bemerke ich, dass ihr linkes Auge hinter der getönten Brille komplett weiß ist. Odin schießt mir in den Sinn, der sein linkes Auge für einen Schluck aus Mimirs Brunnen opferte. Borges, der die Hälfte seines Lebens in einer Bibliothek verbrachte und gegen Ende seines Lebens fast erblindete. Figuren, die ihre Sehkraft für Wissen opferten. Was diese Frau nur noch interessanter macht.

Natürlich bemerkt sie mein verwundertes Innehalten und zwinkert mir mit ihrem blinden Auge zu.

El Hawa räuspert sich und wendet sich an Kirrja mit ihren anbetungswürdigen Bücherzähnen. »Nachdem das geklärt ist, würde ich gerne weitermachen, meine Liebe. Wenn du erlaubst.«

»Oh, natürlich, Jamal. Verzeih. Aber was soll ich machen? Wenn interessante Leute hier sind, überkommt mich schon mal der Drang nach Konversation. Die kommt hier ja manchmal etwas zu kurz.«

Sie beugt sich ein wenig vor, reicht el Hawa einen Schlüssel und geht. Ich schaue ihr nach. Geradezu sehnsüchtig. Etwas in mir will ihr folgen, ihr ewig in das wissende Auge blicken, herausfinden, was sich wohl hinter den weißen Büchern verbirgt. Aber da ist sie bereits hinter dem Vorhang und Richtung Realität entschwunden.

El Hawa scheint mein schmachtender Blick zu amüsieren. »Ja, so geht es den meisten, die sie zu lange ansehen. Was jedoch nicht viele sind. In der Regel versteckt sie sich hier drin und zieht die Gesellschaft von Büchern der von Menschen vor.«

Einen Moment lang wünschte ich mir fast, ein Buch zu sein. Dann schaudert es mich bei dem Gedanken, dass all die Bücher hier früher vielleicht einmal Menschen waren. Dass Kirrja eine Circe ist und Carmen, Gerhardt und die anderen bereits … Bevor ich diesen Gedanken zu Ende führe, geleitet el Hawa mich sanft in den hinteren Teil dieses verborgenen Tempels andersantiquarischer Absonderlichkeiten.

Dort kann ich mich zumindest versichern, dass die anderen sich nicht in Bücher verwandelt haben. Zumindest noch nicht. Denn so, wie sie sich in diesem hinteren Raum in Bücher versunken auf herumstehenden Sesseln und Sofas räkeln, scheinen sie bereits nahe dran, zwischen den Seiten zu verschwinden.

In diesem hinteren Teil des Ladens mischt sich die Magie einer verwunschenen Bibliothek mit der eines lauschigen Wohnzimmers, wo man sich im Bademantel mit ein paar Büchern und einer Tasse Tee in die Ecke setzen und alles andere vergessen will. In meiner Vorstellung variieren die Bademäntel der Anwesenden erheblich, wobei Carmens Mäntelchen mindestens so knapp wie Gerhardts altmodisch ist.

Neben mir höre ich die weiche Stimme el Hawas. »Sie lässt abends manchmal Leute hier rein, die sich dann um die Bücher kümmern, die keiner haben will. Das ist mit Büchern nicht anders als mit den ungeliebten Tieren im Heim. Die müssen schließlich, wenn man sie nicht einschläfern will, auch gestreichelt und gefüttert werden. Und in diesem Fall gelesen. Kirrjas Vertraute bekommen den Schlüssel und streicheln dann, so lange sie wollen.«

Die liebevolle Zufriedenheit, mit der er die Umsitzenden betrachtet, berührt mich auf eine Art, die Tristen nicht kannte. Was ich im Blick des Meisters spüre, ist eine bescheidene kleine Form von Glück. Die Gewissheit, Menschen an die Quelle eines Zaubers geführt zu haben, der wirklich etwas zu verändern vermag. Für einen winzigen Augenblick habe ich das Gefühl, dass auch el Hawa Jim und Jekyll sehen kann.

»Na los«, sagt er. »Such dir ein Buch. Und ich mach uns allen erst mal einen Tee.«

Ich tue wie geheißen.

Während der kleine Knopf auf einem Bücherstapel einschläft, setzt der Doktor seine Brille auf und sucht in den Regalen nach relevanten medizinischen Publikationen der letzten hundert Jahre.

Ich schreite durch die geradezu ehrfürchtige Stille. Überall erkenne ich sie wieder. Einige vor Urzeiten gelesene Bücher. Andere, die ich immer hatte lesen wollen. Die ich hätte lesen sollen. Lesen musste. Selbst Titel, für die ich irgendwann einmal kurz stehen blieb, weil ich sie im Schaufenster gesehen habe. Alte Freunde, flüchtige Bekannte. Sie alle scheinen hier versammelt zu sein.

Während ich Jim hinter den Regalen leise schnarchen höre, sammle ich einige, die ich wirklich vermisst habe, zusammen.

Sie stehen dort, als hätten sie auf mich gewartet. *Die Handschrift von Saragossa, Der ewige Schmied, Der Ritter, den es nicht gab.* Alles phantastische Titel. Ich muss schmunzeln. Potocki, Salvaing und Calvino zu einem der Sessel hinübertragend, mache ich mich bereit, ein paar alte Wunder neu zu erleben.

Wenig später sehe ich über den Rand des *Ewigen Schmiedes* hinweg, wie el Hawa auf seinen Stock gestützt ein großes Kupfertablett mit kleinen Gläsern und einer dampfenden Kanne Tee bringt und es auf einem kleinen Bücherstapel in der Mitte des Raumes abstellt. Danach wendet er sich uns zu und klatscht in die Hände.

»Wohlan, meine Lieben! Da wir schon zusammen auf diesem Ozean aus Worten treiben, sollten wir den anderen vielleicht von der Beschaffenheit unserer Rettungsboote erzählen. Jeder von euch nimmt sich ein Glas Tee, und dann lesen wir den anderen etwas vor!«

Einer nach dem anderen legen wir unsere Bücher beiseite. Gerhardt fragt, wo die Toiletten sind. Und während er dem Fingerzeig des Meisters folgt, greifen wir nach den Gläsern. Da ertönt von jenseits des dunklen Korridors ein dumpfes Klopfen. Verwundert bedeutet el Hawa uns, zu warten, und verschwindet zwischen den Regalen, um nachzusehen.

Jekyll flüstert mir zu, dass er bei dieser Sache kein gutes Gefühl habe. Seine Einschätzung teilend, nippe ich gedankenverloren an meinem Tee.

El Hawa kommt schnell zurück und schwenkt ein kleines braunes Kuvert. Zu klein für ein Buch. Oder eine Bombe. Er legt den Umschlag auf das Tablett. Darauf steht ein einziges Wort, bei dessen Anblick es mir kalt den Rücken herunterläuft: TRISTEN.

El Hawa zuckt mit den Schultern. »Keine Ahnung, für wen das sein soll.«

Dennoch habe ich das Gefühl, dass sein Blick dabei auf mir liegt. Jekyll sagt, ich solle es nicht tun. Jim kommt verschlafen hinter einem Regal hervorgetapst und will wissen, was los ist.

Wie in Zeitlupe greife ich nach dem Umschlag. Ich spüre die Verwunderung der anderen, als ich meine Hand danach ausstrecke, aber ich kann nicht anders. Mit fahrigen Bewegungen reiße ich das Kuvert auf. Die Gedanken in meinem Kopf überschlagen sich, als ich den Inhalt in meine Hand gleiten lasse. Jekyll und Jim schauen mir über die Schulter.

Es sind zwei Fotos. Aufgenommen mit einer dieser modernen Sofortbildkameras. Darauf bin ich. Mit Kommissar Lohmann. In seinem Büro. Heute. Offenbar durchs Fenster fotografiert.

Ich kann nur ahnen, was diese Bilder in diesem Umschlag hier und jetzt bedeuten. Mir wird schwindelig und ich schließe die Augen. Bitte nicht, denke ich und spüre, wie hinter meinen Augen Tränen brennen.

Dann ist es auch schon zu spät. Ich höre, wie jemand die Eingangstür mit einem lauten Krachen aus den Angeln tritt. Laute aggressive Stimmen. Als der Vorhang beiseitegerissen wird, strömt ein kalter Windhauch durch den Laden, und vier Männer stürmen in schwarzen Lederjacken und mit Sturmhauben und Baseballschlägern zwischen den Regalen hervor. Einer von ihnen fegt mit seinem Schläger das Tablett von den Büchern. Glas splittert. Tee ergießt sich in die Regale.

Carmen schreit auf, wird zusammen mit Susanne von einem Angreifer zu Boden gestoßen.

Mit einem dreckigen Lachen beginnt ein weiterer, Bücher

aus den Regalen zu reißen und im Raum umherzuwerfen. Wie Vögel flattern sie durch die Luft. Eines trifft el Hawa am Kopf, und der Meister geht zu Boden.

Jim hechtet zur Seite, um sich unter einem der Regale zu verstecken.

Digga hebt abwehrend die Hände, bekommt vom letzten Eindringling mit voller Wucht den Griff eines Baseballschlägers in den Bauch gerammt und geht wimmernd in die Knie.

Ich bekomme einen Tritt in die Kniekehle, eine Faust in die Magengrube und gehe direkt neben ihm zu Boden.

Während wir am Boden liegen, wüten die Rocker um uns herum. Sie zerreißen Bücher, werfen Regale um. Unter einem davon sehe ich Jims entsetzt aufgerissene Augen leuchten. Jekyll steht daneben und beobachtet kalt und analytisch, wie die Eindringlinge zwischen den Büchern toben.

Die Woiwoden sind gekommen, um das Paradies zu verwüsten. Und ich habe sie hergelockt.

Mir laufen Tränen über das Gesicht, während ich den finsteren Kreaturen hilflos beim Wüten zusehe. Maskierte, gesichtslose Monster, die Befehle ausführen. Austauschbar. Hohl. Garsims.

Jekyll nickt mir zu, zeigt auf einen der Männer, der sich etwas im Hintergrund hält. Auch er trägt eine Sturmhaube. Raucht eine Zigarre. Als er einen tiefen Zug nimmt, sehe ich im Widerschein der Glut seine kalten grauen Augen. Er ist gut einen Kopf größer als die anderen. Vermutlich der Anführer. Ich habe genug gelesen, um zu wissen, dass es reicht, ihn zu besiegen, damit der Rest aufgibt. Zugleich aber kenne ich mich und weiß, dass ein anderer ihn besiegen muss.

Wie gelähmt liege ich dort, blicke zu Jekyll empor und wünsche mir, dass er sich in Hyde verwandelt und diesem riesigen Kerl etwas entgegensetzt. Aber nichts dergleichen passiert.

Niemand kommt, um uns zu retten. Kein Hyde. Und auch kein Batman.

»Was, verdammt noch mal, ist denn hier los?«

Plötzlich, mitten im tosenden Papiergewitter, steht Gerhardt und begreift offenbar nicht, was vor sich geht. Die Maskenmänner halten verwundert inne, ihre Köpfe fahren herum.

»Ja, seid ihr verrückt geworden? Was soll denn –«

Schon ist einer der Rocker herbei und versetzt ihm einen Schlag vor die Brust, der ihn keuchend einknickend lässt. Ich will aufspringen, etwas tun, spüre jedoch das kalte Holz eines Baseballschlägers im Nacken und begreife, dass es einfacher ist über Helden zu schreiben, als einer zu sein.

Es bricht mir das Herz, zu sehen, wie Gerhardt sich röchelnd am Boden windet.

In diesem Moment gibt der Anführer der Rocker vollkommen unerwartet das Zeichen zum Abbruch. Ein kurzer Pfiff, und schon lassen seine Männer alles stehen und liegen, verschwinden Richtung Korridor und lassen ein Trümmerfeld aus zerrissenen und zerknickten Büchern zurück.

Einer hilft dem anderen hoch. Abgesehen von Gerhardt geht es uns, den Umständen entsprechend, gut. Der Alte atmet schwer, hat offenbar Schmerzen in der Brust. Ich greife in seine Taschen, suche nach dem Inhalator. Finde ihn nicht. Verzweifelt blicke ich zu el Hawa hinüber. Der wirkt nicht weniger hilflos. Jekyll hebt abwehrend die Hände. Jim fragt mit zitternder Stimme, ob es Gerhardt gut geht.

Susanne und Carmen halten einander schluchzend im Arm.

»Ach du Scheiße …«, höre ich Digga murmeln, folge seinem Blick und muss schlucken. Neben einem der Regale am Eingang stehen zwei kleine rote Benzinkanister. Ich möchte mir gar nicht vorstellen, was die Rocker hier drin noch vorhatten.

Gerhardts Finger krampfen sich um meine Hand. Sein Atem

geht rasselnd. Seine Lider flackern. Panisch schaue ich von einem zum anderen. Meine Stimme zittert.

»Wir müssen doch etwas tun. Ein Krankenwagen! Jemand muss einen Krankenwagen rufen!«, schreie ich die anderen an.

Hastig fingert Digga sein Handy hervor.

»Das wird nicht nötig sein«, tönt eine Stimme vom Eingang her, wo mit einem Mal wieder der Hüne mit der Zigarre zwischen den Regalen steht. Die Sturmhaube hat er abgenommen und hält sie zusammen mit irgendetwas anderem in seiner Rechten. Etwas an seinem Gesicht irritiert mich. Der Mann kommt auf uns zu. Ängstlich zucken wir alle zurück. Er aber schert sich nicht um uns, kniet sich neben Gerhardt und mich und öffnet eine kleine Motorradverbandstasche.

»Das ist einer seiner Anfälle. Kommt weniger vom Schlag als vom Schock. Er braucht nur sein Spray und etwas Ruhe, bis es wirkt. Ganz entspannt.«

Als er einen Inhalator hervorholt und dem schwer Atmenden an den Mund setzt, verstehe ich, was mich so irritiert: Hinter dem ungepflegten Bart scheint der Rocker Gerhardt wie aus dem Gesicht geschnitten zu sein, wirkt lediglich wie eine etwas größere und gröbere Version. Ich erinnere mich an das, was Gerhardt über seinen Sohn gesagt hat. Den Streit und den Ärger mit der Polizei. Ärger, wie man ihn wohl bekommt, wenn man mit den bösen Jungs auf dem Motorrad um die Häuser zieht.

Gerhardts Finger entspannen sich langsam und er atmet wieder ruhiger.

Beinahe zärtlich legt der Hüne ihm stützend seine Hand in den Nacken und blickt ihm in die müden Augen. »Alles gut. Ich bin da.«

Gerhardt scheint zu kraftlos zu sein, um zu sprechen. Seine

Augen bewegen sich. Er schaut von einem zum anderen und fixiert dann mit ernstem Blick seinen Sohn.

»Keine Sorge. Deinen Freunden wird nichts passieren. Ich pass schon auf.«

Gerhardt deutet ein knappes Nicken an, schließt seine Augen und atmet betont ruhig.

Beinahe zärtlich betrachtet der riesige Kerl seinen reglosen Vater.

El Hawa reicht ihm die Hand. »Du musst Sven sein. Er hat viel von dir erzählt. Ich bin Jamal.« Ich staune. In seiner Stimme liegen weder Zorn noch Vorwurf.

Der Hüne ergreift seine Hand und mustert ihn, senkt den Blick. »War sicher nicht nur Gutes, was er da erzählt hat.«

»Sagen wir, es war … durchmischt.« Als el Hawas Mundwinkel sich ein wenig heben, kann auch sein Gegenüber sich eines Lächelns nicht erwehren und blickt sich zögernd um.

»Tut mir leid, die ganze Sache. Aber Krasnic ist ziemlich außer sich. Wegen dem da.« Er deutet mit dem Kopf zur mir herüber. El Hawas Blick folgt dem Wink, und in seinen Augen glaube ich eine sonderbare Mischung aus Vorwurf und Verständnis zu erkennen. »Weil er einfach nicht von hier verschwinden will. Und mit diesem karrieregeilen Bullen redet. Der Typ ist 'ne Gefahr. Für die ganze Gang. Sollte halt so was wie 'ne letzte Warnung sein, das hier.«

»Und was passiert jetzt?«, fragt el Hawa leise.

»Krass sagt, entweder er geht oder er ist tot. Mehr Möglichkeiten gibt es nicht.«

Schweigend schaut der Meister erst mich und dann den Hünen an. Nachdenklich streicht er sich über das Kinn. Wieder liegt diese eigentümliche Ruhe über dem Raum. Susanne und Carmen haben sich ein wenig beruhigt. Mit verquollenen Augen mustern sie misstrauisch den Hünen. Digga steht mit verschränkten Armen da und kaut trotzig auf seiner Unterlippe. Jim sitzt in einem leergefegten Regal, lässt die Beine baumeln und hört Jekyll zu, der tröstend auf ihn einredet.

El Hawa blickt in die Runde. »Gut. Ich würde euch bitten, hier ein wenig aufzuräumen. Einfach die Regale aufrichten und die Bücher hineinstellen. Schlimmer als vorher kann die Ordnung ja nicht werden. Die kaputten Bücher legt vielleicht einfach da drüben hin. Ich werde das morgen mit Kirrja klären und ihr 'ne neue Tür und ein paar Regale spendieren.«

»Keine Polizei?«, will Susanne wissen, und Sven fährt kaum merklich zusammen.

»Nein.« El Hawa schüttelt bedächtig den Kopf. »Das würde die Dinge nur unnötig komplizieren.«

Ohne zu verstehen, was er meint, beginnen wir damit, aufzuräumen. Der Meister wendet sich dem Hünen zu, der gerade Gerhardt vom Boden aufhebt, um ihn zu einem der Sofas zu tragen.

»Und ich fürchte, dass wir zwei uns, um das Ganze irgendwie in Ordnung zu bringen, unter vier Augen unterhalten sollten. Sie müssen mir ein paar Dinge erklären. Über ihren Verein, diesen Krass und Herrn« – er zögert einen Augenblick und blickt zu mir – »Tristen.«

KAPITEL XVII

… darin sich der Held von einigen Freunden verabschieden muss, im Austausch für sein größtes Geheimnis ein mindestens ebenso großes offenbart bekommt und zuletzt gefragt wird, ob er zu sterben bereit ist

Am nächsten Morgen erwache in el Hawas Wohnung. Seinen Worten zufolge ist dies die beste Lösung, bis das Ganze ausgestanden ist. Was immer er damit meint. Jedenfalls residiere ich erst einmal hier.

Verschlafen räkle ich mich auf der Matratze. Mein erster klarer Gedanke gilt Gerhardt. Ich richte mich auf, will nach meinen Klamotten greifen und entdecke neben der Matratze auf dem Stuhl unter der Lampe einen kleinen Zettel.

ES GEHT IHM GUT. ER IST DAHEIM BEI HOLGER.
SVEN IST BEI IHM. KEINE SORGE. JAMAL.

Ich atme auf. Jetzt muss nur noch die Herrin des Bücherhains entschädigt werden, und dann ist alles bereinigt. Oder zumindest fast. Die Arme im Nacken verschränkt, schaue ich mich um. Dieser Raum, den ich zuvor noch nicht gesehen hatte, ist sonst vermutlich el Hawa Schlafzimmer und noch kleiner als

Susannes Gästekammer. Er bietet gerade mal Platz für mich, meinen Rucksack, eine Matratze am Boden und einen Stapel Bücher. Das Ganze ist umrahmt von Deckenschräge, einem winzigen Fenster im Dach und rohem Putz, auf dem allenthalben Glückskekssprüche prangen. Jene Papierfetzen, einen knappen Zentimeter hoch und ungefähr sechs lang, wie man sie in trockenen Keksen findet. Mit Weisheiten in mindestens zwei Sprachen bedruckt, die bisweilen des Inhalts oder auch der Übersetzung wegen schmerzen.

WER DEN KERN ESSEN WILL, MUSS DIE NUSS KNACKEN und derlei. Abgründe des geschriebenen Wortes, kryptische Botschaften für volle Mägen, die mit dem Verdauen der vielfältigen Finessen chinesischer Frittierkunst beschäftigt sind.

Ich käme vermutlich nie auf den Gedanken, einen Raum damit zu tapezieren, doch zumindest verstehe ich jetzt, warum die anderen ihm immer diese Kekse mitbringen. Ich habe bis jetzt nur eine Handvoll von ihnen gelesen und mich dabei gefragt, wie Leute, die derlei verfassen, wohl bezahlt werden. Womöglich wäre das eine Karrierechance. Die Auflage dürfte beachtlich sein und ich kann mir durchaus vorstellen, dass ein erfolgreicher Glückskeksautor einen geradezu legendären Ruf genießt.

Als ich aufstehen will, spüre ich einen stechenden Schmerz im Bein, zucke zusammen und fingere eilig die Pillendose aus meiner Hosentasche. Sie ist leer. Die letzten beiden habe ich gestern früh genommen, sodass ich ab morgen mit etwas Pech ordentlich Schmerzen und kaum noch Freunde haben werde.

Noch wirken die Tabletten zumindest ein wenig. Die beiden Gestalten am Fußende meines Bettes wirken auf den ersten Blick allerdings ein wenig blass. Es handelt sich um John Silver und Arthur Dent, wobei ich Letzteren lediglich aufgrund seines Handtuchs und des Bademantels erkenne. Dent jedenfalls wünscht mir einen guten Morgen, während Silver sich missmutig im Raum umschaut und sein Holzbein poliert. »Drecksloch. Hab Kerker gesehen, die geräumiger waren.«

Da hat er recht. Es ist kaum mehr als eine Abstellkammer, in der ich vermutlich des Ärgers mit den Woiwoden und der Sache mit der EC-Karte wegen so lang nächtigen werde, bis klar ist, was aus Aaron Tristen und Vilho Unterberg werden soll.

Ich schäle mich aus dem Bett, schnappe mir meine Zahnbürste und trotte, Silver und Dent auf den Fersen, ins Bad. Aus der Küche tönt el Hawas Stimme.

»Komm rüber, wenn du dich hübsch gemacht hast. Frühstück ist fertig.«

Während Dent seine eigene Zahnbürste dabeihat, versichert mir Silver, dass Piraten sich ihre Zähne gewöhnlich mit Schießpulver putzen, er aber leider gerade keines dabeihabe. Meine Zahnpaste lehnt er ab.

Dann gehen wir rüber in die Küche, wo Kaffee und Toast auf uns warten, was el Hawa – der Größe des Schlafzimmers zum Trotz – Susanne gegenüber einen gewissen Gastgebervorsprung gibt. Der Meister selbst isst nichts, sitzt mir gegenüber und nippt zufrieden an seinem Kaffee. Dent studiert die Buchseiten an der Fliegenfalle. Silver schaut aus dem Fenster, nimmt eine Prise Schnupftabak und flucht darüber, dass man von hier aus nicht mal das Meer sehen könne.

El Hawa schaut mir dabei zu, wie ich mir einen Toast beschmiere und den Kaffee hinabstürze. Geduldig wartet er, bis ich fertig bin, schenkt mir noch einmal nach und blickt mich ernst an.

»Und jetzt Tinte ins Fass, mein lieber Vilho. Oder auch Aaron. Welcher Name dir lieber ist.«

»Sie wissen doch eh schon alles.«

»Zumindest das, was unser Rockerriese mir erzählt hat. Über den Vorfall in der Eisenbahnstraße, deinen angeschossenen Freund und diesen Kommissar Lohmann. Den Rest konnte ich mir zusammenreimen. Und du darfst nicht vergessen, wer dich zu mir geschickt hat.«

»Na, das war Ruth. Nachdem Sie mich angefahren hat.«

»Ruth, mein Freund, hat dir meine Karte gegeben. Aber dafür, dass du zu mir kommst, hat Jan gesorgt.«

Tatsächlich. Ich erinnere mich daran, dass Jan damals bei dem Telefonat in dem Dönerladen wie ein schlechter Schauspieler geklungen hat – und begreife, dass es nicht el Hawa war, dem er etwas vorgespielt hat.

»Er war früher öfter hier«, sagt el Hawa. »Abgesehen davon, dass er mir den Spitznamen Herr Sheherazade gegeben hat, hat er mir damals einiges über dich erzählt. Darüber, dass du früher wirklich gut warst. Bevor du mehr Bücher im Monat verkauft hast, als er es vermutlich jemals tun wird.«

»Dann … wussten Sie von Anfang an, dass ich …?«

»Ich bitte dich. Vilho Unterberg. Ich kann mir nicht vorstellen, dass dir das überhaupt irgendjemand abgenommen hat.«

»Hm. Das höre ich nicht zum ersten Mal.«

»Aber das ist jetzt nicht das Problem. Das Problem ist vielmehr, wie du aus der ganzen Nummer rauskommst.«

»Glauben Sie mir, ich hab mir schon reichlich Gedanken gemacht, ohne zu einem sinnvollen Ergebnis zu kommen.«

»Du könntest Lohmann geben, was er will.«

»Behaupten, dass ich gesehen habe, was er will, das ich gesehen habe? Nein. Das fühlt sich nicht richtig an.«

»Es wäre eine Geschichte.«

»Aber keine, um darauf ein neues Leben aufzubauen.«

»Wichtig ist, dass du weißt, was du willst.«

»Hier bleiben. In dieser Stadt.«

»Gut. Dein Wille ist der Schlüssel zu allem. Egal ob im Leben oder der Literatur.«

Ich verdrehe die Augen. El Hawas Worte klingen, als ob er zu viele Glückskeksssprüche gelesen hat.

»Sobald der Blechmann kein Herz, die Vogelscheuche keinen Verstand und der Löwe keinen Mut mehr will«, fährt er fort, »ist die Geschichte vorbei. Die nächste Frage ist allerdings, was du für das, was du willst, zu opfern bereit bist.«

»Oh, einiges. Das können Sie mir glauben.«

»Das sind große Worte. Glaub mir, ich weiß, wovon ich spreche.« Sein Blick wird ernster, seine Stimme eindringlicher. »Wärst du auch bereit, dafür dein Leben zu opfern?«

»Welches? Tristens oder Unterbergs?«

»Beide womöglich.«

Ich schaue ihn an und versuche einzuschätzen, wie er das meint. Es klingt, als ob hinter seinen Worten mehr als ein Gedankenspiel steht. Silver rät mir, vorsichtig zu sein und mich nicht von dem Alten über den Tisch ziehen zu lassen. Dent meint, dass ich mir, solange niemand auf den Gedanken käme, die Erde einer Hyperraum-Umgehungsstraße wegen zu sprengen, keine Sorgen machen müsse. Ich höre den beiden nicht richtig zu. Der Gedanke, dass el Hawa womöglich einen Weg kennt, wie ich Lohmann mitsamt den Rockern loswerden und hierbleiben kann, ist verlockend.

»Ja. Auch beide, wenn es sein muss«, antworte ich.

»Sehr gut. Genau das wollte ich hören!« Auf seinen Stock gestützt springt er auf und klopft mir, wie einem Kind, das im Körper eines alternden Mannes gefangen ist, begeistert auf die Schulter. »Nimm dir noch ein Tässchen, mein Freund. Ich werde mal eben ein wenig telefonieren.« Mit diesen Worten verschwindet er aus der Küche, und wir schauen ihm verwundert nach.

Gleich darauf hören wir von nebenan seine Stimme. »Wo ist denn jetzt wieder dieses Telefon? Scheißdreck noch eins. Wie ich es hasse, wenn das Ding zwischen die Bücher rutscht. Aber so was von.«

Es rumpelt. Wahrscheinlich schichtet der Meister Bücher um. Dent hebt eine Braue und deutet mit einem kreisenden Finger an der Schläfe an, was er von el Hawa hält. Silver schlägt vor, seine Wohnung zu plündern und aus der Stadt zu verschwinden. Von draußen ertönt, lauter als zuvor, wieder die Stimmte des Meisters.

»Du ahnst ja nicht, wie lange ich auf diesen Tag gewartet habe, Aaron! Oh, gemeinsam werden wir einiges reißen, mein Freund. Alles, was wir brauchen, ist eine gute Geschichte. Und das dürfte ja das geringste Problem sein. Zum einen hab ich schon ein bisschen was vorbereitet und zum anderen hast du ja zumindest nicht gar kein Talent, hm?«

Stirnrunzelnd frage ich mich, was mit dem Mann plötzlich los ist. Es scheint, als ob sich in meinem Problem etwas verbirgt, das für ihn wesentlich bedeutender als für mich ist. Eine eigentümliche Vorstellung. Es fällt mir schwer, Dents Einschätzung nicht zu teilen. Silver räumt unterdessen ein, dass wir, wenn wir die Wohnung plündern, den alten Mann notfalls am Leben lassen könnten.

Ich schnappe mir die Tasse, gieße sie noch einmal voll und lasse Arthur und Long John in der Küche zurück. Im Flur schnappe ich mir Bulgakows *Der Meister und Margarita*, das zwischen Hugos *Der lachende Mann* und Hugarths *Meister Li* steht. In der Küche beginnen meine imaginären Freunde zu diskutieren, nebenan telefoniert el Hawa offenbar mit Dr. Keppler, und ich ziehe mich in das Glückskekszimmer zurück.

Irgendwann schrecke ich hoch und schaue mich um. Ich bin offenbar eingenickt. Neben mir liegen das offene Buch und der schnarchende Silver, auf dem Stuhl Dent, der offenbar Glückskeksssprüche studiert.

»*Du wirst das Abenteuer finden oder das Abenteuer findet dich*«, murmelt er und dann merke ich, weshalb ich aufgewacht bin. Nebenan streiten el Hawa und Dr. Keppler. So laut, dass ich gar nicht anders kann, als sie zu belauschen. Sicherheitshalber und um nichts falsch zu verstehen, stehe ich auf, ignoriere den hässlichen Schmerz, der mein Bein durchzuckt, und lege ein Ohr an die Tür.

»Das ist komplett verrückt, Jamal! Wenn du das wirklich tust, sperren sie dich weg und lassen dich dein Lebtag nicht mehr raus.«

»Biete es diesem Kommissar an. Wenn der nur halb so sehr auf seine Karriere bedacht ist, wie alle sagen, wird er sich so ein Geschäft nicht entgehen lassen.«

»Aber es ist mies. Das mieseste Geschäft, was du machen kannst. Und wofür? Um einen verwöhnten Berliner Bestsellerautor freizukaufen, der, um seine Probleme beizulegen, genauso gut auch einfach wieder nach Hause verschwinden könnte.«

»Du schätzt ihn falsch ein, Keppler. Er ist noch etwas ganz anderes. Es geht ihm nicht um Erfolg oder Buchverkäufe. Das ist alles vollkommen egal. Sogar ihm selbst.«

»Was seine Bücher angeht, würde ich dir nicht einmal widersprechen. Ich hab mal versucht, eins davon zu lesen. Hirnverbrannter Unsinn.«

»Glaub mir, das sind andere Geschichten. Nicht seine. Die

Kadaverkohorte, Neu-Kanaan und der große Verweser, genau dieser Unsinn ist es, vor dem er davonrennt.«

»Und das zu Recht! Wobei er immer wieder auf die Schnauze fällt und sich an jeder Ecke Ärger einhandelt. Soll er es doch gefälligst selber ausbaden! Das ist nicht dein Problem, verdammt noch eins.«

»Vergiss nicht: Ich habe damals meine Chance bekommen. Und er hat ebenfalls eine verdient.«

»Begreifst du es denn nicht? Es geht um den Rest deines Lebens, Jamal! Willst du das wirklich einem Fremden opfern?«

»Er ist kein Fremder. Lange schon nicht mehr. Ich habe ihn beobachtet. Wie er zwischen den Büchern und den anderen gesessen, wie er gedacht und gesprochen hat. Ich kenne ihn besser, als du denkst. Seine besten Geschichten sind noch nicht erzählt. Die Ruhe hier wird ihm guttun. Und für den Fall, dass du Angst hast, mich zu vermissen: Als mein Anwalt wirst du mich sicher wann immer du willst besuchen können.«

»Du bist ein Idiot, Jamal. Warst du schon immer.«

»Mag schon sein, Keppler. Aber ich bin dein Lieblingsidiot.«

Ich höre die beiden lachen. Dieses herrliche Verschwörerlachen jenseits jeder Vernunft, wie es Männer lachen, die mehr als andere miteinander erlebt haben.

Neben mir taucht Dent auf, legt ebenfalls ein Ohr an die Tür und zwinkert mir zu. »Wer nicht über die Zukunft nachdenkt, wird keine haben«, sagt er und ich wünsche mir, dass er auf einem Vogonenschiff verschwindet.

Wieder höre ich deutlich die Stimme el Hawas. »Hier. Ich habe dir ein paar Unterlagen vorbereitet, damit sie wissen, dass es kein Scherz ist. Darin sollte genug Karriere stecken, dass Lohmann sich auf den Deal einlässt. Nimm die Mappe einfach mit. Aber pass auf, dass sie nicht wegkommt. Ich habe nicht viel mehr, um es in die Waagschale zu werfen.«

»Ich tu das nur für dich. Dieser Fatzke da drüben ist mir völlig egal. Wenn du mich fragst, kann er nicht mal schreiben.«

»Wenn du das beurteilen könntest, hättest du vermutlich einen anderen Beruf ergriffen. Aber so bist du eben Anwalt geworden und mit dem Privileg gesegnet, bizarre Verhandlungen für alte Freunde zu führen.«

»Willst du es dir nicht noch einmal überlegen?«

»Nein. Ganz sicher nicht. Und jetzt mach dich los. Sag diesem Kommissar, dass das Angebot befristet ist. Und dass es schnell gehen muss. Die ganze Sache muss innerhalb von vier Tagen erledigt sein. Sonst ist alles hinfällig.«

Ich höre Schritte, das Knarren einer Tür, ein leises »So ein verdammter Idiot«. Dann ist es wieder ruhig.

Dent und ich blicken uns an, Silver dreht sich grummelnd auf die andere Seite.

Während Arthur sich wieder den Sprüchen widmet, klopft es energisch an der Tür. Silver schreckt hoch und schaut sich verwirrt um. Die Tür öffnet sich, und aus dem Flur blinzelt el Hawa zu uns hinein und gibt mir einen Wink.

»Komm rüber, Aaron. Wir müssen noch über ein paar wichtige Dinge reden.« Er wendet sich bereits wieder um, dreht sich aber noch einmal zu mir. »Ach, und bring bitte dein dunkles Geheimnis mit. Im Gegenzug wirst du das Vergnügen haben, meines kennenzulernen.«

Ein paar Minuten später sitze ich mit el Hawa in der Halle der Geschichten. Er in seinem ledernen Sessel, ich ihm gegenüber auf einem Kissen. Ein zweites befindet sich zwischen uns, darauf meine kleine Blechschatulle und ein flaches hölzernes Kästchen. Wenn ich von der Größe dieser Schatulle auf das darin befindliche Geheimnis schließe, dürfte es in etwa doppelt so groß wie meines sein.

Ich fühle mich alles andere als wohl. Der Gedanke, vor diesem Mann meine Achillesverse zu entblößen, ein Geheimnis offenzulegen, das ich schon so lange hüte, erscheint mir beinahe unwirklich. Aber offenbar ist er Teil des Handels. Und im Gegenzug werde ich vermutlich weit mehr als nur das Geheimnis el Hawas bekommen.

Silver und Dent habe ich angewiesen, drüben zu bleiben und sich miteinander zu beschäftigen. Bis jetzt halten sie sich daran.

Wie mein Gegenüber die beiden Schatullen betrachtet, wirkt er wie ein alternder Teufel, der kurz davorsteht, einen bedeutenden Handel abzuschließen. Allerdings weiß ich nicht, wer hier gerade wessen Lachen kauft.

»Männer wie wir, wissen erst, wer der andere ist, wenn wir sein dunkelstes Geheimnis kennen.«

Stumm schaue ich ihn an, weiß nichts zu entgegnen und bin mir nicht sicher, ob ich wirklich bereit bin, meine Schatulle zu öffnen.

»Ich denke, es ist an der Zeit, dass wir uns kennenlernen«, fährt el Hawa ruhig fort und klingt plötzlich, als ob Merlin selbst ihm seinen Text geschrieben hätte. »Weil unsere Leben sich womöglich bald schon derart unwiederbringlich verflechten werden, wie nur die wenigsten dort draußen es erleben.«

»Ich bin mir nicht sicher, ob –«

»Dafür, Aaron, ist es, mit Verlaub, zu spät. Du hast dich entschieden. Du weißt längst, was du willst. Und jetzt solltest du alles tun, was nötig ist, um es zu bekommen.«

Ich zögere, rufe mir das zuvor belauschte Gespräch ins Gedächtnis und frage mich, was wohl dieses Opfer sein mag, das er zu bringen im Begriff steht. Was er Lohmann wohl zu bieten hat. Ob es sich lohnt. Und ob es funktioniert. Mein Gegenüber spürt meine Zweifel offenbar.

»Ich bin dabei, mir eine Geschichte für dich auszudenken. Eine, die, sobald sie erzählt wird, alle deine Probleme löst. Du ahnst vermutlich, dass sie, wie die meisten bedeutenden Geschichten, weitgehend erlogen ist. Was sie jedoch keineswegs schlechter macht. Ich kann dir allerdings versichern, dass sie niemals erzählt werden wird, wenn du dich jetzt nicht zu erklären beginnst.« Während er leise zu mir spricht, ist sein Lächeln derart ruhig und vereinnahmend, dass Widerworte mir schwerfallen.

Nebenan beginnen Dent und Silver zu streiten, und mich beschleicht der Gedanke, dass man die wenigsten meiner imaginären Freunde zu zweit allein in einem Zimmer lassen kann.

Ich senke den Blick, atme tief ein und gebe mir einen Ruck.

Das Metall der Dose fühlt sich warm an, als ich danach greife und sie vom Kissen hebe.

El Hawas Augen leuchten auf, als ich den Verschluss aufschnappen lasse und die Schatulle langsam öffne.

Es sind lediglich ein paar Blätter Papier. Billiges Material von billigen Klammern zusammengehalten. Zwei Heftchen, abgegriffen, zerfleddert, in der Mitte geknickt und etwas kleiner als DIN A5. Die ungelenken Zeichnungen sind ausgeblichen, und das einstige Schwarz ist bloß noch ein blasses Blaugrau. Man sieht, dass das Papier schon einige Jahre in diesem Kistchen liegt.

»Darf ich?«, fragt el Hawa und deutet auf die Schatulle.

Ich schiebe sie näher zu ihm hin, er nimmt das obere der beiden Blätter heraus, faltet es auseinander und betrachtet es eingehend. Als er es öffnet, fällt mein Blick auf das Coverbild, das ich so aberviele Male schon gesehen habe und das mich bis in meine Träume verfolgt. Selbst als ich die Augen schließe, sehe ich ihn noch: jenen muskulösen Engel mit der Augenklappe in seiner abgerissenen Armeeuniform. Mit dem

Schwert auf seinem Rücken und der Maschinenpistole in der Hand. Ihm zu Füßen ein halbes Dutzend Untote, die einen enthauptet, die anderen mit gähnenden Einschusslöchern in der Stirn. Und hinter all dem ein riesiger Atompilz, der sich über der Welt erhebt. All das billig, schnell gezeichnet und schlecht kopiert. Darüber, von Hand geschrieben und jeweils mit einem zackigen Ausrufezeichen versehen, die Worte: ZOMBIES! ANGELS! ARMAGEDDON!, und darunter, mit rotem Filzstift gekritzelt: 175/250.

Interessiert blättert el Hawa das Heftchen durch und schaut mich immer wieder mit einem sonderbaren Lächeln an.

»Ein amerikanisches, von irgendeinem Untergrundzeichner zusammengeschustertes Comic, von dem es gerade mal zweihundertfünfzig Stück gibt? Und das ist also dein dunkles Geheimnis?«

»Und es verfolgt mich überall hin. Weil es der Grundstein –«

»Deines gegenwärtigen Erfolgs ist? Weil dir nach den Einhörnern und den Vampiren nichts mehr einfiel und du etwas brauchtest, das einschlägt?«

Sein Lächeln verwirrt mich. Aber ich antworte, ohne zu zögern.

»Ja. Ich war damals eine Woche in New York, wo ich das Ding in einem kleinen Independent-Laden in Chelsea entdeckt habe. Die Story ist fast so mies wie die Zeichnungen. Aber die Ideen sind grandios! Ich habe gerade mal eine Woche gebraucht, um daraus den ersten Teil von *Engel gegen Zombies* zu machen. Mitsamt Neu-Kanaan, großem Verweser, Schimmerschwinge und Kadaverkohorte.«

»Ganz zu schweigen von den kryogengefrorenen Nonnen.«

»Sie haben es gelesen?«

»Nur die erste Hälfte vom ersten Buch. Auch meine Geduld hat Grenzen.«

»Hätte ich geahnt, dass es sich derart gut verkauft, hätte ich es nicht gemacht.«

»Aber so musstest du die ganze Zeit Angst haben, dass jemand merkt, dass du den größten Teil dieser hirnverbrannten Geschichte gestohlen hast.«

»Genau das«, gebe ich zerknirscht zu. »Und zweihundertfünfzig Exemplare sind zweihundertfünfzig Exemplare. Davon könnte jederzeit noch irgendwo eines auftauchen. Und wenn das den falschen Leuten in die Hand fällt, brennt die Luft. Wenn ein Plagiatsprozess in Amerika droht, wird *ein* Herzinfarkt für Grimm auf Fuerteventura nicht reichen. Und für eine außergerichtliche Einigung müsste der Verlag wahrscheinlich so viel zahlen, dass sie mich auch noch anzünden, bevor sie mich auf die Straße setzen.«

»Ganz zu schweigen von der Öffentlichkeit, nicht wahr?«

»Wenn rauskommt, dass die nicht allzu originelle Idee meines erfolgreichsten Buches nicht einmal von mir selbst stammt, verkomme ich endgültig zur Witzfigur.«

»Es ist unseren dunkelsten Geheimnissen nun einmal zu eigen, dass sie unser Leben zerstören können. Was, wie du gleich sehen wirst, bei mir nicht anders ist.« Er legt das Heft zurück in das Kästchen, schließt es und gibt es mir zurück.

Ich fühle mich eigentümlich erleichtert und komme mir vor wie ein Gauner, der einem anderen, nur um dessen Untaten zu hören, von seinen eigenen erzählt. Und ich bin verdammt neugierig, was er zu bieten hat.

El Hawa legt seine Hand auf das hölzerne, mit aufwendigen Schnitzereien versehene Kästchen. Auch er schließt seine Augen, scheint ebenfalls zu zögern. Ich lasse ihm die Zeit. Weil ich keine Eile und nichts weiter vorhabe. Nebenan scheinen Silver und Dent handgreiflich zu werden, was aber nicht mein Problem ist.

Ohne es anzuheben, lässt el Hawa sein Kästchen mit einer kaum merklichen Handbewegung aufschnappen. Als er es öffnet, schabt der hölzerne Deckel über einige im Inneren befindliche Papiere, die einen Lidschlag später offen vor mir liegen.

Mein Gegenüber atmet tief ein und spricht leiser als zuvor. »Und das ist also das meine.« Er breitet seine Hände aus und präsentiert mir den Inhalt der flachen Kassette. »Scheue dich nicht, es dir genau anzusehen.«

Obenauf liegen Fotos, die einen weit jüngeren Jamal el Hawa zeigen. Ich nehme einige Bilder heraus und gehe sie durch. Im Hintergrund Wüste, Palmen, exotische Bauten. Ich erinnere mich an seine Geschichte. Vermutlich stammen die Bilder aus dem Irak. Doch der Mann, den ich dort sehe, wirkt nicht wie ein armer Ziegenhirt, der irgendwelcher Repressalien wegen aus seiner Heimat zu fliehen gedenkt. Auf den meisten Schnappschüssen trägt er einen Anzug, der nicht wie von der Stange wirkt. Einige Bilder zeigen ihn inmitten von Uniformierten, ohne dass er dabei jedoch wie ein Befehlsempfänger wirkt. Ich verstehe nicht, was genau ich da gerade sehe, aber ich ahne, dass dieses dunkle Geheimnis eine andere Qualität als meines hat. Und während ich das denke, läuft es mir kalt den Rücken hinab.

Weitere Bilder. Der jüngere Jamal in einem Bürogebäude, hemdsärmlig vor einem Computer oder von anderen Anzugträgern umgeben. Kräftige Männer mit schweren Ketten und goldenen Uhren. Im Hintergrund bewaffnete Uniformierte. Ich nehme noch einige Bilder aus dem Kästchen, bekomme Empfänge, Limousinen, sogar einen Golfplatz mitten in der Wüste zu sehen. Und begreife nicht. Dann kommt unter den Bildern ein laminierter Ausweis mit einem anderen Namen darauf zum Vorschein.

»Nasreddin Kazar?« Ich hebe den Blick.

»Ja. Und du ahnst nicht, wie lange ich diesen Namen nicht gehört habe.«

Als er das sagt, zittert seine Stimme. Ich nicke anerkennend.

»El Hawa ist wirklich besser als Unterberg.«

»Danke. Aber ich hatte auch Übung in so etwas.« Mit einem Fingerzeig lädt er mich ein, weitere Papiere zu betrachten.

Es folgen einige offiziell wirkende Dokumente, leicht vergilbt, mit einer Unmenge Stempeln darauf, die meisten davon auf Arabisch verfasst. Sie alle tragen den gleichen, in lateinischen Buchstaben abgefassten Schriftzug auf der Oberseite: Mudīriyyat al-Amn al-ʿĀmma. Ich ziehe die Stirn in Falten, versuche, aus den Worten etwas herauszulesen. Als es mir nicht gelingt, blicke ich el Hawa fragend an.

Er zögert kurz und setzt sich in seinem Sessel auf. »Der irakische Geheimdienst. Ich war für ihn tätig. Bis kurz vor seiner Auflösung durch die Amerikaner im Jahr 2003. Unterstand direkt seinem Leiter, Ali Hasan al-Madschid at-Tikriti, einem Vetter Saddam Husseins.«

Fassungslos blicke ich ihn an. Mir kommt wieder das sonderbare Telefonat in den Sinn. Das Pärchen aus der Straßenbahn. Ich beginne zu verstehen, das Ausmaß seines dunklen Geheimnisses zu erahnen.

»Chemie Ali«, sage ich, mich an die Darstellung des Geheimdienstchefs seinerzeit in den Medien erinnernd.

»Vier Mal zum Tode verurteilt. Mehr als verdient, wenn du mich fragst. Ich allerdings, oder besser Nasreddin Kazar, war lediglich ein Untergebener, der nur am Schreibtisch gesessen hat. Aber ich will mich nicht damit herausreden, nur Befehle ausgeführt zu haben. Ich hatte damals gewählt. Eine vermeintlich sichere Seite und gutes Geld, wofür ich Dinge in Kauf nahm, für die ich mich heute mehr schäme, als du dir vorstellen kannst. Und du kannst dir sicher sein, dass auch mein dunkles Geheimnis mich im Schlaf verfolgt.«

Mein Mund ist trocken. Ungläubig schüttle ich den Kopf, betrachte die Papiere und kann nicht glauben, dass all das wahr sein soll. Auf jeden Fall ist es richtig, Silver und Dent nebenan gelassen zu haben. Sie haben hier nichts zu suchen. Zu viel Realität.

»Ich floh zusammen mit ein paar anderen in einer kleinen Privatmaschine. Wir nutzten einige verbliebene Kontakte, landeten in der Türkei, tauchten unter. Die meisten hat man längst gefasst. Einige hingerichtet. Ich aber bin noch tiefer untergetaucht.«

»Aber … aber … dieser Geheimdienst hat gefoltert. Gemordet.«

»Ich könnte behaupten, nichts davon gewusst zu haben. Würde es sogar gern. Aber ich weiß um die Schuld, die ich trage. Und habe in den vergangenen Jahren mehr als einmal überlegt, mich deshalb aufzuhängen. Aber dann habe ich beschlossen, jemand anders zu werden. Eine neue Geschichte zu erzählen. Eine, an die ich selber glauben wollte.«

Noch einmal gehe ich die Bilder durch. Sehe diesen Mann, der zugleich el Hawa und es doch auch nicht ist. Sehe ihn die Hände von Männern schütteln, die für ihre Untaten mit dem Tod gebüßt haben. Denke an das, was dieser Mann womöglich getan hat.

»Ein Ziegenhirt, der Geschichten liebt, vor einem ungerechten Regime geflohen ist und sich in einer kleinen Wohnung in Deutschland versteckt«, sagt er. »Jamal Abu el Hawa. Der jede Nacht aufwacht, weil er die Albträume eines anderen träumt. Das ist, was ich heute bin.«

Ich begreife, dass mein Gegenüber nicht der harmlose Geschichtenerzähler ist, für den wir ihn gehalten baben.

»Geschichten …«, murmle ich,

»Es geht nie um etwas anderes. Besonders im Geheimdienst. Und auch die Wahrheit ist am Ende bloß eine Geschichte. Mitunter sogar eine, die man weit weniger gern als andere hört.«

In meinem Kopf überschlagen sich die Gedanken. Ohne es zu wollen, versuche ich vor dem Hintergrund von Prinzipien wie Ethik, Moral oder Schuld el Hawas Lügen gegen meine aufzurechnen. Auch das scheint er mir anzusehen.

»Lass es, Aaron. Es macht dich nur verrückt. Selbst el Hawa weiß, was Kazar zu verantworten hat. Er lebt damit. In der Gewissheit, dafür irgendwann einmal bezahlen zu müssen. Der internationale Haftbefehl für Nasreddin Kazar existiert noch immer, und er wird deinem Kommissar die Karriere eröffnen, die er sich erhofft. Wenn dieser im Gegenzug bereit ist, mir dabei zu helfen, eine Geschichte zu erzählen. Oder besser, das Ende einer Geschichte. Deiner Geschichte, Aaron.«

»Darum also die Frage, ob ich bereit wäre zu sterben.«

»Ich fürchte, das muss sein. Wenn du wirklich hierbleiben willst, musst du jemand anderer werden. Aber wir haben alles, was wir brauchen, um dich dazu zu machen.«

»Und was wird aus Ihnen?«

»Vermutlich wird man mich verhören, wegsperren, der Presse präsentieren und ausliefern.«

»Aufhängen?«

»Ich denke nicht. Dafür stand mein Schreibtisch dann doch zu weit entfernt von all den Dingen, die ich gern vergessen würde.«

»Das … das ist gerade alles etwas viel. Könnte ich vielleicht …?« Ich deute Richtung Glückskekszimmer.

»Natürlich. Nimm dir alle Zeit, die du brauchst. Ich weiß, was ein solches Geheimnis anzurichten vermag. Für das, was kommt, war es jedoch wichtig, dass wir einander kennen. Und zwar nicht nur die Teile unserer Geschichte, die gut klingen.«

Ich nicke zögerlich, schiebe Bilder und Dokumente säuberlich zurück in das Kästchen und überlasse es el Hawa, der es wortlos wieder verschließt.

Schweigend humple ich hinüber ins Bad. Dort, zwischen *Fix und Foxi, Yps, Lustigen Taschenbüchern, Spiderman,* den *Fantastic Four* putze ich mir die Zähne. *Asterix, Lucky Luke, Yoko Tsuno* und *Blake and Mortimer.* Die meisten kenne ich noch von früher. Die Namen der Mangas sagen mir nichts, abgesehen von *Akira* und *Ghost in the Shell.* Wäre das gerade mit el Hawa geführte Gespräch nicht gewesen, ich hätte mich vermutlich hingesetzt und die halbe Nacht gelesen. So aber schrubbe ich lediglich mein Gebiss und lasse meinen Blick über die Regale von *Monsieur Mardi-Gras, Watchmen* und *Die Meta-Barone* schweifen. Dann bemerke ich den kleinen Stapel neben dem Klo und obenauf ein Heft, das gewiss nicht zufällig dort liegt. ZOMBIES! ANGELS! ARMAGEDDON!, darunter in Rot: 203/250. Nun verstehe ich das sonderbare Lächeln el Hawas. Er hat es gewusst. Die ganze Zeit über.

Gut zwei Stunden später liege ich auf der Matratze in dem winzigen Zimmer mit den sinnentleerten Sprüchen an den Wänden, grüble und starre die Decke an.

Silver und Dent habe ich gefesselt, geknebelt und in die Ecke gesetzt. Die beiden beginnen zu verblassen. Die Wirkung meiner Pillen lässt nach, und die Realität beginnt mich einzuholen. Mein Bein tut mir weh, und der pochende Schmerz, den die Pillen bisher im Zaum gehalten haben, wird langsam unangenehm.

El Hawas dunkles Geheimnis, so viel größer und hässlicher als meines, lässt mich nicht los. Obwohl ich gar nicht wissen will, was genau er getan hat, gibt meine Phantasie keine Ruhe. Ich versuche, mich in ihn hineinzuversetzen, bekomme den Mann, den ich kenne, jedoch nicht mit dem vereint, der er einmal gewesen sein muss. Vor allem aber beschäftigt mich der Gedanke, dass dieser Mann bereit zu sein scheint, alles aufzugeben, was er sich hier erschaffen hat. Seine eigene neue Geschichte. Für mich.

Das Denken fällt mir schwer. Ich fühle mich miserabel, fürchte, dass ich Fieber habe. Die Decke über meine Schultern ziehend, krümme ich mich auf der Matratze zusammen. Die Zukunft Aaron Tristens ist ebenso ungewiss wie die Vilho Unterbergs und all seiner imaginären Freunde. Ich versuche zu schlafen, schrecke aber immer wieder schwitzend hoch. Jedes Mal ist der Schmerz im Bein schlimmer, und Silver und Dent wirken durchsichtiger.

Mitten in der Nacht erwache ich wieder und spüre genau, dass etwas nicht stimmt. Ich taste nach dem Schalter der Lampe. Sie leuchtet auf. Und für den Moment ist el Hawa vergessen. Denn da sind sie. Sitzen, stehen um mich herum. Dicht an dicht.

Ich erkenne Gandalf, Merlin, Schmendrik, Dumbledore und die Heiligen Drei Könige. Daneben Conan, Herkules und Beowulf. Medardus und Pu, der gerade William von Baskerville den Vorschlag macht, mal etwas zusammen zu unternehmen. Don Quijote hat Jim Knopf als Schildknappen angenommen, und Dracula tuschelt mit Robinson Crusoe, mit dem er sich offenbar angefreundet hat. Sogar Pippi Langstrumpf hat sich reingeschlichen und flirtet mit Doctor Who. Besonders freue ich mich über Captain Future, den ich lange schon nicht mehr gesehen habe. Ich richte mich auf, lehne mich in die Ecke und betrachte die imaginäre Gemeinschaft. Sheherazade, Rumpelstilzchen, den T-800 und Prinzessin

Leia. Der TOD, der sich leise, aber in Großbuchstaben mit Connor MacLeod unterhält. Daneben Loki und Odysseus, Jack Skellington, Willi Wonka, den Grinch, Momo, Inigo Montoya und die kindliche Kaiserin. Jesus, versunken im Gespräch mit Paul Atreides, Wolverine, Richard III., Harley Quinn und Hannibal Lecter. Jemand hat sogar Dent und Silver wieder losgebunden, und als ich aufblicke, lächelt mich vom Stuhl neben dem Bett kein geringerer als Dream an. Morpheus. Der Traumweber.

Da sind sie also. So viele von denen, die mich geprägt, meine Lust an Geschichten und am Leben geweckt und irgendwo in meiner Vorstellung immer weitergelebt haben. Es sind weit mehr, als in dieses Zimmer passen. Was aber weder sie, das Zimmer noch mich schert. Wichtig ist, dass sie gekommen sind. Bevor auch sie wieder verblassen.

Und so beginnen sie sich kurz darauf zu verabschieden. Nacheinander kommen sie näher, fallen mir um den Hals, neigen das Haupt vor mir, reichen mir die Hand oder ziehen diese wieder zurück, um mir eine lange Nase zu machen. Im Anschluss daran wenden sie sich zum Gehen, verschwinden einer nach dem anderen in der dunklen Ecke, in die das Licht der Lampe nicht reicht.

Beinahe wehmütig nehme ich wahr, wie der Raum sich nach und nach leert.

Schließlich sind sie alle weg. Selbst Silver und Dent, und es ist beinahe unangenehm still im Raum. Ich spüre, wie die Tränen auf meinen Wangen trocknen, und bin mit meinem schmerzenden Bein und den Glückskekssprüchen allein.

Versonnen lasse ich noch einmal die Pillendose aufschnappen. Im Verhältnis zu dem, was darin war, ist sie wirklich erstaunlich klein. Leer und klein. Und genauso fühle ich mich in diesem Augenblick.

Ich schalte das Licht aus, wische mir mit der Decke den Schweiß von der Stirn, will mir gerade die Decke über den Kopf ziehen, als mit einem Mal das kleine Dachfenster von draußen aufgerissen wird, ein beinahe lautloser Schatten ins Zimmer gleitet und sich bedrohlich vor mir aufrichtet. Noch einmal taste ich nach dem Lichtschalter. Und dann bin ich wirklich sprachlos.

Batman ist da. Obwohl auch er an einigen Stellen durchschimmernd erscheint.

»'tschuldigung. Aber im Betrieb war halt wieder Stress, Batmobil ist noch immer in der Reparatur, Bahn ist auch wieder zu spät gekommen, und ich bin grad auch nicht so richtig gut drauf.«

»Kann ich alles verstehen«, entgegne ich, während er nachdenklich seine Hand betrachtet, die beinahe komplett verblasst ist.

Er hebt seinen Blick. »Es geht vorbei, oder?«

»Ja. Aber ich bin froh, dich noch mal gesehen zu haben.«

»Tut mir leid, wir hatten ja jetzt wirklich nicht viel Zeit miteinander.« Ungläubig hebt er seinen Arm, der schon fast bis zum Ellenbogen durchsichtig ist. »Na, da wird der alte Buddenbrook sich aber wundern, wenn ich morgen unentschuldigt fehle.«

Ich schmunzele und staune, als Batman mit seiner noch vorhandenen Hand nach seiner Maske greift und sie sich langsam vom Gesicht zieht.

»Du ahnst gar nicht, wie nervig dieses Ding ist, wenn man es den ganzen Tag tragen muss.«

Und dann sehe ich, wer sich unter der Maske verbirgt. Wer jener Batman wirklich ist, der mich so lange versetzt, im Stich gelassen und inzwischen sogar einen richtigen Beruf zu lernen begonnen hat: Ich sitze mir selbst gegenüber.

Erstaunlich, wie gut dieses Kostüm mir passt. Hätte ich nicht erwartet. Jetzt beginnt auch meine andere Hand zu schwinden. Ich schaue mich an. Schaue mich an, wie ich mich anschaue, und bin so unendlich froh, bei mir zu sein, während ich mich auflöse.

Und in der Gewissheit, dass nichts außer mir übrig bleiben wird, kann ich es sogar zulassen, mich in den Arm zu nehmen.

Der Abschied von Batman ist das Erste, woran ich mich am nächsten Morgen erinnere. Das Erste, was ich spüre, ist mein Bein, und das Erste, was ich zu Gesicht bekomme, ist das freundliche Gesicht el Hawas, der lächelnd eine Tasse Kaffee neben der Matratze abstellt.

»Komm. Wir haben einiges vor und nicht mehr viel Zeit.«

Er wendet sich zum Gehen, bleibt jedoch an der Tür kurz stehen, um leise aufzulachen und laut einen der Glückskekssprüche vorzulesen: *»Eine Gelegenheit klopft an die Tür.«*

Ohne zu zögern, raffe ich mich auf, streife mir eilig meine Hose über, schnappe mir den Kaffee und humple dem Meister mit schmerzendem Bein hinterher.

Kurz darauf sitzen wir zusammen am Küchentisch, und ich muss an unser erstes Zusammentreffen denken. Daran, was seitdem geschehen ist, und das, was noch geschehen wird. Gedanken, die mit dem merkwürdigen Gefühl einhergehen, in eine völlig fremde Geschichte gestolpert zu sein, die in Wirklichkeit meine eigene ist.

El Hawa hat mir eine kleine Schale mit Obst, Weintrauben, einem Apfel und einigen Mandarinen hingestellt. »Iss nebenbei. Wir haben keine Zeit zum Schnittchenschmieren.«

Ohne Widerwort tue ich wie geheißen.

»Also: Ich habe mir gestern Nacht noch ein paar Gedanken über das Ende deiner Geschichte gemacht«, sagt el Hawa. »Wie sich das Ganze am besten bewerkstelligen lässt. Und ich glaube, wir haben alles, was wir brauchen.«

Dass ich nicht verstehe, was er meint, ist vielleicht darauf zurückzuführen, dass ich noch nicht richtig wach bin. Aus Höflichkeit schaue ich trotzdem verständig.

»Dass du sterben musst, steht außer Frage. Tristen ebenso wie Unterberg. Weil deine Rockerfreunde inzwischen beide Namen kennen. Wenn der Kommissar anbeißt, sollte es kein Problem sein, ein entsprechendes Ableben zu inszenieren und deine Reste aus irgendeinem Fluss zu ziehen. Offiziell zumindest. Ich gehe davon aus, dass wir den schrecklichen Sven dazu bekommen, die Geschichte zu stützen.«

»Gerhardts Sohn?«

»Den Rockerriesen, ja. Wir haben ja schon gemerkt, dass er so was wie ein Gewissen hat. Wenn er dich quasi umlegt und die Polizei behauptet, deine Leiche gefunden zu haben, haben wir eine Geschichte, die nicht nur funktioniert, sondern auch nur Gewinner hat.«

Ich nicke anerkennend und frage mich, wie lange er an diesem Plan wohl schon heimlich feilt. »Lohmann bekommt seine Beförderung, Sven wird von seinem Präsidenten und seinem Club gefeiert, und ich bin raus aus der Nummer.«

»Ganz genau. Eine wundervolle Geschichte!« Begeistert nippt el Hawa an seinem Kaffee.

Ich betrachte ihn schweigend. Warte einen Moment. Dann sage ich: »Ihnen fällt aber schon auf, dass Sie sich selbst aus der Gleichung rausgenommen haben, oder?«

Er stellt seine Tasse ab, schaut mich an. Seine Stimme klingt sehr ernst. »Nein, Aaron. Du hast mich aus der Gleichung rausgenommen. Ich werde ebenso gewinnen wie alle anderen. Du ahnst nicht, wie lange ich auf so eine Gelegenheit gewartet habe. Auf die Chance, meine Schuld zu begleichen, und auf einen echten Geschichtenerzähler, der meinen Platz einnimmt.«

»Ihren Platz?«

»Ja.«

Es läuft mir kalt den Rücken runter. Und ich denke unweigerlich an eine weitere Comicfigur aus meiner Kindheit. Das Phantom. Den wandelnden Geist. Der bei den Leuten als unsterblich galt, weil er gegen Ende seiner Zeit seine Maske stets an einen anderen weiterreichte. Ich frage mich, wie oft der Meister das wohl schon getan hat. Wie viele vor ihm bereits in dieser Wohnung Geschichten erzählt haben. Und ob ich womöglich auch einen Totenkopfring bekomme.

»Ich werde Lohmann eine Reihe Bedingungen stellen«, fährt el Hawa fort. »Eine Art Zeugenschutzprogramm. Du wirst ich werden. Hier sein. Und jenen, die zu dir kommen, etwas über Geschichten erzählen.« Ich glaube, Tränen in seinen Augen zu erkennen, aber er lächelt. »Ach, und irgendwann wirst du dich ärgern, dass du nicht rauskannst, wirst dir eine alberne Mütze und eine Sonnenbrille zulegen und dich mit Keppler streiten.«

»Ich? Mit Keppler?«

»Ich habe heute Morgen mit ihm telefoniert. Er war bei Lohmann. Und der ist mehr als interessiert. Wenn ich weg bin, wird Keppler sich um dich kümmern. Den Kontakt mit den Behörden, der Polizei, was immer auch anfällt. Vielleicht lässt sich sogar noch eine monatliche Zuwendung für dich rausschlagen.«

»Und wenn die Vojvods hierherkommen?«

»Vertrau mir. Hier bist du sicher. Die Leute hier können dich vor fast allem beschützen. So wie sie es all die Jahre mit mir getan haben. In diesem Haus weiß man um den Wert eines Geschichtenerzählers.«

In meinem Leben hat mich kaum etwas je so beeindruckt

wie die Virtuosität, mit der el Hawa Erzählung und Realität zu verweben versteht. Doch erst jetzt beginne ich zu verstehen, was es bedeutet, ein Meister darin zu sein.

Mein Gegenüber verschränkt die Hände über dem Bauch und nickt zufrieden. »Es ist eine gute Geschichte. Unsere, Aaron.«

»Aber das ist Irrsinn!«

»Mag sein, aber du ahnst nicht, wie lange ich auf jemanden gewartet habe, der es wert ist. Dessen Herz im Takt der Worte schlägt. Für mich ist es Zeit, mein Freund. Ich habe mich längst entschieden. Es liegt nun an dir. *Du* musst entscheiden, ob du diese Gelegenheit nutzen willst.«

»Wann muss ich mich entscheiden?«

»Jetzt«, sagt er und wirkt dabei nicht, als ob er scherzen würde.

Dann steht er auf, tritt neben mich, beugt sich zu mir hinab und flüstert: »Und da ich ein Nein nicht akzeptieren werde, solltest du anfangen, deine Sachen in Ordnung zu bringen. Ich denke, in spätestens drei Tagen werden sie mich holen. Und bis dahin solltest du tot sein.«

KAPITEL XVIII

… in dem der Held, obwohl es ein vergleichsweise kurzes Kapitel ist, zu einer folgenschweren Erkenntnis gelangt, die tatsächlich das Ende seines Lebens markiert

Vorhin ist Keppler gekommen. Während ich mir sein Handy geliehen habe, sitzt er zusammen mit dem Meister oben in der Küche und bespricht mit ihm die letzten Einzelheiten des Deals. Offenbar hat Lohmann in alles eingewilligt.

Ich habe el Hawa gefragt, was mit ihm geschehen wird, sobald sie ihn abholen. Er riet mir, nicht weiter darüber nachzudenken, weil er dann Teil einer anderen Geschichte sein würde. Einer politischen, die zu viele Faktoren hätte, als dass er oder ich sie erzählen wollen würden. Und da er ein Nein nicht akzeptiert, werde ich bis morgen tot sein müssen.

Bis dahin habe ich allerdings noch einiges zu tun.

Mein Testament machen. Einen letzten Spaziergang. Draußen. Mit Sonnenbrille und Mütze. Und ein paar Telefonate erledigen. Abgesehen von Kepplers Handy habe ich mir meines Beines wegen noch el Hawas Stock geliehen.

Inzwischen habe ich es humpelnd und mit dem Telefon am Ohr beinahe bis in die Stadt geschafft. Als Erstes wollte ich

Willi anrufen, aber als sie ranging, habe ich aufgelegt. Und dabei schon wieder Scheißtränen in den Augen gehabt.

Mit Jan habe ich gesprochen, dabei versucht, nicht zu sentimental zu werden, mich bei ihm entschuldigt und für die ganze Sache mit el Hawa bedankt. Ich denke darüber nach, ihm etwas von dem Geld zu vermachen, an das ich mit meiner EC-Karte nicht mehr rankomme.

Sogar Heuvelmann habe ich angerufen und ihn zur Wahl meines Nachfolgers für die Belange Neu-Kanaans beglückwünscht und erfahren, dass man die Filmrechte für *Engel gegen Zombies* gerade nach Amerika verkauft habe und ich da wohl trotz allem noch etwas Geld erwarten könne. Amerika also, denke ich bei mir. Wo noch mehr als zweihundert schlecht kopierte Comics darauf warten, von einem findigen Anwalt begutachtet zu werden. Da wird Heuvelmann sich freuen. Das wird richtig Ärger geben. Und bin verdammt froh, das nicht mehr miterleben zu müssen.

Dem Pornotroll werde ich wohl ebenfalls ein bisschen was hinterlassen. Ich hab Briefe geschrieben, einen für ihn und einen für seine Tochter. Ich glaube, sie sollte wissen, dass sie alles richtigmacht, dass man Geschichten leben darf und die Wahrheit auch nur eine davon ist. Insgeheim hoffe ich, dass es sie irgendwann einmal in die Halle der Geschichten verschlägt. Auch wenn ich da vielleicht etwas werde nachhelfen müssen.

Kurz vor dem Bahnhof biege ich in den kleinen Park ab, in dem ich Gerhardt das erste Mal getroffen habe. Ich setze mich auf eine Bank und schaue seufzend auf den Schwanenteich.

Ich werde einiges vermissen. In dem Moment fällt mir Willi wieder ein. Vielleicht gelingt es mir jetzt. Ich wähle ihre Nummer. Warte. Vernehme, während das Freizeichen ertönt, meinen eigenen Herzschlag. Gleich muss die Mailbox rangehen. Ich spiele mit dem Gedanken aufzulegen.

»Stegemann?«

O ja. Das ist sie. Diese Mischung aus Tiefenentspannung und Genervtheit, wie nur sie sie beherrscht, vermutlich weil sie gerade am Schreibtisch sitzt und sich mit Mirkos saublöder Version meiner saublöden Geschichte herumschlägt, die ich aus einem saublöden Comic geklaut habe. Ich bin froh, dass den Ärger für diese Sache jemand bekommen wird, der dann längst tot ist.

»Hallo, Willi. Ich bin's.«

»Nein.«

»Doch.«

»Ooooh!« Kurzes Schweigen. »Na Scheiße, da muss ich jetzt wohl eine rauchen.«

»Ich werd nicht versuchen, dich davon abzuhalten.«

»Das wäre ja auch noch schöner.« Ich höre, wie sie das Fenster öffnet und sich eine Zigarette anzündet. »Du ganzheitlich ausgebrannte Blindniete, was denkst du dir eigentlich? Weißt du überhaupt, womit du mich hier zurückgelassen hast? Wie weh das tut?«

»Wenn ich dich verletzt habe, tut mir das leid, ich –«

»Verletzt? Du verdammter Blödmannsgehilfenanwärter, ich meine das, was dein Mirko so schreibt! Da muss ich so viel dran schrauben, dass da am Ende eigentlich mein Name drüberstehen müsste. Und wenn du siehst, wie der die Werwölfe –«

»Hör mal, Willi, ich … ich fürchte, ich habe nicht so viel Zeit, ich –«

»Nicht so viel Zeit? Du verschissener Puppenstubenklempner. Ich habe gerade wegen dir wieder mit dem Rauchen angefangen, denn du bist ohne ein Wort verschwunden, antwortest nicht auf deine Mails, und um mit dir überhaupt in Kontakt zu treten, musste ich diese Bumsbirne von Jan anrufen. Mehrmals! Da solltest du jetzt schon ein wenig Zeit für mich haben, denke ich!«

»Und damit hast du vollkommen recht. Wie sonst auch. Ich bin hier allerdings in etwas reingeraten, aus dem ich wahrscheinlich nicht wieder rauskomme.«

»Wundert mich nicht. Da du dich ja verhältst wie ein vollelendig überunreifer Kunstblumengärtner.«

»Ja. Das tu ich wohl. Aber ich muss, bevor etwas passiert, zumindest noch einmal mit dir gesprochen haben.«

»Scheiße. Das klingt jetzt aber wirklich nicht gut.«

»Ich will nur, dass du weißt, wie wichtig es mir gewesen ist. Das mit dir. Alles.«

»Oh, dass ich dir deine orthografischen Schwächen um die Ohren schlage, dir sage, wie mies deine Titelvorschläge sind, mich darüber amüsiere, was für Frauen du angräbst, und versuche, dich von irgendwelchen blödsinnigen Projekten abzuhalten?«

Ich lache leise auf, spüre im gleichen Moment aber Traurigkeit in mir aufsteigen. Ich hoffe, dass sie das Zittern in meiner Stimme nicht hört. »Auch das. Und ich weiß, dass ich nie wieder jemanden finden werde, der all das so tut wie du.«

»Aaron? Mal ernsthaft, solche Worte habe ich aus deinem Mund noch nie –«

»Mach dir keine Gedanken. Alles gut. Ich möchte dich nur noch um einen letzten Gefallen bitten.«

»Einen letzten Gefallen? Jetzt hör auf rumzuspinnen, Tristen!«

»Hör mir einfach zu. Ich werde dafür sorgen, dass du ein Manuskript bekommst. Es braucht noch einiges an Arbeit und wird sich vielleicht nicht so gut verkaufen wie die Creature-Clash-Bände. Aber glaub mir, es wird dich zigfach für das Leid entschädigen, das Mirko verursacht hat. Du wirst es lieben.

Der Autor ist noch jung. Und etwas eigen. Aber er wird es mögen, von dir beschimpft zu werden.«

»Tristen, verdammt noch mal!«

»Versprich mir nur, dass du es lesen und dich darum kümmern wirst.«

»Weißt du was, Tristen? Du bist ein verdammter wichtigtuerischer Warmluftquatscher!«

Ich lege auf, versuche ruhig zu atmen und flüstere: »Ich dich auch, Willi. Ich dich auch.«

Ich schreibe Digga, dessen Nummer ich von el Hawa bekommen habe, eine SMS, dass er sein Buch kopieren und nach Berlin schicken soll. Dann bin ich fertig. Bereit zu sterben. Ich wische mir die Tränen aus dem Gesicht und mache mich auf den Weg zurück, um mich auch noch von el Hawa zu verabschieden.

Ich werde einiges vermissen.

Mir aber vermutlich einiges Neues ausdenken.

Womöglich sogar ein Meister darin werden.

Batman ist fertig mit seiner Ausbildung.

Und er hat beschlossen, kein Kaufmann zu werden.